KB265998

낭만 선생이 말하길, 그녀가 잃은 것

낭만 선생이 말하길,
그녀가 잃은 것

초판 1쇄 인쇄일 2026년 4월 10일
초판 1쇄 발행일 2026년 4월 20일

지은이 이찬샘
펴낸이 양옥매
디자인 표지혜 송다희
마케팅 송용호
교　정 정혜성

펴낸곳 도서출판 책과나무
출판등록 제2012-000376
주소 서울특별시 마포구 방울내로 79 이노빌딩 302호
대표전화 02.372.1537　팩스 02.372.1538
이메일 booknamu2007@naver.com
홈페이지 www.booknamu.com
ISBN 979-11-6752-789-9 (03800)

낭만 선생이 말하길,

그녀가 잃은 것

이찬샘 장편소설

한 학생의 갑작스러운 실종

거짓말과 결백 속에서 밝혀지는 진실

책과나무

1

추상의 감정에 대해

***

혜명이가 행방불명이 되고 2주일이 지난 무렵이었을까요, 그 애의 부모님이 학교에 찾아오셨어요. 처음 실종 사실을 알게 되었을 때의 절박함은 파도에 휩쓸린 모래사장의 발자국처럼 흐릿해져 있었고, 그 자리를 메우듯 초연한 충족감에 물든 표정을 하고 계셨죠. 그게 벌써 1년 전 일이네요.

구체적으로 어떤 직종에 종사하시는지는 들은 적이 없지만 혜명이의 아버지는 아는 사람들 사이에서는 유명한 자산가라고 했어요. 몇 년 전 저희 학교 인근의 아파트 단지 재개발 사업과 관련해서 꽤 적극적으로 활동하셨던 모양이라 그곳 주민들 사이에서는 열정적인 혁명가 같은 이미지로 호감을 얻었다는 얘기를 어머니한테도 들은 적이 있어요. 옆에 있던 아버지가 괜스레 헛기침을 하면서 난처해하던 게 기억나요.

그 애의 어머니도 남편의 명성을 등에 업고 부녀회장을 역임하거나 학부모 모임을 주도하거나, 모르긴 몰라도 꽤 활동적이셨던 모양이에요. 저희 어머니도 학부모 모임에는 참석하시는 편이라 일면식이 있었는데, 평판은 좋은 것 같았어요.

혜명이가 실종되고 얼마 동안, 두 분은 뉴스나 신문을 비롯해 인터넷 커뮤니티 등지에서 자신들이 얼마나 혜명이를 아끼고 사랑했으며 지금 현재는 얼마나 큰 상실감에 고통스러워하고 있는지를 열렬히 토로했어요. 그리고 그 애는 무척이나 훌륭한 인격적 소양을 갖추었으며 그에 걸맞은 뛰어난 재능을 타고나서, 자신들은 그 애의 장래를 위해 각고의 노력을 아끼지 않았다고 주장했죠. 혜명이도 그에 보답해 항상 성실함을 잃지 않아서 한마디 불평도 하지 않고 자신의 역할에 충실했으며, 자신이 얼마나 부모님께 감사하고 또한 사랑하고 있는지, 그것을 자랑거리처럼 생각해주는 기특한 아이로 성장해줬다고 했었어요.

부모님들이야 어땠는지는 모르지만 혜명이에 대해서는 거의 사실이에요. 저랑은 친했던 적이 없어서 자세히는 말씀드리기 어렵지만, 공부도 열심히 했고 그만큼 성적도 좋았어요. 당연히 선생님들 사이에서는 호평 일색이었고 성격도 서글서글해서 애들 사이에서도 인기가 있었죠.

모두가 그분들의 진심 어린 호소에 공감을 표했고 일가의 안타까운 사연을 불쌍히 여겼어요. 혜명이의 시체는 아직도 발견되지 않았는데, 벌써부터 제 자식이 죽었다는 듯 행동하는 그 사람들을 이상하다고 생각하는 사람은 저밖에 없는 것 같았죠.

두 분이 학교에 찾아오셨을 때는 그런 동정여론도 조금은 사그라지기 시작할 무렵이었어요. 그전에도 몇 번인가 학교 행사가 있을 때 학부모 대표라는 명분으로 오셔서 축사 같은 걸 하셨던 적이 있었고 혜명이가 실종된 뒤로는 이런저런 핑계를 대면서 조금 더 잦아졌지만, 그즈음에는 전반적인 분위기도 잠잠해지던 시기여서 두 분이 학교에 찾아오셨을 때는 솔직히 조금 의외라고 생각했어요.

애초에 사건 자체가 세간의 주목을 끌 정도로 특이성이 있었던 것도 아니어서 모처럼 그렇게나 많은 이들에게서 관심을 받았다면 혜명이도 기뻐해야 할 일이지 않았을까. 아니, 실언을 했네요. 아무튼 저는 소란스러운 분위기를 좋아하지 않았던 탓에 한창 떠들썩하던 와중에도 그다지 동조하지는 않았으니까요. 저는 지금도 혜명이가 죽었다고 생각하지 않으니까 모두가 장례식 분위기로 공감대를 형성하려 하는 게 마음에 들지 않았거든요.

아, 그래서 그날은 다른 애들도 두 분이 찾아오시는 걸 달갑게 여기지 않는 눈치였어요. 혜명이의 비어있는 책상에 놓인 추모의 꽃다발과 천 마리 종이학, 위로의 말을 담은 롤링페이퍼는 살아남은 우리의 유대감을 위해 소비된 오락거리일 뿐이었죠. 타인의 불행이라는 건 싼값에 즐기는 인스턴트 불량식품처럼 의외로 쉽게 질려버리는 거구나, 하고 줄곧 그런 생각을 했어요.

점심시간이 끝나갈 즈음에 방송이 나와서 5교시 전에는 대강당으로 모이라고 했어요. 목소리로는 아마도 수진이었던 것 같지만 직접 본 것도 아니고 물어봐야 할 정도로 중요한 일도 아니었으니까 확실하지는 않아요. 투덜대는 애들 사이에 끼어서 강당으로 이동했더니, 교장 선생님께서 몇 주 전에 우리의 곁을 떠나버린 소중한 친구 운운하면서 서두를 끊었어요. 그럴 줄 알았다며 키득거리는 애들도 있었고, 또 그 얘기냐면서 수군거리는 애들도 있었고…….

저요? 저는 그런 얘기에는 별 관심이 없어서 그냥 가만히 듣고 있었어요. 형사님께서 궁금해하실 만한 내용은 아닐 텐데, 왜 그런 걸 물어보시죠?

하던 이야기를 계속하자면, 한바탕 장황하게 일장연설을 늘어놓고 자기만족으로 충족해질 무렵에야 교장 선생님께서 특별한 손님이 찾아오셨다며 혜명이의 부모님을 강단으로 모셨어요. 다른 반 애들이 어떻게 반응했는지는 관심도 없었지만, 적어도 당시 저희 반 애들은 두 분이 자애에 찬 미소를 지으며 강단으로 걸어가는 모습을 목격한 순간부터 확실하게 불쾌해하는 것처럼 보였죠. 어째서 저 사람들은 죽은 자기네들의 자식 때문에 남의 자식들에게 민폐를 끼치는 거냐면서 짜증을 내고 있었어요.

저도 그 애들이 그렇게까지 불쾌해하는 이유에는 동감하기 어려웠지만 조금 끈질긴 사람들이라고 생각했던 건 사실이에요.

자세히 기억나지는 않지만 두 분. 아니, 정확히는 혜명이의 어머니는 이렇게 말했어요.

"아아, 사랑하는 아들딸들아. 오늘은 이렇게 우리 딸아이를 위해 모여주어서 너무나도 고맙구나. 살아 있는 숨결을 내뱉으며 미래를 향해 성큼성큼 나아가는 너희들이야말로 우리의 자랑이자 희망이요, 이루어질 꿈이자 지켜지게 될 약속이란다. 너희를 볼 때면 우리의 가슴은 지금의 우리를 상상하며 뜨겁게 타오르던 젊은 시절로 돌아가 한없이 벅차오른단다. 이 자리에 혜명이가 함께하고 있었더라면 더할 나위가 없었을 텐데.

너희도 알고 있겠지만 우리 혜명이는 정말로 착하고 훌륭한 아이였단다. 우리는 그 아이에게 험한 세상 속에서도 슬기롭고 밝게 살아가기를 바라는 마음을 담아 이름을 주었고, 정말로 그 이름대로 자라주어 우리를 기쁘게 해줬지. 궂은일도 솔선수범하기를 마다하지 않았고 항상 모범이 되어 친구들을 잘 이끌어주었다고 선생님들도 그러시더구나. 집에 들어오면 책상으로 달려가 그날 배운 내용을 펼쳐놓고는 몇 시간이고 복습하면서 학원 한 번 다니지 않고도 훌륭한 성적을 거둬와 자랑스럽게 이야기하며 우리를 웃음 짓게 해줬단다. 친구들이 어려워하는 부분도 척척 가르쳐주고 사려 깊은 성격에 사교성도 좋아서 인기도 있었다고 들었다.

그래서 누군가에게는 멋진 친구이자 누군가에게는 선의의 경쟁을 하던 라이벌, 누군가에게는 다가가고 싶은 목표였을 혜명이를 잃은 너희의 상실감이 우리보다 작을 것이라 얕잡아 생각하지 않았단다. 너희를 이해할 수 있단다.

하지만 애들아. 너희는 우리를 이해할 수 있겠니?

세상 무엇과도 바꿀 수 없는 가치이자 제 목숨보다도 아끼고 사랑했던 우리의 분신을 잃은, 자식을 잃은 부모의 마음을 너희는 이해할 수 있겠니?

너희가 언젠가 부모가 된다고 해도 너희는 결코 우리를 이해할 수 없을 거야. 그저 슬하에 혈육을 두고 양육하는 것만으로는 그 아이가 우리에게 어떤 의미를 갖는 존재였는지 이해하지 못할 테니까. 너희는 그 의미도 이해하지 못한 채 우리를 폐기물 취급하면서, 그걸 과거의 추억이라는 이름으로 포장해두고 미래를 향해 걸어가겠지. 자라나서 어른이 되고, 혜명이가 경험하지 못했고 앞으로도 경험할 수 없는 내일을 만끽하겠지.

그런 너희가 정말로 밉구나. 어째서 내 딸이 죽어야 하고 너희가 살아남아야 했는지 모르겠어. 혜명이가 살아 있었더라면 너희보다 훨씬 훌륭한 어른이 되었을 거야. 너희가 대신 죽었더라면 내 딸은 살아 있을지도 모르는데. 내 아이를 다시 만나기 위해 이 자리에 모인 너희를 전부 희생해야 한다면 나는 일말의 망설임도 없이 그렇게 할 거야.

하지만 그런 일은 있을 수 없다는 걸 우리는 알고 있단다. 혜명이가 우리를 떠나간 것이 너희의 책임이 아니라는 것도 머리로는 이해하고 있어. 하지만 세상에는 머리로 이해하는 것만으로는 받아들일 수 없는 부조리라는 것들이 존재하는 법이란다.

반드시 찾을 수 있을 거라면서 입바른 소리만 늘어놓고는 그렇게나 대규모로 수색작업을 펼쳤으면서 아무런 수확도 얻지 못했던 경찰들도, 무슨 위로라도 되는 것처럼 아무 일도 없을 거라며 헛된 희망을 떠들어댔던 주변 사람들도, 그리고 아무것도 모르면서, 아무것도 이해하지 못했으면서 눈물을 훔치고 공감하는 척 포즈를 취하고 있을 뿐인 너희들도 모두 증오해야 마땅한 존재들이란다.

너희는 그렇게 우리의 증오를 받아 무럭무럭 자라서 어른이 되는 거야. 그리고 언젠가 우리를 이해할 날이 너희에게도 찾아왔으면 좋겠노라고 진심으로 기도하고 있단다. 부디 훌륭한 어른이 되어다오. 그리고 오늘의 기억이 너희들의 앞날에 밑거름이 되어서, 언제까지나 너희가 우리 혜명이와 함께해주었으면 좋겠구나.”

사전에 확인된 내용과 달랐던 건지 아니면 애초에 확인한 적도 없었던 건지, 교장 선생님은 꽤 당황한 모양이라 두 분이 인사를 마치고 강단에서 내려올 때까지 꼼짝도 하지 못하셨어요. 그러다 먼저 정신을 차린 교감 선생님께서 좋은 말씀 해주신 두 분께 박수를 보내라고 지시했고 우리는 얼떨떨한 와중에 그대로 따랐죠.

설마하니 두 분에게서 그런 식으로 지탄을 받게 될 거라고는 누구도 생각하지 못했을 거예요. 아니, 그건 지탄했다기보다는 오히려 저주했다고 표현하는 게 맞지 않을까 싶네요. 아무튼, 두 분이 말씀하셨던 것처럼 혜명이의 실종에 대해 저희는 아무런 책임이 없었으니까요. 그 애는 그냥 운이 없었을 뿐이에요. 아니, 책임을 떠넘기려는 게 아니라 그저 당사자인 혜명이도 뭔가를 잘못해서 그렇게 된 건 아니라는 말이에요.

다만 저는 두 분이 무척이나 만족스러워하면서 자리를 떠난 게 마음에 걸렸는데, 처음 강단 위로 모습을 드러냈을 때부터 그랬어요. 마치 오랫동안 묵혀두고 있던 응어리를 토해내기로 마음먹고, 마침내 발목을 옥죄던 족쇄에서 해방된 죄인들처럼 홀가분해 보였죠.

조사해보셨을 테니 아시겠지만, 이 사건으로 두 분은 지역에서의 지지를 완전히 잃고 얼마 지나지 않아 도망치듯 이사를 가셨어요. 액면대로라면 걔네 아버지가 재개발 사업 진행 과정에서 불법적인 뒷돈을 받았다거나 걔네 어머니가 부녀회장으로 있던 중에 회비를 횡령했다는 게 주된 원인이었던 것 같지만, 없는 잘못도 만들어서 뒤집어씌우는 건 어른들 사이에서는 흔히 있는 일이지 않나요? 저는 사실 방금 말씀드린 사건이 그 계기가 됐을 거라고 생각해요. 그래서 주변 어른들 사이에 미운털이 박혀버렸고, 그렇게 몰리고 몰리다가 결국 누명을 쓰고 쫓겨난 거죠.

지금은 외가 쪽에서 농사를 돕고 있다는 말도 있고 산중에 틀어박혔다는 소문도 들려오고 있지만 사실인지는 모르겠네요. 별로 중요한 내용은 아니니까 신경 쓰지 않으셔도 돼요. 그보다는 혜명이가 인기가 있었던 건 사실이지만 그렇다고 걔한테 몰려들었던 애들이 모두 걔를 좋아했던 건 아니에요.

혜명이는 날카롭고 차가운 인상의 미인이었고 항상 단정하게 정돈된 모습을 하고 있었어요. 외모에 걸맞게도 흐트러짐을 보이는 일이 없었고 어떤 상황에도 차분하게 평정심을 유지했죠. 소탈해 보이는 언동에 비해 꽤 값비싼 물건을 들고 다니는 걸 보면 부모님에게서 성심껏 관리를 받고 있을 거라는 인상도 강했어요. 그래서 솔직히 다가가기 힘든 이미지였는데도 그 애의 주변으로는 사람이 몰려들었어요. 왜 그랬을 거라고 생각하세요?

어른들이 흔히 간과하는 게, 아이들은 항상 순진하기만 할 거라고 생각한다는 거예요. 본인들도 분명 우리와 같은 시기를 거쳐서 어른이 되었을 텐데도, 어째서인지 그 무렵에는 자신들이 꽤 순수했었다고 생각한단 말이죠.

초등학교 저학년 정도라면 그렇다 치고 넘어갈 수 있지만 저희는 고등학생이에요. 몇 년 지나지 않아서 그 사람들이랑 사회적으로 동등한 지위를 얻게 될 나이죠. 우리가 불과 몇 년 사이에 20년을 간직해왔던 순수함을 잃고, 그렇게나 갑작스럽게 어른이 될 거라고 생각하는 건가요?

우리에게는 우리 나름의 사회라는 게 있고, 그 안에서 확립된 규율에 맞춰 생활하고 있어요. 어른들이랑 크게 다를 게 없는 데도 어째서인지 어른들은 아이들을 자신보다 모자란 존재라고, 보호해야 할 존재라고 생각하죠. 흔히 그런 걸 사랑이나 관심이라고 포장하는 모양인데 솔직히 그런 관심은 불편하고 부담스럽다고 혜명이도 그랬어요. 그래서 어쩌면 그 애와 저는 조금 닮은 구석이 있을지도 모른다고 생각했었죠.

혜명이는 성격이 서글서글하고 사려가 깊어서 인기가 있었던 게 아니라, 머리는 좋은데 성격이 모질지 못했기 때문에 인기가 있었던 거예요. 걔네 부모님은 혜명이가 학원 한 번 다니지 않고도 성적이 좋아서 부모님을 기쁘게 해드리고 선생님들한테 예쁨을 받았다고 했었죠? 그래서 다른 애들이 모르는 부분도 척척 가르쳐줬다고, 집으로 돌아오면 그날 배운 내용을 책상 앞에서 몇 시간이고 복습했다고. 형사님한테도 그렇게 얘기하셨겠죠.

두 분은 정말로 그렇게만 알고 계실 테니까 그렇게 얘기하실 수밖에 없었을 테지만, 만약 실상을 알고 있었더라도 그분들은 그렇게 말씀하실 수밖에 도리가 없었을 거라고 생각해요.

조금 다른 얘긴데 사실 애들이 공부를 싫어하는 건 자연스러운 일이라고 생각하지 않으세요? 일단 억지로 시켜서 하는 게 보통인 데다가 미적분이니 방정식이니 복잡한 수학 문제를 해결하는 데에서 어떤 쾌감이나 만족감을 느끼는 애들은 그렇게 흔히 볼 수 있는 것도 아니니까요. 형사님도 딱히 미적분을 잘해서 경찰이 된 건 아니잖아요.

하지만 보통 부모님들은 아이들이 좋은 성적을 거둬오길 바라는 게 일반적일 거고, 그렇지 않더라도 제 자식이 시험을 잘 봤다는데 불쾌해하는 부모님은 없을 테죠. 나쁜 성적을 받아오면 혼이 나는 게 보통이고, 저도 어렸을 때는 자주 매를 맞거나 그게 아니더라도 어떤 방식으로건 벌충을 해야 했으니까요.

그래서 혜명이는 인기가 좋았던 거예요. 걔가 있으면 공부를 잘할 수 있게 됐거든요. 결과적으로는 말이죠. 처음에는 혜명이의 부모님이 말했던 대로 친구들이 모르는 부분을 가르쳐주는 정도였을 거예요.

말씨가 고운 애여서 듣는 사람을 깔본다는 느낌도 없었고 가르치는 솜씨도 썩 좋은 편이었는지, 다른 애들도 교무실까지 담당 선생님을 찾아가는 것보다 편하게 물어볼 수 있었던 모양이에요. 선생님들에게는 성적도 우수하고 성격도 성실해서 그 전부터 예쁨을 받아왔던 게 사실이지만, 친구들 사이에서는 조금 예쁘장하게 생긴 얌전하고 공부 잘하는 우등생 그 이상의 의미는 없었어요. 보통 애들이랑 마찬가지로 어울리는 무리에서만 어울리고 있었죠.

걔랑 친했던 애들 중에 영지라는 애가 있었어요. 통통하다고 할 정도는 아닌데 어딘가 동글동글한 이미지에 양 갈래로 땋은 머리를 한 아이예요. 이미 만나보셨는지는 모르겠지만, 활발하고 사교적인 성격이면서도 눈치가 좋고 분위기 파악이 빠른 편이라 주체적으로 나서서 뭔가를 주도하는 성격은 아니었어요. 일을 벌이는 건 좋아하면서 막상 직접 참여하는 데에는 거부감을 보이는 것 같았어요.

혜명이에게 스터디그룹을 만들어보는 게 어떻겠냐고 제안했던 것도 걔였었죠. 정확히 언제쯤이었는지는 기억나지 않지만 아마도 1학기 중간고사 전이었을 거예요. 결과는 좋지 않았지만 어떤 악의가 있어서 저지른 일은 아니었을 거라고 생각해요. 아마 별 생각 없이 한 소리였겠지만 굳이 따지자면 선의에 가까웠겠죠.

영지는 혜명이가 공부도 잘하고 가르치는 재주도 있으니 이참에 친한 아이들을 모아 스터디그룹을 만들어보면 어떻겠냐고 제안했어요. 실제로 운영하던 방식을 보면 정석적인 스터디그룹이라기보다는 단순한 공부 모임에 가까웠지만 칭찬을 받아서 기분도 좋았을 거고 혜명이도 이런저런 핑계를 대기는 했지만 꽤 기분 좋게 승낙했죠. 그때까지는 그야말로 학생들의 학업성취도 향상을 위한 건전하고 자발적인 공부 모임이었고, 실제로 그룹에 참여했던 애들은 중간고사에서 나름의 성과를 거두기도 했어요.

아마 그 애들은 정말로 성실하게 공부를 했을 거고, 결국 본인들이 투자한 노력만큼의 합당한 결과를 냈을 뿐이라고 생각해요. 그 애들은 혜명이가 열심히 도와준 덕분이라며 겸손을 떨었지만, 혜명이가 할 수 있는 일이라고 해봐야 모르는 내용을 가르쳐주거나 잘못된 부분을 해설해주는 정도였을 테니 실질적으로 누구에게 공을 돌릴 만한 성과는 아니었을 거예요. 기껏해야 인사치레 정도로 받아들이는 게 일반적이겠죠.

그런데 다른 애들은 그렇지 않았던 모양이에요.

같은 반에 다정이라는 애가 있는데, 걔를 필두로 해서 그렇게까지 노골적으로 행실이 불량한 무리는 아니었다고 생각해요. 만만한 애들만 골라서 돈을 뺏는다거나 본격적으로 폭력적인 행동에 나섰던 적도 없었고, 기껏해야 수업을 빼먹고 놀러 다닌다거나 호기심에 뒷골목에서 담배를 피워보는 정도였을 거예요.

저는 친구를 사귀지 않았거든요. 짐승처럼 무리 지어 다니는 애들 사이에서 부대끼는 것도 싫었고, 길어야 3년짜리 우정을 친구라는 이름으로 그럴듯하게 포장하려 드는 자세도 마음에 들지 않았어요. 그러다 보니 자연스레 주변을 관찰하고 혼자서 사색할 수 있는 시간이 늘어났죠. 그래서 교실 내에서 발생하는 인간관계는 거의 파악하고 있어요.

그런데…… 질문하신 의도는 알겠지만 솔직히 좀 불쾌하네요.

아무튼 시작은 그 다정이라는 애를 비롯한 몇 명이었어요. 아침에 교실로 들어가 보니 그 애들이 어색하게 삐뚤어진 미소로 혜명이를 둘러싸고선 무언가를 일방적으로 이야기하고 있었죠. 이런저런 피치 못할 사정이 있었다면서 꽤 장황하게 핑계를 대기는 했지만, 결국 요지는 자신들도 모임에 참여하고 싶다는 얘기였던 것 같아요. 처음부터 그냥 친한 애들끼리 모여서 만들어진 그룹이었던 터라, 너희가 마음에 들지 않는다는 이유가 아니라면 공부를 도와달라고 찾아온 애들을 거절할 만한 이유가 없었어요.

그런 의미에서 혜명이는 정말로 사람이 좋았는데, 걔들이 진심으로 과거의 행실을 반성하고 성적향상을 위해 노력하고 싶어 한다면, 미력하나마 기꺼이 나서서 도와줘야 한다고 생각했던 모양이에요. 정말로 성적을 올리고 싶었다면 부모님께 졸라서라도 학원을 다녔어야 할 일이겠지만, 아무래도 거기까지는 생각이 미치지 않았던 것 같아요.

그 일이 있기 전에 다정이와 같이 어울리던 애들 중 한 명이 낙제점을 받아서 학원에 다니게 됐다는 모양이에요. 그러다 서서히 관계가 소원해지는가 싶더니 나중엔 마주쳐도 인사 한마디 나누지 않게 되었죠.

다만 학원을 다니기 시작한 그 애를 먼저 배척했던 건 다정이네였어요. 걔는 오히려 몇 번인가 대화에 끼어보려고 한다거나, 노골적으로 자리를 피하는 애들을 졸졸 쫓아다니면서 뭔가를 해명하려고 했었죠.

아마도 주말에 같이 놀러 나가지 않았다는 이유였던 것 같은데, 정확하지는 않지만 아무튼 꽤 시답잖은 이유였던 걸로 기억하고 있어요. 학창시절 소녀들의 우정이란 건 어차피 그런 얄팍한 관계의 덩어리일 뿐이라는 사실을 본인들 스스로 증명한 셈이죠. 그런데 그러고도 딱히 깨달은 게 없었는지, 걔들은 그런 식으로 자신들이 뿔뿔이 흩어질지도 모른다는 사실이 걱정됐던 것 같아요. 그러던 중에 혜명이네 그룹이 나름대로 괄목할 만한 성과를 거뒀던 거죠.

물론 실제로는 그러지 않았기 때문에 벌어진 일이었지만, 만약 학원에 다니게 된 그 애가 평소에도 며칠 간격으로 문제집을 갈아치워가면서 노력하고 밤낮으로 코피를 쏟아가며 공부를 하는 아이였다고 가정해보세요. 그런데 그렇게 뼈를 깎아가면서 노력했는데도 변변찮은 점수만 기재되어 있는 매정한 성적표는 그 애의 부모님을 실망하게 했겠죠. 결국 그 애는 학원에 보내졌을 거고 다정이네와는 멀어지게 됐을 거예요.

혜명이가 다정이네 무리한테 무슨 일을 당했는지는 저도 몰라요. 뭔가 해코지를 당했던 것 같기는 한데 그 애도 제게 말하기를 꺼리는 눈치였고, 그래서 저도 자세히는 묻지 않았거든요. 다만 그날 제대로 스터디에 참여하지 않는 다정이와 기타 몇 명에게 혜명이가 핀잔을 줬고, 그 직후에 그 몇 명에게 끌려가듯 화장실을 다녀온 혜명이가 익사하기 직전에 뭍으로 밀려 나온 생쥐 같은 꼴로 새파랗게 질린 표정을 짓고 있었던 게 뭔지는 몰라도 안 좋은 일을 당했을 거라고 짐작했을 뿐이에요.

처음에는 원래 있던 스터디 멤버들, 그러니까 혜명이나 영지를 포함해서 대여섯 명이 분담해서 작업했던 것 같아요. 수행평가처럼 직접 내신과 직결되는 것들을 비롯해서 부모님께 핑계로 보여드려야 할 문제집이나 참고서 풀이 같은 것들이죠. 아무리 그래도 돈을 빼앗거나 도둑질을 할 정도로 악질은 아니었으니 문제집은 본인들 돈으로 샀다는 모양이에요. 변변히 공부도 하지 않던 애들이 갑자기 좋은 성적을 받아와도 이상하게 보일 거라고 생각했는지도 모르죠.

다만 처음부터 떠넘길 의도가 있었던 건 아니었을 거예요. 막상 사놓고 나니 본인들이 풀기는 귀찮았을 테고, 그런 와중에 마침 떠넘겨도 군말 없이 해줄 것 같은 얌전한 애들이 눈에 들어왔던 거겠죠. 혜명이가 화장실에 끌려갔다 온 다음 날부터는 원래부터 그 애와 같이 스터디를 구성했던 애들도 기대를 접고 빠져나오기 시작했어요. 혜명이는 원래부터 요령도 좋았고 공부도 잘하는 편이었으니 억지로 떠맡은 일을 처리하면서 본인이 해야 할 일도 미루지 않고 해낼 수 있었던 모양이지만, 다른 애들은 안 그랬으니까요. 다정이네가 떠넘긴 과제를 해결하려다 보니 정작 자기들 공부가 뒷전이 됐던 것 같아요. 결국 처음에 그런 모임을 제안했던 영지가 가장 먼저 그만두겠다고 선언한 뒤로는 걷잡을 수 없게 돼서 마지막에는 혜명이와 다정이 패거리만 남게 됐죠. 그 애는 그렇게 대여섯 명이 분담하던 작업을 혼자서 떠맡게 된 거예요.

혜명이는 집으로 돌아오면 몇 시간이고 책상 앞에 앉아서 그날 배운 내용을 복습했었노라고, 걔네 부모님이 그랬었죠. 아마 그분들은 걔가 무슨 공부를 하고 있는지 직접 본 적도 없었을 거고, 그냥 제 자식이 책상머리에 앉아있는 모습이 기특하기만 했을 거예요. 그래서 아무것도 모르면서 그걸 자랑거리라는 듯이 전교생이 모인 자리에서 떠들어댔던 거죠.

십중팔구 정도로 확신하건대 학교에서 처리하지 못한 다정이 패거리의 문제집과 수행평가를 집에서 소화하고 있었을 거예요. 대여섯 명이 분담해야 했던 분량을 혼자서 처리해야 했을 테니 그거야 몇 시간이고 앉아있을 법도 하죠.

까짓 수학 문제 몇 개 푸는 게 무슨 대수인가 싶으세요? 수행평가 같은 건 비슷한 내용으로 채워서 적당히 제출하면 되는 거고, 참고서는 말 그대로 개념정리 위주니까 단락마다 연습문제 몇 개 달린 게 전부잖아요. 다정이네가 잘했다는 건 아니지만 그렇다고 그렇게까지 나쁜 일이냐 싶으시겠죠. 어른들은 종종 그러잖아요. 우리도 너만 할 때 겪어봐서 잘 안다. 그러면서 정작 자기들이 제 나이 때 얼마나 힘들었는지는 기억할 줄 모르죠. 저도 어른이 되면 잊어버릴지도 몰라요. 그렇게 되고 싶지는 않지만, 아마도 단순하게 생각해도 혜명이가 감당해야 했던 양은 상식적으로 한 사람이 어떻게든 해볼 수준이 아니었어요.

과목에 따라 다르지만, 문제집은 보통 하루에 서너 권씩 도합 200에서 250문제 정도에 참고서는 복습이랑 예습을 포함해서 소단원 서너 개, 다른 애들은 모르겠지만 제가 생각할 때 일일 학습량은 그 정도가 적당하다고 봤고, 실제로 저는 중학생 때부터 부득이한 사정이 없으면 그렇게 해왔어요. 야자시간에 조금 머리를 쓰는 기분으로 서너 시간 정도 붙잡고 있으면 그럭저럭 소화할 수 있는 양이죠.

수행평가는 담당하는 선생님 재량에 달렸으니까 차치해두더라도, 혜명이는 이걸 대여섯 명 분량에 자기 몫까지 처리해야 했던 거니까 최대한 짧게 어림잡아도 15시간은 소요되는 분량을 혼자서, 그것도 하루 중에 해치우고 있었다는 얘기예요. 피폐해지지 않으면 그게 오히려 이상한 일이었겠죠. 그러니까 사실 게네 부모님은 개한테 관심이 없었던 거예요. 우연히 예쁘게 태어나서 우연히 머리가 좋았고, 거기에 우연히도 공부에 취미가 있었는지 시험성적도 좋아서 이참에 그냥 본인들의 자랑거리로 있어 준다면 그걸로 족했던 거죠.

시체도 발견되지 않은 딸을 이미 죽은 사람처럼 취급하는 이유도 그렇게 생각하면 이해할 수 있어요. 그렇게나 많은 사람들이 나서서 수색했는데도 발견되지 않았던 딸이 사실은 멀쩡히 살아 있어서 어느 날 갑자기 아무 일도 없었다는 것처럼 나타나 버리면 한바탕 요란을 떨었던 본인들의 체면이 서질 않을 테니까. 그럴 거라면 차라리 죽어버리라는 심정이었겠죠.

혜명이가 실종된 이후로 줄곧 쌓아뒀을 응어리가 그런 결론과 함께 해소됐던 거예요. 그래서 그렇게 홀가분해 보이는 표정으로 학교에 나타날 수 있었던 거죠. 순서대로 말씀드리자면 그때부터가 되겠죠. 기억하기로는 2학기였고, 중간고사는 아직 보지 않았어요. 1학기 기말고사는 다정이가 처음에 계획했던 대로 진행됐어요. 혜명이가 문제를 풀면 모종의 방법으로 패거리들에게 답을 전달하는 거죠. 한마디로 커닝을 한 거예요. 서술형 문제는 아무래도 무리가 있었겠지만, 아시다시피 시험문제는 대부분 객관식으로 출제되니까 그것만 잘 받아 적어도 손쉽게 고득점을 노릴 수 있어요. 처음 스터디에 참여했던 애들이 높은 성적을 거두면서 학생들의 자발적인 공부 모임이 성적향상에 도움이 된다는 사실을 증명해주었으니 갑작스레 오른 그 애들의 성적에 의구심을 보이는 어른들을 상대로 내세울 수 있는 명분이 생겼던 기예요.

그렇게 1학기를 마무리하고 방학을 맞이했어요. 그 사이에 혜명이나 다정이네가 어떻게 지냈는지는 몰라요. 어떤 종류의 교류는 있었던 것 같지만 그렇게 긍정적인 만남은 아니었겠죠. 그래서 저는 사실 2학기가 된다고 해서 상황이 개선될 거라고는 생각하지 않았어요. 혜명이도 별다른 대처는 하지 않았고 오히려 겉으로는 생글거리면서 웃는 얼굴로 지냈으니 어지간한 경우가 아니고서야 다정이가 태도를 바꿔야 할 이유는 없었으니까요.

그런 건 착한 게 아니라 유약하고 겁이 많은 거라고 생각했어요. 저야 그런 취급을 당한 적이 없었으니 함부로 말할 입장은 아니겠지만, 그런 부당한 일을 당하면서도 멍청하게 사람 좋은 웃음이나 흘리고 다니는 꼴을 보고 있으면 솔직히 답답한 기분이 들었어요. 생긴 거랑 안 어울린다고 생각했죠. 그 애도 본인에게 일정 부분 문제가 있었다는 사실은 이해하고 있었어요. 그래서 2학기가 되고 사태가 점점 악화할 양상을 보이기 시작했을 즈음에는 그 애도 어느 정도 체념하고 있었던 모양이에요.

2학기 중간고사가 다가오자 스터디에 참여하겠다는 애들이 늘어나기 시작했어요. 그즈음에는 이미 다른 애들도 어느 정도 사태를 파악하고 있었을 시기라 숟가락을 얹어보겠다는 심보로 몇몇 애들이 솔선해서 나섰던 게 시발점이었던 것 같아요. 그러다 입소문이 났는지 점점 규모가 불어나다가 결국 학급의 절반 이상이 혜명이에게 의존하는 상황이 된 거예요.

걔들 중에 처음 스터디를 구성했던 애들 중 몇 명인가가 포함되어 있었다는 게 그 애한테는 꽤 충격적이었던 모양이지만, 그런데도 불평 한마디 하지 않는 모습이 너무 답답했어요. 대신 화를 내줄 의리는 없었으니까 아무 말도 않고 있었지만, 어쩐지 짜증 나는 애라고 생각했어요.

그렇게 혜명이는 모두에게 사랑받지는 않았지만, 아이러니하게도 반에서 가장 인기 있는 친구가 된 거예요. 혜명이네 부모님은 무슨 미담이라도 되는 것처럼 생각하셨던 모양이지만, 실상을 알고 나면 이런 법이에요. 차라리 모르고 떠나신 게 나았을지도 모르겠네요. 아니, 아셨다고 해서 뭔가 조치를 취하지는 않았을 거라고 생각하지만……. 본인들이 자랑스럽게 벌거벗고 거리를 행차하는 임금님이었다는 사실을 알게 되면, 아무래도 자존심은 상하셨을 테니까요.

보고 있으면 꽤 답답했지만 저는 그 애가 아무렇지도 않은 줄 알았어요. 난처해하는 표정이 언뜻 보일 때도 있었지만, 그렇다고 웃는 얼굴을 흐트러뜨리는 일은 없었고, 친절하고 나긋나긋한 말투와 행동거지에는 변함이 없었으니까. '아, 세상에는 저런 사람도 있을 수 있구나'라면서 내심 신기하다고 생각했어요. 그 애가 그토록 사람 좋은 미소를 지어내기 위해 어느 정도로 사력을 다하고 있었는지는 모르고 있었던 거죠.

중간고사를 2주 정도 앞두고 있을 시점이었어요. 1학기 때와는 다르게 비교적 대규모로 부정행위를 계획하고 있었기 때문인지, 평소 같았으면 각자 시험공부에 몰두해서 조용해야 할 시기였는데도 애들 사이에서는 분주한 분위기가 만연해있었어요. 그 중심에서 얼간이처럼 웃고만 있던 혜명이는 애들이 나름대로 머리를 맞대서 내놓은 계획을 일방적으로 전달받고는 알겠다면서 고개만 끄덕이고 있었죠.

당분간은 소란스럽겠다고 생각하면서 그날은 야자도 빠지기로 했어요. 무슨 대단한 작당을 했는지는 모르겠지만 그즈음부터 학교에 남은 녀석들이 수군덕거리는 게 은근히 시끄러워서 짜증 나던 차였거든요. 편의점에 들러서 김밥 한 줄에 딸기 우유를 집어 들고 계산대 앞으로 갔는데 혜명이가 있었어요. 그 애는 당장이라도 눈물을 쏟아낼 것 같은 절박한 표정을 하고는 아무것도 올려져 있지 않은 카운터를 비스듬히 내려다보면서 가만히 서 있기만 했어요. 카운터에 있던 점원이 어쩔 줄 몰라 하면서 난처하다는 듯 더듬더듬 떠드는 이야기를 들어보니 아무래도 제가 들어오기 전부터 꽤 오랫동안 그 상태로 실랑이를 벌이고 있었던 것 같았어요.

어차피 뭘 사려는 것 같지도 않았으니 저부터 먼저 계산해줘도 괜찮았을 것 같은데, 접객업에 익숙지 않은 사람이었는지 허둥대기만 하느라 거기까지는 생각이 미치지 않았던 모양이에요. 무슨 일정이 있었던 것도 아니었으니 잠깐 추이를 지켜볼 수도 있었겠지만, 왠지 그 애한테 시간을 뺏기는 건 싫다고 생각했어요. 그래서 미간에 주름을 잡고 연신 입술만 꿈틀거리고 있는 점원에게 무슨 일이냐고 물었죠.

사정을 들은 저는 서둘러 제 물건을 계산하고 봉투에 넣은 다음 이
런저런 핑계를 둘러대서 혜명이를 끌고 도망치듯 자리를 뛰쳐나갔어
요. 학교나 부모님에게 연락이 가도 할 말이 없는 사안이었던 터라
보통 같은 경우였다면 씨알도 안 먹힐 변명이었지만, 약간 덜떨어진
구석이 있는 점원이라 다행이었죠. 얼마 지나지 않아서 해고당했는
지 그 뒤로는 얼굴을 본 기억이 없네요.

흐느적거리는 넝마 조각처럼 비틀대는 걸음걸이로 끌려오는 그 애
를 인근의 놀이터까지 데리고 갔어요. 한쪽에 정자가 있어서 그쪽으
로 끌고 갔어요. 고개를 숙여서 흘러내린 앞머리 때문에 혜명이가 어
떤 얼굴을 하고 있었는지는 보이지 않았지만, 나풀거리는 그 애를 정
자에 앉혀놓고 가쁘게 몰아쉬던 호흡을 가다듬은 다음에 차분하게
생각해보니 어렴풋이 그 애의 의도를 알 것 같은 기분이 들어서, 그
래서 그런 건 아무래도 상관없어졌어요.

그 어리버리한 점원이 말하길, 편의점에 들어온 혜명이는 대뜸 카
운터 앞에서 걸음을 멈추더니 아무 말도 하지 않고 가만히 서 있기만
했다고 해요. 한참을 아무런 주문도 없이 그러고 있어서 당황한 점원
이 몇 차례 말을 걸었는데도 그 애는 한숨만 몇 번 내쉬었을 뿐 별다
른 대답을 하지 않았대요. 그러다 이번에는 돌연 무언가를 결심한 사
람처럼 비장한 표정을 하더니, 담배 한 갑을 달라고 했다더라고요.
무슨 브랜드 이름을 얘기한 것도 아니고 그냥 담배 한 갑만 달라고
하는 거로 봐서 누가 억지로 시킨 것 같지는 않았다고 했어요. 주문
한 내용도 터무니없었고, 그 이전에 교복을 입고 있어서 처음에는 요
즘 학생들 사이에서 유행하는 장난이거나, 일종의 담력시험 같은 거

라고 생각했대요. 그래서 적당히 훈계한 다음 돌려보낼 생각이었는데 혜명이는 듣는 둥 마는 둥 시선을 마주치지도 않고 가만히 서 있기만 하다가, 제가 왔을 때는 그 상태로 10분 정도 지낸 뒤였다는 것 같아요.

사실 제가 그 애를 그 자리에서 끌고 나와야 할 이유는 없었죠. 그림으로 그린 것 같은 모범생이 무슨 심경의 변화였는지 사정은 모르겠지만 당당하게 담배를 사러 편의점에 들어갔고, 그래서 학교나 부모님께 연락이 가서 생활기록부의 평가가 깎여나가건 내신 성적이 깎여나가건 저와는 상관없는 일이었으니까요. 어른들이었다면 한창 공부할 다른 애들의 학습 의욕 저하를 걱정해서 재량껏 훈계하는 거로 마무리할 생각이었다는 변명이라도 섰겠지만, 조금 모범적인 반 친구 한 명이 저지른 일탈로 저하될 학습 의욕이라면 그런 녀석은 애초부터 공부할 마음 따윈 없었던 거나 마찬가지잖아요.

그런데 저는 어째서인지 그 애를 그 자리에 내버려둬서는 안 되겠다고 생각했어요. 눈꺼풀 바로 아래에 당장이라도 새어 나올 것 같은 눈물을 꾸역꾸역 눌러 담고 있는 그 절박한 표정이, 그대로 그 자리에 내버려 두면 무슨 일이라도 저지를 것처럼 보였거든요.

왜 그런 짓을 했느냐고 묻지는 않았어요. 별로 궁금하지 않았던 것도 있었지만 말 한마디 섞어본 적 없는 제가 물어본다고 그 애가 순순히 털어놔야 할 이유는 없었으니까요. 저는 그저 한순간의 충동에 휩쓸려서 괜한 일에 끼어들고 만 자신의 어리석음을 반성하면서 어떤 핑계를 대고 자리를 빠져나가야 좋을지 고민하고 있었어요. 먼저 말을 붙이는 건 고사하고 누군가와 자연스럽게 대화를 이어가는 것도 익숙하지가 않아서 차라리 촉새 마냥 혼자서 발랄하게 떠들어대는 편이 대하기에는 편했어요. 아무 말도 하지 않고 범죄자처럼 고개만 숙이고 있는 그 애가 솔직히 불편하고 난처했어요.

혜명이는 자신이 뭔가 '안 좋은 일'을 저지르면 당연히 부모님이나 학교에 연락이 갈 거라고 생각했을 거예요. 사실 굳이 담배가 아니어도 상관없었겠지만, 변변한 오락 시설도 다녀본 적 없는 모범생이 당장 떠올릴 수 있는 일탈이라고는 그 정도였겠죠. 하굣길에 학교 근처에서 저지른 일이었고 교복까지 입고 있었으니 우선 학교로 연락이 갈 테고 교무실로 끌려가게 될 거예요. 선생님들은 너를 이해한다는 눈빛으로 안 그러던 애가 왜 그랬냐면서 추궁하시겠죠. 그렇게 되면 그때까지 자신이 겪어온 고충을 털어놓을 생각이었을지도 몰라요. 다정이 패거리가 스터디에 끼어들면서부터 이어졌던 부당한 대우, 여름방학 이후 모여든 아이들이 계획하던 부정행위, 거기에 억지로 가담하게 된 자신의 처지 같은 것들을요.

애초에 그럴 거라면 차라리 자진해서 신고해버리면 되는 일이 아닌가 싶었지만 본인도 나름대로 생각하는 바가 있었겠죠. 아무튼 결과만 두고 보면 제가 그걸 방해한 셈이었던 거예요.

마냥 입 다물고 있는 것도 불편해서 저는 그렇게 근거도 없는 추측을 늘어놓기 시작했어요. 이렇다 할 대답도 듣지 못했지만 제가 이야기를 이어갈수록 고개가 수그러지는 거로 봐선 본인도 인정하는 눈치였어요. 거기서 기고만장하지 말고 그만뒀어야 했는데, 어디서 솟아난 자신감이었는지 저는 찌그러지다시피 움츠러든 어깨에 대고 그런 짓을 해봐야 아무런 의미도 없을 거라고 핀잔을 주기 시작했어요.

어른들한테 일러바친다고 해결될 문제도 아니었고, 그 사람들이 제대로 들어줄지도 모를 일이지 않느냐면서 미온적인 태도라도 보이면 다행일 거라고 말했죠.

왜, 드라마 같은 데서 자주 나오잖아요. 혜명이 같은 애를 두고 일을 시끄럽게 만들었다면서 질타하는 이른들이요. 뉴스에서도 종종 본 적이 있었으니까요. 무책임한 어른들에게 상처받고 버려진 힘없는 청소년들 같은 거요. 매력적인 소재잖아요.

게다가 그렇게 해서 생각한 대로 선생님이나 부모님 앞에 앉게 되었다 치더라도, 과연 그 애가 제대로 사정을 털어놓을 수 있을지도 의문이었어요. 시답잖은 놈들한테 말도 안 되는 취급이나 받으면서 이용이나 당하는 와중에도 실실 대면서 참고만 있던 애가 자리만 마련된다면 거리낌 없이 내심을 털어놓을 수 있을 거라고 생각했다는 게 오히려 가소로웠어요. 저는 그걸 나태한 사고방식이라고 질타했어요.

한껏 짓밟고 나서 깡통처럼 구겨진 채로 아무 말도 하지 못하는 그 애를 내려다보고 있자니 이상하게도 만족스러운 기분이 들었어요. 뭐랄까, 마치 귀찮게 구는 애완동물을 걷어차서 벽에 처박아버리고 싶어질 때처럼 이따금 무의식적으로 떠오르는 폭력적인 욕구가 충족된 느낌이었죠. 하지만 저 자신은 본래 그런 무의식적인 욕구를 품고 있는 인간이 아니었던 터라 당장이라도 웃음이 삐져나올 것 같은 입가를 기이하게 꿈틀거리면서 억누르고 있는 제 모습을 객관적인 시점에서 연상할 수 있을 정도로 냉정함을 유지하고 있었어요. 그리고 연상한 그 풍경을 막연하게 혐오스럽다고 생각했어요.

“알면서 왜 그랬어?”

그래서 갑자기 분위기가 일변한 그 애가 증오에 찬 눈을 치켜뜨고는 덤벼들 듯 말했을 때, 저는 말문이 막히고 말았어요. 솔직히 당황했던 거죠. 잘난 듯이 떠들어댄 주제에 정작 저도 내세울 만한 것이 아무것도 없었다는 걸 그제야 자각했던 거예요. 하지만 이성적으로는 그 애가 제게 품은 감정이 단순한 화풀이에 지나지 않는다는 것도 알고 있었어요. 그도 그럴 게 굳게 다문 입술 틈으로 어금니가 어긋나면서 갈려 나가는 소리가 새어 나왔고, 그러다가 피가 나지는 않을까 싶을 만큼 움켜쥐고 있던 주먹이 부들거리고 있었거든요. 아픈 곳을 찌르니까 발끈했던 거죠.

“알고 있었으면 방해하지 말았어야지.”

그 애는 서늘한 기색이 느껴질 정도로 원망스럽다는 듯이 그렇게 말했지만, 사실 어렴풋이 짐작만 했을 뿐 알고 있었다고 할 만큼 정확히 꿰뚫어 본 건 아니었어요.

그리고 형사님께서는 객관적인 입장에서 제 이야기만 듣고 계시니 이미 알고 계시겠지만 그 애가 제게 품은 적의는 사실 지나치게 감정적이었고 방향도 빗나가 있었죠. 그래서 저도 조금이나마 냉정해질 수 있을 정도로 추스르고 나니 억울한 기분이 들기 시작했어요. 그 자리에서 불평불만을 늘어놓았다가는 당장이라도 달려들 것만 같아서 가만히 있었지만 제가 그 애 앞에서 표정 관리까지 해야 할 이유는 없었으니까요. 패배를 인정할 수는 없다는 기분으로 시선을 피하지 않고 맞받아서 노려봤지만, 지금 생각해보면 딱히 승부를 겨루고 있었던 것도 아니었으니까 패배하고 말고 할 것도 없었네요. 그 애가 느닷없이 짓누르는 압력을 튕겨내는 용수철 같은 기세로 자리에서 일어난 탓에 놀란 저는 어깨가 약간 움츠러든 상태로 반걸음 정도 뒷걸음질 치고 말았어요.

　자존심이 상하는 한편으로 마침내 뺨을 얻어맞겠구나 싶어서 내심 긴장하고 있었는데, 혜명이는 어깨가 들썩일 정도로 거창하게 한숨을 토해내더니 이내 뭔가 체념한 것 같은 얼굴을 하고는 아무 말도 하지 않고 해변에 떠다니는 미역처럼 흐느적거리는 걸음걸이로 왔던 길을 되돌아갔어요. 붙잡아야 하나 고민하면서도 그래야 할 이유가 없다는 사실도 잘 알고 있어서 무력함을 싣고 멀어지는 뒷모습을 바라보면서 심란해지는 마음에 혼란스러운 기분이 들었어요. 지금도 그날 편의점에서 그 애를 무시했어야 했다고, 그렇게 하는 게 옳았을 거라고 생각해요.

　다음 날 저는 남겨진 그 자리에서 문득 떠올렸던 한 가지 발상을 행동으로 옮기기로 했어요. 저는 그날 그 애를 움직이게 했던 감정의 연료를 한때의 충동으로 규정짓고서 비웃었고 그 애가 갖고 있던 볼품없는 계획을 헛된 일이라며 얕잡아봤지만, 그 애는 분명 그 나름대로 결의를 다지고 저지른 행동이었겠죠. 학교에서는 성실하고 모범적인 우등생이며 집에서는 어디에 내놔도 부끄럽지 않은 자랑스러운 딸. 그러한 입장이 주는 메리트는 분명 그만큼의 노력이라는 비용을 요구하는 것이었을 테고 그걸 감수할 정도의 가치가 있다고 판단했기에, 그 애는 미쳐가는 교실에서도 저항 한 번 하지 못하고 아무렇지도 않은 척 멍청하게 웃고 있을 수밖에 없었을 거예요. 어쩌면 그렇게까지 깊이 생각하지는 않았을지도 모르지만, 모른다면 적어도 그 애가 말한 대로 방해는 하지 말았어야 했다고 생각했어요.

그 무렵의 혜명이는 점심을 같이 먹는 친구가 없었어요. 저는 그날 점심시간에야 그 사실을 처음으로 알았는데, 나중에 본인이 말하길 그날 처리해야 할 과제가 많아서 식당에 다녀올 여유가 없었다고 했어요. 점심을 같이 먹을 친구가 없었다기보다는 애초에 식사를 거르고 있었던 거죠. 조금은 밀려도 괜찮지 않을까 싶어서 넌지시 얘기해봤지만 그 애는 난처하다는 듯 웃으면서 얼버무릴 뿐이었어요. 어렴풋이 짐작 가는 바는 있었지만 대답하고 싶지 않은 모양이라 그 이상은 묻지 않기로 했어요.

교실 중앙에서 앞쪽에 위치한 자기 자리에 혼자 앉아있던 혜명이의 책상 위에는 문제집과 참고서들이 종류도 분류도 없이 아무렇게나 흐트러져 있었어요. 한 다스 정도 되는 아이들이 식당으로 달려가던 중에 문득 생각난 걸 대충 던져놓은 것처럼 말이죠. 공허한 표정으로 그것들을 내려다보고 있는 그 애의 모습을 처음 목격했을 때, 저는 뱃속에서부터 차오르는 분노에 눈이 뒤집힐 것 같았어요. 다정이와 그 패거리는 물론이고 거기에 슬쩍 편승해 거위 배를 가르면 황금알이라도 나올 것처럼 기대하던 한심한 녀석들까지 모조리 떠올랐죠.

하지만 무엇보다도 변변한 저항도 하지 않으면서 그런 죽을 것 같은 표정이나 짓고 있는 아둔한 그 애가 정말이지 진저리가 날 정도로 싫었어요. 그렇게 말도 안 되는 요구까지 곧이곧대로 들어줄 거라면 유서를 쓰는 부처 같은 그 체념한 표정부터 당장 거두라고 책상 위에 늘어놓은 참고서와 문제집들을 집어던지면서 쏘아붙이고 싶었어요.

하지만 제가 그날 결심했던 행동은 이전의 반성에서 비롯되었음을, 제게는 그 애를 책망하거나 질책할 자격 따위 애초에 없었다는 걸 저는 잊지 않았어요. 그저 생각하고 있던 일만 잽싸게 실행에 옮기고 나면 서둘러 자리를 피해야겠다는 마음뿐이었죠.

나지막이 심호흡을 하고 그 애의 자리까지 나가 주머니에 넣어두었던 그것을 꺼내 책상 위에 올려두었을 때, 올려다본 순간의 그 표정이 마치 작은 설치류 같았던 게 기억나요. 저는 그 애를 정말로 싫어했지만, 그거랑은 무관하게 참 귀여운 애였다고 생각해요. 저희 아버지는 담배를 보루째로 대여섯 개씩 쌓아두시는 편이라 하나 정도는 사라지더라도 크게 티가 나지는 않았을 거라는 계산이었는데, 의외로 금방 들통 나서 급하게 변명거리를 생각해내느라 조금 애를 먹었던 게 기억나요. 라이터는 등굣길에 편의점에서 산 거였고, 저나 혜명이나 그걸 직접 피워본 일은 없었어요.

굳이 문젯거리를 만들고 싶다면 그걸 들고 선생님께 자진신고를 하건 눈에 띄는 곳에서 불을 붙여버리건 마음대로 하라고 했어요. 남의 손을 빌려서 학교로 연락이 가길 기다리는 것보다는 그편이 확실할 거라고도 덧붙였죠. 변화를 추구하고 싶다면 결국 자기가 행동하는 수밖에 없는 거라고 말을 마칠 즈음에는 어째서인지 또 잘난 듯이 떠들어대고 있었죠. 말은 그렇게 했지만 사실 저도 그 애와 다를 게 없다는 건 알고 있었어요. 아니, 오히려 제가 그 애와 같은 상황에 놓인다면 저는 그 애처럼 죽을 것 같은 얼굴로 버티는 것조차 해내지 못했을 거라고 생각해요. 모두가 자신의 가치를 어른들에게 증명하기 위해 그 애를 이용하고 있었던 것처럼 저도 그 애의 유약함에 그럴싸한 지적을 늘어놓으면서 저 자신의 무력함을 외면하려 했던 거예요.

혜명이는 그날처럼 주눅 들거나 분개하는 기색도 없이 마치 기이한 서커스를 관람하는 어린아이 같은 눈으로 저를 올려다보고 있었어요. 저는 그 시선이 불편했어요. 마치 수치스러운 본심을 들킨 기분이었어요.

하려던 말을 마쳤으니 돌아가야겠다고 스스로에게 확인시켜주듯 선언하고 식당으로 돌아가려고 했어요. 혜명이가 저를 불러 세웠을 때, 내심 무서워서 돌아보기를 망설이고 있었어요.

그 애는 가방을 뒤적이더니 손바닥보다 조금 넓은 정도의 봉지를 두 개 꺼내 제게 하나를 건넸어요. 팥빵과 크림빵이 반반씩 들어있는 편의점에서 파는 빵이었어요. 저는 단 걸 좋아하지 않아 사 먹어본 적은 없었지만, 누가 건네는 거라면 한 번쯤은 괜찮겠다 싶었죠. 그날 처음 먹어봤지만 역시 제 취향은 아니었어요.

"같이 먹을래?"

나름대로 자연스럽게 지어보려 의식했던 모양이지만 입가가 약간 비틀어진 게 어쩐지 어그러진 느낌의 미소를 지으면서 그 애가 그렇게 말했던 거예요. 시간상 식당까지 다녀왔을 시간은 아니었던 터라 그 애도 제가 점심을 거르고 돌아왔을 거라 짐작했던 모양이에요. 실제로도 그랬고, 그래서 배도 고파오던 차였죠.

거절할 이유는 없다고 생각해서 빵을 받아들고 제 자리로 가려는데, 특별히 이상한 행동은 아니었을 텐데도 혜명이는 잠시 놀란 표정으로 허둥대면서 저를 붙잡았어요. 당연히 같이 먹을 거라고 생각했던 것 같지만, 친구는 고사하고 제대로 이야기를 나눠본 것도 바로 전날이 처음이었는데 그런 친근감 있는 태도를 기대했다는 게 제게는 오히려 이상해 보였어요. 그 애는 항상 올곧은 직선으로 시선을 향하며 눈을 맞추려 했지만, 저는 어쩐지 그 애의 눈을 똑바로 바라보는 게 힘들었어요. 그 불편한 김직이 저를 위축되게 만들었고, 그래서 저는 그 애의 제안을 제대로 거절해본 일이 별로 없었던 것 같아요.

저희는 한동안 책상 하나를 사이에 두고 감도는 어색함이 식도를 한껏 조여 오는 듯한 불편함을 견디며 묵묵히 단조로운 식사에 매진했는데, 혜명이는 이따금 살짝 치켜뜬 눈으로 제 눈치를 살폈고 저는 그게 또 은근히 신경이 쓰여서 일부러 모른 척으로 일관했어요. 절반 정도 먹었을 즈음이었을까요, 그 애는 뭔가 결심이 선 듯 가볍게 한번 아랫입술을 깨물고는 이내 입을 열었어요.

미안했다고. 그런 웃기지도 않은 소리를 했었죠. 어제는 내가 너무 감정적이었다, 네 나름대로 나를 배려하려는 행동이었을 텐데 경솔했다, 기분이 상했다면 미안하다, 신경 써줘서 정말 고맙다. 상투적인 어휘로 이루어진 그런 말들을 진지한 표정으로 늘어놓는 그 애를 저는 새삼스레 짜증 나는 녀석이라고 생각했어요. 뭘 어떻게 해석해야 그런 식으로 받아들일 수 있는지도 의문이었고, 그게 또 마냥 빈말처럼 들리지도 않아서 외려 불쾌할 정도였죠. 거짓을 담지 않은 눈으로 맞은편을 직시하며 담백하게 읊조리던 혜명이는 누가 봐도 선인이었고 더할 나위 없는 호인이었지만, 성품이 비뚤어진 저는 그 순간에 그 애를 이루고 있는 모든 것들을 상냥하고 포용력 있는 자신을 과시하는 위선으로밖에 생각할 수 없었어요.

헛다리 짚은 건 그렇다 치고 착한 척 좀 적당히 하라고, 그러니까 다정이 같은 애들이 만만하게 보고 함부로 대하는 거라고, 그렇게나 당했으면 이젠 정신 좀 차리라고 쏘아붙이려는 폭력적인 충동이 구역질처럼 치밀었죠. 저는 정말 그 애가 싫었어요.

아무 말도 하지 않는 저를 어떻게 받아들였는지 그리 길지 않은 이야기를 마친 혜명이는 잠시 제 반응을 살피는 것처럼 바라보던 시선을 거두지 않고 기다리다가 이내 쓴웃음처럼 보이는 미소를 나직이 흘리고는 얼마 남지 않은 빵을 아쉽다는 듯 조금씩 뜯어 입안에 넣고 우물거렸어요.

혜명이는 스스로 우월하게 여기거나 남을 비웃는 사람이 아니었고 그건 제게도 예외는 아니었겠지만, 제게는 어쩐지 그 의미심장한 미소가 저의 얄팍한 속내를 꿰뚫어 보고 그걸 비웃는 것처럼 생각되었어요. 직접 따지고 들 용기는 없어서 넌지시 왜 웃느냐고 물어보자, 그 애는 얼빠진 표정으로 잠깐 멈칫하더니 순간 적당한 말이 떠오르지 않는 것처럼 아래로 향한 시선을 이리저리 배회시키다가 왜인지 조금 쑥스러워하면서 시원찮게 대답했어요.

"귀여워서."

그런 말을 들은 건 태어나서 그때가 처음이었어요.

***

중간고사는 무사히 학급의 과반수가 높은 성적을 거두며 마무리됐

어요. 어떤 방법을 시도했는지는 모르겠지만 무리 지어서 짜낸 것치
고는 생각보다 계획이 치밀했던 모양인지, 오답까지 똑같은 답안을
제출했던 두 명을 제외하면 그 어떤 불명예도 없었어요. 기록적인 성
적향상을 보여 준 저희 반은 이례적으로 절반이 넘는 인원에게 표창
장이 수여됐고, 기분이 좋아진 담임이라는 인간은 얼빠진 얼굴로 달
리의 그림마냥 늘어지는 웃음을 감추질 못했죠. 아무것도 모르는 주
제에 선생님은 너희가 자랑스럽다는 둥 운운하면서 상투적인 미사여
구를 늘어놓는 꼴이 정말 참을 수 없을 정도로 불쾌했지만, 제가 침
묵하기로 했던 건 명예로운 저희 반을 위해서도 아니었고, 선생님의
자랑거리를 위해서도 아니었어요. 단지 저는 화장실에 끌려갔다 돌
아온 혜명이가 어째서 흠뻑 젖은 채로 겁에 질려있었는지 알고 싶지
않았을 뿐이었어요.

 정체된 채로 있기를 바랐던 저의 희망과는 달리, 상황은 그때까지
의 양상에서 조금씩 벗어나기 시작했어요. 아시는지 모르겠지만 한
학기는 생각보다 길지 않아서 넉 달 남짓한 기간 동안 중간과 기말,
두 번의 정기시험이 있기 때문에 고등학생들은 사실상 두 달에 한 번
꼴로 시험을 준비해야 해요. 그사이에 끼어있는 이런저런 행사나 불
시에 치르는 모의고사 같은 걸 포함하면 기간은 더 짧아질 거고 실제
로 체감하기에도 한 달 반 정도면 시험 기간이 돌아온다는 느낌이었
어요. 다른 애들도 그걸 모르지는 않았을 테고 중간고사를 무사히 넘
긴 다정이 일파가 주도하는 스터디도 분주하게 기말고사를 준비하기
시작했어요. 거기서부터 문제가 생길 거라고는 설마하니 아무도 몰
랐겠죠.

　그러고 보면 다정이네가 내세운 계획은 단적으로 봐도 철저하게 뛰어난 개인에게 편승해서 그 비상함이 낳은 부산물이 떨어지기만을 기다리겠다는, 즉 열매가 떨어질 때까지 나무 아래에서 입을 벌리고 서 있겠다는 얘기랑 다를 게 없는 수준이잖아요. 그런 같잖은 계획 같은 거, 저는 혜명이가 처음부터 명확하게 거부 의사를 밝혔더라면 애초에 시작조차 할 수 없었을 거라고 생각해요. 만약 화장실에 끌려가던 그 날 뭔가 좋지 않은 일을 당해서 당장은 거절할 수 없었다고 하더라도 나중에라도 선생님께 찾아가거나 정 급하다면 경찰에 신고를 할 수도 있었겠죠. 편의점에 들어가서 담배를 사야 할 필요가 전혀 없었다는 것쯤은 그 애도 알고 있었을 거예요.

　단지 그 애한테는 구실이 필요했을 테고, 그래서 내린 결론이 그런 얼토당토않은 행동으로 이어졌던 셈인데 그 애는 대답하기 난처할 때면 어색하게 웃어넘기려는 비겁한 버릇이 있었거든요. 하지만 어쩐지 그 애의 기분을 알 것 같은 기분도 들었고, 그래도 끝내는 모르겠다는 기분도 들어서 조금 혼란스러웠어요. 확실하게 대답하지 않는 그 애를 얄밉다고 생각했죠.

　중간고사가 끝나고 이틀쯤 지났을까요. 저녁을 먹고 자리로 돌아왔는데 혜명이가 교실에 없었어요. 혜명이는 점심을 빵으로 때우는 거랑 같은 이유로 야자를 빠지는 일이 없었기 때문에 조금 의아해하고 있었는데, 저녁 시간이 10분 정도 남았을 즈음이었던 걸로 기억해요. 교실의 앞문을 열고 들어온 그 애는 망설임 없는 걸음으로 자기 자리로 향해 짐을 챙겨 들고는 시원스럽게 웃는 얼굴을 하고선 제 앞으로 걸어왔어요. 학기 초에 자주 봤던 서글서글한 미소가 아니라 마음을 짓누르던 뭔가가 빠져나간 것처럼 서늘한 바람이 불어오기 시작한 그 무렵의 계절과 무척이나 잘 어울리는 웃음이었죠. 빈말도 안 나오는 몰골을 하고서 그런 표정을 짓고 있으니, 저는 그 애가 마침내 미쳐버린 줄 알았어요.

교복은 정신없이 챙겨 입은 것처럼 셔츠의 단추가 한 개씩 밀려있었고 단정하게 걸치고 다니던 넥타이는 좌우 균형 틀어진 채로 대충 걸쳐만 뒀었죠. 마이와 치마에는 여기저기에 신발 자국 같은 게 남아 있었는데 아마 벗겨둔 걸 밟아댔던 게 아닐까 싶었어요. 몸을 감싼 섬유의 안쪽에는 털어내도 지워지지 않을 시퍼런 흔적들이 남아 있었겠죠. 매번 무슨 일을 당하는 건지 소매 끝으로 물방울이 떨어지는 셔츠 안쪽으로는 드문드문 속옷과 맨살이 비쳐 보였고, 코와 입가에는 물에 젖은 피가 마구 번져서 지저분하게 얼룩져 있었고, 한쪽 눈두덩은 제대로 떠지지도 않을 만큼 부어서 반쯤 감은 것처럼 보였고, 이리저리 잡아당긴 머리카락은 끔찍하게 헝클어진 채 물기를 머금고 뺨과 목덜미에 달라붙어 있었고……. 교실에 남아 있던 애들이 이쪽을 곁눈질하며 수군거리는 소리, 엉망이 된 그 애의 얼굴에 떠오른 가을 같은 미소에 현기증이 날 것 같았어요.

"집에 같이 가자."

혜명이는 크게 한 호흡을 들이쉰 것치고는 얌전한 목소리로 그렇게 말하더니 밖에서 기다리겠다며 빠른 걸음으로 제 옆을 지나쳐 뒷문으로 빠져나갔어요.

제 입으로 말하기는 좀 그렇지만 저는 나름대로 성실한 편이라고 생각했거든요. 자율학습은 한 달마다 신청을 받아서 희망자만 참여하는 방식이었고, 제 손으로 하겠다고 나선 일이라면 어떤 이유에서 건 거르는 게 내키지 않았던 거죠. 다만 혜명이가 밖에서 기다리고 있었으니까, 날도 쌀쌀해지던 무렵이라 그대로 내버려 둔 채 제 기분 만 고집하는 건 배려가 부족한 행동일 거라고 생각했어요. 착한 척은 혼자 다 하더니, 설마 그런 영악한 구석이 있을 줄은 몰랐죠.

그날 혜명이는 다정이네를 포함해 애들이 모인 자리에서 앞으로는 스터디에 협조하지 않을 거라고 선언했다고 해요. 중간고사 때 적발 된 두 명의 사례는 십중팔구 단순한 실수였을 텐데도 사건의 당사자 였던 그 애들에게는 꽤 충격적이었던 것 같았다고, 웃기는 얘기는 아 니었을 텐데 혜명이는 이따금 키득거리면서 말했어요. 이번 사태를 교훈 삼아 기존의 체계를 보완할 방안을 모색하자는 애들이 있는가 하면 그나마 양심이라는 게 남아 있던 애들도 있었는지 이런 일은 인 제 그만두자는 의견을 내놨다가 과반수의 질타를 받고 철회하는 등 한창 어수선한 분위기였다고 했어요.

그렇게나 제각각 소란을 떨던 주위가 단숨에 조용해지더니 지정 된 신호에 따라 반사적으로 반응하는 기계장치처럼 일제히 적의 어 린 시선을 자신에게로 향했을 때 그 통일성을 갖춘 동작들이 어쩐지 비인간적으로 느껴져서 무척 무서웠다고, 일부러 그랬는지는 몰라도 양손으로 몸을 끌어안고 부르르 떠는 시늉을 하면서 장난치듯 얘기 하더군요. 그 애 나름대로 분위기가 무거워지지 않도록 신경 써준 결 과였겠지만 그게 또 어쩐지 얕보이는 기분이 들었던 저는 조금 짜증 이 났던 거죠. 무슨 심경이 변화였는지 여태껏 얌전히 지냈으면 그대 로 있을 것이지 무슨 바람이 들어서 화를 자초했느냐는 식으로 몰아세우듯 따지는 투로 물었던 건 그래서였을 거라고 생각해요. 그리고 대답을 들은 저는 정말이지 아연해 져서 머리로 흐르던 혈액이 단숨에 빠져나가는 기분이었어요.

"변하려면 자기가 행동해야 한다고, 네가 그랬잖아. 그래서 그렇게 했어."

그러니까 결국 제 나름대로 책임을 지겠답시고 저질렀던 무책임한 말과 행동이 그 애에게는 하나의 계기가 되고 말았던 거예요. 날씨도 쌀쌀해졌는데 입고 있는 옷은 흠뻑 젖어서 희미하게 어깨를 떨고 있던 걸 들키지는 않을까 신경 쓰는 그 애를 차마 동정할 수도 없었죠. 그 애가 그런 꼴을 당하도록 등을 떠밀어준 건 다름 아닌 저였으니까요.

처음에는 다정이가 길바닥에 드러누워 떼를 쓰는 사촌 동생을 어르듯 이야기했다는 모양이에요. 무슨 이야기를 했다는 건지는 자세히 가르쳐주지 않았지만, 그건 요컨대 내놓고 떠들기에는 꺼려지는 내용이었다는 반증이기도 했죠. 저녁 무렵에 식당에서 돌아온 다정이네가 잠깐 얘기 좀 하자면서 화장실로 데리고 갔다는 지점까지 이야기한 다음에는 늘 그랬듯 말을 흐리고는 이상한 얼굴로 웃으면서 얼버무릴 뿐이었어요. 제게는 그 애의 흐트러진 옷차림이나 입가와 코에 번져있던 핏자국, 부어오른 눈두덩이 자꾸만 눈에 밟혔어요.

우리가 그렇게 마음을 터놓고 이야기를 나눌 사이는 아니었던 것 같다고 생각하면서도 굳이 그런 식으로 밀어내야 할 필요가 있을까 싶기도 했던 것 같아요. 조금 귀찮다는 기분도 들었지만 그 정도의 피로감은 인간관계에서 발생하는 약간의 보람에 가까운 거라고 여겼어요. 그 애가 사라지고 나서 문득 혼자서 돌아가는 하굣길이 쓸쓸하다는 기분이 들었을 때, 이럴 거라면 차라리 그런 피로감은 모르는 편이 나았을 거라고 생각했어요.

혜명이는 그 뒤로도 저녁때마다 다정이네 무리에게 끌려갔고, 그때마다 말도 안 되는 꼴로 돌아와서는 저를 데리고 학교를 나섰어요. 얼굴에 생겼던 상처들은 아물어갔지만 길어진 소매 안쪽에는 그만큼의 흉터들이 새로이 새겨져 있었겠죠.

제가 앞에서 혜명이에게 들었다고 말씀드린 이야기는 대부분 그즈음 같이 돌아가던 길에 들었던 것들이에요. 저는 먼저 나서서 말을 꺼내는 성격이 아니었고, 애초에 하굣길을 함께하는 것도 그 애의 억지에 맞춰주고 있던 것뿐이었으니 자기 딴에는 무슨 책임감 같은 걸 느끼고 있었는지도 모르겠네요.

게네 부모님에 대한 이야기를 들은 것도 그때였어요. 분명히 말씀드리는데 게네 부모님은 정상이 아니에요. 아까도 얘기했었죠? 그 사람들한테는 혜명이가 아예 죽어버려서 영영 나타나지 않는 게 행복할 거라고. 저도 혜명이가 괜히 살아 돌아와서 그런 사람들 품으로 돌아가느니 차라리 죽어서 어디 인적 드문 뒷산에라도 묻혀있는 게 그 애를 위해서도 좋을 거라고 생각해요. 저는 그 애가 마지막으로 남겼던 말을 아직도 기억하고 있어요. 분명 죽을 때까지 못 잊을 거예요.

그 애는 어머니의 자랑거리였어요. 제 자식이라면 응당 사랑스럽다는 그런 알기 쉬운 의미가 아니라 마치 중국산 가죽가방에 붙은 브

랜드의 상표처럼 남들에게 자랑하기 위한 사치품에 가까웠다는 의미
에요. 소탈하고 서글서글한 언행에 어울리지 않게 값나가는 물건을
들고 다녔던 건 남들 앞에 내보이기에 부끄러움이 없는 정갈한 미술
품 같은 딸을 그 애의 어머니가 원했기 때문이에요.

  학원 한 번 다니지 않던 애가 10권이 넘어가는 참고서와 문제집을
떠맡으면서도 자기 몫을 게을리하지 않고 성과를 낼 수 있었던 이유
도 어려서부터 그런 완벽한 딸이 될 수 있도록 교육받아왔기 때문이
라고, 익숙해서 그런 거라고 했었죠. 무슨 교육을 받으면 그런 걸 익
숙하다고 말할 수 있는 건지도 이해가 되질 않았지만, 아무렇게나 쌓
아놓은 참고서들을 죽을 것 같다는 표정으로 내려다보던 그 모습은
익숙한 반복 작업에서 오는 공허함이었다는 설명으로 납득할 수 있
는 게 아니었단 말이에요. 그때 저는 어째서인지 무척이나 불쾌해져
서 거짓말하지 말라고 윽박지르고 싶은 기분이었어요. 그 애가 그런
식으로 얼버무리는 게 한두 번도 아니었고 제가 거기에 실망해야 할
이유도 없었는데 말이죠.

  저희 가족도 그렇게 분위기가 화목한 집안은 아니지만, 제가 퉁퉁
부어오른 얼굴에 축축하게 젖고 더러워진 옷차림으로 집에 들어가면
아버지는 어떤 놈이 그랬느냐면서 눈이 뒤집힐 테고 어머니는 무슨
일이 있었냐면서 걱정스럽게 물어봐 주시겠죠. 그게 보통이잖아요.
그런 게 가족이란 거잖아요. 그런 꼴로 여태까지 싸돌아다닌 거냐면
서, 동네 창피하게 무슨 짓이냐고 입가가 찢어진 자기 딸의 뺨을 후
리는 게 제정신 박힌 어머니가 할 짓은 아니잖아요? 얻어맞고 방바닥
을 나뒹구는 딸한테 부모의 명예를 실추시키지 말아 달라는 말을 위

로랍시고 지껄였다는 인간을 그 애는 아버지라고 불렀다고요! 그딴 걸 부모라고 부르면서 십수 년을 지냈는데 제대로 된 애로 자랐을 리가 없죠. 이따금 차분한 건지 충동적인 건지 종잡을 수 없는 감수성도 그렇고, 착한 거랑 아둔한 것도 구분을 못하는 답답한 성격도 그렇고, 다 그런 부모 밑에서 자란 탓이라고요!

죄송해요, 좀 흥분해서. 저는 그냥……. 딱히 혜명이가 사라진 게 게네 부모님 때문이라는 얘기는 아니에요. 다만 벼랑 끝에 몰려 있던 그 애가 뒷걸음질조차 칠 수 없었던 건 그 사람들이 등 뒤에서 총구를 겨누고 있었기 때문이었다는 걸 말씀드리고 싶었어요. 스터디를 명목으로 모여들었던 애들이 뿔뿔이 흩어진 뒤에도 그 애가 끝내 내려놓지 못했던 중압감의 정체는 바로 그 사람들이었을 거라고, 저는 그렇게 생각해요.

처음에 말씀드렸던 것처럼 다정이나 그 친구들은 조금 방향성이 엇나갔을 뿐이지 대놓고 불량한 애들은 아니었어요. 적어도 대외적으로는 그렇게 보였고, 처음 혜명이네 공부 모임에 훼방을 놓기 시작했을 때도 직접 반발했던 혜명이를 제외하면 다른 애들에게 해코지를 하지는 않았었죠. 애초에 만만한 애들한테 귀찮은 일을 떠넘긴다는 정도의 가벼운 기분으로 시작한 일이었을 테고, 아마 그즈음에 혜명이가 조금만 더 강하게 거절했었더라면 제풀에 지쳐서 그만뒀을지도 몰라요. 2학기 들어서 모임에 끼어들기 시작한 애들의 과반수가 죄의식도 없이 부정행위에 동참했던 것도 비슷한 이치예요.

게네들의 요구에 맞춰주기 위해 혜명이가 보이지 않는 곳에서 얼마나 무리를 하고 있었는지는 저도 몰라요. 그 애들도 당연히 몰랐겠죠. 직접 눈에 드러나는 피해가 없었으니 본인들이 얼마나 지독한 짓을 저지르고 있었는지 자각할 수 없었을 거예요. 하물며 하루에 참고서 대여섯 장 넘겨 가면서 문제집 몇 페이지 푸는 것 정도는 크게 어려운 일도 아니잖아요. 정말로 할 마음만 있었으면 그 정도도 헤내지 못할 애들은 한 명도 없었을 거라고요. 그냥 귀찮으니까. 책상머리에 앉아있기 힘드니까. 자기들끼리 떡볶이 처먹고 놀러 다닐 시간은 있으면서 공부할 시간은 아까웠을 테니까!

그런 와중에 중간고사가 다가왔고, 아마 다정이가 애들을 선동했겠죠. 저번 기말고사 때 해봤는데 아무한테도 안 들켰다, 선생들은 죄다 멍청이들이라 우리가 실수만 안 하면 절대로 걸리지 않을 거다, 처음에는 그렇게 안심시키지 않았을까요? 거기에 다들 공부도 제대로 안 했을 텐데 성적이 개판으로 나오면 집에는 뭐라고 설명할 셈이냐는 식으로 위기감을 조성해주면 금상첨화겠네요. 여기서 처음으로 거부감을 느끼기 시작한 애들이 생겼을 테고 실제로 그걸 실행에 옮긴 중간고사 직후에 모임에 대해 비판적인 입장이 나오게 됐던 것도 그런 이유였겠죠.

그렇게 불온함의 씨앗이 싹을 틔우려는 와중에 혜명이가 적극적으로 거부 의사를 밝히기 시작했고, 그 결과가 연이은 폭행으로 이어졌으니 이후에 어떤 일이 벌어졌을지는 짐작이 가시죠? 화장실에 끌려간 혜명이가 무슨 짓을 당했는지는 저도 모르지만 얼굴에 생긴 상처들과 날마다 늘어가는 멍 자국들에서 물리적인 폭행이 있었다는 건 어렵지 않게 연상할 수 있었어요. 거기에 어떤 외압이 있지 않고서야 끌려간 자리에서 자기 손으로 옷을 벗었다가 입어야 할 이유도 떠오르는 게 없었고, 그렇다면 누군가가 강제로 벗겼던 옷을 급하게 챙겨 입느라 흐트러진 차림새를 정리할 틈도 없었다고 생각하는 게 자연스럽잖아요.

벌거벗고 선 채로 굴욕감에 몸서리치는 그 애에게 모욕적인 언사를 쏟아내며 즐거워하는 다정이의 모습을 연상했던 건 그저 제 지나친 비약이었을까요? 그리고 끌려갈 때마다 젖은 채로 돌아온 교복. 굳이 수도를 열어서 물을 뿌려댈 필요도 없었을 거예요. 일단 물이 상당히 튀는 데다가 벗겨놓은 옷을 세면대에 두고 비벼대는 꼴이라니 자기들이 생각해도 우스웠겠죠. 생각해보세요. 화장실에는 반드시 비치되어있는, 항상 물이 차오르도록 설계된 기구가 있잖아요. 솔직히 이따금 그 애한테서, 희미하지만 지린내 같은 게 날 때도 있었어요.

물론 거듭 말씀드리지만, 실제로 그 무렵에 혜명이와 다정이 사이에 무슨 일이 있었는지는 모르고 딱히 알고 싶지도 않아요. 하지만 당장 머릿속으로 떠올릴 수 있는 것만 해도 이 정도에요. 직접 현장에서 함께했던 애들은 어떤 기분이었겠어요. 적어도 귀찮은 일을 떠넘겼을 뿐이라는 변명으로는 넘어갈 수 없는 입장이 되었음을 이해했을 거예요. 저항하지 않는 약자를 향한 일방적인 폭력에 동참하는 자신들이 그제야 혐오스러웠는지도 모르고, 만약의 경우에 본인들의 신변에 닥칠 페널티를 모면할 퇴로를 확보하기 위함이었을 수도 있겠죠.

어느 쪽이건 그 애들은 깨달을 수밖에 없었을 거예요. 자신이 속해있는 무리가 더는 자신에게 도움이 되질 않을 거라는 사실을 말이죠. 애초에 그룹이 와해했을 때 곤란해질 만한 사람은 처음부터 혜명이에게 의존해왔던 다정이와 그 친구들 몇몇뿐이었으니 사실상 크게 달라질 것도 없을 거라고 판단했을 거예요.

교실은 빠르게 정상화됐고, 혜명이는 점심을 빵으로 때우지 않게 되었어요. 저녁마다 화장실에 끌려가지 않게 되었고, 다른 애들이랑 시시덕거리며 잡담을 나눌 정도의 보편적인 여유를 되찾았죠. 예전과 같은 화사함은 없었고 정교하게 완성된 예술품 같은 아름다움도 오래전에 잃었지만, 오히려 그래서 평범한 여자애처럼 보였어요. 하지만 그 평범함 속에서 드러나는 인간미가 제게는 더 마음에 들었어요.

개인적으로는 그 애가 그때까지 겪었던 일들을 선생님이나 관련 기관에 이야기해서 다정이나 그 애에게 가담했던 애들이 합당한 만큼의 처벌을 받았으면 좋겠다고 생각했지만 그거야말로 제가 관여할 일이 아니었으니까요. 아쉬운 기분은 마음으로만 간직하기로 했어요. 결국 어떤 노력으로 얻어낸 결과도 아니었고, 그래서였는지 그 애도 썩 개운한 모습을 보이지는 않았지만 그래도 그 애가 떠받치던 신화의 하늘이 마침내 일개 자연물로서 대기의 일부가 되어 스스로 떠 있게 되었던 거예요. 혜명이가 반년 남짓한 시간 동안 겪어야 했던 고난은 그 애의 잘못에 의한 것도 아니었고 그로 인해 벌을 받고 있었던 것도 아니었지만, 그래도 그건 기뻐해야 할 일이라고 저는 생각했어요.

하지만 모처럼 자유로워진 선량한 아틀라스는 내디딘 한 발짝이 지면에 닿기도 전에 돌연히 사라져버렸어요. '실종'이라는 말이 제게는 아무래도 와 닿질 않네요. 그날 제가 목격했던 건 어떤 자연현상이나 물리법칙에 의해서 종적을 알 수 없게 되었다는 문제로 설명할 수 있는 게 아니었으니까요. 마치 피터 팬을 따라나선 웬디처럼 차라리 동화 속에 나오는 마법에 가까운 무언가였다고 생각하는 게 지금은 마음이 편할 것 같아요.

중간고사가 끝나고 한 달 정도가 지났을 무렵이었을 거예요. 그날 혜명이는 어쩐지 상태가 좋지 않았어요. 안 그래도 가느다란 팔다리와 갸름한 얼굴이 평소보다 마른 것처럼 보였고 혈색도 안 좋아서 적당히 깨끗하던 피부는 거의 창백하게 보일 정도였죠. 척 보기에도 몸이 좋지 않아 보였지만 도중에 조퇴를 하지도 않았고, 원래는 야자까지 마칠 생각이었는지 저녁 시간에도 다른 애들이랑 식당으로 향하는 걸 봤어요. 그래서 보기보다는 괜찮은가 싶었는데 결국 견디기 힘들었는지 저녁을 먹고 돌아온 혜명이는 여느 때처럼 제게 다가와서는 집에 가자며 보챘어요. 다정이네와 얽힌 문제가 해결되고 난 뒤로는 그 애나 저나 야자까지 마치고 평소 따로 돌아가는 편이었어요. 다만 이따금 생각났다는 듯 편의점이나 가자면서 그, 그 뭐라 해야 되죠? 단팥이랑 크림이랑 같이 들어있는 그 빵을 하나씩 사서 그대로 집에 돌아갈 때가 있었어요. 얻어먹는 주제에 일일이 불평할 수도 없는 노릇이라 그냥 먹어줬더니 입맛에 맞았다고 생각했던 모양이에요.

그날은 몸이 좋지 않아서 동행이 필요하다고 판단했던 걸지도 모르겠네요. 자랑은 아니지만, 혜명이도 다른 애들한테 부탁하는 것보다는 저한테 얘기하는 게 상대적으로 편했을 거라고 생각해요. 제 성격에 쓸데없이 무슨 일인지 추궁하면서 피곤하게 굴지도 않을 테고, 원

래가 모질지 못한 애였으니 겉으로는 문제없이 지내는 것처럼 보였
어도 얼마 전까지는 사람 취급도 안 해주던 애들한테 먼저 나서서 친
한 척하고 싶지는 않았을 테니까요.

　형사님도 보신 적 있겠지만, 저희 학교는 같은 재단의 대학이랑 동
산 하나를 두고 위아래로 자리하고 있어서 하굣길 일대가 전부 대학
가란 말이죠. 저희가 학교를 나설 무렵에 거리는 이제 막 활기를 띠
기 시작할 시간대라서 그 반동이라고 할지 블록마다 샛길로 이어지
는 골목은 한층 인적이 뜸해지거든요. 혜명이는 조금 느린 걸음으로
걷다가 이내 어느 한 골목 앞에서 멈춰 서더니 잠깐 먼 곳에 있는 무
언가를 응시하는 것처럼 그곳을 멍하니 바라봤어요. 금방이라도 한
숨을 쉴 것 같은 표정이 어딘가 지친 것처럼 보였지만, 조금 앞서 걷
던 저는 걸음을 멈추고 그저 의아해하면서 늘 그랬듯 그 애가 무슨
말이라도 꺼내주기를 기다리기만 할 뿐이었어요. 변화를 추구하려면
결국 자기가 행동하는 수밖에 없다니, 저는 뭐가 그렇게 잘나서 그런
소리를 했던 걸까요.

　"저기, 전에 줬던 그거 있잖아."

　이윽고 입을 연 혜명이가 말하는 '그거'라는 게 뭔지, '전에'라는 게
정확히 언제를 의미하는 건지 처음에는 이해하지 못했어요. 알고 지
낸 것도 작년에 같은 반이 되고서부터였고 같이 다니게 된 것도 기껏
해야 한 달 남짓이었으니까요. 제가 그 애한테 받아본 거라고는 점심
시간에 빵 한 덩이 얻어먹은 게 거의 전부였고, 뭘 줬다고 해봐야 얻
어먹은 만큼 돌려준다는 심산으로 자판기에서 음료수를 두어 번 정
도 사줬던 게 다였어요. 곰곰이 지나온 달력을 넘겨봐도 집히는 게

없어서 운전석에 앉아 정체된 도로 위를 기어 다니는 차들의 틈바구니에 끼어있으면 그런 기분이 들지 않을까 싶었죠. 그러다 문득 떠오른 발상 하나가 회귀하던 사고의 발목을 붙잡더군요.

기억하시나요? 그날. 그리스도의 시신을 끌어안은 성모 같은 표정으로 참고서를 내려다보던 그 애에게 분개했던 점심시간. 나서서 도와주지는 못할망정 교실 구석에 쥐 죽은 듯이 처박혀서 방관하고 있던 주제에 잘난 척 훈계나 늘어놓을 줄 알았지 실속은 뭐 하나 제대로 갖춘 것도 없었던 형편없는 동급생을 상대로 천 원짜리 호의를 건네던 그 애에게 제가 나름의 반성으로써 건넸던 물건이 있었죠. 하지만 저는 내심 혜명이가 그걸로 뭔가 문제를 일으키지는 않을 거라 생각했었고, 실제로도 별다른 일이 일어나지도 않아서 진즉에 버렸을 거라고 생각했어요. 그런데 그 애한테도 제법 당돌한 구석이 있었던 모양이에요.

"하나씩만 피워볼래?"

자기도 자신이 없었는지 기어들어 가는 목소리로 그렇게 중얼거린 혜명이는 특유의 비틀어진 표정으로 웃고 있었어요. 지금 와서 돌이켜보면 그 애는 아마도 남이 자기 마음을 알아줬으면 좋겠다고 생각하는 한편으로 아무것도 묻지 말아 주기를 바랐던 거라고 생각해요. 그 애는 이해하되 공감하지 않는 건조한 관계를 원했고, 저도 그런 담백함이 싫지 않았죠. 제가 그 애한테 감추고 있는 속내를 털어놓으라고 종용하지 않았던 건 그런 감상에 어렴풋이나마 동의하는 구석이 있었기 때문이었는지도 몰라요. 애초에 궁금하지도 않았고 내가 진심으로 대하면 상대도 그에 응해줄 거라고 기대하는 건 일종의 종교적인 믿음에 가까운 거라고 생각했으니까요. 저는 그 애가 어떤 진심을 털어놓더라도 아무 조건 없이 응해줄 수 있으리라는 자신이 없었고, 그냥 그대로 있어 주는 것만으로도 괜찮았어요.

하지만 제게는 그 찰나에 뇌리를 스치고 지나가, 흐릿하지만 분명하게 실체를 갖춘 확신이 있었고 저는 그걸 확인하고 싶어서 견딜 수가 없었어요. 머릿속에서는 개미들이 굴을 파고 기어 다니는 것 같은데 그걸 긁어낼 수 없는 답답함을 참을 수 없었어요.

"부모님 때문이야?"

혜명이를 괴롭게 만들던 요인은 크게 세 가지였을 거라고 생각해요.

물론 첫째로는 다정이겠죠. 조금 넓게 잡으면 다정이와 함께 다니던 패거리까지 포함해서 생각해도 될 거예요. 혜명이가 어림잡아서 반년 남짓한 기간 동안 정상적인 학교생활을 누리지 못하게 됐던 건 전적으로 걔들 책임이었으니까요. 말이 좋아서 반년 남짓이지 그렇게까지 시달렸으면 보통은 죽거나 죽이거나, 아니면 둘 다 저질러서 진작 뉴스에 나왔어도 이상하지 않을 일이었잖아요. 하지만 그 문제는 이미 중간고사를 기점으로 어느 정도 해소될 기미가 보였고, 실제로 마무리가 깔끔했다고 하기는 어렵지만 나름의 결착이 지어졌던 만큼 새삼스레 그 문제로 고민해야 할 이유는 없었을 거예요.

두 번째는 도움이 되지 않는 주변 환경. 여기에는 여름방학 이후에 공부 모임에 참여했던 대다수의 학급 인원들이나 그들의 부정행위를 묵인했던 이외의 다수가 포함되겠죠. 혜명이가 선생님이나 관련 기관에 상담을 요청한 일이 있었는지는 모르지만, 만약 있었다면 알면서도 사태를 방관한 그들에게도 책임이 있는 셈이에요. 이것도 첫 번째 문제가 해결되면서 자연스럽게 소멸했을 문제였으니 마찬가지로 고려할 필요가 없었어요.

그렇게 가능성을 모두 제외하고 마지막으로 남는 게 그 애의 부모님이었던 거예요. 애초에 그 부모라는 사람들은 저와 일면식도 없는 사이였고, 당연히 그 사람들의 어떤 점이 그 애를 그토록 힘들게 만들었는지 같은 구체적인 내용까지는 제가 알 턱이 없었지만, 그렇게나 모진 반년의 시간을 맨몸으로 버텨내던 애가 담배에 손을 대겠다는 소리를 했다고요. 무슨 일이 있었을지 상상하기는 어렵지 않았죠. 다른 건 몰라도 얼굴이 창백해질 만큼 괴로운 와중에 평소보다 살집이 적어진 팔다리로 학교에 나와야 했던 이유는 분명 그 사람들 때문이었을 거예요.

만약 그때 늘 그랬듯 입 다물고 있었더라면 그 애는 지금도 멀쩡하게 제 곁에 있었을까요? 하다못해 반이 갈렸더라도 다정이 같은 애들에게 시달리던 과거는 잊은 채 즐겁게 지낼 수 있었을지도 몰라요. 하지만 그런 가정은 무의미한 결과론조차 될 수 없겠죠. 결과론이라는 건 결론으로 이어지는 원인의 방향성에 따라 바뀌는 법이고, 저는 그 애가 그렇게 증발해버린 이유 같은 건 도저히 모르겠으니까.

혜명이는 제 질문에 대답하지 않았고, 골목 안쪽으로 제 뒤에서 기운 없이 들려오던 발소리 그대로 느릿하게 걸어갔어요. 상가건물들 사이로 나 있는 좁은 틈으로 마치 빨려 들어가듯 파고들었죠. 어떤 예감이 있었던 것도 아니었는데 저는 괜스레 마음이 조급해져서 평소보다 약간 빠른 걸음으로 따라갔지만 왜인지 그 애를 따라잡을 수가 없었어요. 천고마비의 계절에는 태양도 나태해져서 일찌감치 저녁이 찾아왔지만 아직은 여지를 남기는 것처럼 지평선에 걸려있을 시간이었는데도, 쫓아 들어간 그곳은 건물의 그림자가 겹쳐 볕이 들지 않는 완연한 음지였어요.

혜명이가 그 자리에 멈춰 서있는 걸 확인한 저는 영문도 모른 채 안도했지만, 제게 등을 보인 채 돌아설 기색이 보이지 않는 그 뒷모습에서 그 애가 걸음을 멈춘 것은 저를 기다리기 위함이 아니었음을 직감했어요. 어둠이 내려앉은 골목의 안쪽과 붉은빛이 선명해진 거리의 격차가 마치 저와 그 애의 거리감을 실감하게 하는 것 같아서, 어쩐지 낯설게 느껴지는 그 애에게 선뜻 다가갈 마음이 들지 않았어요.

저는 어떻게 해야 했던 걸까요? 난처해하는 점원 앞에서 죄지은 사람마냥 고개를 숙이고 있던 그 애를 끌고 달아났던 그때처럼 거기서 당장에 그 애의 손목을 낚아채서 끌어냈어야 했을까요?

모처럼 틔운 싹을 짓밟히면서도 길바닥에 뿌리가 박혀서 떠나가지도 못하는 잡초마냥 우두커니 서서 그 애가 돌아보기만 기다리고 있을 게 아니라, 뭐라도 하다못해 나를 돌아봐달라고 소리라도 쳤어야 하는 거였어요. 그랬다고 뭔가 달라졌을 거라고는 생각하지 않지만 적어도 지금처럼 후회가 남지는 않았겠죠.

분명한 건 실종되기 직전까지도 그 애를 몰아세웠던 건 결국 그 애의 부모님이었다는 거예요. 형사님이 굳이 예전 일을 들춰내서 다정이나 다른 애들을 추궁하건 처벌하건 저랑은 상관도 없고 관심도 없지만, 그 부모라는 사람들이 아무런 대가도 치르지 않고 넘어가는 건 용납할 수 없어요. 혜명이가 그렇게 사라져버린 건 누구의 책임으로 돌릴 수 있는 문제가 아니지만, 그 사람들이 십수 년 남짓한 시간 동안 그 애의 인생을 통째로 주물러댔을 걸 생각하면 절대로 용서 못해요.

그저 심증일 뿐인 것 같으세요? 본 적도 없는 남의 부모를 헐뜯고 깎아내리는 제가 버르장머리 없이 철모르고 까부는 요즘 애들 같으시겠죠. 하지만 혜명이가 마지막으로 남겼던 그 한마디가 제게 확신을 줬어요. 왼쪽으로 약간 기울이듯 돌아본 옆얼굴로 혜명이는 희미하게 신음하듯 이렇게 말했던 거예요.

"살려줘."

희박해져 가는 존재감의 옷깃을 붙드는 것처럼 나지막이 들려온 그 한마디가 귓가를 스친 그 순간에 혜명이는 사라져버렸어요. 흔적도 남기지 않고 돌연히, 흡사 보이지 않는 거대한 무언가에 삼켜져 버린 것처럼. 그 애가 서 있던 자리에는 그저 일상세계로부터 격리된 눅눅한 그림자만이 경계의 너머에서 쏟아져 들어오는 노을빛을 따라 꿈틀대고 있을 뿐이었어요.

이게 제가 알고 있는 1년 전 실종사건의 전말이에요.

믿지 못하겠다는 표정이네요. 괜찮아요. 처음부터 믿어줄 거라고 생각해서 얘기한 건 아니었으니까. 그냥 누구한테든 털어놓고 싶었어요. 1년이나 지난 사건을 지금에 와서 들춰내려는 의도가 뭔지는 몰라도, 형사님은 그 애를 찾아낼 생각이시겠죠. 이런 말씀드리긴 좀 그렇지만, 이제라도 그만두는 게 좋을 거라고 생각해요. 작년에 있었던 수색작업도 나름대로 대규모 인력이 동원됐던 걸로 알고 있어요. 그런데도 털끝 하나 발견할 수 없었죠. 이제 와서 형사님 혼자서 뭘 하실 수 있을지 솔직히 의문이에요.

　저는 그 애가 살아 있을 거라고 믿지만, 만약 그렇다 해도 그 애와 재회할 수 있으면 좋겠다고 바라지는 않아요. 어딘가에서 잘 지내고 있다면 차라리 돌아오지 않는 편이 그 애를 위한 거라고 생각하니까. 그래도 만약 다시 만난다면 그때는 제가 먼저 말을 걸어 보는 것도 괜찮을 것 같아요. 그 애한테 하고 싶은 얘기가 많거든요.

2

망자의 부활에 대해

*　*　*

　안락관(安樂館)이라는 간판을 내걸고 있는 그 커피숍은 의외로 도
히지이 한복판에 터를 잡고 있었디. 역전광깅에시 도보로 십 분 거리
에 위치한 제법 규모가 있는 상가(商街)였다. 가게는 양쪽에 고풍스
러운 분위기가 인상적인 베이커리와 요즘 젊은 애들한테나 인기 있
을 법한 팬시용품점을 두고서 조금 어정쩡하게 자리를 잡고 있었다.
　카운터에는 중후한 분위기의 연로한 남성이 서 있었는데, 가게로
들어서자마자 주문도 받지 않고 아메리카노에 쇼트케이크 하나를 내
오더니 6천 원을 받아갔다. 일단 점내에 메뉴판이랄 게 따로 없었다.
카페 같은 곳을 즐겨 찾는 편이 아니라 저렴한지 어떤지는 모르겠지
만, 그의 영업방침에 다소 독특한 구석이 있음은 분명히 알 수 있었
다. 실내는 기역 자 모양으로 입구에 들어서면 바로 정면에 카운터가
있고, 좌측으로 꺾어지는 복도가 건물 안쪽을 향해 파고드는 구조로
되어있어서 채광이 좋지 않았다. 벽과 바닥을 비롯해 인테리어 전반
이 목재로 되어있어서, 안 그래도 볕이 들지 않는 와중에 어둑한 조
명까지 어우러져 마치 서부영화에 자주 나오는 술집을 연상케 했다.
　척 보기에도 장사가 잘되는 편은 아닌 듯했는데, 역전광장의 인근
에 자리한 대규모 상가 거리의 한복판에 터를 잡은 것치고는 오늘까
지 이런 곳이 있는 줄도 몰랐다. 주말인데도 번듯하게 정장을 차려입
은 중년남성과 대학생 정도로 보이는 수수한 인상의 여성이 각자 한
테이블씩 자리하고 있을 뿐이라 어느 쪽이 주 고객층인지도 알 수가
없었다. 애초에 커피를 즐겨 마시는 편이 아니라 커피 맛이 특출한지

도 잘 모르겠다. 케이크는 꽤 맛있었지만 숨겨진 명소 같은 분위기를 뿜어대는 주제에 내세울 만한 게 케이크뿐이라면 그건 그것대로 문제가 아닌가 싶다.

설화와는 고등학교 졸업 후에도 종종 연락하는 사이였지만 그렇게 자주 얼굴을 마주하는 사이는 아니었다. 부득이하다고 할 만한 사정이 있었던 건 아니었고, 단순히 대학 시절에는 과가 달랐을 뿐이고 이후로는 그냥 서로 바빴던 탓이다. 마지막으로 만난 게 재작년 가을쯤 동창회에서였는지 그 전에 있었던 결혼식에서였는지도 가물가물하다.

참고로 대학 시절 알고 지내던 지인의 결혼식이었는데, 이름도 기억나지 않는 녀석이 청첩장만 덜렁 보내놓은 게 아니꼬워서 축의금 5천 원에 밥만 두둑이 먹고 나왔다. 우연히도 설화는 신부 쪽의 지인이었는데, 식당에서 마주친 김에 몇 마디 안부를 나누고서 헤어졌던 걸 기억하고 있다. 아무튼 이렇게 직접 연락하는 건 꽤 오랜만이었고, 예전에 갑작스레 날아온 청첩장 때문에 불쾌했던 기억도 있어서 나름 조심스러웠다. 그런데 설화는 의외로 담담하게 반응했다.

"오, 이 시간에 무슨 일이야?"

당시 시간이 오후 8시쯤이었는데, 원래는 저녁을 먹고 곧장 전화를 할까 싶었으나 내가 저쪽의 일정을 모른다는 사정을 고려했을 때 두어 시간 정도의 유예가 필요할 거라 판단했다. '이 시간'이라 함은 요컨대 전화를 걸기에는 다소 늦은 시간이지 않느냐는 의미였을 것이다. 피로에 찌든 전화상담원처럼 늘어지는 말투에서 처량할 정도로 묻어나는 권태감은 그렇다 치더라도, 누구냐고 묻지도 않는 태도는 의외였다. 마치 며칠 전 점심을 함께한 사람처럼 경계심이 없었다. 선선한 태도에 안도했다기보다는 외려 당혹스러워서 신호음이 들려오는 내내 긴장감으로 굳어있던 어깨가 단숨에 풀어져 버렸다. 원래는 좀 더 까칠한 이미지였던 걸로 기억하고 있었는데, 과연 10년이면 강산도 변하는 법이었다. 약속 장소와 시간은 설화가 정했고, 각자 점심을 먹은 뒤 2시쯤에 이곳에서 만나기로 했다. 그러니까 이 기묘한 분위기의 카페는 설화의 취향이라는 뜻이다. 설화가 말하길, 사장님께서 커피 내리는 솜씨가 상당히 괜찮다는 모양이지만 앞서 말했다시피 커피 맛 같은 건 잘 모른다.

테이블에 놓여 있던 케이크를 절반 정도 먹어치웠을 무렵에야 설화가 가게 안으로 들어왔다. 카운터 쪽으로 검지를 세워 보이는 정체불명의 제스처를 취하고는 곧장 내 쪽으로 다가와 맞은편에 자리를 잡고 앉았다.

귀찮다는 듯 하나로 묶어 올린 머리카락의 끄트머리가 옅은 노란빛을 띠고 있었다. 날카롭게 날을 세운 칼날 같은 눈매치고는 온화한 인상의 이목구비에 전체적으로 선이 가는 외모의 미인이다. 가느다란 체형이라 장식이 적은 터틀넥 니트 스웨터에 청바지라는 간소한 차림새에도 썩 맵시가 있다. 그런데도 이성으로서의 매력이 전혀 느껴지지 않는 중성적인 분위기가 마주 앉은 이로 하여금 부담감을 덜어준다. 오랜만에 만난 친구는 오랜만에 만난 것치고는 그다지 변한 게 없어 보였다.

"선생님들은 주말에 쉬나 보네? 하기야 공무원이니까 당연한 건가?"

의자 끝에 걸터앉아 등을 벽에 기대 눕는 느낌으로 자리를 잡은 설화는 인사도 없이 대뜸 그렇게 말하면서 담뱃갑을 꺼내 능숙하게 한 개비를 뽑아 입에 물었다. 어처구니가 없어서 주머니를 뒤적이며 라이터를 찾는 녀석을 가만히 쳐다보고 있자니 그제야 깨달았다는 듯, "아, 넌 담배 안 피웠던가?"하고 입에 물고 있던 물건을 도로 갑에 집어넣었다.

나중에 알게 된 사실이지만, 카운터에 서 있던 중후한 노인의 재량으로 실내흡연을 허용하고 있었다는 모양이다. 그게 업주의 재량으로 해결된 문제는 아니었지만, 변변한 연고도 없는 낙후한 업소를 위해 법률적인 제언을 내놓을 정도로 나는 오지랖이 넓지 않았다.

"선생님이 아니어도 주말에는 보통 쉬겠지. 그리고 사립학교라 공무원은 아니다. 굳이 따지자면 재단 산하 직원이지."

자세히 설명하자니 복잡하기도 하고 귀찮기도 해서 적당히 대답해 준 직후에 타이밍을 살피고 있었는지 카운터의 노인이 아메리카노와 치즈케이크를 가지고 나와 설화의 앞에 내놓았다. 아무래도 시커먼 미국식 커피 일변도인 음료에 비해 케이크는 이것저것 갖춰두고 있는 모양이다. 입구에서 취해 보인 제스처와 관련이 있는지도 모르겠다. 이전부터 친분이 있었는지 눈웃음으로 인사를 대신하는 설화와 그런 그녀를 무시하다시피 하며 도로 카운터로 돌아가는 주인을 어처구니가 없어서 쳐다보고 있자니 설화가 먼저 화제를 돌리듯 이야기를 꺼냈다. 형식적인 담백함이 묻어나는 말투와 달리 설화는 내 이야기에 제법 흥미가 있는 듯했다.

"그런데 학생들 문제를 상담하는데 왜 나한테 연락을 했대? 혹시 그런 건가? 선생님들끼리도 무슨 알력관계 같은 게 있나? 뒷소문 같은 게 인사절차에 불이익이 된다거나, 그런 거 말이야. 하기야 어느 사회에나 정치하는 놈은 있는 법이니까 당연하다면 당연하기는 한데.”

요컨대 학생들을 선도해야 할 교사로서의 고충이 다른 선생님들에게는 학생에 대한 관리능력의 결여로 비칠 수 있다는 뜻이었다. 내용만 놓고 보면 걱정처럼 들릴 수도 있었지만 남 일이라는 듯이 시시덕거리는 태도로는 아무래도 설득력이 부족하다. 말 그대로 표리부동이라지만 통용되는 의미와는 경우가 반대였다. 다만 확실히 그런 프로파간다에 유독 적극적인 인간들이 없지는 않으니 추론으로서는 제법 합리적이라 할 수 있겠다. 내심 불쾌해하면서도 성실하게 대답해주는 나도 참 성격이 모질지 못한 사람이었다.

“그야 그런 게 없지는 않다만, 이번에는 아니야. 이래 봬도 선생님들 사이에서는 촉망받는 유망주라고.”

대부분의 사회생활이 그렇듯 학교도 크게 다르지 않다. 하나의 집단을 사회로 성립시키는 건 결국 친분을 중심으로 형성된 작은 무리들의 총합이다. 어른이 돼서도 모르는 인간들이랑 부대끼며 산다는 건 피곤한 일이었지만 방법론적으로 크게 달라질 건 없었다. 사회생활이라는 것도 일종의 공식과 같다. 요령만 알면 어렵지 않게 답을 낼 수 있다. 나는 어렸을 때부터 그럭저럭 처세에 능한 편이었다. 그런 문제라면 더더욱 이 녀석에게 상담할 이유가 없었다.

“그 왜, 귀신이나 유령 같은 그런 걸 심령현상이라고 하던가? 굳이 따지자면 그런 게 얽혀있는 문제거든. 일단 본인이 그렇게 말하고 있으니까 그런가 보다 하고는 있다만, 아무래도 쉽게 믿어주기는 어려운 얘기라서 말이지. 그쪽으로는 네가 잘 알지 않을까 싶어서.”

30대를 목전에 둔 나이에 심령현상이라니. 직접 입 밖으로 내뱉고 보니 생각했던 것보다 현실감이 없는 단어였다. 두어 차례의 가정방문을 통해 대략적인 사정은 알고 있었지만 그 사정이란 것이 내게는 무척이나 황당무계한 것이라 막상 정리해서 설명하자니 뭐라 말을 하면 좋을지 알 수가 없었다.

설화는 의아하다는 듯 불쾌하다는 듯 미묘한 표정으로 미간을 찌푸렸는데, 처음에는 다소 횡설수설하는 설명을 이해하지 못한 탓인 줄 알았더니 그건 아니었던 모양이다.

“마법이랑 심령학은 분야가 조금 다른데. 오컬트의 하위분야라고 보면 일맥상통하는 것 같기도 하니까 착각해도 별수 없겠다만, ‘선생’이라면 좀 알고 있을지도 모르겠는데 나는 잘 몰라. 애초에 관심도 없고.”

그렇게 말해도 문외한인 내가 알아들을 턱이 없었다. 설화는 몇 마디 비꼬듯 덧붙였다. 심리학을 전공한 대학생이 친척 어른들에게 텔레파시나 독심술을 요구받는 상황과 비슷하다고 한다. 굳이 따지자면 선택 교양에 가까워서 굳이 알아야 할 필요도 없고, 거기에 본인은 아주 관심이 없다고 단언해버릴 정도였으니 여기서 뭘 더 물어도 변변한 대답은 내놓지 못할 것이라는 얘기였다. 어느 정도는 예상했던 일이었지만, 아무래도 낙담하지 않을 수 없었다.

내가 전역했을 무렵 설화는 이미 학교를 떠난 뒤였다. 졸업을 1년 남겨두고 자퇴했다는 얘기를 이 녀석의 지인에게서 전해 들었다. 미국으로 유학을 간다는 말만 남기고 그대로 연락이 끊어졌다는 모양이다. 옛날부터 다소 충동적인 구석이 있는 녀석이었지만, 설마 미국이라니. 하버드나 옥스퍼드 같은 이름밖에 떠오르지 않아 솔직히 실감이 나지 않았다. 대학 시절에는 이미 상당히 소원해진 상태였고, 그 이전 고등학교 때도 아주 친했던 건 아니었다. 갑작스러운 소식에 놀라긴 했지만, 이별을 아쉬워할 만큼의 관계는 아니었다.

그마저도 옥스퍼드가 영국의 대학이라는 사실은 나중에야 알았다. 그런 녀석과 새삼스레 얼굴을 마주하게 된 경위를 구태여 설명하자면, 최근 나를 고민하게 만들던 문제로 머리를 싸매며 골몰하던 중에 문득 이 독특한 친구와 마지막으로 얘기를 나눴던 결혼식 자리에서의 일을 떠올렸던 것이 계기였다. 우리는 서로 요즘 뭐 하고 지내느냐는 둥, 벌이는 괜찮으냐는 둥, 가벼운 인사치레를 나누고 연락처를 교환한 뒤 헤어졌는데, 나는 그때 설화가 어딘가 석연찮은 표정을 지었던 걸 내심 신경 쓰고 있었다.

뉴스를 확인할 것도 없이 요즘 같은 불경기라는 와중에도 나는 운이 좋은 편이었다. 학교를 졸업하고 그해 여름에 곧장 인근의 사립학교에 취직이 결정되었던 것이다. 사정을 듣자 하니 아무래도 재단의 요직에 있는 분께서 아버지 지인분의 먼 친척과 동향 사람이 되신다는 모양이라 그다지 매력적이지 않은 이력에도 불구하고 채용대상이 되었던 것은 그분께서 나름 힘을 써주셨기 때문이라는 듯하다. 굳이 따지자면 그분은 아버지와도 아버지의 지인과도 아무런 연고가 없는 셈인데 나중에 인사라도 드리러 가라는 얘기는 어째서인지 어머니께 들었다.

어른들이란 참 복잡하다며 너스레를 떨어 보이자 설화는 어쩐지 떨떠름한 표정으로 마뜩잖다는 듯 웃으면서 "나는 대단할 건 없고, 그냥 공부 중이야."라고 얼버무리듯 대답했다. 하지만 그냥 공부라고만 해도 감이 잡히지 않았다. 자격증이나 공무원 시험 같은 건가 싶어서 재차 물어보니, 설화는 잠시 고민하듯 눈동자를 위로 향한 채 이리저리 굴려대다가, 이내 별로 상관없겠다는 둥 중얼거리고는 저 혼자 납득했다는 듯 "마법"이라고 심드렁하게 한마디만 던졌다.

느닷없이 마술사 지망이라니, 그런 취미가 있었던가 싶어서 조금 놀랐지만 느닷없기로는 대학을 때려치우고 미국으로 날아갔다는 얘기가 한층 충격이었던 터라 아주 이해가 가지 않는 것도 아니었다. 그래서 나중에 기회가 있으면 괜찮은 묘기라도 보여 달라는 식으로 적당히 대꾸했는데, 설화는 뭐가 마음에 안 들었는지 미간을 과장되게 찌푸리고는 쏘아붙이는 투로 그런 게 아니라며 짜증을 내는 것이었다. 철학과 학생에게 점을 봐달라는 거랑 뭐가 다르냐는 적절한 비유는 덤이었다.

지금도 크게 다르진 않지만, 당시에는 정말 이해가 가질 않는 반응이라 화도 내지 못했다. 툴툴대며 떠나가는 녀석을 멍청하게 쳐다보고 있을 뿐이었다. 그렇게 헤어졌던 게 녀석도 못내 신경이 쓰였는지, 그날 저녁에 먼저 전화를 걸어왔다. 녀석이 해명하길, 느닷없이 짜증을 내서 미안하지만, 당시에는 친구들한테도 똑같은 얘기를 여러 번 들어서 예민한 상태였으니 이해해주길 바라며 본인이 말한 마법이란 뛰어난 언변과 손기술의 연출로 착시를 유도하는 재주가 아니라 어디까지나 학문의 일종이고 그 때문에 유학까지 다녀왔는데,

그날은 여기저기서 무시당하는 기분이라 속이 상했다는 모양이다.

자세한 설명은 전문 분야라며 생략했지만, 대략 오래된 주술이나 신화시대의 술법 같은 걸 문헌학적인 방법론으로 연구하는 학문이라고 했다. 인터넷에 떠도는 오컬트 담론 같은 거라고 이해하는 게 편할 거라는 설명을 들었던 게 며칠 전에 기억이 났고, 내키지는 않았지만 마침 나는 그런 류의 조언을 필요로 하고 있던 것이다.

그렇게 현재에 이르렀지만, 해결된 건 아무것도 없었다. 원점으로 돌아간다는 수준이 아니라 출발조차 하지 못한 상태였다. 사실 무슨 기대를 하기에도 워낙에 허무맹랑한 얘기였던지라, 만약 설화에게서 제대로 된 대답이 돌아왔다면 그건 그것대로 곤란하기만 했을 것 같기는 하다. 그렇다고 달리 변변한 해결책이 있었는가 하면 그것도 아니었으니, 사면초가라 하기에 더할 나위가 없었다.

"뭔지는 모르겠는데, 그렇게 한숨만 쉬지 말고 무슨 일인지 얘기라도 해봐."

표정은 그렇다 치더라도, 한숨이라면 고작 한 번이었으니 그냥 심호흡 정도로 생각하고 넘어가도 될 일일 텐데 굳이 지루하다는 티를 내면서 투덜대는 건 확실히 이 녀석다운 태도였다. 더 이야기해도 도움이 되지 않을 거라고 방금 스스로 공언한 마당에 대단히도 뻔뻔한 발언이었지만 확실히 먼저 도움을 청한 것도 내 쪽이었고, 멋대로 기대했다가 멋대로 실망하고 있는 것도 결국 내 책임일 뿐이었다. 게다가 귀중한 주말에 이 녀석이 시간을 내준 것도 어찌 됐건 사실이니 이대로 돌려보내는 것도 분명 예의가 아니었다. 기분이 좋지는 않았지만 일단 이치에는 맞았다는 뜻이다.

"나야 심령학에는 관심이 없으니까 도움이 안 된다는 얘기였고, 마법사 중에도 강령술에 조예가 있는 사람은 얼마든지 있으니까. 그야 진짜배기 무당이나 주술사 같은 사람들에 비하면 당연히 겉핥기 수준이겠지만, 어지간히 급한 일이라면 아는 사람 중에도 연결해줄 수는 있어. 그러니까 일단 얘기라도 해보라고. 가능한 만큼은 도와줄 테니까."

권태감에 찌든 술집 종업원 같은 태도만 아니라면 참 고마운 마음가짐이었지만, 듣던 중 반가운 소리라고 하기엔 강령술이니 무당이니 하는 전근대적 민속신앙에 대한 막연한 거부감과 더불어 사이비 종교단체의 홍보문구 같은 어감이 마음에 걸렸다. 애초에 나는 그 애의 이야기를 반신반의하기는커녕 모종의 정신질환으로 말미암은 환각작용에 가까운 것으로 이해하고 있었기 때문에 솔직히 이런 비과학적인 분야에 의존하고 싶은 마음은 조금도 없었던 것이다. 혹시나 하는 기대감조차도 애초에 없었다는 뜻이다. 문제는 분명 내게 정신병자의 헛소리를 뱉어대며 발작적으로 경기를 일으키던 그 애에게서 정작 가벼운 불안장애와 초기 단계의 우울증을 제외하면 어떠한 정신과적 병력이 발견되지 않았다는 것이다. 약간의 망상증세가 보인다는 진단이었지만 병적인 수준이 아니라는 판단으로 일주일 치 약을 처방받은 게 전부였다고 했다.

손톱으로 깊게 긁혀 살점이 떨어져 나간 자신의 팔뚝을 보여주며 그 애의 어머니는 결국 울었다. 일면식도 없었던 딸의 담임을 앞에 두고 오열하고 말았다. 정신병원에 끌려가는 내내 고함을 지르고 저항하던 딸에게 당한 상처라고 했다. 그런데도 병원에서는 그 애를 무척이나 평균적이며 지극히 정상적인 상태라 진단했다는 것이다.

십중팔구 오진이었겠지만 만약 그렇다 하더라도 내게는 마땅한 수단이 남지 않았다

말이 좋아서 담임이지 나는 처음 가정방문이 있던 날을 제외하면 올해 들어 그 애를 만나본 일조차 거의 없었다. 이후로도 두어 번 정도 찾아갔지만, 그마저도 나를 의지할 수 없는 인간으로 판단했는지 방문을 걸어 잠그고 두문불출이었다. 선생이라는 입장에서 할 수 있는 일이라고 해봐야 아이를 믿고 기다리자는 개소리를 웃는 낯짝으로 지껄이는 것뿐이었다.

어쩌면 설화에게 연락해보자고 생각했던 것도 단순히 학생을 방임하고 있는 것은 아니라는 면죄부를 얻고자 무의식적으로 떠올린 발상이었는지도 모른다. 어른이 되어도 혼자서 해낼 수 있는 일은 별로 없었고, 어지간한 난관 앞에서는 여전히 무력할 뿐이었다.

만약 정말로 단순한 정신질환의 문제였다 하더라도 결국 내가 해줄 수 있는 건 믿고 기다리자는 개소리뿐이었다. 그렇다면 차라리 인정하고 싶지 않더라도, 당장은 이 녀석이 말하는 오컬트 담론에 의지하는 수밖에 도리가 없었다.

그렇게 생각을 정리하고 나니 자신의 행동에는 나름대로 합리성이 있었다. 여전히 약간의 망설임이 남았지만, 목젖에 걸려있던 속내를 털어놓는 부담감은 확연히 줄어있었다.

“그 얘기를 하려면 일단 작년에 있었던 일부터 알아야 되는데⋯.”

***

　천다정이라는 학생에 대한 교사들의 평가는 의외로 나쁘지 않았다. 행실에 다소 불량한 구석이 있기는 했지만 다른 학생들에게 직접 피해를 주는 일은 없었고, 수업시간에는 얌전히 엎드려 있는 경우가 대부분이라 크게 면학 분위기를 헤치지도 않았다. 그마저도 마음에 안 들었는지 볼멘소리를 하는 선생님들도 없지는 않았지만 괜히 일어나서 시끄럽게 떠드는 것보다야 낫다는 데에는 대부분 동의했다. 성격도 털털하고 시원시원한 구석이 있어서 교우 관계도 나쁘지 않았다. 행실이 나쁘다고 해봐야 골목 구석에서 담배를 피우다 몇 차례 적발되거나 드문드문 무단결석이 잦은 편이라는 정도고, 잘했다는 건 아니지만 그 정도는 담임 차원에서 훈계하는 거로 마무리될 일이었다. 엄밀히 말하면 흡연은 징계 사유였다. 그러나 사회생활이라는 건 원래 융통성을 전제로 돌아가는 법이다. 내게도 학창시절은 있었고 나름의 사소한 일탈에 빠졌던 적도 없지는 않았다. 학생들의 심정을 이해한다느니 하는 문제 이전에 그런 문제로 일일이 징계위 같은 걸 열어 대는 건 절차상의 낭비라는 뜻이다. 다른 애들과 특별히 분란을 일으킨 적도 없었고, 어울려 다니는 몇 명과 얌전히 지내는 편이었다. 외려 자의 반 타의 반으로 시끄러운 상황을 정리하는 역할을 할 때도 있어서 애들 사이에서는 의외로 이미지가 좋은 모양이었다. 교사들 사이에서 평판이 좋을 이유는 없었지만, 그렇다고 거기서 크게 나빠질 이유도 거의 없었다는 얘기다.

　때문에 나도 그 애를 믿었다. 그게 실수였다고 한다면 변명할 말은 없지만, 적어도 나를 거기까지 이끌었던 그 수많은 판단들의 근간을 이루는 것이 자기 보신을 위해 쥐어 짜낸 얄팍한 잔머리만은 아니었으리라 믿고 싶은 것이다. 이상한 선입견이라고 할까, 맡은 학급에 우수한 학생이 있다는 사실은 담임의 지도가 뛰어났다는 반증이라는 믿음이 있는 모양이다. 밤낮으로 교과서를 펼쳐보고 참고서가 걸레 조각이 되도록 펜 끝으로 난도질하면서 코피를 쏟아대지도 않았는데, 결과적으로는 교사의 평가가 오른다. 개인에 대한 평가는 그 자체가 기대감의 척도이기도 하다. 분에 맞지 않은 기대는 어깨 위에 쌓이면서 하나의 감정적 지층을 이루고, 그렇게 만들어진 거대한 덩어리를 우리는 흔히 부담감이라 부른다. 내게 있어서는 서혜명이라는 학생이 그랬다. 일단 성적이 좋았다. 다른 학생들이 모르는 특출한 공부법이 있다거나 어디 알아준다는 학원을 다니는 것 같지도 않은데, 정작 내놓는 결과물을 보면 불공평하다 싶을 만큼 월등했다. 그런 애들이 보통 성격도 좋아서 교우 관계도 원만하고 가끔 친구들 사이에서 선생 노릇도 대신해주니, 어느 교사가 그런 애를 싫어할 수 있을까. 예쁘장한 생김새에 행동거지도 기품이 있고 말씨가 고와서 그야말로 재색을 겸비했다고 하면 이런 애를 두고 하는 말이구나 싶었다. 작년에 옆자리에 앉았던 최 선생님이 특히나 부러워했던 게 기억이 난다.

나도 그 애가 싫지는 않았다. 딱히 싫어할 이유도 없었고, 그 이전에 교사는 학생을 싫어해서는 안 된다. 자라나는 아이들을 마냥 사랑으로 보듬어야 한다는 철학도 내게는 받아들이기 어려웠지만, 그렇다고 무기화합물 비슷한 무언가로 생각하라면서 무차별적인 객관화를 요구하는 사상은 자신의 태만함에 대한 합리화의 결과물일 뿐이라 생각했다. 혜명이를 특별히 예뻐하지는 않았지만 그렇다고 다른 애들에 비해서 부족하게 대했다고도 생각지 않는다. 비록 그것이 나의 평등주의적 가치관에서 기인한 태도는 아니었을지라도, 보통 사회생활이라 하는 게 다 그런 법이지 않았던가. 상호존중의 기치 아래 서로가 등 뒤에 숨겨둔 이기주의의 칼날을 모른 척 눈감아 주는 암묵적인 합의가 우리를 공동체의 이름으로 묶어주는 것이다. 교사라는 직함이 사람을 성인군자로 만들어줄 것이라는 믿음이 어디에 기원을 두고 있는지는 모를 일이지만, 그 실체가 불분명하다는 점에서 일종의 종교적인 신앙과 다를 바 없다. 내게도 특별히 신경이 쓰이는 학생이나 아끼는 학생이 없지는 않고, 괜히 정이 안 가는 학생도 당연히 있다. 그게 행동으로 드러나지 않도록 노력할 뿐이다.

중간고사를 2주 정도 앞둔 시점에 혜명이를 포함해 대여섯 명 정도가 모여서 교무실로 찾아왔다. 방과 후에 보충수업이나 동아리 활동에 방해되지 않도록 하겠다는 조건으로 빈 교실에 모여서 소소하게 공부 모임을 가지고 싶다는 건의였다. 자기들이 나서서 공부하겠다는데 선생이 돼서 반대할 이유도 없었다. 다음날 교무회의에서 사정을 설명하고, 그날 중으로 사용되지 않는 교실을 물색해본 뒤에 보건실 옆의 구 과학실 열쇠를 건네주었다. 몇 해 전에 신축된 본관 건물에 과학실이 신설되면서 현재는 창고 비슷한 용도로 쓰인다는 모양이다. 대견하다고는 생각했지만 솔직히 제대로 운용될 거라고는 생각지 않았다. 그 나이대의 여자애들을 두고 흔히 낙엽만 굴러가도 웃을 나이라 하지 않았던가. 호기롭게 성적향상을 목표로 모여 봐야 며칠만 지나면 여자애들끼리 수다나 떠는 모임이 될 거라고, 나는 어렴풋이 예감하고 있었다. 그도 그럴 것이, 원래 학생들은 공부하기를 싫어하는 법이다. 그들에게는 그것이 의무이기 때문이다.

그러나 예감은 빗나갔고, 중간고사에서 그 애들은 괄목할 만한 성적을 거뒀다.

본래대로라면 학생들 사이의 자발적인 공부 모임이 예상외로 효과를 보았다는 사실이 주목을 받아야 했겠지만, 정작 화제가 되었던 것은 아이들이 공부에 전념할 수 있도록 지도한 열정적인 초임교사였다. 누군가 했더니 내 얘기였다. 초임교사라는 부분을 제외하면 사실과 일치하는 게 하나도 없었다. 하기야 애들끼리 알아서 잘 했을 거라고 생각하는 것도 이상한 일이기는 하지만, 유언비어에도 정도라는 게 있는 법이다. 뭐가 됐든 칭찬을 듣는 건 제법 기분 좋은 일이었지만, 찜찜한 기분이 드는 것은 어쩔 수 없었다. 내가 한 일이라고는 기껏해야 모임을 만들었던 애들에게 표창장을 나눠주면서 선생님다운 말 몇 마디 해줬던 게 전부였기 때문이다. 결국 남이 차려놓은 밥상 앞에서 생색낸 것 말고는 한 일이 없었는데 김 선생이 참 훌륭한 일을 했다는 둥 낯간지러운 소리를 듣고 있자니 불편한 기분이 들지 않을 수 없었다. '자발적인' 공부 모임이라고 하면 꽤 기특하게 들리는 울림이지만, 애초에 알아서 공부할 애들이었으면 어지간히 문제가 있지 않고서야 성적이 나쁠 수가 없었다. 그리고 성적이 좋았으면 그런 모임을 가져야 할 이유도 없었다. 실제로 전년도 성적을 확인해보니 구성원 간에 편차는 엇비슷했지만 대개는 중하위보다 조금 아래쪽에 머물고 있었다. 스터디라고 해도 상호부조의 모임으로 기능하기는 어려웠을 것이다.

결국 혜명이가 구심점이 된 과외 모임 같은 느낌으로 운영되었을 테고, 명목상으로나마 책임자가 있으니 다른 애들도 수다 그룹으로 변질될 분위기를 조성하기 어려워졌다. 모임에 참여한 학생들은 성실하게 공부에 매진하는 것 말고는 할 수 있는 게 없었고, 그 결과 처음 기대했던 대로 성적이 올랐다. 조별과제만 해도 조장 한 사람이 나머지 인원을 완벽하게 통제해내는 경우는 드물다. 단체로 의욕에 충만해서 덤벼들어도 사공이 많은 배가 산으로 가버리는 일은 적지 않고, 대개 경험과 센스가 부족한 감독자는 어쩔 바를 모르고 이리저리 끌려다니다가 난장판이 된 결과물에 대한 책임을 지는 총알받이가 되는 게 보통이다. 그런데 서혜명이라는 학생은 어땠는가. 표창장을 나눠주면서 의례적으로 소감 한마디씩 하라고 시켰더니 그 애는 조금 쑥스럽다는 듯 손가락을 꼼지락대거나 입가를 꿈틀거리면서 머뭇거리다가, 이내 조심스러운 목소리로 이렇게 말했다.

"다 같이 열심히 했을 뿐이에요."

태연하게 웃는 얼굴로 그렇게 말하는 혜명이를 보면서, 뭐 이런 애가 다 있나 싶었다. 겸손을 떠는 것도 아니었고, 위선을 떠는 건 더더욱 아니었고, 본인이 진심으로 그렇게 생각해서 그런 소리를 입에 담는, 이상적인 모범을 현실에 옮겨놓은 것 같은 완벽한 우등생. 아무리 빈말이라지만 조금 정도는 본인도 기뻐하는 티가 나야 할 일이었다. 다른 애들이 기뻐하니 자기도 정말 만족스럽다는 듯, 거짓 하나 보태지 않고 타인의 성취에 웃어줄 수 있는 그 비인간적인 자애를 나는 진심으로 기분 나쁘다고 생각했다.

얼마 뒤 다정이가 스터디에 참여하고 싶다는 의사를 밝혀왔을 때, 지금 생각해보면 나는 냉정하게 그 애를 쳐냈어야 했다. 그 애는 공부를 해서 성적을 올리고 싶다는, 일종의 향상심을 품을 만한 인격이 아니었다 본인도 장난치듯 하면서 애교 섞인 목소리로 늘어놓는 포부에 설득력이 있을 거라고 생각지는 않았을 것이다. 그런데도 그렇게 당당하게 나올 수 있었던 건 어차피 내게 거부할 명분이 없다는 걸 알고 있었기 때문이다. 애초에 학생 몇 명이 자발적으로 시작한 일이었으니 내 선에서 잘라낼 권한이 있다고 보기에도 애매했다. 초임교사답게 적당히 열정적이면서 적당히 융통성도 있는 우리 담임이라면 십중팔구 허락해줄 거라고 계산했겠지. 애초에 공부할 생각도 없는 애가 스터디에 참여하려는 이유까지는 나도 짐작 가는 게 없었지만 필시 그렇게 좋은 의도는 아니었을 테고, 실제로 그 애가 저지른 짓을 돌이켜보면 남들 앞에서 내놓고 떠들어댈 내용은 절대로 아니었다. 그럼에도 나는 속으로 기대했다. 별 볼 일 없던 아이들을 데리고도 성과를 내는 혜명이의 우수함이 혹시 이런 애에게도 통할지 모른다는 불순한 기대였다.

나는 다정이를 믿고 있었지만, 그 애가 혜명이의 도움을 받아서 보다 좋은 학생이 되어줄 거라고 믿었던 것은 아니었다. 사람은 타고난 성향이 있고, 대개는 그 성향대로 산다. 나는 성선설을 믿는 사람이 아니었다. 객관적으로 다정이는 그리 좋은 사람은 아니었다. 다만 힘없는 아이를 괴롭히거나 상습적으로 싸움을 일으키는 양아치 수준은 아니었다. 기껏해야 몰래 담배나 피우면서 친한 애들끼리 땡땡이 친 걸 무용담처럼 늘어놓고 시시덕대는 걸 좋아하는 수준이었으니까. 그 정도라면 무슨 큰일이야 있겠냐는 안일함이 있었다. 나의 믿음은 그런 안일함을 신뢰라는 이름으로 포장한 결과물이었다.

그리고 일주일쯤 뒤에 혜명이는 머리부터 발끝까지 흠뻑 젖은 채 새파랗게 질린 얼굴로 자리에 앉아서 떨고 있었다.

＊＊＊

사정을 듣지 않을 수 없게 되었지만 사실 그렇게까지 노골적이어서야 무슨 일이 있었는지 짐작은 갔다. 대놓고 여봐란듯이 퍼포먼스를 벌여놓은 수준이었으니 모를 수가 없었다. 예컨대 스터디에 제대로 참여하지 않는 다정이와 그 일파에게 입바른 소리를 늘어놨다가 어디 음습한 곳에 끌려가서 괴롭힘을 당했다거나.

"그런 거 아니에요."

누가 봐도 피해자인 혜명이는 외려 죄지은 사람처럼 고개를 푹 숙인 채 아니라는 말만 기계적으로 반복할 뿐이었다. 다정이네한테 무슨 일을 당했느냐고 물어도 아니라고, 화장실에 수도꼭지가 터져서 물이 튀었을 뿐이라고 답했다. 눈가에 멍은 어떻게 생겼냐고 물어도 아니라고, 멍하게 걷다가 벽에 부딪혀서 다친 거라고 답했다. 혹시 그 애들과 어떤 마찰이 있었느냐고 물어도 아니라고, 무척 성실하게 모임에 참여해줘서 고맙다고만 답했다. 이유는 몰라도 그렇게까지 감추려 드니 네 몸에서 오줌 지린내가 나고 있는데도 발뺌할 셈이냐는 말은 차마 할 수 없었다.

본인이 아니라고 우겨서야 내가 할 수 있는 일은 많지 않았다. 찾아보면 뭔가 취할 수 있는 조치가 있었을지도 모르지만 적어도 당시에는 그렇게 생각했다. 다정이를 불러 사정을 들어본다 해도 결과는 같았을 것이다. 모른다고 잡아떼면 그만이다. 거짓말하지 말라며 다그치거나 솔직히 말하면 눈감아주겠다고 회유해볼 수도 있었겠지만 확실한 물증이 없었다.

다른 선생님들과 상담한다는 선택지는 일단 배제해야 했다. 담임이 돼서 자기 반 애들도 관리할 줄 몰라서 어쩌겠느냐는 등 악평이 도는 건 자존심 이전의 문제로, 교원평가에서 감점 요인으로 작용할 가능성이 높았다. 남들한테 선생님 소리 듣고 사니까 교사라는 게 무슨 대단한 직종인 양 흔히들 착각하는 모양이지만, 나 같은 사람들도 결국 월급 받으면서 일하는 직장인일 뿐이다. 직장 내에서 점수가 깎여나간다는 건 중대한 문제다. 무엇보다도 내 예상이 보기 좋게 빗나갔다는 게 내게는 가장 충격적이었다. 다정이가 조금 껄렁거리는 감이 있어도 다른 애들을 상대로 해코지를 하는 양아치는 아니었다는 게 그나마 그 애를 '내 학생'으로 바라볼 수 있었던 이유였건만, 이제까지 그러지 않았다는 사실이 앞으로도 그러지 않을 거라는 보장이 될 수 없다는 점을 간과했다. 당시 내가 폭행의 흔적을 눈치챌 수 있었던 건 가해자가 과시적이어서가 아니라 단순히 그런 폭력에 익숙하지 않아 서툴렀기 때문일지도 모른다. 시간이 지나면 수법은 더 교묘해질 것이다. 혜명이가 계속 입을 다문다면 나는 점점 더 알아차리기 어려워질 것이다. 해결은 고사하고 문제가 발생한 사실조차 알 수 없게 될지도 모른다.

근본적으로 다정이와 그 패거리가 모임에 참여하고 싶어 했던 이

유를 알 수 없었다. 만만한 애들을 잡아서 뭘 해보겠다는 심보였으
리라는 건 혜명이의 경우만 봐도 간단히 파악할 수 있었지만, 그렇
다면 그들이 얻으려 한 이득은 무엇이었을까. 아마 혜명이는 제대로
스터디에 참여하지 않고 면학 분위기를 해치는 그 애들에게 모임에
서 나가줄 것을 완곡히 요구했을 테고 폭행은 거기에 반발하는 과정
에서 발생한 결과였을 것이다. 그 애들에게는 다소 강압적인 수단을
동원해서라도 그룹에 남아 있어야 할 이유가 있었고, 그렇다는 건
그룹에 남음으로써 그들이 얻는 메리트가 존재한다는 뜻이다. 다행
스럽게도 이후로 혜명이에 대한 물리적인 폭력은 없었던 모양이지
만 그건 단순히 고분고분한 짐승에게는 채찍질을 하지 않는 목장주
의 논리와 다르지 않았다. 말을 잘 들으니까 건드리지 않았을 뿐이
니 그걸 다행이라고 봐야 하는지도 의문이다. 그때까지만 해도 나는
그들 사이에서 무슨 일이 벌어지고 있었는지 조금도 알지 못했다.
가령 알았다 하더라도 적절한 조치를 취했을지는 의문이지만, 몰라
서 할 수 없었던 경우와 알고도 하지 않았던 경우는 그 책임의 무게
가 다른 것이다.

기말고사 성적이 나왔고, 스터디에 참여했던 다정이 일파의 성적
이 올라있었다. 그 수치도 대단히 비약적이라 주관식 답안을 제외하
고 거의 정답이었다. 직전에 본 모의고사 점수는 개판인데 몇 주 만
에 점수가 뛰었다. 다정이를 비롯해 그 친구들 서너 명은 공부 따위
하지 않았다. 그럴 애들이 아니다. 공부도 하지 않았는데 그런 성적
이 나온다는 건 말이 안 된다. 가능하다 하더라도 그런 천재가 같은
학급에서 네댓 명이나 튀어나올 수는 없는 일이다. 시험과정에서 학

생들 간에 부정행위가 있었다. 그게 내 결론이었다. 예컨대 혜명이
가 어떠한 방법으로 답을 전달하면 나머지 인원들이 그걸 받아서 적
는 식이다. 시험문제의 과반수는 객관식 오지선다로 출제되니 지나
치게 복잡한 방법이나 암호를 고안할 필요도 없었을 것이다 풀이 과
정을 요하는 주관식이나 시술형 문제의 답안이 모조리 백지였던 것
도, 강압적인 수단을 써서라도 모임에 적을 두려 했던 것도 그렇게
생각하면 납득이 된다.

중간고사에서 혜명이가 몇몇 친구들을 데리고 거둔 성과는 학생들
간의 자기 주도적 모임이 학습의 질적 향상에 실질적인 효과가 있음
을 방증하는 사례가 되었다. 실제로는 그녀 개인의 우수함을 증명하
는 결과일 뿐이었으나 적어도 형식상으로는 그랬다. 부정행위로 성
적이 올랐다 하더라도 중간과정, 즉 급격히 오른 성적이 그에 합당한
노력으로 얻은 결과임을 증명하지 못한 채로는 자칫 의심스러운 정
황을 남길 우려가 있다. 그 당위성 있는 중간과정의 선례를 만들어낸
것이 자발적인 공부 모임에 의한 학습효과의 증진이 아니었음을 그
애들은 알고 있었다. 그렇다면 이후에 취해야 할 행동, 선택지의 갈
래는 그렇게 많지 않았다.

다만 나는 커닝은 아마도 부수적인 목적이었으리라 짐작했다. 애
초에 부정행위를 통해 성적향상을 꾀할 애들이었으면 여태껏 실행하
지 않았던 이유는 뭐였느냐는 말이다. 시험점수를 신경 쓸 애들이었
다면 진즉에 마음잡고 공부를 했거나 아니면 일찌감치 커닝이나 하
다가 걸려서 징계를 먹었어야 할 일이었다. 이제까지 내신을 확인해
봐도 1학년 내내 중간, 기말고사 포함해서 학기마다 보는 모의고사,

심지어는 과목별 수행평가까지 꾸준히 밑바닥을 기던 애들이었다. 그런데 혜명이네 그룹이 성과를 내자마자 기다렸다는 듯 부정행위를 저질렀다는 건 어딘가 부자연스러웠다. 다정이의 패거리는 뭔가 별도의 목적으로 스터디에 참여해 훼방을 놓았고, 그 과정에서 혜명이를 이용해 성적을 올릴 수 있다는 사실을 깨달았으며 기말고사 성적은 그걸 실행에 옮긴 결과다. 그렇게 생각하는 게 자연스러웠다. 그 지점에서 어떤 실질적인 행동으로 나아갔더라면, 사태가 지금처럼 흘러가지는 않았을지도 모른다. 지금보다 반드시 좋은 방향으로 해결되었으리라는 보장도 없고 오히려 문제를 악화시키는 결과만 낳았을지도 모르지만, 철없던 무렵에는 과거의 실패에서 얻은 교훈이 오늘의 나를 위한 밑거름이 된다고 진심으로 믿었다. 그렇게 쌓아왔던 밑거름들이 거대한 흙더미가 되어서 산사태와 함께 무너져 내리고, 어른이 된 자신이 거기에 휩쓸려서 매몰될 거라고는 생각지 못했다.

* * *

배수진이라는 학생에 대해서는 자세히 아는 바가 없다.

일단 우리 반도 아니었고, 성적도 중위권에서 위아래로 약간씩 편차를 보이는 정도에 수업시간에도 듣는 둥 마는 둥 얌전히 있는 편이라 기본적으로 눈에 띄지 않는 학생이었기 때문이다. 진로상담 같은 걸 제외하면 교무실에서 마주칠 일도 없는, 그냥 흔히 보이는 고등학생의 전형이었다. 여름방학을 앞두었을 무렵에 그 애가 교무실로 찾아와 내 앞에 섰을 때 조금 당황하고 말았던 것은 그런 이유에서였다.

"선생님은 혜명이 일, 얼마나 알고 계세요?"

내 의사는 처음부터 들을 생각이 없었는지 둘이서 조용히 이야기하고 싶다며 일방적으로 통보하고는 교무실 안쪽의 자료실로 들어가더니, 얼결에 따라 들어가 내게 느닷없이 그런 얘기를 꺼내는 것이었다. '혜명이 일'이라고 하는 건 요컨대 다정이네와의 불화, 즉 시험 중 부정행위를 비롯해 수면 위로 떠오르지 않은 폭력사건에 관한 언급일 터였다. 하지만 그걸 같은 반도 아닌 이 애가 어떻게 알고 있는 걸까. 설마 학생들 사이에서는 벌써 어느 정도 소문이 돌고 있었던 건가? 어쩌면 이미 교사들 중에도 사태를 인지하고 있는 인물이 있을지도 모른다.

"너 그 얘기 어디서 들었어?"

믿을 수 없게도 나는 거의 반사적으로 그렇게 되물었다. 어디서 들었는지 같은 걸, 정보의 출처 같은 걸 알아서 뭘 어쩔 생각이었을까. 찾아내서 입막음이라도 할 셈이었나? 자기 반 학생이 그런 부당한 일을 겪고 있는 걸 뻔히 알면서도 변변한 대처도 취하지 않은 무능한 담임교사로 알려지고 싶지 않았던 건가? 그렇게 되면 오히려 사건은 공론화될 테고, 그럼 문제를 방치할 수 없게 된 학교 측에서도 사태 해결을 위해 어떠한 조직적인 움직임을 보일 것이다. 결과적으로 내 평판을 희생하는 게 혜명이를 위해서는 좋은 일일 수도 있었다. 명색이 선생님이라는 인간이 제 한 몸 살아보겠다고 불의에 처한 학생을 외면할 셈이었던 건가?

"선생님, 놔주세요."

흐릿하게 신음하듯 하는 목소리에 정신을 차리니, 모르는 새에 수진이의 팔뚝을 붙든 손아귀에 힘이 들어가서 교복 아래의 가녀린 살가죽을 파고들고 있었다.

당황한 나머지 연약한 살덩이를 움켜쥔 손을 밀쳐내듯 떼어내고, 위험한 것으로부터 몸을 멀리하듯 두세 걸음 뒤로 물러섰다. 희미하게 남은 통증을 덧씌우듯 팔뚝을 주무르던 실루엣이 어쩐지 아지랑이에 파묻힌 아스팔트와 마천루처럼 일렁이듯 보였다.

"굳이 여쭤볼 필요도 없었네요. 대답하신 거로 생각해도 되죠?"

차분하게 읊조리듯 하는 톤에 약간 비음이 섞인 목소리가 퉁명스러운 말투와 어우러져서 한결 냉소적인 분위기를 만들어내고 있었다. 창밖에서 들리는 날카로운 굉음은 고속의 비행체가 두터운 적운을 가르고 질주하는 기계장치의 호흡 소리였다. 귓가에서 공허하게 요동치는 그 소리 때문에 외려 목전에서의 발화가 조각조각으로 파편화되어서 아련하게 멀어져가는 듯했다.

"미안한데 당분간은 조용히 해줄 수 없겠니? 선생님도 나름대로 생각하는 게 있으니까."

"네?"

비굴하게 늘어놓는 내 변명에 수진이는 어쩐 일인지 단말마적인 외마디를 내지르며 당황하는 기색을 감추지 못했다. 그러더니 이내 못 볼 걸 봤다는 듯 인상을 구기고는 한숨을 쉬듯 하며 이렇게 말하는 것이 아닌가.

"뭔가 오해가 있으신 모양인데, 저는 딱히 이걸 빌미로 선생님께 뭘 요구할 생각으로 찾아온 게 아니에요. 그냥 선생님이 혜명이 담임이시니까 적어도 선생님은 아셔야 할 것 같아서 온 거예요."

두개골 안쪽에 들어찬 썩은 뇌수가 두피의 모공으로 남김없이 빠져나와서 서서히 증발하는 기분이 들었다. 순간 머리가 차갑게 식어가는 감각에 현기증이 났다.

혜명이가 연관된 일련의 사건이 대외적으로 알려지게 되면 다정이네는 물론이거니와 담임인 나도 무사할 수 없었다. '끝장'이라는 표현은 과장일지 몰라도 몇 마디 변명으로 덮고 넘어갈 사안은 분명 아니었다. 대대적인 조사라도 이루어졌다간 내가 사태에 대해 일정 부분 인지하고 있었다는 사실이 드러나는 건 시간문제고, 그렇게 되면 무슨 수를 써도 책임을 피할 수 없게 된다. 가볍게 감봉으로 처리될 가능성도 없지는 않았지만 심할 경우에는 정직에서 외압에 의한 권고사직까지 생각해볼 수 있는 사안이었다.

애초에 나는 무슨 거창한 직업적 소명의식에 불타서 교사가 된 사람도 아니었고 그냥 변변찮은 낙하산이었다. 그럭저럭 남들한테 미움받지 않는 정도로만 해낼 수 있다면 그걸로 충분했다. 내심 꼴같잖다고 생각하면서도 그래도 성의를 보인다는 기분으로 제대로 된 선생님인 척 비슷하게 흉내라도 내 볼 셈이었고, 그때까지는 나름대로 잘 해왔다고 생각했다. 그런데 그걸 그 여자애한테 들키고 말았다. 수치심 때문에 죽고 싶다는 기분이 들었던 건 기억하기로 그때가 처음이었다.

"누구한테 말하거나 할 생각은 없어요. 남들이 알아서 좋을 얘기도 아니고. 선생님 반 대부분은 아마 알고 있을 거라고 생각하지만 아마 다른 반에서는 모를 거예요. 적어도 저희 반에서는 저밖에 몰라요."

우리 반 애들 대부분이 알고 있다는 데에는 납득할 수 있었다. 머리부터 발끝까지 화장실 냄새로 흠뻑 젖어서는 비참한 꼴로 교실에 앉아있었는데, 자세한 사정까지는 모르더라도 무슨 일이 있었으리라 짐작하지 못하는 게 오히려 어려운 일이다. 수진이가 말하려던 바는 자신이 알고 있는 만큼은 당신네 반 애들도 알고 있다는 의미였을 테니 내 예상보다 그 범주가 넓었다. 즉, 대다수 애들이 사안의 심각성을 알면서도 묵인하고 있거나 대수롭지 않게 여기고 있었다는 뜻이다. 다른 반에서는 모를 거라는 말은 우리 반 애들이 그 사안에 대해 외부로 발설하기를 자체적으로 금하고 있거나 혹은 암묵적으로 자제하고 있다는 의미로 해석된다.

내 경우에 침묵은 내 나름의 보신을 위한 선택이었다. 그렇다면 학생들이 그래야 할 이유는 무엇인가. 침묵하는 군중 사이에서 용기 있는 개인이 되어 선뜻 입을 열기란 쉽지 않은 일이겠지만, 아무리 그래도 한 명도 나서지 않았다는 건 부자연스러웠다. 서혜명이라는 학생한테는 그 정도 해줄 친구도 없었단 말인가.

"애들이 커닝한 건 점수를 보셨으면 아셨을 테고, 끌려가서 맞았던 것도 뻔히 보였잖아요. 걔들이 왜 스터디에 꼽사리 꼈는지는 모르시죠? 그럴 것 같아서 찾아온 거였는데, 혹시 알고 계셨으면 이만 돌아가 볼게요."

팔뚝의 통증은 이미 가라앉았을 텐데도 여전히 오른손이 왼쪽 팔뚝을 감싸 쥐고 있었다. 무덤덤하다 싶을 정도로 차분한 태도에 가려져서 확연하게 드러나지는 않지만 어쩌면 그 애도 불안한 기분을 안고 내게 찾아왔는지도 모른다. 겉으로 보이는 것만큼 내심까지 침착하지는 않았을 것이다. 하지만 당시의 나는 거기까지 신경을 써줄 수 있을 만큼 심적으로 여유가 있는 상태가 아니었다.

처음으로 그 비현실적인 내막을 전해 들었을 때, 나는 흔히 장난기 있는 학생이 친근한 선생님을 상대로 짓궂은 장난을 치는 게 아니라면 공상 속에 빠져 사는 사춘기 소녀의 음침한 망상 정도로 치부하고 믿지 않았다. 상식적으로 생각해서 납득할 수 있는 내용이 아니었다.

정리하자면 이렇다. 애초에 다정이는 혜명이를 이용해서 부정행위를 저지를 생각이었고, 갑작스러운 성적향상의 '과정'을 꾸미기 위해 스터디에 끼어들었다. 그러나 정작 참고서를 펼치거나 문제를 푸는 일은 귀찮았는지 모든 부담을 혜명이와 다른 아이들에게 떠넘겼다. 그걸 견디지 못한 아이들이 하나둘 빠져나가자, 결국 혜명이는 혼자서 그 애들 몫까지 떠안게 된 것이다. 하루에 풀어둬야 할 문제집만 대여섯 권에 수행평가를 비롯해서 자잘한 숙제, 참고서에 달려 있는 연습문제들은 덤이었다. 과목별로 천차만별인 수행평가나 참고서는 차치하고서 단순 문제풀이만 생각해봐도, 하루에 두당 200문제라고 가정하면 최소 1000문제에 최대 1200문제였다.

수진이는 어림잡아 20시간 정도 투자하면 처리할 수 있다고 말했지만, 그 말인즉 식사시간을 제외하더라도 하루에 공부하지 않는 시간이 4시간뿐이라는 소리다. 4시간이면 야근까지 마치고 퇴근한 직장인의 수면시간에도 못 미치는데 여기에 점심, 저녁 시간을 각각 1시간씩이라고 가정하면 하루에 2시간이다.

"안 믿으셔도 상관없어요. 뭘 해주실 거라고 기대한 것도 아니니까."

　말은 그렇게 하면서도 발걸음을 돌리는 수진이의 표정은 어딘가 그늘이 진 것처럼 보여서 그 어두운 반면(半面)이 마치 내게 붙잡지 말라고 요구하는 듯했다. 애초에 붙잡을 생각도 없었지만 어쩐지 미안한 기분이 들었다. 그날 퇴근하는 길에 시중에서 파는 문제집을 여섯 권 구매했다. 개당 50문제씩, 밤을 새웠더니 두 권하고 절반 정도가 끝났다. 7시쯤에 퇴근해서 30분쯤에 집에 도착했으니 이것저것 포함해서 8시로 생각하고 출근하기 직전까지 대략 10시간이었다. 이런 걸 열여덟 살짜리 여자애가 매일같이 해내면서 맨정신으로 버틸 수 있을 리가 없다.

　다음 학기 중간고사에서는 우리 반의 과반수가 부정행위에 가담했다. 여전히 물증은 없어서 그나마 완전히 동일한 답안지를 제출했던 두 명이 적발되었을 뿐이지만 전체 평균성적이 말도 안 되게 올라가 버렸다. 나는 병신처럼 사람만 좋은 얼간이 담임선생님이 돼서 아무것도 모른다는 표정으로 너희들이 자랑스럽다는 둥 개소리를 늘어놓아야 했다. 침묵하기로 선택한 이상 그렇게 하는 수밖에 도리가 없었다. 부정행위 모임에 가담한 인원이 늘어난 만큼 혜명이에게 떠넘겨졌을 과제들도 그만큼 불어났을 테니 그 사이에 자살하지 않은 게 용한 일이었다. 그래서 얼마 뒤에 그 애가 실종되었다는 소식을 들었을 때 나는 내심 다행이라고, 너를 위해서라도 두 번 다시 돌아오면 안 된다고 생각했던 것이다.

＊＊＊

간단하게 형사라고 소개한 남자들의 설명에 따르면, 혜명이가 실종된 건 실종신고가 있던 날로부터 장기결석이 시작된 날까지 추산해봤을 때 중간고사가 끝나고 2주 뒤의 언젠가 정도로 추정된다고 했다, 다정이가 학교에 나오지 않게 된 게 혜명이가 결석하기 시작한 날로부터 2주 하고 며칠 나중의 일이었다. 뭔가 연관이 있을 듯 싶었지만, 딱히 집히는 것도 없어서 경찰에는 말하지 않았다. 아니, 나는 단순히 그 애가 신경이 쓰였을 뿐이다. 그저 괜한 일에 말려들어서 고생하지 않았으면 좋겠다고 생각했다.

혜명이가 실종된 이후에 다정이는 사실상 교실에서 고립되었다. 옆에 붙어 다니던 친구들이 떨어져 나간 것도 아니었고 다른 애들한테 무시를 당하거나 어떤 부당한 괴롭힘이 있었던 정황도 없었지만, 은연중에 기피당하는 분위기라는 것이 있었다. 수업 중에 임의로 조를 나누도록 하면 마지막까지 남은 애들 사이에 비굴한 얼굴로 끼어 있었고, 하굣길을 혼자 걷는 뒷모습이 어쩐지 길가에 버려진 짐승처럼 쓸쓸해 보였다.

부정행위에 가담했던 애들은 단순히 귀찮은 일을 떠넘길 수 있으니까, 아니면 별다른 노력 없이도 성적을 올릴 수 있다는 이유로 동참했을 테고, 그것이 동급생 한 사람에 대한 물리적인 폭력을 동반한 강압에 의해 이루어질 거라고는 생각지 않았을 것이다. 아니, 어느 정도 짐작은 했겠지만 목전에서 마주한 실태가 그 애들이 예상한 범주를 벗어나 있었다.

중간고사가 끝난 직후에 혜명이의 얼굴은 거의 항상 어딘가가 시퍼렇게 부어있었고, 다정이가 꾸민 계획에 가담했던 애들의 대다수는 폭행현장을 직접 목격했을 가능성이 높다. 기껏해야 지나친 장난이라고 둘러댈 수 있는 수준일 거라 생각했던 아이들은 섣불리 폭행을 말릴 수도 없었고 그렇다고 뒷감당을 함께할 자신도 없었다.

더는 방관자로 있을 수 없는 상황에 이르자 다수의 공범자들은 재빠르게 발을 뺐을 테고, 거기에 이어진 혜명이의 장기결석은 변절자 집단으로 하여금 어떠한 공통된 의식을 형성하게 한다. 저런 애와 엮여서 좋을 게 없다는, 그런 분위기를 만들어간다. 그나마 노골적인 따돌림이 자행되지 않았던 것은 완장을 차고 있던 인물이 다정이었을 뿐, 막상 본인들도 그녀와 크게 다르지 않은 입장임을 자각하고 있었기 때문이다.

혜명이가 학교에 나오지 않게 된 이후로 다정이는 거의 다른 사람처럼 변했다. 먼저 말을 걸어도 기어들어 가는 목소리로 짤막하게 대꾸할 뿐이었고, 선뜻 입을 여는 일이 없어졌다. 태도도 조심스러워져서 누가 근처를 지나가기만 해도 어깨를 움츠리면서 피하려 들었고, 뭐가 그렇게 미안하고 죄송한지 입만 열었다 하면 고개가 수그러지고 사과하기에 바빴다. 어느 날은 본드 냄새를 풍기면서 교무실로 들어오더니 멀뚱히 서 있다가 갑자기 오열을 토하면서 미안하다는 둥 자기가 잘못했다는 둥 지껄이고는 겁에 질려서 달아나기도 했다. 도대체 공업용 본드를 어디서 구했는지는 둘째 치고, 최소 정학에 퇴학까지 거론될 만한 사안이었지만 얼마 지나지 않아 조용히 묻혀버렸다. 그때 도대체 몇 명한테 머리를 숙였는지 기억도 안 난다.

그 애는 퇴폐적이라 해도 좋을 만큼 피폐해져 있었다. 그저 숨을 쉬고 물질대사가 이루어지고 있었을 뿐 살아 있는 생물체가 갖는 특유의 생기라는 것이 없었다. 시선의 초점이 갈수록 흐려져 갔고 전신의 살집이 급격하게 줄어갔다. 누가 말을 걸면 중얼거리듯 하면서 대답은 해주지만, 그건 통상적인 의사표현 능력의 발현이 아니라 차라리 조건반사적인 반응에 가까웠다.

그러다가 혜명이가 결석하기 시작한 지 2주째가 되던 어느 날부터 다정이도 교실에서 모습을 감췄다. 자택에 전화를 걸어 확인해 본 결과, 가출은 아니었던 모양이지만 수화기 너머 들려오던 어머님의 목소리는 눅눅하게 젖어서 피부에 달라붙는 합성섬유와 같은 울적함이 묻어 있었다. 학교에 나오던 때보다 상태가 좋아졌으리라고는 생각하기 어려웠다. 그런 와중에 경찰까지 들이닥치도록 내버려 뒀다간 무슨 사태가 터질지 모를 일이었다. 그 정도 이유라면 구색이 맞을 듯싶었다.

확실히 혜명이 때보다 그 애에게 신경을 쏟았던 것은 사실이다. 아무런 사심 없이 그저 이전의 실패를 거울삼아 이번에야말로 선생님으로서의 책무를 다하겠노라는 소명의식에서 비롯된 행동이었다고 변명하기에는 설득력이 부족했다. 일관성이 없는 것도 정도라는 게 있었다. 다만 다정이가 폭력사건의 가해자라는 사실을 차치하고서 단지 지금 당장 가엽게 되었다는 이유만으로 연민하는 뒤틀린 감수성 때문에 그 애를 챙겨주려 했던 것은 아니었다. 요컨대 나는 다정이에게 특히 정이 있었던 것이 아니라 어떠한 사적인 이유로 혜명이를 차별했을 따름이다. 잘했다는 얘기는 아니지만 돌이켜보면 그랬다.

매사에 자신보다 남을 위하고 타인을 배려할 줄 알면서도 굽실거리지 않고 강단 있는 태도에 늘 향상심을 잃지 않고 노력을 게을리하지 않아 타의 모범이 되고, 그러면서도 자만하지 않고 스스로 고개를 숙인 벼일 줄 아는 만인의 총애를 받아 빛을 발하는 밤하늘 너머의 혹성과 같은 인간. 그 자체로 하나의 기준이 되며 표준적인 모범으로서 기능하는, 기계적인 완벽함을 체현해내는 인간. 그렇기 때문에 타인을, 나를 필요로 하지 않는 인간.

실제로 혜명이가 그런 인간이었는지 아니면 그렇게 보이도록 꾸며내고 있었는지는 모를 일이지만, 어느 쪽이라도 상관없었다. 올려다본 그곳에서 빛나고 있는 별이 스스로 반짝이는지 단순히 항성이 발하고 남은 빛의 잔향을 자신의 것으로 포장했을 뿐인지 관측하는 우리에게 어떠한 의미를 갖지 못하는 것과 비슷한 이치다. 사적인 이유라고 해도 생각해보면 간단했다. 나는 그냥 그 애가 싫었던 것이다.

교사의 보람은 학생이 나를 필요로 해주는 데에서 나온다. 학생의 필요가 되기 위해서 선생님은 있는 것이다. 골치 아프고 비생산적인 사내 정치나 자식을 위한다는 명분으로 무장한 학부모들의 되지도 않는 민원에도 버텨낼 수 있는 이유는 이곳에 나를 필요로 하는 사람이 있으리라는 막연한 믿음이 있기 때문이다. 굳이 학교로 한정할 것도 없이 조직 생활에서는 그런 사소한 보람이 사람을 사람답게, 그저 조직의 톱니바퀴로 기능하는 부속품이 아님을 자각하게 한다.

처음 스터디에 참여했던 혜명이의 친구들이 괄목상대할 성적을 거뒀을 때 솔직히 나는 그 애들의 성취가 그리 달갑지 않았다. 비단 다른 선생님들의 기대감 어린 시선이나 거기에 따르는 부담감, 학생들의 성취가 담임교사의 공으로 돌아오는 시스템을 불합리하다고 생각하면서도 입 닥치고 거기에 편승하는 자신의 졸렬함을 목도해야 했기 때문만은 아니었다. 그 애들의 성적이 올랐던 건 순전히 혜명이가 모임을 주도하고 있었기 때문이다. 다른 애들의 공부를 봐주고 의지가 꺾이지 않도록 북돋아 주며, 그렇다고 마냥 몰아세우지 않고 모르는 부분을 가르쳐주거나 가끔 같이 어울려서 놀러 다니기도 하면서 최대한 성과를 낼 수 있는 환경을 그 애가 만들어주었기 때문이다. 그리고 그런 건 보통 선생님이, 내가 해야 할 일이었다.

나를 필요로 하는 사람이 있다는 사실은 즉 내가 자신의 가치를 충분히 증명해내고 있다는 반증이기도 하다. 변변찮은 월급으로 별 볼 일 없는 직장생활을 견뎌내고 있는 건 그런 가치의 증명이 제법 보람차다는 사실을 나 스스로 인정하고 있기 때문이다. 그러나 혜명이에게 선생님 같은 건 필요하지 않았다. 그리고 나를 필요로 하지 않는 인간까지 보듬어주는 관용적인 인간이 되어야 할 이유가 내게는 없었다. 무릇 선생님이라면 모든 학생을 차별 없이 사랑해야 마땅한 일이겠지만 선생님도 결국은 사람이기 때문이다. 물론 당시의 내게 그렇게까지 자신을 객관적으로 분석해볼 여유 같은 건 없었고 근래 들어서 돌이켜보니 그랬을지도 모르겠다는 막연한 추측일 뿐이지만, 설득력이 전혀 없지는 않다는 점에서 마냥 눈 감고 있을 수도 없는 일이었다. 실제로 내가 1년이나 지난 지금에 와서까지 다정이의 문제에 매달리고 있는 데에는 그때의 반성이라는 이유도 적게나마 있다고 보았다.

다정이가 학교에 나오지 않게 되고 일주일하고도 며칠 정도 지나자 교무회의에서 가정방문의 필요성이 언급되기 시작했다. 아니, 단순히 교사들 사이에서 말이 나오게 되었던 건 그보다 전의 일이었지만 실질적으로 종용해오기 시작한 시기가 그 무렵이었다는 뜻이다. 이미 혜명이의 실종신고가 들어간 이후의 일이었던 터라 학교 측에서도 예민하게 반응하지 않을 수 없었다는 건 납득하는 바였지만, 그걸 담임교사 한 사람의 책임으로 몰아가려는 흐름이 회의가 진행되는 내내 이어졌다는 점에서 그 의도의 불순함을 의심하지 않을 수 없었다.

다정이의 집은 학교 근처의 낙후한 주택가 한복판에 자리한 2층짜리 단독주택으로, 2층은 창고 용도로 사용하기 때문에 실제 가용한 공간은 1층뿐이라 했다. 현관을 열고 나온 여성은 눈가가 아래로 향하는 순해 보이는 눈매와 가느다란 입술, 전체적으로 앙증맞은 이목구비가 갸름한 얼굴에 오밀조밀하게 모여 있어 차분한 인상을 주는 외모였지만 앞머리 안쪽으로 깊게 그늘진 우울한 표정과 부자연스럽게 마른 팔다리, 살집이 적은 뺨이 그녀가 당시 얼마나 초췌해져 있었는가를 말해주는 듯했다. 그녀는 본인을 다정이의 어머니 되는 사람이라고 소개했다. 아버님은 당일 부재중이었던 탓에 그달 중에 재방문했을 때에야 대면할 수 있었다.

현관으로 들어서면 곧바로 거실이 나왔다. 신발장 옆으로 작은 방 하나가 붙어 있었고, 맞은편에는 널찍한 베란다가 자리하고 있었다. 현관과 정면으로 마주한 쪽에는 거실과 비슷한 크기의 방이 하나 더 있었고, 그 오른편으로는 부엌으로 이어지는 공간이 트여 있었다. 그 사이에 문이 닫힌 곳이 화장실이라고 했다. 그리고 부엌과 맞닿은 벽면에 또 하나의 문틀이 보였다. 그쪽을 향하는 어머님의 불온한 시선이, 굳게 닫힌 그 방의 정체를 짐작하게 했다.

"다정아, 담임선생님께서 오셨네? 나와서 인사드려야지."

짐작한 대로 내게 거실에 앉아서 기다려달라는 한마디를 남기고 부엌 쪽의 그 방으로 향한 어머님께서는, 제법 기리도 있었고 문틈을 향해 속삭이듯 말씀하신 탓에 제대로 듣지는 못했지만 아마 그런 말을 하시지 않았을까 생각했다. 그런데 뭔가 대화가 잘 풀리지 않는 모양인지 점점 표정이 굳어가면서 목소리가 높아져 가는 것이었다. 간헐적으로 "아무리 그래도……" "정말 이런 식으로……" 같은 상투적인 몇 마디가 들려왔지만, 그런 와중에도 타이르듯 하는 음성에서 그녀의 심약한 성품이 드러나는 듯했다.

마침내 방 안쪽에서 제발 좀 꺼지라는 소리가 돌아올 즈음에야 어머님은 내 쪽으로 발걸음을 돌리셨다. 혼전임신이 아니고서야 자식이 고등학생이라면 못해도 40대 초중반일 텐데, 척 보기에도 풀이 죽어 보이는 표정이 꽤 앳돼 보였던 게 인상적이었다.

"……죄송합니다, 선생님. 저희 애가 오늘은 조금……."

아마 오늘만 그런 게 아니었을 테지만 굳이 걸고넘어지지 않았다. 애초에 쉽게 해결될 거라 기대하지도 않았거니와 자칫하면 현관 문턱도 넘지 못하고 당신 같은 선생 때문에 우리 애가 망가져 버렸다면서 문전박대당할 경우까지 각오했던 터라 외려 모처럼 잘 오셨다는 듯 환대하는 분위기가 불편할 정도였다.

"으음…… 어머님. 실례가 되지 않는다면 다정이가 언제쯤부터 저런 상태가 됐는지 여쭤봐도 괜찮을까요?"

'저런 상태'라는 표현에서 순간 굳어지는 여자의 표정을 나는 놓치지 않았다. 제 자식이 정상적이지 못하다는 사실을 노골적으로 적시하는 발언이었으니 반발심이 드는 것은 당연한 일이었지만 마땅히 에둘러 표현할 방법이 없었던 데다가 그녀도 마땅히 반박할 말은 없었는지 크게 불쾌한 내색을 표하지는 않았다.

무엇보다 나는 담임교사로서 아이의 문제를 파악하기 위해 찾아온 입장이었다. 상황을 정확히 묻는 것은 필요한 절차였고, 그렇게 변명할 여지도 충분했다.

"그러니까 전화로도 말씀드렸지만, 저번 주쯤부터 방에 틀어박혀서는……"

"아뇨, 학교에 나오지 않게 된 게 언제부터냐는 게 아니라, 성격적으로 어떤 극적인 변화가 일어나기 시작한 게 언제부터였는지를 묻고 있는 겁니다. 아직 학교에 나오고 있을 무렵에도 상태가 별로 좋지 않아 보였거든요."

다정이가 방에서 나오지 않게 된 원인은 성격적인 급변이 발생한 원인과 십중팔구의 확률로 동일할 것이었다. 다만 우선 확인해야 할 것은 학교에서 보였던 간헐적인 발작과 우울 증세가 일시적인 것이었는지 아니면 그 이전부터 지속되어 온 것이었는지였다. 요컨대 학교에서의 모습이 단순한 연기는 아니었는지.

수업 중에 토악질을 하거나 본드를 흡입하고 교무실에 쳐들어와서 발작하는 게 연기로 가능한 일이라고는 생각지 않았지만 만일의 경우라는 게 있는 법이다. 당시의 나는 혜명이의 선례를 상당히 의식하고 있던 터라 다소 지나칠 정도의 신중함을 견지했다.

어머님은 잠시 엄지로 가볍게 턱을 밀어내듯 하면서 시선을 위로 둔 채 미묘한 침묵을 이어가더니 이내 입을 열었다.

"저번 달에 중간고사가 끝나고 얼마 지나지 않았을 때부터였던 걸로 기억해요. 다만 처음에만 해도 단순히 기분이 나빠 보인다는 정도 였지 지금처럼…… 상태가 심각하지는 않았어요. 그리고 애초에 저 애는 저희 말을 잘 듣는 편이 아니었으니까 그냥 평소보다 조금 더 신경질적이라는 느낌에 가까웠죠."

꽤 우량한 사내아이로 태어난 나는 여고생이었던 경험이 없어서 그 나이대 여자애들의 감수성이란 건 도통 알다가도 모를 노릇이지만, 확실히 이제 중학생이 된 조카들의 태도를 상기해보면 모름지기 사춘기 여자애들이란 대체로 그런 느낌인지도 모른다.

중간고사 직후라면, 기억하기로 혜명이가 스터디에서 탈퇴하고 모임이 서서히 와해되던 시기였다. 그즈음부터 다정이 역시 또래와의 거리감이 커졌을 가능성이 높다. 교우 관계의 실패는 학창 시절 전체의 실패로 이어지기 쉽다. 예민해졌다는 어머님의 설명은 충분히 납득할 만했다.

문제는 '처음에는 지금 같지 않았다'는 대목이었다. 그 말은 곧 얼마 지나지 않아 지금 같은 상태로 악화되었다는 뜻이기도 했다. 어머님도 거기에 대한 원인은 집히는 게 없다며 난처해했다.

"원래도 허락 없이 자기 방에 들어가면 신경질을 부리곤 했는데, 그즈음부터는 아예 문을 잠가 놓기 시작했어요. 저희 바깥사람이 크게 혼을 냈는데도 듣는 둥 마는 둥 하면서 말을 듣지 않았죠."

마치 방 안에 뭔가를 감춰두고 있는 것처럼 항상 불안해하면서, 바깥에 나갈 때마다 방에 들어가지 말라며 신경질적으로 당부했고, 돌아오면 출입 여부를 추궁하는 것부터 시작해 방에 떨어진 실오라기 하나까지 샅샅이 뒤져가며 외출 전후의 차이를 확인했다고 한다. 모종의 이유로 몰래 방에 들어갔던 일을 들켰을 때, 딸이 주방에 있던 가위를 휘두르며 자신을 위협했던 일화를 이야기하던 중에는 결국 눈물을 보이고 말았다.

아무튼 다정이의 방에 무언가가 있음은 의심할 여지가 없었다. 그리고 그것이 문제의 해결을 끌어내는 실마리가 될 것임에는 일견 의심할 여지가 없었다. 다만 일개 여고생이 고작 허락 없이 방에 들어갔다는 이유만으로 흉기를 사용해 부모를 위협해야 할 정도로 중요한 의미를 갖는 무언가라니, 나로서는 짐작 가는 게 없었던 것이다. 다정이와 한번 이야기를 나눠보겠다는 소리를 꺼낸 것도, 나라면 그 애를 설득해낼 수 있으리란 자신감에서 기인한 행동이 아니라 단순히 그것 말고는 고를 수 있는 선택지가 없었던 탓에 불가항력으로 저지른 실책이었을 뿐이다.

닫혀있는 문은 그 자체로 하나의 거대한 성벽과 같은 위압감이 있었으나, 내게는 그것이 외부로부터의 침입을 거부한다기보다는 내부에서부터의 단절을 희망하는 듯 보였다. 마치 문 안쪽의 공간이 통째로 잘려나가 우리의 우주로부터 유리된 채 그 생활공간만큼의 우주를 이루고 있을 것 같은 기분이 들었다. 등 뒤에서는 신경 쓰지 않는 척 힐끔거리며 이쪽을 살피는 어머님의 시선이 퇴로를 틀어막고 있었다. 혹시나 하는 기분에 문고리에 손을 가져다 대고 살짝 힘을 주자 곧장 방 안쪽에서 문을 향해 날아든 뭔가가 깨져나가는 소리를 내며 충돌했다. 기다렸다는 듯 즉각적인 거부반응에 조금 놀라기는 했지만 아주 예상치 못한 일도 아니었던 터라 크게 동요하지는 않았다. 문을 여는 건 포기하기로 하고, 나도 어머님을 따라 문틈을 향해 말을 걸어보기로 했다

"다정아, 신생님이야."

담임이 가정방문을 왔다는 이야기를 들은 시점에서 내가 접촉해올 것이라는 사실은 예상할 수 있었을 터인데도, 의사를 전한 한순간 방 안에서 분명하게 인기척이 있었다. 어쩌면 내가 찾아오리라는 사실 자체는 상정하지 않은 일이었기에 긴장하고 있던 탓이었는지도 모른다. 거기에 내포된 의미가 긍정적인지 부정적인지는 모를 일이었으나, 당장은 모종의 반응을 보였다는 사실 자체에 의의를 두기로 했다.

"대답하기 힘들면 듣고만 있어도 괜찮아. 선생님은 다정이를 힘들게 하려고 찾아온 게 아니니까."

얘가 도대체 뭘 잘했다고 이렇게 타이르듯 말해야 하는 걸까 싶은 기분도 들었지만 그렇다고 당장 방구석에서 기어 나오라고 몰아세워봐야 상태를 악화시킬 뿐이라는 것도 모르지는 않았다.

"무슨 일이 있었는지는 모르겠지만 선생님은 항상 다정이 편이란다. 만약 다정이 너를 고민하게 하는 일이 있었거나, 괴롭게 하는 친구가 있다면 어려워하지 말고 선생님한테 말해도 괜찮아. 다정이처럼 힘들어하는 학생들을 도와주기 위해서 선생님들이 있는 거니까."

물론 다정이가 괴롭혔던 아이들, 이를테면 처음 스터디를 시작했던 대여섯 명의 여학생들 역시 학우에게 부당한 일을 당했다면 도움

을 받아야 마땅했다. 그러나 우리는 그렇게 하지 않았다. 적극적으로 문제를 제기하지 않은 학생들에게도 책임이 있었다고 변명하려면 못할 이유는 없었다. 먼저 찾아와서 입을 열어주었다면 우리도 얼마든지 손을 내밀었을 것이라고, 스스로 돕지 않는 이를 나서서 도와야 할 이유는 없는 것이라고 모른 척 잡아뗄 수도 있었다. 교사라는 직함이 우리에게 부과하는 의무에는 포함되지 않은 일이라면서 도의적인 책임을 묵과했다. 비단 나 혼자만의 일이 아니라 그 당시에 선생이랍시고 교무실에 한 자리씩 차지하고 있었던 우리 모두의 일이었다.

교실에 버젓이 앉아 지독한 냄새를 풍기면서 홀딱 젖어있는 애를 목격한 사람이 어디 나뿐이겠는가. 적어도 그날 수업으로 우리 교실에 들어갔던 선생님들이라면, 자세한 사정까지는 모르더라도 뭔가 잘못된 일이 일어났으리라 짐작하지 않을 수 없었을 것이다. 나를 포함한 그들이 묵과했던 이유는 전부 제각각이겠지만 우리의 책임은 균등한 것이었다. 그러니까 그건 하나의 반성이었다. 잃어버린 소가 어느 구석에서 도축을 당했는지도 모르면서 저지른 잘못의 면죄부를 얻기 위해 외양간을 고치는 일이었다. 어쩐지 자괴감이 들었다.

"제가 아니라…… 서혜명 같은 애들이겠죠."

주파수가 맞지 않는 라디오처럼 잡음이 잔뜩 끼어있는 목소리가 잘려나간 소규모 우주의 너머에서 속삭이듯 날아들었다. 목을 짓누르듯 하는 불안정한 발성에 메마른 피부가 찢어지고 갈라져 상처 입은 입술을 간신히 달싹여서 엉성하게 만들어낸 발음이었다. 그래서 나는 그때 대답이 돌아왔다는 데에 놀라는 한편으로 그 애를 안쓰럽다고 느꼈다. 이 아이도 그저 상처 입은 젊은 영혼일 뿐이라는 허튼 기대를 품어서는 안 되는 것이었는데도 말이다. 뻔히 알면서도 감수성이란 것으로 얄팍한 위선을 합리화하면서 발목을 잡혀주는 것이 내가 생각해도 정말이지 악질이었다.

"만약 혜명이와 뭔가 트러블이 있었다면 일단 둘이서 얘기라도 나눠봐야 하지 않을까? 문제가 있을 것 같으면 선생님이 중재해 줄 테니까 너무 걱정하지는 말고. 다정이 마음이 편해질 때가 되면 학교에 나와서 얘기해보자. 그때까지 선생님이 기다려줄게."

다정이가 학교에 나와 봐야 두 사람을 중재하는 일 따위는 할 수 없었다. 애초에 두 사람이 되지 않았기 때문이다.

그러나 다정이가 결석하기 시작한 건 혜명이의 실종신고가 들어가기 며칠 전의 일이었고, 이 때문에 다정이는 그녀가 실종된 사실에 대해 모르고 있을 터였다. 혜명이가 자신을 피하느라 학교에 나오지 않고 있었다면, 자신이 결석하고 있는 사이에는 교실로 돌아갔을지도 모른다는 가능성도 고려해 볼 수 있었을 것이다. 설득력도 없지 않았고 나름대로 먹혀들 만하다고 생각했다.

"걔가 학교에 나왔어요?"

조금 목소리가 커진 느낌이었다.

마침 저도 혜명이에게 사과를 전하고 싶었는데 상황이 여의치 않아서 그러지 못하던 중에 참으로 반가운 소리라면서, 무슨 관심이나 흥미가 생겨서 그런 것이었다면 좋았겠지만 애석하게도 그런 긍정적인 뉘앙스가 아니었다. 성대의 점막이 찢겨 나가는 소리를 내면서 마치 비명처럼 내지른, 발악하듯 하던 그 목소리……. 수진이의 어깨를 붙잡고 무른 피부를 손가락으로 파고들면서 추궁하던 순간의 내 목소리가 그랬다.

혜명이가 학교에 나오는 건 절대로 일어날 수 없는 일이라고 확신하던 사람의 반응이었다. 그러나 당시의 나는 그런 미세한 변화까지 세심하게 살필 만한 심적인 여유가 없었다. 그 순간 내 관심을 끌었던 것은 그저 문 앞으로 조금씩 다가오는 발소리나, 깨지기 쉬운 무언가의 파편이 발에 걸려 바닥을 미끄러져 가는 희미한 소음 같은 것들이었지, 사춘기 소녀의 민감한 감정변화 같은 것이 아니었다. 예상치도 못하게 문제가 쉽게 해결될지도 모른다는 기대감에 부풀어서는 얼뜨기마냥 입가에 번져가는 미소를 억누르지도 못하고 있었다.

"그래, 혜명이도 너랑 다시 한번 이야기를 나눠보고 싶다고 말했으니까 아마 잘 해결할 수 있을 거야. 둘 사이에 무슨 일이 있었는지 선생님은 잘 모르겠지만, 혜명이는 너랑 잘 풀어보고 싶은 모양이더라. 그러니까 다정이 마음이 편해지면 부모님을 통해서라도 좋으니까 선생님한테 얘기해줬으면 좋겠어. 같이 대화해보면 분명 좋은 방법을 찾을 수 있을 테니까."

혜명이는 이야기를 나눠보고 싶다는 말을 꺼낸 적도 없었고 잘 풀어보고 싶지도 않을 것이다. 그 이전에 당장 어디서 뭘 하고 있는지, 하다못해 살아 있는지 죽었는지조차 알 수 없었다. 다정이가 학교에 나와 봤자 같이 대화를 해보는 것도, 좋은 방법을 찾아보는 것도 할 수 없었다. 그러다가 진짜로 학교에 나오겠다는 소리라도 하면 뭘 어쩔 생각이었던 걸까. 생사도 불투명한 자기 학생을 아무런 거리낌도 없이 팔아대면서 당장 폐인처럼 지내는 너를 내버려 둘 수 없었다는 변명이나 떠올리고 있는 내가 그곳에 있었다. 그렇게 해서 일이 잘 풀리기라도 했으면 체면이라도 섰을 일이다.

"죄송한데, 그만 돌아가 주세요."

그렇게 말하는 다정이의 목소리는 희미하게 노기마저 띠고 있었다. 화를 삭이고 이성적으로 대처하려 한다기보다는 당장 꺼지라고 윽박지르려는 것을 간신히 억누르고 도의적으로 필요 최소한의 예의는 갖추려 한다는 느낌에 가까웠다. 나는 단순히 내가 연장자에 담임 교사라는 이유만으로 화를 면하고 있었던 것이다. 하지만 도대체 어째서? 그 자리에서 다정이가 내게 적개심을 내보이는 것은 부당한 반응이었다. 물론 당시 그녀가 정신적으로 궁지에 몰려 있었고 신경이 극도로 날카로워진 상태였음을 감안해야 했지만, 그걸 전제로 하더라도 아귀가 맞지 않았다. 1년도 더 지난 일이기도 하니 내가 정확하게 뭐라고 떠들어댔는지는 당연히 기억나지 않지만 아마 실제로 발언한 내용에 크게 차이가 있지는 않았을 것이다.

'다정이 네가 편해질 때 학교에 나와라, 혜명이와 있었던 문제는 대화를 통해 잘 해결하자, 선생님이 옆에서 중재해 줄 테니 걱정할 것은 없다, 선생님은 항상 네 편이다'며 이래저래 주절댔던 것 같지만 결국 그 이외에 내용이라 할 만한 것도 없었다. 혹시 혜명이의 실종에 대해 알고 있었던 걸까? 확실히 실종신고가 있을 당시에 다정이가 학교에 나오지 않았다고는 하나 소식을 전해 들을 수 있는 경로라면 얼마든지 있었을 터였다.

중간고사 이후에 다정이의 상태로 보아 그때까지 연락하는 친구가 있었을 리는 만무했지만, 당시에는 이미 혜명이에 대한 탐문 수사가 시작된 이후였고 지역신문의 한 면에 작게나마 기사화도 되었다. 인터넷에 그 사건을 다룬 기사가 있었는지는 모를 일이지만, 어느 경로로건 다정이가 혜명이의 소식을 접했을 가능성은 전혀 없지 않았던 것이다.

하지만 나는 돌아가 달라는 말에 순순히 돌아가 줄 수 있는 입장이 아니었다.

"아니, 다정아. 일단 문을 열고 나오자. 나와서 얼굴을 마주하고 얘기하자. 대화라는 건 목소리만 나눠서 이뤄지는 게 아니니까 눈을 마주치고 표정을 확인하면서 교감을 나누지 않고서는 알 수 없는 것들이 있는 거야. 그러니까 일단 나와서 얼굴 좀 보여주렴. 분명 이해할 수 있을 테니까."

"미쳤어요? 걔가 학교에 나왔다면서. 그런데 어떻게 여기서 나오란 소리가 나와, 이 미친 새끼야!"

안쪽에서 문을 향해 날아든 화풀이는 내 가슴 언저리쯤의 위치에 충돌해 요란하게도 존재감을 과시했다. 짐작건대 주먹으로 후려쳤으리라. 그때의 다정이는 거칠어진 호흡이 문틈 사이로도 또렷이 들려올 만큼 흥분해있었다. 거의 발작적인 거부반응에 놀란 나는 반사적으로 한걸음 물러나면서도 다소 과민한 그 반응이 이해되지 않아 의아심이 들었다.

무엇보다도 혜명이가 학교에 나왔다는 사실이 다정이가 방에서 나갈 수 없는 이유가 되는 상관관계를 이해할 수 없었다. 생각해보면 처음부터 접근하는 방향성이 어긋나 있었는데, 다정이가 방구석에 틀어박혀 두문불출하게 된 원인이 혜명이와의 불화였다면 애초에 혜명이가 결석하기 시작한 시점에서 다정이가 연이어 학교에 나오지 않는다는 상황은 아귀가 맞지 않았다. 가령 별개의 이유가 있어 다정이가 등교를 거부하게 되었다 하더라도 혜명이가 학교에 나왔다는 사실과 방에서 나가지 않겠다는 의지에는 관련성이 없었다.

다정이가 거주하던 주택가는 학교 근처에 자리하고 있으니 혹여 길거리에서라도 마주칠 것이 걱정되었다는 이유라 하더라도, 그녀는 방이 아니라 집에서 나가지 않겠다고 말했어야 옳다. 그런데 왜인지 그렇게 하지 않았단 말이다. 한 가지 생각해볼 수 있었던 가능성은 혜명이와 있었던 일련의 사건들은 다정이의 등교 거부와 관계가 없다. 즉, 간접적으로 어떤 영향을 주었을 가능성까지는 배제할 수 없더라도 직접적인 원인은 아니었으리라는 추측이다.

다정이의 문제는 중간고사 이후 혜명이가 실종되기 이전부터 이미 진행되고 있었다. 외적인 성격 변화가 본격적으로 드러난 것은 혜명이가 사라진 뒤 실질적으로 실종신고가 접수되기 며칠 전쯤이었다. 그 무렵 어떤 원인으로 임계점에 도달했고 그 결과가 지금의 상태라고 이해하는 편이 타당했다.

그렇다면 문제의 원인은 혜명이에게서 찾아야 할 것이 아니라 중간고사 이후에 교실에서 일어난 특이사항 전반에서 찾아야 했다. 요컨대 중간고사 직후부터 스터디가 와해하기까지 일어났던 일에 대해 학생 전체를 대상으로 전수조사가 이루어져야 했다. 당연히 당시를 기준으로 한 달이나 지난 사건들일 테니 기억이 애매해져 있을 테고 확실히 기억하는 학생이 있다고 해도 그걸 순순히 털어놓을지는 별개의 문제다.

　어느 사회에서든 함부로 입 밖에 낼 수 없는 일은 존재한다. 우리 반 학생들만을 대상으로 삼더라도 일일이 사정을 캐묻는 일은 불가능할 뿐 아니라 애초에 무의미에 가까웠다.

　그때였다.

　"비겁하게학교까지찾아가서죽이고싶으면직접찾아오면될일이잖아내가뭘그렇게잘못했다고나한테만지랄인데내가여기에숨어있으니까날여기서끄집어낼생각인모양인데네맘대로는안되지괜히등신같은년하나잘못건드려서이게무슨개고생이야이렇게꽁꽁숨어있으면제까짓게뭘할수있겠어학교에서기다려봤자난안나갈거라고학교에나가면날죽일거야날죽이려고학교에나간거라고사과했는데용서해주질않았어미안하다고했는데도죽일거라고아무것도모르면서내편이라느니떠들고말이야민폐인줄도모르고제발좀내버려두라고알아서잘하고있는데이놈이고저놈이고시끄럽게굴어서머리머리머리머리가펑하고폭발을폭발하는불꽃놀이가될거야이대로터져버릴거야퍼퍼퍼푸푸퍼퍼퍼퍼하하고터져서산산조각조각가가가각이"

　문틈을 비집고 질척이는 흔적을 남기며 기어 나오는 목소리는 문밖의 누군가에게 건네는 회화의 언어가 아니라 일종의 자기 암시적인 주문에 가까웠다.

　호흡이 느껴지지 않을 정도로 두서없이 빠르게 뇌까리면서도 오한에 아래턱을 바들거리는 발음으로 음절 단위로 쏘아내듯 하는 음성. 억양이 거의 느껴지지 않는 평탄한 어조가 그야말로 기이한 불길함이 목덜미를 훑고 지나가는 것 같은 주술적인 이미지를 연상케 했다.

그런 와중에 나는 뭘 하고 있었는가 하면 겁을 집어먹어서 그냥 가만히 서 있을 뿐이었다.

어느새 거실에서 달려온 어머님이 문을 두들겨대며 진정하고 나와서 병원에 가자고 단말마처럼 소리를 질러대는 중에도 내게는 일련의 풍경이 마치 액자 안에서 벌어지는 민중의 혁명처럼 현실감이 없었다. 자유의 여신으로 대표되는 비현실성이 나로 하여금 그 자리로부터 의식적인 격리상태에 이르도록 했다.

"다정아, 빨리 나와 봐! 엄마랑 병원에 가자! 아니면 약이라도 줄 테니까 빨리 문 좀 열어줘!"

대화의 아귀가 어긋나기 시작한 지점, 일이 틀어지기 시작한 계기는 무엇이었는지 생각해보면, 사실 여부와 무관하게 혜명이가 학교에 나왔다는 사실을 내가 통보했을 시점이었다.

다정이는 방에 틀어박혀서 나오지 않고 있었을 뿐 말을 걸면 순순히 반응을 보였고 선뜻 대화에 응할 수 있는 상태였으며, 극단적인 스트레스 상황에서도 최소한의 예의를 차리려 할 정도로 이성적인 사고가 가능한 상태였다. 요컨대 정신적 질환을 앓고 있다는 사람치고는 정신적으로 제법 안정된 상태였다는 뜻이다.

그것이 혜명이가 학교에 나왔다는 한마디에 어그러지기 시작하더니 방에서 나오라는 제안에 이르자 순식간에 폭발해버렸다. 학교에 나오라고 한 것도 아니다. 그냥 문을 열고 방에서 나오라고 했을 뿐인데도 그 사달이 났던 것이다. 일련의 반응들은 다정이가 방에서 나오는 걸 두려워하는 것이 아니라 외부로부터의 접촉에 무방비하게 노출된 공간, 즉 혜명이와 마주칠 가능성이 있는 공간에 자신이 위치함에 불안감을 느끼고 있음을 꽤 직관적으로 시사하고 있었다. 그렇다면 다정이의 문제는 서혜명이라는 개인에게서 기인한 것임이 틀림없었다. 그럼 도대체 혜명이가 무슨 짓을 저질렀기에 멀쩡하던 애가 갑자기 정신병적인 헛소리를 늘어놓는 폐인이 되었냐는 말이다.

벽 너머에서 희미하게 흐느끼듯 늘어놓는 주술적인 넋두리와 내리친 자리가 움푹하게 패일 정도로 문을 두들겨대며 고함을 지르는 광기 어린 소란의 한복판에서 마지막으로 들었던 그 한마디만큼은 분명히 기억하고 있다. 그 한마디가 지금의 나로 하여금, 1년 전의 기억으로부터 벗어날 수 없도록 옥죄는 족쇄가 되었다.

한순간 주변의 소음이 잦아드는 비현실적인 감각과 함께 짤막한 대사 한 줄만이 또렷하게 귓가를 파고들었다.

“내가 잘못했어. 제발 살려줘, 혜명아…”

***

카페에서 잠자코 이야기를 듣던 설화는 이야기가 중반을 넘겼을 무렵에, 나머지는 가는 중에 들을 테니 일단 그 천다정이라는 애가 사는 곳에 가보자며 자리에서 일어났다. 갑자기 무슨 바람이 들었는지 본인 입으로 딱히 도움이 되지 않을 거라며 단언했던 녀석이 찾아가서 뭘 어쩌겠다는 건지는 알 수 없었지만, 내가 허둥대는 사이에 녀석은 이미 밖으로 나가 택시를 잡고 있었다.

그리하여 지금 이곳은 다정이의 집 바로 앞이다. 설화는 택시에서 내리자마자 어딘가에 연락을 하더니 먼저 가 있으라며 손짓을 하고는 조금 떨어진 자리에서 잠시 전화를 붙잡고 있었다.

"혹시 모르니까 한 번 더 정리해보자. 그러니까 그 다정이란 애는 실종된 서혜명이라는 학생이 이미 사망한 상태고, 장사된 지 사흘 만에 부화하시어 자기한테 복수하기 위해 거리를 확보하고 있다고 주장하고 있다는 거지?"

통화를 마치고 돌아온 설화는 재차 확인하듯 물으며 어느새 입에 물고 있던 담배에 불을 붙였다. 지나가듯 이야기했던 '선생'이라는 사람에게 연락한 모양이지만 전화를 핑계로 설화가 자리를 피했던 탓에 구체적으로 무슨 이야기를 나눴는지까지는 알 수 없었다.

"사흘이라는 말은 없었지만, 어머님한테서 듣기로는 병원에 끌려갔을 때 의사한테 그렇게 얘기했다더라."

신발장에 넣어두었던 예비열쇠를 찾아온 어머님께서 문을 따고 들어가 억지로 약을 먹이고서야 간신히 진정을 찾은 다정이는 얼핏 보기에도 상당히 지쳐 보였고, 얼마 지나지 않아 돌연 혼절하듯 잠이 들었다. 거기까지 확인하고 급격하게 피폐해진 얼굴로 돌아온 어머님으로부터 전해 들은 내용은 대략 이러했다.

중간고사 이후로 신경질적인 성격 변화가 두드러지기 시작하던 다정이는 혜명이가 결석하기 시작했을 무렵, 그러니까 중간고사가 끝나고 2주쯤 뒤부터 급격히 상태가 나빠졌다고 한다. 방문을 걸어 잠그기 시작한 것도 이 무렵부터였는데, 한창 정서적으로 예민할 시기임을 감안하면 이해하지 못할 언행은 아니었던 터라 당시까지만 해도 묵인하고 넘어갔다는 모양이다. 그러다 학교로 형사들이 찾아오기 며칠 전부터는 학교도 가지 않고 온종일 동네를 돌아다니더니 어느 날부터인가 방에서 나오지 않게 되었다는 것이다. 집에서는 식사시간을 제외하면 대부분 자기 방에서 지내곤 했던 탓에 처음 사흘 정도는 대수롭지 않게 생각해서 애가 탈수증세로 쓰러져있는 줄도 몰랐다고 했다. 내가 학교로 찾아온 형사들에게 혜명이의 실종 사실을 전해 듣고 있을 때 다정이는 응급실에 실려 가고 있었다는 얘기다.

의식을 차린 다정이는 응급실에서 한 차례 난동을 부려댔고 극도의 착란 증세를 보였다고 한다. 그 결과 주치의로부터 정신과에서의 상담을 권유받았고, 다정이는 또다시 소란을 피우다가 모친의 팔뚝에 살점을 덩어리째로 뜯어내다시피 한 상처를 남겼다. 다행히 응급실 내에서 벌어진 일이었던 터라 즉각적으로 처치를 받을 수 있었지만 다정이는 곧장 정신과 병동으로 끌려가 버린 탓에 어머님도 진찰 결과에 대해서는 나중에 의사로부터 전해 듣게 되었던 것이다.

서혜명이라는 같은 반 친구가 죽었다. 하지만 되살아나서 자신을 찾아다니고 있다. 자신은 혜명이라는 아이에게 잘못을 많이 저질렀다. 그 애는 거기에 원한을 품어서 지금도 자신을 찾아 복수하기 위해 거리를 배회하고 있을 것이다. 만약 밖에서 그 친구와 마주치면 그 자리에서 살해당할 게 분명하다. 만약 그 친구가 집으로 찾아오면 아무것도 모르는 어머니가 현관을 열어줄 테고, 그렇게 되면 자신은 끝장이다. 그러니 방에 틀어박혀서 문을 잠가두고 바리케이드를 만들어서 침입을 막아야 했다. 오로지 견고하게 쌓아 올린 요새만이 자신을 지킬 수 있다. 그러니 제발 집으로 보내 달라며 상담 내내 다정이는 그 말만 하염없이 반복했다고 한다.

다정이의 상태가 나빠지기 시작했던 건 중간고사 이후에 급변한 인간관계의 양상이 원인이었으리라 의사는 추측했고, 거기서 기인한 우울장애가 발전해 경미한 수준의 피해망상이 발생했을 것으로 진단했다. 다만 죽었다가 되살아난 반 친구라는 가상의 적을 상대로 반격 행위를 시도하거나 주변인을 한 패거리로 판단해 추궁하고 물리적인 폭력을 행사하는 등의 공격성을 드러내지 않는다는 점에서 입원 및 격리조치의 필요성이 적었고, 주기적인 상담치료와 약물치료를 병행하기로 했다는 모양이다. 본인도 치료에 대해 부정적이지 않았다는 사실 또한 긍정적으로 작용했다.

그 상태가 올해 봄까지 이어졌다. 그러다 5월 중순쯤 인내심이 바닥난 다정이가 절대로 방에서 나가지 않겠다며 커터칼로 자해를 하겠다고 협박하기에 이르렀다. 그러던 중에 실수로 손목을 깊게 그어버린 이후로는 병원에 끌고 갈 엄두가 나지 않았다고, 어머님은 울먹이면서 말했다.

"그럼 정신병이라는 소리잖아. 치료만 잘 받았으면 완치됐을지도 모르는 일이고, 칼 들고 난동을 부린 시점에서 환자의 자해행위를 막기 위함이라는 명분도 섰으니 아예 격리병동 같은 데다가 처박아뒀으면 됐을 텐데, 거기서 왜 심령이니 강령이니 하는 얘기가 나오는지 난 도통 이해가 안 되네?"

무심하게 툭툭 던지듯 하는 퉁명스러운 말투를 고수하면서도 비꼬듯 들리지는 않는다는 점이 내가 설화의 화법을 기묘하다고 평하는 이유다. 시종일관 신경을 긁어대면서도 딱히 악의가 있어서 그러는 게 아니라는 게 뻔히 보이는 탓에 대놓고 불쾌해하기에도 애매하다. 말하는 사람은 별생각도 없는데 듣는 사람만 손해 보는 화법인 셈이다.

"다정이가 말하기를, 혜명이가 귀신이 돼서 자기를 찾아다닌다는 둥 죽은 사람이 제 발로 걸어 다닌다는 둥 얘기했었다나 봐. 반년이 지나도록 상태가 호전될 기미는 없는데 병원비는 꼬박꼬박 빠져나가니 어머님도 혹시나 하는 기분이었겠지. 얼마 전에는 찾아봤을 때는 저번 달에 무당을 불러서 굿도 해봤다더라. 당연히 효과도 없었고, 그냥 돈만 날린 헛짓거리였지만."

"무속신앙은 애초에 배운 적이 거의 없으니까 뭐라 말은 못 하겠다만, 그래서 다음으로 찾아온 게 오컬트라는 거야? 뭐 장엄구마나 축사라도 같은 거라도 해줄까 봐서? 진짜 그런 거면 번지수를 잘못 짚어도 한참 잘못 짚었네. 선생이랑 다르게 난 철저하게 무신론자란 말이야. 신자도 아닌 인간이 자기 이름 팔아가면서 마귀를 쫓겠다고 설쳐대는 꼴이라니, 자비로우신 그리스도라도 콧방귀를 뀔 일이지."

설화는 농담을 할 생각이었는지 키득대는 목소리로 말했지만 내가 이 녀석에게 연락했을 시점까지만 해도 정확히 그런 일을 기대하고 있었던 터라 내색은 하지 않았지만 내심 부끄러운 기분이 들었다. 꼭 그래서만은 아니었지만 괜히 꼬투리를 잡으려 했던 데에는 그런 이유도 있었던 것이다.

"그렇게 객관적으로 자기평가를 했으면서 여기까지는 뭐하러 왔는데?"

덕분에 나는 택시 안에서 급히 다정이 어머님께 전화를 드려 갑작스러운 방문 사실을 알리고, 불가피한 사정이 있었음을 대략 설명한 뒤 사전 연락도 없이 찾아가는 무례에 대해 연신 양해를 구해야 했다. 일단 입장이 입장이니만큼 당연히 내가 해야 할 일이었지만 정작 일을 저지른 사람은 유유자적하게 기사님과 담화를 나누며 시시덕대고 있었으니 억울한 기분이 들지 않을 수 없었던 것이다.

하지만 설화는 이상한 질문이라는 듯 고개를 갸웃거리면서 한쪽 눈썹만 치올리는 기묘한 표정으로 답했다.

"말했잖아. 도움이 될 만한 사람한테 연결해 줄 수는 있다고. 그래서 아까 선생한테 연락해봤던 건데, 그쪽으로도 옛날에 공부해둔 게 있어서 도와줄 수는 있다는 모양이야. 그래서 여기로 부를 생각이었는데 지금은 손님이 있으니까 일단 나더러 다녀와 달라고 하더라."

"뭔지는 몰라도 아무튼 대단한 사람인가 보지? 그 선생이라는 사람 말이야."

"낭만 선생이라고, 아는 사람들 사이에서는 흔히 선생이라고 불리는 편이야. 이래저래 조금 이상한 사람이기는 한데, 그래도 이쪽에서는 꽤 저명하신 분이지. 나랑은 그냥… 그래, 대학원생이랑 담당 교수 같은 사이로 보면 되지 않을까 싶네."

그러니까 그 선생이라는 사람도 어찌 되었든 마법이 어쩌니 하는 수상쩍은 분야에 종사한다는 뜻이었다. 어렴풋이 짐작은 하고 있었지만, 막상 소개를 들으니 더더욱 못 미더웠다. 게다가 그쪽에서 유명하다는 말까지 덧붙으니 오히려 의심이 깊어졌다.

"나야말로 하나 묻겠는데, 네가 그 다정이라는 애의 담임이었던 건 작년이었으니까 올해 담임한테 인수인계해주면 될 일이잖아. 1년이나 지난 일에 아직도 매달리고 있는 이유가 뭐냐? 혹시 올해도 네가 담임이야?"

말투는 여전히 가벼웠지만 놀리려는 기색도 없이 어딘가 가시가 돋친 질문이었다. 심각한 분위기는 아니었지만 그렇다고 대수롭지 않게 넘어갈 생각도 없는 모양인지, 입가로는 실실대는 와중에도 가늘게 뜬 곁눈으로는 노려보듯 하는 것이 그 의도가 그다지 호의적이지 않았다. 내가 고개를 저으며 부정하자 설화는 순간 눈살을 찌푸리고는 어쩐지 짜증 난다는 표정으로 팔짱을 끼고 있던 손을 허리로 가져가더니 내 쪽으로 몸을 돌렸다.

"네가 다정이라는 애의 담임이었던 건 작년까지의 일이고 그 말은 네가 그 애에 대해 갖는 의무는 올해를 기점으로 소멸했다는 뜻이잖아. 이제 와서 교사로서의 책임감에 눈을 떴다거나 미처 챙겨주지 못했던 혜명이라는 학생에 대한 속죄라는 변명은 듣지 않겠어. 너는 그런 감성적인 이유로 움직일 만한 인간도 아니고 작년의 네 행적을 생각해봤을 때 교사로서의 책임감이 투철하다고 보기도 어려우니까. 일련의 사건으로 얻은 윤리적인 깨달음의 발로라고 하자니, 그런 놈이 학생의 개인 사정을 생판 상관없는 제삼자인 내게 함부로 누설하는 건 부자연스러운 일이야."

"그건 필요한 일이었잖아. 무슨 사정이 있었는지도 모르면서 덜컥 도와달라고 해봐야 너도 곤란하기만 했을 테고. 게다가 일단 얘기라도 들어보겠다고 했던 건 너였잖아."

"만약 네가 부탁하려던 게 혜명이라는 애의 실종사건에 관한 일이었다면 그 말도 일리가 있었겠지. 하지만 실종사건의 전말은 동기일 뿐이지 목적이 아니었단 말이야. 문제의 쟁점은 어디까지나 다정이라는 애의 등교 거부에 대한 일이었으니 거기에 대해 설명할 생각이었다면…… 가령 이런 식이겠지. 학생 중 한 명이 1년이 되도록 등교를 거부하는 중인데 그 애가 말하기를 죽은 친구가 살아나서 자기를 해치려 한다더라, 미심쩍기는 하시만 네가 도움이 될 것 같아서 연락했다. 이 정도의 설명으로 충분했을 일이야. 하물며 다정 학생은 학교폭력 가해자였어. 그런 치부에 가까운 배경을 당사자의 동의도 없이 털어놓아야 했던 이유는 뭐였을까? 아마도 네가 1년이나 지난 이 문제에 여태껏 매달려야 하는 이유와 관련이 있을 거라 보는데.”

꽤 예리한 지적이었다. 그냥 기세에 휩쓸려서 털어놓고 말았다는 식으로 받아넘겨도 이상하지는 않을 일이었는데, 설마하니 그걸 걸고넘어질 거라고는 생각지 못했다. 뭐라 대답을 하면 좋을지 망설이고 있는 내가 답답했는지 설화는 가볍게 한숨을 내쉬고는 도로 현관을 향해 몸을 돌리고는 말을 이었다.

“됐다. 어차피 경찰에서 재수사라도 시작한 거겠지. 실종 건도 처음 한 달 정도 요란하다가 금방 사그라진 모양이고, 그러다 해도 바뀌었으니 안심하고 있던 와중에 갑자기 경찰들이 찾아왔을 거야. 실종되기 전 서혜명 학생의 행적에 대해 이것저것 물어봤겠지. 괜히 양심에 찔리는 것도 있을 테니까 혹시나 하는 기분으로 얼마 전에 이곳으로 가정방문을 왔을 테고, 그래서 무의식중에 두 사건을 연결해서 예컨대 다정 학생의 등교 거부 문제는 혜명 학생의 실종사건에서부터 기인한 것이라는 식으로 생각하게 됐다고 해도 이해하지 못할 일은 아니야. 혜명 학생의 실종사건에 대해 설명하려면 다정 학생이 저지른 학교폭력 가해 사실은 언급하지 않을 수 없는 요소니까, 두 사건 동일 선상에 두고 이야기를 했다면 그 또한 마땅히 설명할 필요가 있는 일이라고 생각했던 거지."

설화가 발음 한 번 흘리지 않고 청산유수로 떠들어대는 내내 나는 솔직히 어이가 없었다. 생각지도 못하게 뒤통수를 얻어맞은 기분이라고 하면 적당할지 모르겠다.

"아무리 그래도 내 뒷조사를 한 건 아니라고 믿으면 되는 거겠지?"

무의식이니 뭐니 하는 대목은 다소 비약이 있었지만, 그 외에는 거의 사실에 가까웠다. 나는 애써 농담처럼 넘기려 했지만 속으로는 적잖이 당황하고 있었다. 설화는 시답잖은 농담을 받아넘기듯 코웃음을 치더니 절반 정도 타들어 간 담배를 밟아 끄고는 눈살을 살짝 찌푸린 채로 말했다.

"당장은 눈앞의 문제를 해결하는 게 우선이니까 넘어가겠다만 그렇다고 이제껏 네가 저질렀다는 도의적이지 못한 행적들을 웃어넘길 생각은 없으니까 시시덕대는 태도는 삼갔으면 좋겠다. 일이 마무리되면 너나 너희 학교 선생이란 작자들한테도, 어떻게든 확실하게 책임을 묻도록 할 거니까 각오는 해두라고."

학창시절에 뒷골목에서 담배나 피워대고 다른 애들 돈이나 뜯고 다니던 애가 이제 와서 무슨 원칙주의자인 양 구느냐고 따지려면 못할 것도 없었다. 하지만 이 자리에서 분란을 일으켜봐야 내게 좋을 게 없었다. 이미 현관 앞까지 도착한 마당에 설화가 발길을 돌린다면 내게는 그녀를 붙잡을 명분이 없었고, 그렇게 되면 결국 내 꼴만 우스워지는 것이다. 아버지께서 말씀하시길 참고 버티는 자가 이기는 것이라 하셨다. 게다가 책임을 묻도록 하겠다고 해도 이 녀석에게는 그럴 만한 권한이 없었다. 여기서 불쾌한 내색을 하는 건 손익문제 이전에 그저 불필요한 소모일 뿐인 것이다.

잠시 생각을 정리하던 내 침묵을 어떻게 받아들였는지 설화는 흥하고 콧소리를 내고는 가볍게 쥔 주먹을 들어 보이며 말했다.

"일단 들어가자, 해 떨어지기 전에는 돌아가고 싶으니까."

오래된 현관을 두드리는 대로 공허하게 울리는 노크 소리가 어쩐지 불길하게 들렸던 것은 순전히 기분 탓이었으리라 여기고 싶었다.

3

낭만 선생에 대해

*　*　*

　낭만(浪漫) 선생은 과거 70~80년대 한창 도시화 계획이 추진되던 시절, 무차별적인 재개발 만능주의에 반발한 지역주민들의 격렬한 저항과 그 과정에서 발생한 대규모 폭력사태로 인해 계획이 무산되면서 방치된 철제 구조물 중 한 곳에 터를 잡고 있다. 그중에서도 그나마 콘크리트 건물에 가까운 형태를 유지하고 있는 3층짜리 구조물의 2층이다. 1층 부동산 사장님의 말에 따르면, 본래는 상가 건물로 쓰일 예정이었다고 한다.

　선생이 연구실이라고 주장하는 해당 거주지는 출입구에 들어서자마자 좌측에 즐비하게 늘어선 서류 다발의 산맥이 웅장한 풍채를 과시하며 당당하게도 진로를 가로막고 있어서 자연히 발걸음이 우측으로 치우치게 되는데, 조금만 앞으로 나아가면 이번에는 우측벽면을 절제 없이 잠식하고 있는 두툼한 하드커버의 덩어리들이 하나의 거대한 생물처럼 질서정연하게 우글거리고 있는 터라 목표지점인 연구실로 들어가는 데에만 해도 상당한 전위적인 움직임을 구사해야 한다.

　한 번 잘못 건드려 쓰러뜨리기라도 하면 다시 정리하는 데만 한 시간이 걸린다. 겉보기엔 난잡하게 쌓아 올린 것 같아도 나름의 규칙이 있어서 순서에 맞게 정렬하려면 1시간은 족히 걸린다. 그런 일로 욕을 먹은 적도 있던 터라 웬만해서는 나도 몸동작 하나하나에 주의를 기울이는 편이다. 익숙해지면 그럭저럭해볼 만한 수준은 되지만 그렇다고 해서 수월해진다는 의미는 아니다.

　연구실의 내부는 의외로 정돈이 되어있어서 창가 자리에 사무용 테이블, 맞은편에 오래되기는 했지만 정상적으로 작동하는 브라운관이 놓여있는 것까지 대단히 보편적인 구성이다. 실내의 중앙에는 손님용으로 놓아둔 다인용 소파 두 대와 선생이 주로 쓰는 일인용 소파 그리고 그 사이에 작은 테이블이 하나. 그 위에 올려져 있는 한 무리의 마트료시카가 타원형으로 둘러 앉아있는 것만이 유일하게 이질적이다. 안쪽 벽면에 바깥쪽 계단으로 통하는 문을 기준으로 창가 쪽에 자리한 기다란 목제 선반에는 관상용 열대어 어항이나 제법 값나가 보이는 오디오, 작년쯤에 충동적으로 샀다는 커피메이커 등이 단정하게 놓여있는 데 반해 브라운관 쪽에 배치된 책장은 빽빽하게 꽂혀있는 서적들이 난잡한 카오스를 이루고 있었다. 종류에 통일성도 없어서 책등만 봐도 머리가 아파지는 전문서적이나 문학 전집을 비롯해 서류 다발이나 잡지, 심지어는 만화책도 꽂혀있다. 한 칸에 두 줄씩 촘촘하게 박아뒀는데도 자리가 모자라는지 바닥에도 상자째로 쌓아두었다. 책장만 제외하면 실내는 대체로 깔끔한 편이다. 입구도 이 정도만 해주면 더할 나위가 없을 테지만 선생에게는 본인만의 인테리어에 대한 고집이란 것이 있는 모양이다. 의외로 현대미술 같은 데에 심취해있는지도 모른다.

“미안, 기다렸지.”

　바깥쪽 계단 층계참에서 통화를 마치고 돌아온 선생이 특유의 간드러진 중저음으로 말했다. 흑백영화 특유의 결여된 음향과 같이 중후한 느낌을 주면서도 부드럽게 혀끝에서 식도 너머까지 매끄러지는 밀크커피 같은 질감이 매력적인 목소리다. 늘 생각하는 거지만 하고 다니는 꼴이랑 정말 안 어울린다. 선생의 외관은 빈말로라도 보기 좋다고 하기 어렵고 솔직히 대놓고 말을 안 할 뿐이지 좀 꼴 보기 싫을 정도다. 단편적인 부분만을 추려서 간략하게 소개하자면 구불거리는 검은 머리는 덥수룩하게 자라나는 것을 순전히 귀찮다는 이유로 방치해 둔 탓에 허리까지 내려오는데, 멀찍이서 보면 흡사 덩어리진 덩굴이 다리를 달고 걸어 다니는 것처럼 보여서 그 모습이 이따금 우스꽝스럽기까지 하다.

핏기가 없는 얼굴색이나 뼈대 위에 근육을 생략하고 그대로 살가죽을 발라놓은 듯 수수깡 마냥 깡마른 체형은 어디를 어떻게 보더라도 건강한 사람과는 거리가 멀었고, 움푹하게 들어간 눈두덩이 상대적으로 광대를 돌출되어 보이게 만들고 있어서 일견 해골처럼 보일 때가 있을 정도다. 누렇게 때가 탄 흰색 반팔 티셔츠는 목이 있는 대로 늘어나서 거의 흘러내릴 듯이 후줄근하고 밑단이 바닥에 끌리는 추리닝 바지에 당장이라도 뜯어질 것 같은 슬리퍼 같은 게 그녀의 트레이드 마크다.

항상 구부정하게 휘어있는 등이나 등딱지에서 기어 나오는 거북이처럼 전방을 향해 구부러져 있는 목이나 자신감이라고는 찾아볼 수 없이 축 처진 채로 움츠러든 어깨, 자각이 있는지 없는지 모를 일이지만 거의 상시 전신에서 방류되고 있는 음울한 분위기가 안 그래도 150cm 남짓한 단신을 본래의 신장보다도 작아 보이게 만든다. 게다가 상당한 골초라서 반경 50cm 이내로 항시 담배 냄새를 풍기고 있는 탓에 흡연에 조예가 없는 이들로 하여금 접근조차 꺼리도록 만드는 마성의 매력까지 두루 갖추고 있다.

선생과는 대학 시절부터 알고 지내던 사이로, 처음 만났을 당시 내가 있던 동아리에 들어온 신입생이었다. 당연히 낭만 선생 운운하는 호칭은 본명이 아니고 대학 시절에는 평범하게 이름으로 불리는 편이었다. 다만 영국에서 돌아온 이후로 그녀를 아는 대다수로부터 선생이라 불리고 있을 뿐이다. 어감이 불편하지는 않아서 나도 그러한 분위기에 편승하기로 했을 따름이다. 선생은 그 무렵에도 그다지 깔끔한 꼴로 돌아다니는 건 아니었던 데다가 붙임성 있게 구는 성격도 아니었고, 무엇보다 사교적인 활동에는 애초에 관심도 없어 보였는데 어째서인지 인기는 좋았던 것 같다.

나는 입영 영장이 나오고 두어 달쯤 뒤에 곧장 입대했는데, 내가 휴학한 직후에 영국으로 유학을 갔다는 소식을 전역한 이후에 지인으로부터 전해 들었다. 그러다 8년 전쯤에 돌연히 귀국했다는 연락을 받았고 그 뒤로 종종 집사람과 어울려 다니는 모양이다. 나는 가끔 반찬 같은 걸 가져다주라는 심부름으로 만나는 편이다. 주기적으로 신경 써주지 않으면 제대로 챙겨 먹지도 않을 거라는 게 아내의 주장이었고, 그 의견에는 나도 동의하는 바가 없지 않았다. 오늘도 명목상으로는 명절에 부치고 남은 전을 나눠주고 오라며 잔소리를 듣고 찾아온 길이었다.

"점심은 먹고 왔다고 했었나? 커피 마실래?"

피곤해 보이는 얼굴로 하품을 억누르며 나른한 목소리로 묻는 와중에도 이미 잔은 두 개를 챙겨두고 있었다. 매번 저런 식이라 거절하기도 애매해서 늘 주는 대로 받아 마시는 편이지만, 그다지 솜씨가 좋지는 않아서 솔직히 그냥 인스턴트커피를 타줬으면 하는 마음이

다. 자기 나름대로 선배 대접을 해주려는 게 아니겠냐고 아내는 추측
했지만 아무래도 그냥 커피메이커 만지작거리는 걸 좋아하는 게 아
닐까 싶었다.

"아, 맞다. 저번에 가져다줬던 사골 맛있었다고 세현이한테 전해
줘. 냄비는 있다가 갈 때 챙겨줄 테니까 가져가고."

민무늬의 머그잔에 절반 정도 채운 커피를 건네면서 선생이 문득
생각났다는 듯 말했다. 그러고 보니 저번 달쯤에 그런 걸 가져다줬었
던 것 같기도 하다.

세현은 집사람의 이름이다. 나와는 고등학생 때부터 알고 지낸 선
후배 사이였고, 선생과는 대학 시절 같은 동아리에 들어서 알고 지내
게 되었다. 그 무렵에도 아내는 선생에 대해 호의적으로 보지 않았고
걸핏하면 싸움이 붙을 정도였는데, 나중에 돌이켜보면 어째서인지
둘이서 붙어 다니는 일이 많았다. 정확히 말하면 아내 쪽에서 일방적
으로 싫어하는 인상이 강하고 선생은 오히려 선배 같은 사람한테 아
깝다고 할 정도로는 좋게 보는 모양이다. 아내도 매번 친구까지는 아
니고 그냥 지인이라느니, 예뻐할 구석이 없는 인간이라느니 투덜대
면서도 이것저것 챙겨주려 하는 편이다. 무슨 관계인지 도통 알 수가
없었다.

"안색이 안 좋네, 선배. 꼭 무슨 고민이라도 있는 것처럼."

소파에 몸을 파묻듯 앉고는 주머니에서 담뱃갑을 꺼내 능숙하게 흔
들어 한 개비를 뽑아 입에 물면서 선생은 테이블 위에 놓인 커피의
수면만을 물끄러미 내려다보며 문득 그렇게 입을 열었다. 선생은 기
본적으로 직설적이지 못하고 에두르는 화법을 즐기는 편이었다. 나

는 그게 그렇게 싫지만은 않았지만, 집사람은 대학 시절부터 하고 싶은 말이 있으면 똑바로 하라며 질색을 하곤 했다.

선생이 말하길 나는 달리 용건이 있을 때와 없을 때의 표정이 미묘하게 다르다는 모양이다. 나는 나대로 적극성이 있는 성격은 아니었던 터라 선뜻 나서서 대화를 주도하는 일에는 생리적인 차원으로 거부감이 있었다. 선생은 대개 피곤한 표정으로 멍하니 지내는 관엽식물 같은 인간이었지만, 늘어놓는 몇 마디에 내심을 함축하는 산문 같은 인간이기도 했다. 확실히 집사람의 평가는 핵심을 찌르는 구석이 있었다.

본래 의도했던 대로라면 나는 행정경찰이 되어야 했다. 애초에 경찰시험을 봤던 것도 단순히 별생각 없이 진학했던 대학 시절 전공이 그쪽이었던 이유였고 모름지기 공무원이니 향후를 생각해서도 해가 될 일은 없을 거라는 계산이었을 뿐이지, 무슨 거창한 사회정의실현에 뜻이 있었던 것은 아니었다. 그렇다고 현장에서 발바닥에 땀나도록 뛰어다닐 생각도 없었던 터라 책상머리 앞에서 행정사무나 보면서 정년이나 바라보는 무미건조한 인생이야말로 내가 그리던 이상적인 생활상이었다. 골머리 싸매면서 밀려드는 강력사건들에 파묻혀 지내는 일상은 내가 바라던 삼십 대의 모습이 아니었던 것이다.

멍하니 지내는 사이에 어영부영 실적이 쌓였고, 나도 모르는 사이에 인사절차가 이뤄져서 분위기에 휩쓸리다 보니 의도치 않게 형사과에 배속된 게 벌써 5년 전의 일이다. 발전성 없는 공무원 생활도 올해로 8년째가 되었으니 거의 경력의 절반 이상을 사복 경찰관으로 지내왔다는 뜻이다. 천성에 안 맞는다느니 이번 건만 끝내면 그만둔

다느니 떠들어댔으면서 뭘 그렇게까지 열심히 했을까 싶지만 뭐든 대충하는 게 안 되는 사람이라는 것도 있는 법이다. 달갑지도 않은 평판은 날이 갈수록 좋아졌고, 하기 싫다면서 노래를 불러도 맡은 일을 소홀히 한 적이 없으니 저게 다 부끄러워서 그러는 거라는 헛소문만 늘어갔다. 실적이 좋은 건 어쨌거나 기뻐할 일이었지만 적성에 맞지도 않는 일을 붙잡고 있으니 스트레스가 쌓여가는 건 당연한 수순이었던 터라 당시 나는 제법 진지하게 사직서를 작성해봤을 정도로 골치를 썩이고 있었다. 그 무렵에 담당하고 있던 사건이 영 실마리가 잡히지 않아 답답해하던 것도 이유로서는 비중이 적지 않았으리라 생각된다.

기억하기로는 마른하늘에 날벼락이라는 격언대로 공원 한복판에 사람이 추락해서 사망했던 사건이었다. 공원 안에 사람이 투신할 만한 높이의 건축물이 있을 리도 만무했고 인근에 자리하고 있던 아파트 단지는 연식이 오래된 10층 높이 정도로 겸허할 줄 아는 물건이었던 터라 투신했다 하더라도 날다람쥐 같은 신체 기관이라도 타고나지 않고서야 닿을 수 없는 거리였다. 단순 자살로 처리하자니 맨몸으로 저지를 수 있는 곡예가 아니었고, 타살을 전제로 수사하자니 범행 수법을 알 수가 없었다. 사람을 의도한 지점의 공중에 띄워두고 낙하시키는 방법 같은 걸 떠올려내기에는 내가 너무나도 상식적인 사람이었다.

사건에 대해 듣게 된 선생은 꽤 장황하게 서설을 늘어놓기는 했지만, 그런대로 설득력 있는 견해를 내놓았고, 그 결과는 경사스럽게도 내 실적으로 이어졌다. 그때는 선생도 이제 막 연구실을 마련했을 무렵이라 이삿짐 정리를 도와달라는 부탁으로 찾아갔던 것으로 기억하고 있다. 사무용 책상을 조립해서 놓아두고 소파와 테이블까지 가져다 둬서 그럭저럭 구색이 맞기 시작할 때쯤 잠시 휴식을 겸해서 담배를 태우던 중에 선생이 먼저 안색이 좋지 않다는 둥 이야기를 꺼내는 것이었다.

수사상 발견한 사실은 당연히 기밀 사항이었지만 뭐가 진행된 게 있어야 감출 것도 있는 법이었다. 이미 신문이나 뉴스에서 보도된 내용 이상의 뭔가가 있는 것도 아니라서 이러이러한 사건을 맡게 되었는데 영 풀리지 않아서 곤란하다는 얘기를 간략하게 탐문했던 내용 정도만 추가해서 설명해주었다. 설마하니 그 자리에서 해답을 내놓을 거라고는 생각지 못했던 터라 청산유수로 설명을 쏟아내고는 아마도 이렇게 된 일이 아니겠느냐면서 애매하게 끌어낸 결론에 솔직히 처음에는 반신반의했다. 다소 납득하기 어려운 지점이 없지는 않았으나 아주 말도 안 되는 의견은 아니었던 터라 혹시나 하는 기분으로 수사를 진행했고, 불행인지 다행인지 결과가 좋았다.

선생은 대학 시절부터 언변이 뛰어나서 일견 전제를 장황하게 늘어놓는 화법에도 듣기에 지루하지 않은 데다가 결론에 이르는 논리가 꽤 독특해서 대화가 상투적이지 않고 즐거웠다. 실제로 최근 거의 두 달 가까이 그 문제로 골치를 썩이는 중이라 나도 상당히 답답해하던 차였다. 다만 뻔히 배려해주는 걸 알면서도 넙죽넙죽 받아먹기만 하자니 내색은 하지 않을 테지만 선생의 입장에서는 약간 산만한 애완동물을 간식으로 길들이는 느낌으로 받아들이고 있을지도 모른다. 그렇게 생각하면 선뜻 입을 열기에는 어쩐지 반발감이 드는 것이었다.

그렇다고 달리 선택사항이 있는 것도 아니었다. 지저분한 맛이 나는 기이한 커피로 입술을 적시면서 잠시 심상을 차분히 한 다음 불필요한 감상을 제하고 남은 내용을 순서대로 정리한 뒤 입을 열었다.

"너 좀비 영화는 좋아하냐?"

담배를 태우는 틈틈이 커피로 입가심을 하던 선생의 표정이 한눈에도 알 수 있을 정도로 비틀어졌다. 마침내 자신의 커피가 어느 정도로 심각한 수준인지 깨달은 것이었다면 여러모로 발전적이었겠지만, 얼핏 보기에도 모자란 인간을 연민하듯 하는 시선을 내게로 쏘아대고 있었다. 또 바보 같은 소리를 한다고 생각하는지도 모른다. 다소 뜬금없기는 했지만 그렇게까지 반응할 일인가 생각해보면 조금 억울한 기분도 들었다.

"좀비 같은 건 그로테스크해서 못 보는데. 여름만 되면 호러 영화가 우후죽순으로 개봉하는 풍조만큼 경멸스러운 것도 없다고 생각해. 하여간 어디서든 남부끄러운 줄도 모르고 찰싹 붙어서 돌아다니는 커플들이 제일 문제지. 세현이랑 데이트할 계획이면 관두는 게 좋아. 개도 그냥 집구석에 처박혀서 아이스크림이나 퍼먹는 게 제일이라고 할 걸?"

"그런 게 아니라 시체가 제 발로 걸어 다녔다고 하면 믿을 수 있겠느냐는 말이야. 기어갔다고 해도 좋고, 아무튼 움직였다는 가정만 가능하다면 뭐든지."

피로에 절어 몽롱하게 풀려있던 눈매가 순간 날카로워지면서 백골을 닮은 그 얼굴에 의아함이 떠올랐다. 살짝 찌푸려 주름을 잡은 미간은 일견 불쾌감을 드러내는 것처럼도 보였다.

"그럼 좀비 영화랑은 상관없잖아."

"가장 직관적인 예시였다는 걸로 해두지."

다소 얼버무리는 감이 없잖아 있었지만, 본래 자신의 말이 갖는 의도는 오히려 알기 어려운 법이다. 선생은 마트료시카 근처에 놓여있던 재떨이를 끌어와 위태롭게 매달려있던 담뱃재를 두어 번 털어내고는 말했다.

"선배한테 중요한 건 내가 믿느냐 마느냐의 문제가 아니라 실제로 가능한지 아닌지의 문제겠지. 죽은 사람의 몸뚱이가 살아서 움직인다는 말은 그 자체로 모순이기도 하고 언어상의 문제 이전에 절대로 불가능하다는 게 내 견해지만, 적어도 선배로 하여금 그 절대로 불가능한 현상의 실현 가능성을 고려하게 할 만한 사건이 있었다는 건 의심할 여지가 없으니까. 선배가 내게 기대하는 건 그저 문제의 검증일 뿐. 아니야?"

원래가 무늬 없는 백자처럼 담백한 얼굴을 하고 다니는 여자였지만 말하는 내내 선생의 표정은 어딘가 차게 식어있어서 흡사 관조적인 논설문처럼 건조했다. 선생은 매사에 기복이 거의 없는 인물이었지만 그렇다고 무감정하거나 무감각한 인물은 아니다. 이 녀석도 은근히 신경질적인 구석이 있다는 게 집사람의 평이다.

"주술사들 중에서는 사자(死者)의 소생을 전문으로 다루는 사람들도 있는 모양이지만 보편적인 사회적 인식이 그러하듯이 생명을 다루는 학문의 전반은 대부분의 경우에 윤리적인 문제가 얽혀있기 마련이야. 의학에서 다루는 안락사의 문제가 가장 대표적이겠지. 하다

못해 법학에서도 사망의 기준에 대해서는 여러 조항에서 서로 다른 기준을 적용하는 데다가 뇌사자의 경우에는 의학적인 기준과 명백히 다르게 처리하고 있어. 생명공학에서 다루는 복제 인간의 윤리적인 문제도 비슷한 맥락에서 이해할 수 있을 테고. 죽음의 극복은 모름지기 언젠가 생의 종언을 맞이해야 할 인류 전체의 공통된 관심사였고, 당연히 그에 대해 연구했던 마법사도 없지는 않았다는 게 우리 쪽의 통설이야. 기원전까지 넘어갈 것도 없이 적어도 중세 이전까지는 어림잡아 추산할 수 있을 정도의 마법사들이 그 분야에 매달렸을 거라 보고 있어."

선생은 느릿한 동작으로 머그잔을 양손으로 보듬듯 무릎 위로 끌어와 평탄하게 파문이 이는 그 수면을 물끄러미 내려다보면서 특유의 가라앉은 중저음에 흐리듯 하면서도 명료하게 끊어내는 기묘한 발음으로 말했다. 선생은 시선을 마주하고 대화하는 걸 좋아하지 않는다. 수줍다거나 하는 문제가 아니라 그냥 눈을 마주치는 게 불편하다는 모양이다.

선생이 스스로 마법사라 주장했던 것은 대학 시절 신입회원 자기소개 때부터다. 요컨대 처음 만났을 당시부터의 일이었지만 그때까지만 해도 조금 이상한 구석이 있는 친구라는 정도의 평가로 넘어가곤 했다. 늘 동아리방 한쪽 구석에 멍하니 앉아서 조용히 지내는 주제에 의외로 달변가 기질이 있는 걸 제외하지 않더라도 평소 행실은 비교적 보통의 양식에서 크게 벗어나지 않았기 때문이리라 본인은 해석했다. 그래서 본격적으로 전문 과정을 수료하기 위해 유학을 가겠다는 얘기를 처음 꺼냈을 때 아내는 꿈꾸는 소녀 같은 헛소리도 어지간히 못 들어주겠다며 정도껏 하라고 화를 냈다는 모양이다. 당시 나는 이미 입대가 결정된 상태였고, 선생까지 떠나버리면 자기 혼자 남게 되는 게 서러웠다고 언젠가 아내가 술김에 털어놓은 일이 있었다.

한편으로 나는 선생이 마법 운운하는 데에 별다른 감흥이 없었는데, 이것저것 아는 게 많고 설명이 조리 있다는 걸 빼놓고 나면 별로 대단할 게 없었기 때문이다. 마룻바닥에 분필로 기기묘묘한 그림 같은 걸 그리고 주문을 읊어대면서 허공에 불을 피워내는 것보다 가스레인지를 설치하고 라이터를 들고 다니는 게 효율적이라고 설명했던 건 다름 아닌 선생이었고, 철학보다도 쓸모없는 학문이라면서 습관적으로 깎아내리기까지 한다. 나름 규모 있는 학회도 있고 정기적으로 세미나도 열리며 제법 권위 있는 학술지도 여럿 발간된다고 하지만, 선생의 눈에는 그저 자기들끼리 시시덕대는 계집애 같은 집단일 뿐 발전성이라고는 티끌만큼도 없는 곳인 듯했다. 그럼 뭣 때문에 비싼 돈 들여가며 유학까지 다녀오고 돌아와서까지 연구실을 차리면서 거기에 매달려있느냐 하니, 아는 만큼 부정할 수 있다는 짤막한 대답만 돌아왔다. 생각보다 권태로운 열정을 드러내는 그 한마디가 내게는 조금 낯설게 다가왔다. 하여 마법이 어쨌느니 하는 오컬트 담론이라는 점은 차치하고서라도 선생이 자기 분야에서 내놓는 견해는 어느 정도 신빙성이 있다. 선생은 한동안 컵 안에 비친 무언가를 기이하다는 듯 고개를 약간 갸웃거리며 쳐다보다가 이내 별일 아니라는 듯 담배를 한 모금 빨아내고는 말을 이었다.

"요컨대 사람의 부활을 다루는 마법은 최소한 종교적 세계관이 사회에 유의미하게 대두되기 시작할 무렵에서 연구자의 연구행위에 윤리적 가치관이 개입되는 태동기 사이에 중단되었다고 보는 게 일반적인 견해야. 실제 성공사례가 한 건도 없었다는 사실도 그 분야가 사장되는 데에 일조했을 테고 여러 사학적인 자료들을 기반으로 고려해봤을 때 마법에 의한 시체의 소생은 불가능하다는 게 우리의 상식이야. 보통사람들과 하등 다를 게 없지.”

“그럼 그 주술사라고 했었나? 마법사랑 뭐가 다른지는 모르겠지만 아무튼 그 사람들은 그쪽을 전문으로 다루는 경우도 있다면서. 그럼 그 방면에서는 어떤 성과 같은 게 있어서 명맥이 유지되고 있는 건가? 적어도 나는 소위 박수무당들이 말하는 장군님의 귀신이니 조상님의 영혼이니 하는 말에 신빙성이 있다고는 생각하지 않는데.”

주술사인지 부두교인지 하는 사람들이 정확히 무슨 일을 하는지는 알 수 없었지만, 선생의 논리대로라면 윤리성을 고려하지 않는 이들의 행위는 여타 분야의 현대적 가치관으로부터 도태되어 있음을 의미한다. 하지만 정작 나는 그들의 전근대적인 가치관과 마법사의 연구행위라는 것의 차이를 납득할 수 있을 정도로 이해하지는 못하고 있었던 것이다. 문외한의 눈으로 보면 커다란 고깔모자를 쓰고 지팡이를 휘두르면서 주문을 외우는 기인이나 괴이한 표정으로 펄쩍펄쩍 뛰어다니면서 작두를 타고 기도를 올리는 무당이나 솔직히 거기서 거기일 뿐이었다.

“언어상의 의미 자체만 두고 따지자면 주술이나 마법이나 크게 차이는 없어. 양자 모두 이 세상에 불가사의한 기적, 혹은 흔히 그렇게 받아들여지는 현상의 전반을 체계와 합리를 갖춰 분석하고 분석한 원리를 이치와 통념에 맞도록 해석하고 해석한 원리를 실제로 적용할 수 있도록 이해하고 이해한 내용을 바탕으로 현상세계에 존재하는 불가사의를 규명할 목적으로 인류문명의 발전 과정상에서 발생한 분파니까 그 본질이 다르지 않지. 올림포스의 열두 신들이 군림하는 그리스 신화도 그렇고 코토아마츠카미(別天津神)나 아마츠카미(天津神)를 위시한 일본 신화도 그렇고 모두 그 시대의 인간들이 세상의 이치를 규명하기 위해 나름대로 고찰해온 결과야. 마법이나 주술 역시 그런 맥락에서 이해해야 할 일종의 문화양식이자 과거를 지탱하던 정형화된 사상이지. 초자연적이니 불가사의니 하는 오컬트라는 말 자체가 갖는 특유의 어감에 현혹돼서 그 가치를 무시하는 어리석음을 선배는 저지르지 않았으면 좋겠어.”

“선입견은 좋지 못하다는 얘기라면 뭐 나도 동감은 하겠다만, 결국 마법사나 주술사나 비슷한 부류라는 얘기잖아. 주술로 죽은 사람을 살려내는 방법을 전문적으로 다루는 사람들도 없지는 않다고 네가 그랬었지. 말마따나 본질적으로 다르지 않다는 마법으로는 단 한 번의 성공사례도 없이 윤리적 문제에 부딪혀 사장된 분야인데도 말이야. 그럼 결국 마법사에게는 절대로 불가능하다는 네 주장과 모순되지 않나?”

선생은 곁눈으로 나를 힐끔 확인하더니 무릎 위에 양손으로 끌어안고 있던 커피를 한 모금 마시고는 테이블 위에 내려놓은 뒤 입을 열었다.

“마법이나 주술이나, 그 외에도 현대에 이르러 오컬트라 불리는 학문의 대다수는 샤머니즘이나 애니미즘을 비롯한 원시종교에서 출발했으리라는 게 일반적인 견해야. 때문에 그들 절대다수의 경우가 영혼의 존재를 인정하고 영적으로 한 차원 높은 단계에 이르기 위해 노력해왔지. 다만 그 방향성이 영혼을 신앙의 대상으로 바라보았느냐 학문적 연구의 대상으로 바라보았느냐의 차이야. 샤머니즘에 대해 얘기가 나왔으니 거기에 빗대서 원시적인 종교의 경우에 신이라 하는 존재는 야훼나 부처처럼 분명한 형상을 갖거나 명확한 개념으로 정의되는 존재가 아니라 단순히 막연한 숭배의 대상일 뿐이었어. 그 정체를 아는 건 오로지 그들과 접촉하여 그들의 뜻을 내려받는 샤먼에게만 허락된 일이었고, 그를 중심으로 모인 집단의 구성원들은 샤먼의 말이 신의 뜻인지 샤먼의 뜻인지 파악할 능력도 없었고 이유도 없었지. 여기서 신은 다시 영혼, 즉 육신을 갖지 않는 초자연적인 의지로 치환되기도 하는데, 가시적인 실체의 부재라는 점에서 신과 영혼의 개념이 크게 구분되지 않았기 때문이야. 그저 숭배의 대상을 무엇으로 삼았느냐의 문제였을 뿐이지. 장사 지낸 부락의 지도자의 영혼을 신으로 삼았다면 그 또한 샤머니즘의 대상이 될 수 있었어. 여기서 샤먼이 초자연적 존재와 접촉하기 위해 사용되는 방법들이 현대에 주술사들이 다루는 주술의 전신이야. 요컨대 주술이란 신학과 비슷해. 일견 자료를 토대로 한 분석이 있고, 의견의 규합과 논의가 있고, 주장에 대한 반론과 거기에 반박하는 해명이 있어. 보편적인 학문의 체계를 갖춘 외견을 하고 있으니 그들의 연구가 학문적인 당위성을 가진 것처럼 보여. 하지만 신의 실존이라는 전제에 절대성을 부여한 상태에서 출발했으니 그 전제에 논리적 정합성을 요하지 않고, 신이 있다는 전제야말로 그들의 신앙이니 그 전제의 타당성을 증명하려 하지 않아. 주술사들 사이에서 인간의 부활이라는 분야가 생명력을 유지할 수 있는 것도 그러한 맥락에서 이해할 수 있어. 그들 사이에서 인간의 육신은 처음부터 죽어있는 것이고 그것을 살아 있도록 하는 것이 영혼이야. 따라서 떠나간 영혼을 붙잡아 그것이 머물던 몸뚱이로 되돌릴 수 있다면 죽은 자를 살려내는 것이 가능하다는 이치지. 선배가 생각하기에는 어때? 우리의 육체를 움직이는 게 중추신경계와 생체기관들의 물질대사에 의한 게 아니라 실체도 확실하지 않은 영혼이 있기 때문이래. 이렇게 나와 선배가 이야기를 나누고 있는 현실이 바로 그 증거야. 선배는 이 전제에서 논리적인 검증의 흔적을 발견할 수 있어?"

마지막으로 한 모금을 빨아낸 뒤 재떨이에 담배를 지져 끄며 선생은 말을 마쳤다. 요컨대 주술이란 것은 일종의 종교적인 의식에 가깝다고…… 마법은 그렇지 않다. 뭐, 그런 이야기인 듯하다. 하지만 선생의 발언대로라면 마법사들 또한 생명 활동을 영혼과 육신의 합일에 의한 결과로써 이해하는 이원론적인 세계관을 채택하고 있으리라 짐작할 수 있다. 그렇다면 양자의 차이는 결국 한없이 흐릿한 안개 너머의 수평선과 같이 모호한 것이지 않을까.

재떨이에 꽂아 넣은 자세 그대로 한동안 흩어지는 담배 연기를 물끄러미 바라보던 선생은 이내 다시 한번 곁눈으로 내 반응을 살피더니 무릎을 끌어안는 자세로 소파에 쭈그리고 앉아 여전히 심중을 알 수 없는 표정 그대로 말을 이었다.

"한편으로 마법사의 경우에는 어떨까. 법학이 최소한의 도덕으로써 보편적인 정의의 실현과 사회질서의 유지를 절대적인 지표로 삼고 의학이 인체 기관에 대한 완전한 이해를 바탕으로 안정화된 생명 활동의 영위를 지고의 이상으로 삼는 학문이라면, 마법이라는 학문이 갖는 궁극적인 이상은 인간의 정신으로 우리의 인식체계에 지배되고 있는 현실의 영역 너머에 존재하는 초월적인 영적 영역에 도달해 한 차원 높은 존재로 거듭나는 거야. 이데아론을 바탕으로 한 신비주의를 차용한 세계관인데, 쉽게 말하면 우리 인간의 세계는 설대적인 완결성을 갖춘 신화적인 관념 세계를 불완전하게 모방한 세계인 거야. 하지만 이 불완전성은 세계의 구조적인 문제이기 때문에 미약한 개인의 힘으로는 수정하는 게 불가능해. 그렇다면 수정할 수 없는 세계는 불완전한 그대로 두고 수정할 수 없는 세계의 일원인 개개인의 불완전성을 개선하면 이 문제를 해결할 수 있지 않을까? 수양을 통해서 완전한 세계와 접촉하고 나아가 그 세계의 일원으로 거듭나는, 말하자면 인류라는 종 자체의 진화가 이뤄진다면 현상세계의 불완전성을 개선해야 할 필요성이 사라지게 되겠지. 여기서 고대의 마법사들은 인류가 도달해야 완전한 세계의 편린이 으레 신비로운 것이라 여겨지는 현상의 모습으로 이 세상에 구현된다고 보았고, 세상에 존재하는 신비들을 규명하는 방법으로 그곳에 도달할 수 있으리라 믿었어. 아마 이건 연금술에서 착안한 발상이었을 것 같지만 이건 그냥 내 사견이니 일단 차치해두고 이것이 현대에 이르기까지 모든 마법의 기초를 이루는 신비주의의 정체야. 플라톤이 들으면 포복절도할 사이비 철학이지."

"그럼 결국 주술이나 마법이나 크게 다를 게 없다는 말이잖아. 그 신비로운 세계라는 게 존재한다는 주장의 근거는 무엇이며 거기에 도달하는 방법론은 무슨 근거로 제시된 것인지 구구절절 늘어놓은 것치고는 영혼의 존재를 인정하는 논거 같은 것도 전혀 설명이 안 되는데 뭐가 다르다는 건지 모르겠군. 굳이 따지자면 신적인 존재를 단지 신앙의 대상으로 바라보느냐 도달해야 할 목표로 바라보느냐의 차이일 뿐인데, 그렇게 보면 오히려 얌전히 기도나 드리면서 계시대로 이행할 뿐인 주술사들에 비해서 너희들이 내세울 만한 건 패악스럽다는 것 말고는 없지 않나? 영 납득이 안 되는데.”

“결론을 서두르지 마, 선배. 지금까지는 기초적인 사항들을 정리한 것뿐이니까. 세현이가 심부름을 시킬 정도면 오늘은 선배도 한가한가 보구나 싶었는데, 혹시 일정이라도 있었어?”

그 말대로 오늘은 비번이라 종일 한가할 예정이었지만 나는 오컬트 강론을 듣기 위해 찾아온 것이 아니었다. 모처럼 쉬는 날에 구태여 서두를 이유도 없었지만, 그렇다고 명분도 없이 여유를 부릴 이유도 없었다. 선생은 쭈그리고 앉은 자세 그대로 주머니에서 담뱃갑을 꺼내 손목을 흔드는 느낌으로 재주 좋게 한 개비를 뽑아 불을 붙이고는 한 모금 뱉어낸 뒤에야 이야기를 계속했다.

“확실히 중세 이전까지만 해도 마법이나 주술이나 크게 차이가 없었으리라 보는 게 일반적이야. 실용적인 관점에서 양자의 구분을 불필요한 것으로 보는 경우에는 최대한 단순화해서 동양에서 마법을 정의하는 명칭이 주술이었을 뿐이라고 보는 관점도 있지. 다만 학계에서도 소수의견이고 하니 이 얘기는 나중에 기회가 되면 하는 걸로 하고, 본격적으로 양자가 차별화되기 시작한 건 연금술이 등장한 시점부터, 혹은 15세기경에 헤르메스 주의가 수면 위로 떠오르기 시작했을 무렵으로 보고 있어. 기존까지 일관되게 유지되어왔던 신비주의적 세계관은 단순한 가설로 격하되고 절대적이라 믿었던 영혼의 존재는 언제라도 부정당할 수 있는 상대적인 명제로만 존재하게 됐지. 요컨대 단순한 민간신앙의 영역에서 벗어나 학문으로서의 정체성이 대두되기 시작했다는 뜻이야 연구목표를 설정하고 그에 맞는 가설을 세우고 실험을 통해 증명하고 증명한 사실들을 정리히고 정리한 내용으로 결론을 끌어내는 체계성을 갖추게 된 거지.

반면에 주술사들의 경우는 어땠는가 하면, 서양에서 오컬트 분파들의 활발한 움직임이 있었던 것과는 다르게 동양권에서는 기존부터 뿌리내리고 있던 무속신앙이나 음양오행설을 기초로 하는 여러 철학 사조에서 나타나는 신화적 세계관이 현대까지 소소하게 이어져 온 것으로 보고 있어. 특히나 동아시아권에서는 중화사상이니 사대주의니 하는 배타적인 세력들이 득세하고 있었으니 사회적으로도 서양의 오컬트가 자리 잡기는 어려웠을 거야. 국가적 차원에서 척화비 같은 걸 세워대는 판인데 꼬부랑글자로 나불거리는 코쟁이들을 곱게 내버려 뒀겠어? 동양에서 성행하던 마법이 주술, 서양에서 성행하던 주술이 마법이라는 구분법은 아마 이런 배경에서 착안했을 거라는 게 내 생각이야. 나도 양자의 구분이 단순한 번역의 문제라고 보는 견해에 일정 부분 동의하는 바가 있으니까.”

기초적인 사항들을 정리했을 뿐이라는 선생의 말처럼 확실히 개론에 가까운 내용이었다. 대학 시절의 나는 개론이건 각론이건 가리지 않고 낙제를 받은 적이 있었다.

아무튼 결론은 주술이나 마법이나 별 차이는 없지만 가치 기준이 미묘하게 다르다는 얘기인 듯한데, 그럼 나머지 이야기들이 거의 사족에 가까워 보인다. 어쨌거나 내가 듣고 싶은 이야기는 시답잖은 오컬트 담론이 아니었기 때문이다.

"단적으로 결론짓자면 마법과 주술의 차이는 자신들이 내세운 사상의 기반을 부정할 수 있는가 없는가의 차이에서 비롯된다고 볼 수 있겠지. 세부적으로 이야기하자면 이런저런 분류기준들이 학설마다 나뉘지만 선배가 말했던 '움직이는 시체'에 대해서 이야기하자면 이 정도로도 충분할 거야."

빙 돌아서 결국 본론으로 돌아왔다. 시체가 움직인다니, 남의 입으로 듣고 있자니 한결 현실감이 없었다. 이도 저도 아닌 오묘한 기분에 표정을 구기다가 아무래도 신경이 쓰여서 일단 덧붙이기로 했다.

"움직이는 시체라고 할지, 굳이 따지자면 위치가 바뀌었다는 쪽에 더 가깝기는 한데 말이야. 애초에 좀비 같은 게 걸어 다니는 걸 본 사람도 없는 것 같고 CCTV에도 이렇다 할 게 찍히지는 않았으니까. 나도 처음 겪는 일이라 뭐라 설명을 하면 좋을지 모르겠네."

자신감 없이 덧붙여 말하는 나를 곁눈으로 살피던 선생은 들고 있던 담배를 입에 문 채 입술로 까닥거리거나 입으로만 머금었다가 뿜어내거나 하다가 이내 별일 아니라는 듯 우물거렸다.

"천천히 얘기해. 어차피 오늘은 나도 한가하니까."

나는 이 녀석이 한가하지 않은 모습을 목격한 일이 오히려 드물었던 탓에 '오늘은' 한가하다는 표현에는 묘한 위화감을 느끼지 않을 수 없었다. 그야 내가 보지 않는 곳에서 나름의 고충이 있는지도 모르는 일이지만 굳이 따지자면 이 녀석은 '오늘도' 일정이 없었다고 해야 옳았다. 아마 내일도 한가하지 않을까.

선생은 천천히 얘기하라고 했지만 그렇다고 마냥 시간을 끌고 있을 수도 없는 노릇이다. 대략적인 개요는 당연히 파악하고 있었지만, 그걸 그대로 설명하자니 어딘가 어귀가 맞지 않는 것처럼 느껴지는 게 문제였다. 내가 생각하기에 이 사건은 여러 시점이 불필요하게 얽히고설킨 끝에 복합적으로 부조리를 이루는 촌극처럼 보였다.

일견 전혀 다른 기승전결을 갖춘 듯 보이는 일련의 사건들은, 그것을 순서대로 정렬할 수 있다면 필시 그들을 이어주는 각각의 연결고리가 존재하고 있을 터였다. 그것은 30대의 반환점을 돌고 있는 지금에 이르기까지 나름의 사회생활을 거치며 깨달은, 말하자면 여러 업무영역에서 보편적으로 활용 가능한 일종의 공식이었다. 삼라만상이란 대개 직렬구조로 이뤄져 있기 때문이다.

그러나 이 사건은 어떠한가. 당사자에게는 미안한 얘기지만 별다른 화제성도 없는 소소한 뉴스거리 정도의 사건이라 복잡하게 어그러진 순서를 정리해야 할 필요도 없었다. 정상적인 경우라면 탐문과 검토를 무한궤도로 반복하는 단순 작업을 한 달씩이나 붙잡고 있을 만한 사건도 아니었고, 눈에 보이는 내용 그대로 결론까지 이어진 길만 따라가면 마무리되어야 할 일이었다. 그런데도 여태껏 초동수사 단계에 머문 채 출발선에서 벗어났다는 사실에만 안주하고 있는 이유는 무엇인가.

나는 이 사건이 병렬적이라 보았다. 서로 다른 사건들이 각각의 완결성을 갖고 나란히 늘어서 동일한 방향으로 나아가고 있는 것을, 나는 그 갈림길 앞에 서서 어느 쪽으로 나아가면 좋을지 갈피를 잡지 못하고 우왕좌왕하고만 있는 것이다. 더는 김이 나지 않는 커피는 헛웃음이 날 정도로 맛이 없어서 외려 진정작용이 있었다. 잠시 혀끝에 남은 그 독창적인 맛을 곱씹으며 생각을 정리한 나는, 역시 처음부터 하나씩 이야기하는 게 가장 좋을 것이라 판단했다.

선생은 무심하게 담배를 재떨이에 꽂아 넣으며 흩어지는 담배 연기를 신기하다는 양 바라보고 있을 뿐이었지만 내게는 그녀가 들어야 할 때 귀를 닫는 녀석이 아니라는 신뢰가 있었다.

가볍게 헛기침을 하고 나는 끝내 입을 열었다.

"작년 이맘때쯤에 있었던 여고생 실종사건에 대해서는 들어본 적 있냐?"

***

사건접수 당시 18세였던 서혜명 학생의 실종신고가 접수되었던 게 작년 11월 중순의 일이었다. 작년 11월 초, 실종자 서혜명 학생은 저녁 6시경 하굣길을 걷던 중 인근 상가 건물의 골목으로 들어가는 모습을 마지막으로 행방을 감췄다.

당시의 기록에 따르면 처음 1주일 동안은 기초적인 탐문을 시작으로, 담당 경관 차원에서 CCTV를 확인하거나 실종자의 최후 행선지를 돌아보는 등의 소규모 수색이 이뤄진 것으로 확인되었다. 그러다 바로 다음 주부터 갑자기 여분의 경찰 인력을 포함해 주민자치회나 인근 군부대의 사병까지 동원된 대규모 수색작업이 진행되었는데, 실종자의 추정행동반경도 넓지 않았고 수색 범위도 당사자의 거주지에 크게 벗어나지 않았는데 불필요하게 인력이 동원된 감이 없지 않았다. 그래도 여기까지는 수사 진행이 지나치게 급박하게 이뤄졌다는 인상을 제외하면, 실종자의 부모나 지역민들의 체면치레를 고려한 의례적인 절차라 생각하고 넘어갈 여지가 있었다.

그런데 그래놓고 불과 1주일 만에 느닷없이 수색을 종료한 뒤 다시 한 주 뒤부터는 그대로 기록이 끊어져 버렸다. 대략 추산해도 고작 한 달 만에 사건을 포기해버린 셈이다. 사실 대대적인 수색이 호들갑스럽기는 했지만, 수사 경과를 보면 실종자가 미성년에 여자아이라는 점까지 감안했을 때 그렇게 빠른 편은 아니었는데, 그런데도 나를 비롯해 동료들 대다수가 상황이 지나치게 급박하게 돌아갔다고 평하는 데에는 나름의 이유가 있었다. 그도 그럴 것이 실종사건의 경우 넉넉하게 잡아도 48시간까지를 마지노선으로 잡고 소재파악이 이뤄져야 했지만, 골든타임 운운하지 않더라도 사건접수 시점에는 이미 서혜명 학생의 생존 가능성이 지극히 희박했으리라 판단했기 때문이다.

실종자의 부모라는 작자들의 행동도 어딘가 이상했다. 사건이 접수되고 경찰 수사가 시작된 직후부터 인터넷이건 방송이건 신문이건 가리지 않고 들쑤셔댔는데, 대학가 인근이라 조금 번화한 걸 빼면 그리 대단할 것도 없는 동네에서 벌어진 소소한 실종사건이 어울리지 않는 화제성을 갖고 과장된 여론을 형성하게 된 데에는 그 사람들의 영향이 적지 않았을 것이다. 듣기로 부친 쪽은 대기업 계열사의 임원급 인사로 당시 있던 아파트 재개발 사업의 추진에 적극적으로 나서서 행동했던 인물이었는데, 찬성여론이 지배적이던 지역민들 사이에서는 그 모습이 썩 긍정적으로 비쳤던 모양이다. 모친도 남편의 후광을 등에 업고 자치회나 학부모 모임 등에서 적잖이 영향력을 행사해 왔는데, 그러면서도 권위적이지 않고 기품이 있는 언동으로 호감이 가는 인물이었다고 한다.

그랬던 그들이 사건접수 후 한 달쯤 뒤에 돌연히 지지 기반을 잃고 지역에서 쫓겨나듯 시골로 내려가 버렸다. 그 무렵 실종자의 모교에 초청받은 자리에서 사소한 트러블이 있었다고는 하나, 기록상으로는 그와 무관하게 재개발 사업 과정상 있었던 뇌물수수 건과 더불어 여러 모임에서 회비를 착복한 정황이 드러나 면책을 목적으로 도주한 것에 가까우리라 보고 있었다. 현재는 외가 쪽에 몸을 의탁하고 농사일을 도우며 지내는 것을 확인했다.

횡령이나 뇌물문제로 쫓겨났다고는 하나 그 시기가 사건접수 후 1개월 남짓이라면 담당 형사가 사건을 방치하기 시작했을 무렵, 즉 사실상의 수사 종결이 이뤄지던 시점과 맞물린다. 부정청탁 정황이 걸려 신변의 안전을 도모해야 했다는 배경 자체는 충분히 있을 법한 일이다. 그러나 그렇다고 딸의 수색을 포기하려는 경찰을 닦달하지도 않고 홀연히 잠적해버리는 게 보통의 부모들이 취할 만한 행동인가에 대해서는 재고의 여지가 있었다.

하물며 사건 초기에 언론이나 커뮤니티 사이트 등에서 그 사람들이 보여준 언행들을 생각해보면, "이미 죽었을 테니 딸아이를 찾아봐야 소용이 없다"는 말로 넘어가기에는 납득하기 어려운 반응이다. 여론이 잠잠해질 시기에 재수사를 요구하는 등의 움직임이라도 보이는 게 자연스럽지 않았을까? 애초에 언론에서 보여준 딸을 향한 절절한 사랑과 그리움도, 자랑스러운 자식을 잃은 상실감을 안고 하루하루

를 보내는 괴로움도, 애절하기까지 했던 눈물과 시적인 감수성을 한
껏 담아낸 하소연들도, 당시 상황을 생각해보면 오히려 이상한 반응
이었다.

언론에는 보도되지 않았지만 애초에 혜명 학생의 행방이 묘연해진
시점은 실종신고가 접수되기 2주 전이었다. 그렇다면 그 사람들은
도대체 그토록 사랑해 마지않는, 심지어는 자신들의 반신이라고까지
표현했던 외동딸이 돌아오지 않았던 2주 동안 어디서 뭘 하고 있었단
말인가. 이런저런 의문점들이 남았지만 아무튼 당시의 담당자는 수
사에서 손을 뗐고 그의 희망대로 사건은 세간의 관심으로부터 빠르
게 멀어져갔다. 그리고 본래대로라면 그대로 묻혀서 장기미제 사건
으로 자료실 한구석에 처박혔어야 할 일이었다. 뜬금없게도 나 같은
얼치기 경관의 손에 의해 재수사가 시작될 만한 명분이 남아있었으
리라고는 그도 예상치 못했을 것이다. 내가 담당한 사건은 애초에 혜
명 학생의 실종 건과는 무관한 일이었다.

1개월하고 일주일 전쯤에 그녀가 다니던 학교가 위치한 대학가 인
근의 뒷산에서 시신이 발견되었다는 신고가 들어왔다. 신고자는 근
처 아파트의 등산모임 회원으로 중년의 여성이었는데, 원래 전날 예
정되어있던 산행이 우천으로 취소된 탓에 다음날 다시 모이게 되었
다는 모양이다. 시신은 등산로 한복판에서 발견되었는데, 신고자의
등 뒤에서 따라오던 회원 중 한 명이 돌부리에 걸려 넘어져 확인해보
니 그 모양이 누런빛이 도는 하얀색을 띤 찌그러진 반구의 형태를 하
고 있었다는 것이다. 보기 드문 모양새에 신기한 마음이 들어 땅을
조금 파헤쳐보니 그것은 돌부리나 나무뿌리 같은 것이 아니라 사람

의 두개골이었다는 이야기다. 인근이라 해도 차로 20분은 달려야 하는 거리여서 그렇게 가깝다고 보기에도 어려웠고, 때문에 처음 수사가 개시될 시점에만 해도 이번 일이 1년 전의 실종사건과 어떤 연관성이 있으리라 생각했던 사람은 아무도 없었다. 옆통수의 뼈가 약간 함몰되어 있었고, 조금 떨어진 위치에서 발견된 늑골도 서너 개가량 금이 가 있었지만, 초동수사 단계에만 해도 실족에 의한 추락시체였으리라는 추론이 득세하고 있었다. 그나마 등산로 한복판에서 시체를 발견했다는 사실 자체가 부자연스러운 일이 아니냐는 의견이 있었지만, 단순히 전날 내렸다는 비를 비롯해 그동안 토사가 쓸려 내리는 과정에서 함께 이동했다는 식으로 추정하면 새삼 부자연스러운 일도 아니었다. 어떤 멍청한 인간이 야산 깊숙한 곳도 아니고 버젓이 주민들이 돌아다니는 등산로에 시체를 파묻겠느냐는 반론으로 오히려 타살 가능성을 부정하는 논거가 되었다.

백골만 남은 시신이었다는 점에서 못해도 한두 달 내외로 사망한 경우는 아니었을 테니 이래저래 시간은 걸리겠지만, 크게 어려운 사건은 아니라는 것이 수사관들의 중론이었다. 문제의 시신이 1년 전 실종사건의 당사자와 동일인물이라는 검시 결과가 나올 거라고 예상했던 사람이 아무도 없었기 때문이다. 결국 그렇게 1년 전 여고생 실종사건의 해결이 가칭 이번 등산로 백골시체사건의 해결로 이어지게 되었다는 뜻이다. 그 결과 전임 수사관의 손에서 장기 미제로 남을 뻔했던 실종사건의 재수사가 시작됐고, 그렇게 사건은 지금에 이르게 된 것이다.

애초에 나는 올해 초에 행정상 불가피한 사정이라는, 나와 무관한 이유로 인사발령을 받아 근무지를 옮겨온 터라 실질적으로 작년 일에 대해서는 아는 게 없었다. 꼭 그래서만은 아니었지만 여태껏 수사에 아무런 진척이 없는 데에는 그런 이유도 적잖이 작용했으리라. 그렇게 믿고 싶다.

"선배의 사심까지 듣고 싶었던 건 아닌데."

오디오가 놓인 선반 앞에 서서 양손을 번갈아 보며 음반을 고르던 선생이 문득 끼어들었다. 필요한 얘기는 빙 돌려가면서 하는 주제에 쓸데없는 지점에서 직설적인 이유는 도대체 뭐냐. 나름대로 선배 대접을 해주려는 게 아니겠냐는 집사람의 의견도 재고해볼 필요가 있을 듯했다. 매정한 녀석 같으니.

"그런데 선배 말대로라면 그 사건에서 문제가 되는 건 시체가 발견된 장소 같은 게 아니라 시신의 주인이 작년에 실종된 여고생이었다는 사실이잖아. 그럼 좀비가 어쩌니 하던 얘기는 다 어디서 튀어나온 거야?"

희미하지만 만족스러움이 묻어나는 표정으로 CD를 고른 선생이 벌써 세 개비째가 되는 담배에 불을 붙이며 물었다. 스피커에서는 구스타프 말러의 교향곡 2번이 흘러나오고 있었다. 장례 행렬을 연상케 하는 불온한 선율의 오케스트라가 점차 분위기를 고조시켜가는 것이 듣기에 꽤 강렬해서 인상적이었다. 어쩐지 선생에게 어울리는 곡이라고 생각했다.

아무튼 본론으로 돌아와서 본래 등산로 백골 사체 건의 담당이었다는 이유로 작년 실종사건의 재수사를 일임받게 된 나는 우선 실종사건 당시까지 거슬러 올라 거의 1년 전의 CCTV를 확인해야 할 처지가 되었다. 당장 녹화영상을 회수하는 것부터 난항이었는데, 일부 영상은 보관 기간 규정을 들먹이면서 처분했다는 이유로 넘겨받지 못한 경우도 있었고, 실제 녹화자료를 확인한 결과 저장 매체 자체의 훼손으로 확인할 수 없게 된 경우도 드물게 있었다. 사실 확인해야 할 내용은 그렇게 많지 않아서 의외로 그쪽은 이틀 정도 밤샘 작업으로 빠르게 마무리할 수 있었다.

처음 용의 선상에 올랐던 인물은 혜명 학생의 부모님, 그중에서도 모친이었다. 1년 전 11월 중순, 실종자가 다니던 등굣길의 CCTV 영상을 확인하던 중에 실종신고가 접수되기 며칠 전 인근의 도로변에 주차 중이던 그녀의 차량이 갑자기 자택까지 이동하더니 얼마 지나지 않아 캐리어를 끌고 처음 주차했던 곳까지 돌아가 근처 상가단지의 골목 안쪽으로 들어가는 모습이 포착되었기 때문이다. 잠시 후에 캐리어를 끌고 나와 시신이 처음 발견되었던 뒷산까지 차를 몰고 이동하는 모습도 확인할 수 있었다.

대학가 인근에 차량이 나타난 시각은 대략 오후 5시경. 자택에 들른 시간은 그로부터 약 한 시간 뒤였다. 실종신고가 들어가고 며칠 뒤의 일이었다. 캐리어는 어림잡아도 체구가 작은 사람 하나가 몸을 한껏 웅크리면 충분히 들어갈 수 있는 크기였다. 요컨대 사체 유기의 정황이 너무나 명백했다는 뜻이다. 거기에 더해 1년 전 수사 당시의 기록에도 지나치게 여론몰이에 열을 올리는 모습이나, 그런 것치고 사건을 방기한 시점과 동시에 변변한 항의 한번 없이 외가로 잠적해 버린 행적이나, 여러모로 부자연스러운 정황이 많았다. 어째서 진즉에 이 사람들을 조사하지 않았는지 오히려 의문스러울 정도였다.

"그런데 만약 혜명 학생의 모친이 직접 사체를 유기했다면 어째서 그렇게 얕게 묻었을까? 구체적으로 말하자면 고작 흙이 조금 흘러내린 정도로 등산로까지 떠내려오도록 시신을 파묻었을까?"

그것이 첫 번째 의문이었다. 유력한 용의자인 피해자 모친의 행동 양상이 상식적인 선에서 설명되지 않았다. 수조에서 건져진 횟감처럼 생동감이 없는 선생의 눈동자에도 흐릿하게나마 의아심이 깃들었다.

"시신의 인근에서 피해자의 의복이나 생전에 사용했을 법한 물건은 일체 발견되지 않았어. 시체가 발견됐을 경우를 대비해서 옷이나 소지품들을 챙겨서 달아났을 정도의 주의는 기울였다는 뜻이야. 상식적으로만 생각해도 사체 유기는 엄연히 중범죄고, 아무리 시간이 없었더라도 누구나 발견할 수 있는 등산로 근처에, 그깟 비 좀 맞았다고 흙더미랑 같이 쓸려 내려올 정도로 허술하게 매장했다는 건 그냥 멍청하다는 인증밖에 안 돼. 얼굴도 본 적 없는 우리 할아버지 무덤만 해도 수십 년이 지나도록 멀쩡하잖아."

"아줌마가 캐리어를 끌고 들어갔다는 골목 쪽에는 CCTV가 없었던 모양이지?"

저 녀석이 웬일로 관심을 보이나 싶었는데, 막상 이쪽은 쳐다보지도 않고 어항에 뿌려둔 먹이가 눈처럼 가라앉는 풍경을 신기하다는 듯 관찰하고 있었다. 예의 용의자만이 아니라 저 여자도 어지간히 종잡을 수 없는 인간이다. 저 어항도 최소한 몇 년 전부터는 있었던 것 같은데, 설마 매번 먹이를 줄 때마다 저러고 있는 건 아니겠지.

"그러니까 정확히 상가 건물 사이에 사람 하나가 지나다닐 정도의 틈이 있었는데 거기가 대로에서 골목으로 들어가는 길목에 있었거든. 골목을 기록한 영상은 당연히 있었지만, 아무리 그래도 그렇게 좁은 곳까지 비추는 카메라는 없는 게 보통이지.”

“그럼 그 아줌마가 시체를 캐리어에 넣어서 옮겼다는 증거는 딱히 없다는 말이네. 뭐, 노골적으로 수상하다는 데에는 나도 동의하니까 오해하지는 마. 그냥 그런 가능성도 있지 않겠느냐는 얘기니까.”

손에 들고 있던 먹이통을 정리하고 느린 걸음으로 사무용 책상 앞으로 향하면서 선생은 말했다. 타당한 지적이었지만, 그런 건 영상을 확인한 직후에 이미 고려해본 사항이었다.

선생의 말처럼 혜명 학생의 모친이 제 자식의 시체를 유기했으리라는 가정에 직접적인 증거는 없었고, CCTV에 찍혔던 캐리어에 실종 학생의 시신이 들어있었으리라는 확증도 없었다.

다만 재수사가 이뤄지기 시작한 게 거의 1년 만의 일이었다. 증거를 인멸하려면 진즉에 해내고도 남았을 테고 그나마 남았을 단서도 유실되었을 가능성이 높았다. 거기서부터 막혀있어서야 출발선에도 설 수 없는 상황이었다. 가치가 있는 혐의점을 우선하기로 했을 뿐이다.

의자를 끌어와 앉은 선생이 말을 이었다.

“일단 아줌마를 범인으로 가정했을 때 거기서 선배가 떠올릴 수 있었던 가능성이라고 하면, 우선 실종 학생의 모친이 정말로 처음부터 시신이 발견된 그 자리에 자기 딸을 묻어두었을 경우겠지. 여러 모로 정상적인 사람이 취할 행동은 아니겠지만 실종 수사가 시작되고 그 아줌마가 벌였다던 여론몰이를 생각해보면 과시형 범죄의 가능성도 아주 배제할 수는 없을 테고, 그럼 일부러 사람들의 왕래가 잦은 장소에 시체를 유기했다고 해도 이상하지는 않아. 하지만 만약 그렇다면 그 아줌마가 자기 딸을 유기한 직후에 시체가 발견돼서 사건이 공론화됐어야 할 일이었지 어째서 1년이나 지난 지금에서야 발견됐는지를 설명할 수가 없어. 그래서 선배가 떠올린 다른 가능성이라는 게.”

이야기하는 도중에 이따금 입가를 꿈틀거리던 선생은 끝내 말을 잇지 못하고 코웃음을 치며 키득거리기 시작했다. 다른 사람 같았으면 그런 반응도 아주 이해가 안 가는 건 아니지만, 불쾌감이 어쩌고 하는 문제 이전에 여기서 저 녀석이 웃는 건 어쩐지 좀 배신감이 드는 것이었다.

의복 너머로도 골격의 형태가 드러나 보일 만큼 호리호리한 어깨가 한참을 들썩이더니 이내 한차례 호흡을 몰아쉬고서야 변명하듯 입을 열었다. 꽤 진정한 모양이지만 여전히 목소리에서 웃음기가 묻어났다.

“아니, 아무리 그래도 정도라는 게 있지. 어떻게 시체가 제 손으로 땅속을 헤집고 자리를 옮겼을 거라는 생각을 해? 선배가 생각하는 오컬트랑 실제랑은 차이가 있을 거라고 내가 늘 얘기했잖아. 그야 멀쩡한 사람한테 쓸데없이 요사스러운 지식을 전파한 나한테도 어느 정도 책임이야 있겠지만, 나한테 말고 어디 가서 그런 얘기는 하지 마. 사람들이 놀릴 거야.”

선생이 이렇게까지 즐거워하는 건 보기 드문 일이었지만 그 많지 않은 사례 중에서도 과반수가 내게는 달갑지 않은 상황이었던 터라,

혹시 얘는 나를 싫어하는 게 아닐까 싶을 때가 종종 있다. 나도 이 녀석만 아니었으면 그런 되지도 않는 발상을 진지하게 고민하지는 않았을 테다. 사실 어렵게 생각할 것도 없고 그냥 범인이 실수로 시신을 얕게 파묻었다고 하면 해결될 일이라는 것쯤은 나도 안다. 하지만 사건 하나를 가지고 1년 단위로 두 번씩이나 수사하고 있는 마당에 반성은 못 할망정 그런 식으로 처리해버려서야 이번에는 정말로 한을 품은 백골이 머리맡까지 찾아올지도 모르는 일이다.

"일단 잠자코 좀 들어보지? 아직 몇 가지 더 남았으니까."

그런 내심을 입 밖으로 내봐야 선생을 즐겁게 해줄 뿐이고 나는 그녀가 박장대소하는 모습 따위는 보고 싶지 않았던 터라 가볍게 헛기침을 하며 화제를 돌렸다.

당연한 얘기지만 모친은 혐의를 전면 부인했다. 선생이 지적한 대로 캐리어를 끌고 뒷산으로 향했다는 사실만으로는 정황 증거로서도 빈약한 것이어서 내 마음대로 캐리어도 끌고 다니면 안 되냐며 새된 소리로 쏘아붙이는 와중에 마땅히 반박할 말이 없었다. 남편 쪽도 대체로 잠자코 있었지만 이따금 맞장구를 치거나 불쾌한 내색을 하는 등 혐의를 인정할 생각은 없어 보였다.

하기야 제 손으로 자식을 파묻어버린 것은 아니냐고 묻는데, 그렇다고, 잘 모르고 그랬는데 한 번만 봐 달라고 너스레를 떨면서 인정했다면 그건 그것대로 당황스러웠을지도 모른다. 팀장으로부터 헛짓거리나 하고 다닌다며 욕을 바가지로 먹은 것도 억울한 일이었지만 결국 수사가 원점으로 돌아갔다는 사실이 무엇보다도 스트레스였다. 결과적으로는 성과가 없었던 중간보고에 대해 젊은 수사관들의 성급한 수사방침이 패착이었다는 윗선의 결의가 있었고, 이를 적극 수용해 생전 피해 학생의 주변 탐문부터 다시 시작하라는 지침이 내려왔다.

애초에 참고인 조사는 의례적으로만 진행했을 뿐 능동적으로 이뤄지지는 않았는데, 최초수사 당시에 이미 한차례 진행된 기록이 남아 있었던 데다가 날림으로 종결된 사건치고는 그 내용이 의외로 견실했기 때문이다. 무엇보다 처음부터 부모 쪽의 혐의가 지나치게 노골적이었던 터라 그쪽으로 주의가 집중되었던 탓이기도 하다. 그런 상황에서 용의자였던 피해자의 모친을 심문하는 데까지 2주가량이 걸렸다. 후자의 사유는 실책이었다 치더라도 이걸 성급하다고 할 정도면 슬슬 본인들이 어느 정도는 보수적이라는 사실을 자각할 때도 되지 않았나 싶다.

아무튼 그렇게 다시 조사를 진행한 결과, 혜명 학생은 학창시절 내내 그 흔한 학원 한 번 다녀본 이력이 없어서 친인척을 제외하면 학교에서의 인간관계가 생활의 전부였던 모양이다. 결과적으로는 수사범위가 줄어든 셈이니 경찰 아저씨들 입장에서는 좋은 일이 되었지만, 지인들의 대체적인 평가에 비하면 의외로 사교에 적극적인 성격은 아니었던 것 같다.

학업성적도 우수하고 교사들은 물론이거니와 친구들 사이에서의 평판도 좋았다. 늘 성실하게 자기 일을 해내면서 언제나 친절함을 잃지 않고 사근사근한 태도로 인기가 있었다고 했다. 친구들과 자발적으로 공부 모임을 만들어서 괄목할 만한 성과를 이뤘던 일이 꽤 유명했던 모양이다. 교사들 사이에서는 담임교사의 훌륭한 지도가 있었던 덕이라는 식으로 학생들 사이에서는 혜명이가 남을 가르치는 데에 소질이 있었다는 식으로 이야기가 돌고 있었다. 어느 쪽이건 서혜명이라는 개인이 지극히 우수한 학생이었다는 데에는 이견이 없는 듯했다. 특히나 같은 반이었던 학생들로부터 무척이나 사랑받았던 모양인지 진술하는 도중에 눈물을 보이는 학생도 있을 정도였다.

그래서 외려 이야기를 듣는 내내 불편한 기분이 들었는데, 교실의 산소와 같은 필수 불가결한 존재였다느니 우리들의 지침이자 이정표였다느니 이상적인 학창시절의 표상이었다느니 선생이건 학생이건 가리지 않고 우상화하듯 떠들어대는 꼴을 보고 있자니 어째 속이 니글거리는 게 묘한 반발심이 들었다. 중간쯤 가서는 일개 여고생 한 명이 무슨 위인전에나 나올 법한 열사처럼 변해 있었다. 촉망받는 젊은이의 죽음을 애도하는 기분이라면 나도 이해할 수 있었다. 뉴스에서 애들이 얽힌 사건 사고 소식을 들으면 화가 나기도 하고 안타까워하기도 한다.

그러나 나는 애초에 그들에게 혜명 학생의 시신이 발견됐다는 말을 꺼낸 적도 없었다. 내가 학교에 방문했던 목적은 어디까지나 '실종사건의 재수사와 관련해 민간의 협력을 얻기 위함'이었고 학생들한테는 그냥 혜명이가 어떤 애였는지 알려달라고 했을 뿐이다. 그런데 도대체 어찌 된 일인지 그 애가 살아 있을 거라 기대하는 참고인이 한 사람도 없었던 것이다. 1년이나 지났으니 진즉에 죽었을 거라 짐작하는 것도 이상한 일은 아니지만 보통 실종자의 가족이나 지인이라 하면 차라리 죽었다는 확답이라도 해달라며 매달리는 게 정상이다. 살아 있을지도 모른다는 희망을 버리지 못하는 게 일반적이라는 뜻이다. 오히려 1년이나 지난 사건을 느닷없이 재수사하겠다고 나섰다는 점에서 혹시 혜명이가 살아 있을지도 모른다는 기대를 품는 게 자연스러운 반응이지 않았을까? 나는 그들이 어쩐지 그 애가 죽었다는 사실을 안타까워한다기보다는 아까워한다는 인상을 받았다. 그게 단순히 기분 탓이었을까?

입안이 텁텁해질 것 같은 위화감을 느끼면서도 꾸역꾸역 이어가던 참고인 진술이 절반 정도 진행되었을 무렵의 일이다.

***

"혜명이가 인기가 있었던 건 사실이지만 그렇다고 걔한테 몰려들었던 애들이 모두 걔를 좋아했던 건 아니에요."

그렇게 말한 이재서라는 학생은 세간에 대해 여러모로 냉소적이고 비관적인 견해를 가진 듯했다. 인간관계를 등한시하고 타인과의 교류를 고통으로 여기는 유형의 인간이었다. 풀어낼 길 없는 증오가 어디서 기인했는지도 모르고 마냥 끓어오르는 감정에 괴로워하다 한껏 타오르고 재를 남기는, 흔하지는 않지만 종종 있는 청춘이었다. 한편으로 다른 학생들이나 교사들이 그저 서혜명이라는 개인에게 갖고 있던 인상만을 이야기했다면 유일하게 당시의 상황을 직접적으로 언급했던 인물이기도 하다.

작년 가을 혜명 학생이 실종될 때까지 학급에서 있었던 일들과 자의 반 타의 반으로 거기에 참여했던 아이들의 분위기, 거기에 대응했던 교사들의 태도, 실종자의 부모에 대한 이야기까지. 그녀가 기억하는 서혜명이라는 학생은 그냥 남들처럼 친구들과 시시덕대기를 좋아하고 내색하는 걸 어려워했을 뿐 힘든 일이 닥치면 괴로워하기도 하는, 그냥 조금 보기 드물게 마음씨 좋은 여자애였다.

그녀를 제외한 다른 관계자들이 입을 모아 혜명이가 이러저러해서 대단했다며 떠받들어댔던 이유나 조사가 진행되는 내내 느꼈던 위화감도, 그녀의 진술을 완전히 신용한다면 대부분 해소될 수 있는 문제였다. 이재서 학생이 이야기한 일련의 사건들이 실제 있었던 일을 재구성한 것이라면 학교나 가담했던 학생들 모두가 숨기고 싶어 하는 것도 무리는 아니다.

친구도 아니었다느니 그 애의 그런 면이 정말 마음에 안 들었다느니 말은 그렇게 하면서도 틈날 때마다 되새기듯 그 애가 어딘가에 살아 있을 거라 믿는다던 그녀의 진술은 충분히 신뢰할 만하다고 나는 생각했다. 참고인을 상대로 미안하다는 기분이 들었던 건 정말 오랜만이었다. 다만 그녀의 진술이 오롯이 객관적으로 타당했느냐 하면 그건 또 아니었기 때문에 문제가 되는 것이다.

이것이 두 번째 의문이었다. 피해자의 친구가 증언한 내용이 실제 사실에 부합하지 않는다. 아니, 사실 여부를 따지기 이전에 진술의 현실성부터가 문제였다.

"눈앞에서 사라졌어?"

재서 학생의 진술 내용을 전해 들은 선생의 반응은 처음 증언을 들었을 당시 내가 보였던 그것과 지극히 유사한 양상을 띠고 있었다. 다만 내 경우에는 잘 포장된 고속도로 한복판에 느닷없이 우마차가 지나가는 광경을 목격한 느낌의 의아함이었다면 선생은 피로감이 느껴지는 표정 그대로 은근히 거리끼면서도 불쾌감을 드러내는 듯 보였다는 점에서 그 결이 다르다.

"그래, 정확히 그렇게 말했어. 그 애가 묘사한 대로면 '보이지 않는 거대한 무언가에 삼켜져 버린 것처럼' 갑자기 사라져버렸다고 했었지. 백골시체 건의 좀비설이랑 이거랑 비교해보면 어느 쪽이 더 웃기냐?"

"글쎄, 이쯤 되니까 웃어넘기는 것도 힘드네."

선생은 책상 한쪽 귀퉁이에 담배를 문질러 끄고는 콧잔등을 문지르면서 한숨 섞인 목소리로 대답했다. 한눈에도 지친 기색이 드러나 보였지만 생각해보면 이 녀석은 늘 그렇게 보였다. 개인적으로는 그다지 건강하지 못한 생활습관의 영향으로 추측하고 있다.

다만 이번 건에 한해서라면 아주 이해하지 못할 일만은 아니다. 나도 처음에는 꽤 골치를 앓았다. 사건을 시간 순서대로만 정리해도 재서 학생의 진술은 어딘가 앞뒤가 맞지 않았는데, 재서 학생이 말한 대로라면 혜명 학생은 중간고사가 끝나고 한 달쯤 뒤에 돌연히 그녀가 눈앞에서 사라졌다고 했다.

중간고사는 보통 10월 초에서 중순 사이에 이뤄지고, 실제 그녀가 다니던 학교에서도 10월 셋째 주에 시험을 치렀다. 요컨대 재서 학생의 말을 믿는다면 혜명 학생이 실종된 것은 11월 중순의 일이어야 한다. 실제로 실종 수사가 시작된 시점도 11월 중순이었다. 그러나 혜명 학생이 종적을 감춘 건 11월 상순 무렵이었다. 즉, 재서 학생의 진술대로라면 그녀는 이미 행방불명 상태였던 혜명 학생과 반달 가까이 함께 어울려 지냈다는 말이 된다. 그녀 말고도 비슷한 증언이 있었다면 또 모를 일이었는데 그것도 아니었다. 여기까지는 그다지 어렵지 않다. 일견 별개의 기승전결처럼 보이는 사건도 단순히 순서에 맞춰서 배열하기만 하면 누구라도 눈치챌 수 있는 직렬구조일 뿐이다. 문제는 그녀가 무슨 이유로 그런 증언을 하게 되었느냐는 것이다.

"그냥 거짓말이라고 하기엔 이상하군."

"그래. 만약 거짓으로 증언했다고 한다면 그렇게 함으로써 본인이나 혹은 뒤에서 지시했을 누군가 이득을 보는 인물이 있어야 했는데, 그런 사람은 없었단 말이지. 학교 측에서 감춰야 할 사안이라고 해도 실종되기 전 피해자에게 이뤄졌던 일련의 가혹 행위들 정도일 텐데 애초에 진술 과정에서 있는 얘기 없는 얘기 털어놔 버린 건 그녀 본인이었잖아. 오히려 적극적으로 피해자의 부모를 고발하려 했을 정도였으니 관계자의 강압으로 거짓 진술을 했다고 보기는 어려울 거야."

"그렇다고 거짓 증언을 하는 게 본인에게 이득이 되는가 하면, 오히려 의도적으로 피해자가 행방불명되었던 2주간의 시기를 왜곡했다는 지점에서 의혹을 부추기고 있을 뿐이니 이 또한 타당한 이유는 아니겠네. 애초에 그녀에게는 거짓말을 해야 할 이유 자체가 없어."

"CCTV도 당연히 확인해봤지만 진술한 날짜와 시간에 그녀가 다른 누군가와 함께 행동하는 모습은 찍혀있지 않았어. 쉽게 들통날 거짓말인데도 굳이 그렇게 진술했다는 건 기억이 왜곡돼있었거나 그래야 할 사정이 있었을 경우일 텐데, 만약 오래된 일이라 제대로 기억하지 못했다고 한다면 몇 마디 되물었을 때 진술을 고쳤어야 할 일이야. 그럴 만한 사정이 있었으리라 생각하려고 해도 그 사정이라는 게 뭔지를 몰라서야 방향성을 잡을 수가 없지."

"으음…… 확실히 이건 엉킨 실타래 같네. 선배가 골치 아프다고 했던 게 무슨 뜻이지는 알겠어."

책상 위에 팔베개로 턱을 받치고 엎드린 채 그렇게 말하는 선생의 눈매가 한결 날카로워 보였던 것은 비단 기분 탓만은 아니었으리라 보았다. 사람의 해골처럼 식어버린 커피는 그냥 시커먼 물이랑 크게 다를 것도 없어서 입안에 털어 넣고 우물거리다 단숨에 삼켜버렸다. 입안에 남은 텁텁한 맛까지 놓치지 않으니 그야말로 금상첨화다.

내가 남은 구정물을 처리하는 동안 선생은 내내 말이 없다가 잠시 눈꺼풀을 닫고 희미하게 앓는 소리를 내더니 가늘게 뜬 눈으로 시선을 피하듯 열대어들에게로 눈동자를 돌리고는 메마른 황야처럼 기복이 없는 목소리로 입을 열었다.

"선배, 나는 죽은 사람이 되살아나는 건 불가능하다고 생각해."

"그 얘기는 아까도 귀에 딱지가 앉도록 들었는데."

"으음. 그런 얘기가 아니라."

투덜대려는 기색을 감지했는지 맥 빠지게 부정한 선생은 어류의 지느러미 같은 움직임으로 자리에서 일어나더니, 한 손은 주머니에 찔러 넣고 남은 한 손은 입가를 가린 채 웅크리다시피 구부정한 자세로 좁은 반경을 느릿하게 배회하기 시작했다. 책상 너비보다 조금 넓은 범위를 반복해서 걷는 움직임은 강박적이라기보다는 오히려 차분해 보였다.

"사람들은 보통 '우연'이라는 개념을 비논리적인 것이라 여기곤 하지. 한계가 있는 인간의 의지가 개입할 수 있는 인과관계가 존재하지 않으니 그것을 논리적이지 않다고 받아들이는 거야. 나도 그렇게 생각해. 우연이라는 말은 그 어감에서부터 설득력이 없다고. 적어도 이번 일이 죄다 우연이었다는 결론에는 선배도 쉽게 납득할 수 없을 거잖아.”

선생은 1인용 소파 뒤에 문득 멈춰 섰다. 등받이에 팔을 얹고 상체를 기댄 채 무게를 실어 기대며 말을 이었다.

“등산로 백골 사건이라고 했었지? 그건 혜명이라는 애의 엄마가 우연히 시체를 얕게 파묻은 바람에 백골이 된 시체가 토사에 떠내려갔고 그게 우연히 등산로 한복판으로 이동했다고 보면 끝나는 이야기야. 선배는 그냥 그렇게 생각하는 게 싫었을 뿐이고. 아니야?”

확실히 그렇게 생각하면 처음 동료들과 이야기했던 것처럼 시간은 걸리겠지만 크게 어려울 건 없는 사건일 뿐이다. 하지만 그래서야 한 달 만에 종결된 작년의 수사기록에서 조금도 발전하지 못한다. 1년 만의 재수사가 다 무슨 소용이냐는 문제가 될 뿐이다.

“재서라는 애가 얘기한 것처럼 정말로 눈에 보이지 않는 무언가가 혜명이를 집어삼켰을 거라고 생각해? 그래서 작년 1차 수색 때 아무것도 발견하지 못했던 거라고? 친구의 죽음을 슬퍼하던 재서가 혜명이라고 생각했던 건 우연히 그 자리에 있던 무언가를 잘못 본 것에 불과하고, 그 무언가가 우연히 바람 같은 것에 날려 사라진 게 그 애 눈에는 친구가 돌연히 사라져버린 것처럼 보였을 수도 있었을 거야. 논리적이라고 한다면 정합성을 갖추고 있는 건 오히려 후자의 가설이지.”

"그렇게 말하면 세상에 우연하지 않은 일이 뭐가 있겠냐? 세상일이 그렇게 간단하게 돌아갔으면 나 같은 사람은 죄다 실업자 신세였겠지."

"당연히 나두 그렇게 생각해. 우연히 그랬다고 하면 무슨 말인들 못하겠어. 다만 아주 있을 수 없는 일은 아닐 텐데도 우연이라고 하면 그게 비논리적인 것처럼 생각되니까 의식적으로 배제하는 것뿐이야. 논리적인 설득력이 없는 설명은 일견 성의가 없는 것처럼 여겨지니까. 딱 선배 같은 사람이 싫어할 만한 유형이지."

나 같은 사람이 어떤 사람을 지칭하는지는 알 수 없었지만, 맥락상 그렇게 부정적인 의미는 아니었으리라 보았다. 다만 선생의 말이 어쩐지 선문답처럼 들려서 조금 짜증이 났을 뿐이다. 단순히 불쾌감이 일었다기보다는 결론이 보이지 않는 대화에 다소 초조한 기분이 들었다고 보는 게 옳을지도 모른다.

겨드랑이를 등받이에 끼워 창틀에 널어둔 빨랫감 같은 모습이 된 선생은 바닥에 닿지 않는 다리를 파닥거리면서 이야기를 계속했다.

"하지만 선배, 삼라만상의 대다수는 사실 우리가 그토록 논리적이지 못하다 여기는 우연에서 기인하는 법이야. 그러니 우리가 논리적이라 하는 것들은 본래가 논리적이지 못한 세상의 이치를 우리가 납득하고 받아들일 수 있는 모습으로 치환하기 위해 해설을 붙인 결과물일 뿐이지. 그런 의미에서 보편타당하게 논리적이라 생각되는 추론과 우연은 그 본질이 크게 다르지 않아. 마치 마법과 주술의 근원이 다르지 않듯이 말이야."

"무슨 말이 하고 싶은지는 알겠다. 어째 네가 내놓으려는 견해에 면죄부를 주려는 것처럼 들리기는 하지만, 그건 나중에 적절한 상황이 온다면 따져 묻는 거로 하고, 만사가 우연에서 기인한다는 전제는 어디서 튀어나온 거지?"

"가령 선배가 등산로의 시체에서 좀비, 그러니까 땅속을 기어 다니는 시체의 모습을 연상했던 것도 선배가 우연히 나와 알고 지냈기 때문이라고 볼 수 있겠지. 솔직히 말해 현대의 오컬트라는 것도 상식의 영역에서 밀려난 지식의 집합에 불과해. 선배는 알게 모르게 그 비상식적인 영역에 익숙해져 있었던 거고. 그 부분에 대해선 나도 일정 부분 책임을 느끼고 있어."

내가 발의한 가설은 어지간히 어이가 없는 것이라 떠올릴 때마다 웃음이 나는 모양인지 이따금 새어 나오려는 조소를 참느라 연신 입가를 움찔거리는 꼴이 은근히 보기에 거슬렸다.

"선배가 등산로 백골 사건을 담당하게 된 건 조직체계의 행정절차에 의해 배정된 것처럼 보이지만, 만약 애초에 등산모임의 누군가가 지면으로 튀어나온 머리뼈에 발이 걸려 넘어지지 않았다면 혹은 이런 곳에 특이한 돌부리가 있다고 여길 뿐 그걸 구태여 파내지 않았더라면 경찰에 신고 따위는 들어가지 않았을 테고, 후일 발견되었다고 해도 그때의 선배에게 사건이 배정될 거라고 장담할 근거는 어디에도 없어. 하물며 등산모임은 바로 전날 우천으로 취소된 바가 있었지. 그 등산모임에서 혜명이의 두개골을 발견했던 건 순전히 우연의 일치였다는 뜻이야. 하물며 다윈이 주장한 자연선택의 이론은 우연한 돌연변이의 발생을 전제로 하고 이것이 지금의 세상에서는 상식처럼 받아들여지고 있어. 그렇게 생각해보면 우린 태생적으로 우연이라는 불가사의한 의지에 종속될 수밖에 없는 존재인지도 모르지.”

“안 어울리게 감상적이군.”

선생은 말을 장황하게 하는 경향이 있지만 그건 운문의 양식으로 작성된 심상의 표현과 같은 것이 아니라 필요한 이야기를 사무의 양식으로 보고서처럼 기술하는 느낌에 가까웠다. 사적인 이야기에도 공적인 감상을 품게 하는 독특함이 있어서 현학적으로 들릴 뿐 시적으로 들리지 않았다. 본인도 어느 정도 자각이 있었는지 가볍게 쓴웃음을 짓고는 말을 이었다.

“이렇게 우연에서 기인한 일들이 인간의 의지가 닿는 영역에 접했을 때, 이걸 객관적인 시점에서 부감하는 느낌으로 정리해보면 일견 필연인 것처럼 보여. 예를 들어 선배가 사건에 관해서 불길한 연상을 떠올렸던 건 나와 연이 있었다는 우연에 의한 것이었지만, 그 때문에 선배가 나를 찾아와서 이야기를 나누게 된 건 선배의 의사에 의한 행동이었던 것처럼 시발점은 우연한 무언가에 있었다 하더라도 거기에 인간의 의지가 개입하는 순간부터 우연이라는 말은 계기로서의 힘을 잃고 단순히 논리적인 해설을 마련하지 못한 우인의 변명에 불과한 것이 되지. 그리고 우리가 문득 계기로서 작용한 우연함이 있었음을 깨달았을 때 그것이 마치 예정조화에 의해 반드시 일어나도록 오래 전부터 준비되어온 필연인 것처럼 느껴지는 거야. 적어도 나는 선배가 이런 문제로 나를 찾아올 때마다 운명과 같은 어떠한 의지를 느끼곤 해. 그건 무척 헛된 믿음이지만 한편으론 낭만적인 착각이기도 하지. 사람은 이름대로 사는 법이라는 말도 있잖아.”

“낭만적인 느낌이랑은 거리가 멀었던 것 같은데 말이지, 네 본명은.”

　삼십 대 중반에 낭만 운운하는 건 이 녀석의 인생에 그만큼의 여유가 있다는 방증인지도 모른다. 자라다 만 것 같은 체격도 그렇고 간헐적으로 파닥거리는 저 기운 빠지는 발길질도 그렇고 이래저래 나잇값을 못 하는 녀석이라고 생각했다.

　"그런 의미에서 보자면 우리가 흔히 우연이라 부르는 전반의 구조는 마법과도 일맥상통하는 구석이 있지. 개인의 의사에 의한 선택이 개입할 수 없는 불가사의한 영역을 인간의 기술로 다루기 위한 학문이라는 점에서 특히나. 우린 개중에서도 그리스도가 행한 오병이어의 기적이나 연금술에서 말하는 현자의 돌과 같은, 소위 기적이라 하는 초자연적 현상에 대해 인간의 인지능력으로 이해할 수 있는 수준의 설명을 추구하는 학문이니 그 범위가 좀 더 미시적이지. 우리가 인지하지 못하는 신비로운 세계의 초월적인 의지가 물질세계에 일상적인 현상으로서 발현된 것이 우연이라는 형태로 나타나는 것이고, 인지할 수 있지만 이해할 수 없고, 때문에 다루지 못하는 우연한 현상을 기적이라 보는 것이 일반적인 마법사들의 관점이야. 여기서도 기적의 발견은 단순한 계기를 제공할 뿐 이것을 탐구하고 우리의 정신영역으로 끌어내리는 신성모독의 과정은 순전히 인간의 의지에 의한 것이지. 즉 거시적인 관점에서 보면 마법사는 우연을 필연으로 바꾸는 구조를 파악하고 그렇게 파악한 구조를 통해 스스로 필연을 만들어내는 주체적인 직업인 셈이야."

　얘기만 들어보면 꽤 그럴듯했지만 틈날 때마다 윗대가리들은 머리가 굳어서 의지할 게 못 된다고 투덜대던 게 누구였는지 생각해보면 아무래도 설득력이 없었다. 본인도 말해놓고 보니 머쓱했는지 미심쩍은 눈으로 쳐다보는 시선을 의식하고는 입술을 삐죽대면서 괜스레 헛기침을 하는 것이었다.

"그리고 그런 마법사의 관점에서 봤을 때 이미 죽은 사람을 되살려내는 건 불가능해. 자연적으로 부활하는 것도 마찬가지고. 그러니까 시체가 땅속에서 토사를 타고 헤엄쳤던 것도, 아끼던 친구가 눈앞에서 연기처럼 사라져버린 것도, 죽은 사람이 원한을 품고 되살아나서 거리를 활보하는 것도, 전부 인간의 논리로 설명할 수 있는 일들이라는 뜻이야. 다만 내가 내놓는 결론을 선배가 납득할 수 있느냐는 별개의 문제인 거지."

예시로 든 사례 중 첫 번째는 등산로 백골 사건의 이야기고, 두 번째는 다른 증언과 모순되는 재서 학생의 진술에 대한 이야기다. 하지만 마지막처럼 죽은 사람이 되살아나서 돌아다닌다느니 하는 얘기는 꺼낸 적도 없었고 들어본 일도 없었다.

선생은 필요한 화제라면 고의로 누락하거나 유보하지 않는다. 어쩌면 이 사건에 나는 모르지만 그녀는 알고 있는 일면이 남아있는지도 모른다. 하지만 그보다도 내가 신경 쓰였던 대목은 따로 있었다. 그것까지 포함해서 여러 의미를 담아 물었다.

"꼭 뭐라도 알고 있다는 것처럼 들린다?"

"뭐, 떠오른 발상은 없지 않아. 하지만 지금 얘기해줘도 선배가 받아들일 수 있는 결론은 나오지 않겠지. 등산로에서 발견된 백골의 주인에게 얽매여 있는 사람이 선배 한 사람뿐인 건 아니거든. 아마 선배도 알고 있는 사람들일 테니 다들 모일 때까지만 기다리자고."

혹시나 하는 마음으로 농담처럼 던진 질문이었는데 의외로 간단히 정곡을 찌른 모양이다. 별일 아니라는 듯 억양이 느껴지지 않는 특유의 말투로 선선히 돌려준 대답에 오히려 내 쪽이 당혹스러워졌다. 게다가 다들 모일 때까지라니, 여기서 나 말고 누가 더 찾아온다는 얘기는 듣지 못했다.

지극히 당연한 그 의문에 꿈틀거리며 소파 등받이를 타고 좌석으로 기어 넘어가던 선생은 또다시 대수롭지 않다는 듯 대답했다.

"조금 있다가 설화가 올 예정이거든. 친구 문제로 물어볼 게 있다고 전화가 왔었는데 원래는 잠깐 나와 달라고 했던 걸 선배가 와있어서 거절한 거라고. 어차피 오늘은 한가하다며. 길어야 1시간 정도라고 했으니까 조금만 기다려."

설화라고 하면 선생이 소개하길 3년 전에 받은 문하생이라고 했다. 자세히는 모르지만 그쪽 분야에도 나름 커리큘럼이라는 게 있다고 한다. 30대 중반에 소파 위에 늘어져 빈둥거리는 땅딸막한 대학 후배가 직속으로 제자까지 두고 있다고 하니 외적 인상을 배반하는 매력적인 중저음보다도 안 어울렸다. 기억하기로는 선생과 달리 깔끔하게 가꾼 시원시원한 외모에 착실한 성격이었지만 의외로 신경질적인 구석이 있는 여자였다. 커피를 내오기 전에 층계참에서 통화했던 상대가 그 제자였던 모양이다.

설마하니 처음부터 이럴 생각으로 여태까지 사람을 붙잡아둔 거였나 싶었지만 돌이켜보면 선생이 내게 사건의 개요를 전해 들었던 것은 전화를 마치고 돌아온 뒤의 일이었으니 아무리 그대로 비약이 심하다. 내게 좀비가 어쩌니 하는 얘기를 처음 들은 직후에 그녀가 노골적으로 눈살을 찌푸렸던 이유는 그 시점에서 연상될 무언가가 있었기 때문인지도 모른다.

그 무언가가 제자와의 통화내용 중에 포함되어 있었다면 시간 순서를 따져봤을 때 선생이 나를 붙잡아둔 이유도 설명이 된다.

"그럼 난 감긴 눈 좀 붙이고 있을 테니까, 할 거 없으면 만화책이라도 꺼내서 읽고 있어. 설화 오면 좀 깨워주고."

선생은 양쪽 팔걸이에 목덜미와 무릎 뒤쪽을 걸쳐두고 누운 자세로 하품을 하면서 나른하게 말하고는 1분도 지나지 않아 설치류처럼 짧고 규칙적인 호흡을 흘리며 잠이 들었다. 어이가 없는 한편 어깨가 움츠러든 체형 때문인지 뼈만 남은 듯 앙상한 몸집 때문인지 누워 있는 모습이 비에 젖은 고슴도치 같아 왠지 모르게 안쓰러운 기분이 들었다.

웅장하게 자기주장을 펼치면서도 시시때때로 불길함을 뿜어내던 첫 번째 악장이 마무리되고 트랙이 넘어가더니 추수철의 전원 풍경을 연상케 하는, 경쾌하지만 어딘가 차분한 향수를 내포한 음악이 이어졌다. 만화라도 꺼내서 읽으라 하니 문득 저번에 읽다 말았던 요리만화를 책장 아래 박스에 던져뒀던 게 기억이 났다.

나는 집사람과 달리 알게 모르게 세심한 이 녀석이 싫지 않았다. 하지만 알아차리기 힘들어서야 말짱 도루묵이라고도 생각했다.

4

모순의 논리에 대해

***

천다정의 모친에게는 편의상 퇴마사 비슷한 사람이라고만 소개해 두었다. 굳이 따지자면 구마시기 되겠지만 그렇게 말해봐야 못 알아들을 테고, 그럼 거기서부터 설명해줘야 하니 이래저래 귀찮아질 거라는 판단이었다. 애초에 퇴마든 구마든 어떻게 하는지도 정확히 알지 못한다. 스스로도 자신이 처세가 능한 편이라는 자각은 있었기 때문에 어머님도 처음 몇 분 정도 미심쩍다는 듯 반응했을 뿐 얼마 지나지 않아 경계를 허물고 손님 대접을 해주었다. 그야 따님의 문제가 이러저러하다면서 전문가인 양 분석적인 설명을 늘어놓고 나름의 해결책까지 체계적으로 제시해주면 문외한의 눈으로 보기에는 썩 믿음직스러워 보였을 테다.

그게 아니더라도 아무래도 현석이는 평소에 제법 신뢰받는 교사의 이미지를 갖춰뒀던 모양이다. 내게는 보증인이 동행하고 있었으니 반쯤은 먹고 들어간 셈이다. 실제로 병원에서 내려준 처방과 치료는 딸의 병증에 아무런 개선점을 가져다주지 못했고, 얼마 전에는 집에 무당까지 들여서 굿판까지 벌였다고 했으니 지금은 어느 정도 비과학적인 방법에 의존하기 시작했거나 이성적이지 않은 믿음이 생겨났을 가능성이 높으리라 판단했다. 다행히 예상은 빗나가지 않았다. 그럴싸한 몇 마디에 선생님 소리를 붙여가며 되는대로 주워섬기는 헛소리를 무릎까지 꿇고서 경청하는 모습이 새삼 안쓰러워 보였다. 효과적이었다고 좋아하기에는 뒤따르는 죄책감이 무거웠다. 선생이었다면 조금 더 능숙하게 해냈을지도 모른다고 생각했다.

퇴마사 비슷한 사람의 입장에서 적당히 지어낸 설명을 대강 정리해 늘어놓다가 대접받은 과일과 차가 절반 정도 줄었을 즈음, 내 쪽에서 먼저 따님 분과 만나보겠다며 제안했다. 어머님은 망설이는 기색을 보이면서도 잠시 고민하다 이내 그렇게 하시라며 마지못해 허락했지만, 실로 직업정신이 투철한 열정적인 초임교사이신 김 선생님께서는 괜히 자극하는 것도 좋지 않으니 오늘은 돌아가자며 헛소리를 지껄여댔다. 당연히 무시했다.

"천다정 학생, 안에 계시죠?"

허리를 반쯤 굽혀 문틈에 가까이 다가가 그렇게 말을 걸어봤지만 아무런 기척이 없었다.

현석이는 자고 있을지도 모른다며 어깨를 약하게 당기거나 하면서 거듭 만류했지만, 그렇다 해도 움직이면서 이불 속을 뒤척이거나 부스럭거리는 소리 정도는 당연히 들려야 할 일이었다. 오히려 나는 그녀가 의도적으로 자신을 부르는 소리에 반응하지 않으려 신경을 쓰고 있으리라 짐작했다. 현석이가 작년에 가정방문을 다녀왔을 때의 정황과 더불어 직전에 들은 어머님의 설명을 고려해봤을 때, 어지간히 부득이한 경우가 아니고서야 이 계집애가 유일하게 안심할 수 있는 자기만의 요새를 빠져나와야 할 이유가 없었다. 들어갔다가 나오질 않았는데 방에 없을 리가 없었다.

"저는 퇴마사…… 까지는 아니고, 뭐 그런 비슷한 사람입니다만."

그대로 지지부진한 대치상태를 유지해봐야 이전까지와 다를 게 없었다. 퇴마고 나발이고 애초에 그런 오컬트적인 현상이 얽혀 있는지도 확신할 수 없었지만, 저쪽에서는 그런 사정까지 고려해야 할 이유

가 없었다. 중요한 건 유령이 실제로 있느냐 없느냐 하는 사실 여부
의 판단문제가 아니라 자기가 괴롭혔던 여자애가 원한을 품고 되살
아나 복수를 위해 거리를 활보하고 있다. 적어도 본인이 그렇게 믿고
있다는 사실이다.

그렇기에 퇴마사 비슷한 직업이라는 알기 쉬운 설정이 설득력을 갖
는 것이다.

"혜명 학생은 지금 방에 같이 있지요? 잠시 얘기를 나누고 싶은데
문 좀 열어주시겠어요?"

방 안에서는 여전히 아무런 기척도 느껴지지 않았고, 안에 있을 인
물은 묵묵부답이었지만 내게는 그녀가 아무런 반응도 보이지 않을
리가 없다는 확신이 있었다. 얼마 지나지 않아 방 안에서 요란한 소
음이 터져 나왔다. 둔탁하고 거친 발소리가 방바닥을 내리찍듯 울리
며 사방을 오갔다. 멀어졌다가 다시 가까워졌고, 그 사이로 실내 기
물들이 뒤집히는 듯한 소리, 무언가 떨어지거나 깨지는 소리가 간헐
적으로 들려왔다. 갑작스러운 소란에 당황한 어머님이 거실에서부터
뛰어오려는 걸 손짓만으로 제지하고 잠시 상황을 지켜보기로 했다.

아마 다정이는 이렇게 생각했을 것이다. 문밖의 인물이 누군지는
알 수 없겠지만 스스로 소개하기를, 퇴마사 비슷한 일에 종사하는 사
람이라고 했다. 사실 여부와 무관하게 천다정 본인은 죽은 서혜명이
되살아나 원한을 품고 자신을 찾아다닌다고 믿는다. 이것은 서혜명
의 영혼이 악한 의지를 품은 귀신이 되었다는 뜻이고 이는 즉 그것이
퇴마의 대상에 포함된다는 의미이기도 하다. 마귀를 쫓아내는 사람
이라면 어떤 신비로운 메커니즘으로 쫓아내야 할 대상을 보거나 적

어도 그 존재를 느낄 수 있을 것이다. 이상의 논리로 보자면 문밖의 인물이 하는 말에는 최소한의 신빙성이 생긴다. 당연히 그딴 기운은 느껴지지도 않고 남들한테 안 보이는 건 대부분 나한테도 안 보인다. 하지만 교사로서의 책임감 결여를 융통성이라는 명분으로 면죄 받던 작년 담임선생님의 지인이라고 해봐야 이 안의 계집애에게는 아무런 영향을 끼치지 못한다. 지금의 내가 퇴마사에 가까운 누군가이기 때문에 이 허세가 먹히는 것이다.

벽 너머의 소란이 잦아들고 이내 요새의 입구가 열렸다. 주먹 하나가 들어갈 만큼만 조심스럽게 열어줬을 뿐이고 그마저도 문틈으로 말을 걸어온 인물의 정체를 확인하려는 의도일 뿐이었을 테니 사실상 크게 상황이 나아진 것도 아니었다. 그런데도 거실에서 달려오다 도중에 멈춰선 어머님은 양손으로 입을 틀어막은 채 복합적인 감정이 혼재된 기묘한 표정을 지었고, 현석이는 지나가던 개가 주변을 살피다가 공중제비를 돌고서 자랑스러워하는 걸 목격한 표정으로 어이없다는 듯 내 옆얼굴을 노려보는 것이었다. 무슨 착각을 했는지는 몰라도 적어도 우리의 목적은 이 여자애를 방 밖으로 끌어내는 게 아니었다. 오히려 그 반대에 가까웠다. 내 입장에서 보자면 과도한 반응이었다.

"……뭐 하자는 거예요, 당신?"

얼굴의 절반만이 드러났을 뿐이지만 적개심과 경계심에 불타는 눈동자가 한눈에도 초췌해 보였다. 비듬이 달라붙고 기름기가 번들번들한 머리털 하며, 눈꺼풀에 붙은 눈곱은 언제부터 붙어 있었는지 채 떼어내지도 못했다. 살집이 줄어서 눈두덩이 두드러지는 게 얼핏 해골처럼 보이는 모습이 어디서 많이 보던 인상과 닮아있었지만, 귀찮아서 방치해 둔 거랑 피폐해져서 관리할 여력이 없었던 걸 동일 선상에 두고 볼 수는 없는 일이다. 고작 주먹 하나 만큼 열렸을 뿐인데도 안쪽에서 새어 나오는 구역질을 유발하는 저 역겨운 악취가 그 이유다. 기껏해야 바퀴벌레가 나오는 정도의 시각적인 쇼크를 각오하고 있던 터라 비강을 파고드는 시궁창 냄새에는 속이 뒤집힐 것 같았지만 어쩔 수 없었다. 대화를 나눠볼 필요도 없고 사정을 들어볼 필요도 없다고, 좋은 경험이 될 테니 잘 부탁한다고 덧붙이면서 선생은 그렇게 말했다. 단지 가능하다면…….

"잠깐 실례하지."

나름대로는 문 안쪽을 몸으로 받치고 서서 침입을 경계하고 있던 모양이지만, 듣기로 다정이는 근 1년 가까이 식사도 변변히 하지 않고 방에만 틀어박혀 있었다고 했다. 나처럼 그런대로 운동에 취미가 있는 경우가 아니더라도 일반적인 성인의 체격이라면 가볍게 밀어붙이기만 해도 강행돌파는 크게 어렵지 않다. 딱히 체중을 실을 필요도 없었다. 고행하는 싯다르타 같은 몸뚱이는 평범하게 문고리를 잡고 밀어내는 힘에도 버텨내지 못하고 방바닥을 나뒹굴었다. 어머님과 현석이가 다급히 제지하려 했지만, 이미 나는 방 안으로 들어선 뒤였다. 그들의 손이 닿기 전에 문을 닫고 잠갔다.

"뭐하시는 거예요, 지금? 당장 안 나가?"

노기를 띤 목소리로 비명을 지르듯 항의하는 계집애와 거의 같은 내용의 반발이 문밖에서도 들려왔지만 무시하기로 했다. 아마 예비로 보관해둔 열쇠가 있겠지만 딸에게 직접적인 위해가 발생한다는 확신이 없는 한 문을 따고 들어오지는 않을 것이다. 아무리 문을 두드리고 고함을 질러봐야 이웃집에 민폐밖에 되지 않는다는 것쯤은 저들도 얼마 지나지 않아 깨닫는다. 그렇다면 내가 신경 써야 할 것은 엉덩방아를 찧고 주저앉은 자세 그대로 불만을 토로할 뿐인 힘없고 나약한 여자애 한 명뿐이다. 생각보다 일이 쉽게 풀려서 오히려 당혹스러울 정도였다.

우선 선 자리에서 방안을 가볍게 훑어보았다. 대낮이었지만 입구의 맞은편에 있는 창문으로는 꼼꼼하게 커튼을 쳐두어서 채광을 막아두고 있었다. 거기에 당연하다는 듯 불을 꺼두고 있던 터라 잘 보이지는 않았지만 방바닥에는 덩어리진 먼지가 발에 챌 만큼 굴러다니고 있었고, 여기저기에 깨진 유리 조각이나 망가진 생활용품 같은 것들이 널브러져 있었다. 배가 갈라져 시커멓게 때가 밴 솜을 토해낸 채 쓰러진 인형도 몇 개 눈에 띄었다. 아마 화장대나 장롱을 들어내 보면 바퀴벌레가 산더미처럼 우글대고 있을지도 모른다. 들어오고 1분도 지나지 않았는데 이미 발목을 기어오르려다 양말에 달라붙은 개미가 몇 마리 눈에 보였다. 문득 세면도구가 보이지 않는다는 사실이 신경 쓰여서 치켜뜬 도끼눈으로 나를 노려보는 여자애의 상태를 확인하니 과연 납득하지 않을 수 없었다. 피부의 여기저기에 곰팡이가 핀 것처럼 가뭄이 든 토지 같은 모양으로 때가 굳어있었고 살빛이 전체적으로 어두워져 있었다. 입고 있는 누런 티셔츠도 원래는 하얀 색이었을 테다. 병원에 다니지 않게 된 게 올해 5월 중순부터라고 했다. 그때부터 씻지도 않고 지냈다면 지금이 벌써 11월이니까 못해도 반년이다. 구역질 나는 악취는 방에서만 나는 게 아니었다.

"생각보다 심각하군."

그 꼴을 내려다보고 있자니 문득 그런 감상이 들어서 별생각 없이 내뱉은 혼잣말이었는데, 증오에 찬 눈으로 나를 올려다보던 다정이의 얼굴이 얼마 지나지 않아 사색이 되더니 이내 두려움에 절은 표정으로 주위를 두리번거리기 시작했다. 그러다 문득 떠올랐다는 듯 그 표정 그대로 내게 고개를 돌리더니 버둥거리며 기어와 내 바짓가랑이를 붙잡았다.

"혜명이가 정말로 여기에 있는 거예요? 그렇게 화가 많이 난 거예요? 내가 이렇게나 힘들어했는데도? 아직도 모자라데요? 뭘 얼마나 더 힘들어야 된다는 거예요? 나 정말 정말 정말 너무 너무 너무 힘든데?

여자아이는 거의 울먹이듯 하는 얼굴에 말라비틀어져 부러지기 직전의 가시덩굴 같은 목소리로 비어있는 위장에 남은 위액마저 토해내듯 애원하는 것처럼 절망감을 쏟아냈지만, 나는 그냥 다리에 더러운 게 달라붙어서 불쾌한 기분이 들 뿐이었다. 사실 이 애가 저질렀다는 일련의 사건들을 생각해보면 이 정도는 힘들어도 군말 없이 받아들여야 되는 게 아닌가 싶었다. 그렇게 힘들면 그냥 그대로 죽어버려도 상관없다고 말해주고 싶었지만 다행히도 나는 이성적인 사람이었다. 현석이의 말에 따르면 경찰은 혜명이라는 애의 생사가 불분명하다고 뭉뚱그렸다는 모양이지만, 실종된 지 1년 가까이 지난 지금에 와서도 그 애가 멀쩡하게 살아 있을 거라 가정하기에는 무리가 있었다. 당연히 죽었을 테지만 다정이가 방에 틀어박히게 되었던 건 혜명이가 실종되고 얼마 지나지 않은 시점의 일이었다. 그때도 시체는 발견되지 않았고 마찬가지로 생존 여부도 확실치 않았지만, 당시에는 길어야 실종된 지 1개월 내외일 시점의 판단이었고 때문에 실종자가 사망했으리라 단정하기에는 다소 이른 감이 있었다.

천다정이 서혜명의 사망과 그녀의 부활을 주장하기 시작했던 건 아직 실종자의 생사가 확인되지 않은 시점의 일이었다. 그렇다면 이 못난 계집애가 서혜명의 죽음을 확신할 수 있었던 데에는 필시 나름의 이유가 있었을 테다. 처음 현석이로부터 작년의 사건을 전해 들은 뒤로 나는 줄곧 그게 마음에 걸렸던 것이다. 죽어버린 이에게 애도를 표하는 관습적인 윤리관이야 내게도 없지는 않지만, 유족의 아픔을 함께하고 고인의 죽음을 슬퍼하는 것에 어떤 발전적인 사고가 있으리라고는 생각지 않는다. 그보다는 지금 눈앞에 살아서 숨을 쉬는 이 가련한 생물체가 망자의 환영에 사로잡혀 버린 이유를 나는 알고 싶었다. 그 이유가 작년에 일어난 서혜명 학생 실종사건의 내막과도 이어져 있을 것 같은 기분이 들었기 때문이다. 그러니 이 자리에서 이 여자애를 내버려 둘 수는 없는 일이다. 오히려 나는 지금 내 바짓가랑이에 매달려있는 이 불결한 사상누각이 스스로 무너져 내리지 않도록 물을 뿌려 토양을 굳히고 그 피부를 다독이며 형태를 견고히 다져야 했다. 이 녀석에게는 아직 이용가치가 있으리라 판단했다.

가련한 생자가 입술을 떨며 넋두리처럼 늘어놓던 하소연은 어느새 분명한 발음조차 잃고 천수다라니 같은 종교적인 중얼거림으로 변해 있었다. 시커멓게 때가 탄 피부 위로도 안색이 창백해졌음을 알 수 있을 정도였다. 께름칙한 것도 께름칙한 거였지만 이대로 둬서야 내가 뭘 할 수가 없었다. 영 내키지는 않았지만 기름지고 끈적거리는 머리채를 붙잡아 어디로 초점이 향하는지도 알 수 없는 고개를 추켜올려 억지로 시선을 맞췄다.

'아아, 사람이 죽은 채로 살아 있으면 이런 얼굴을 하게 되는 걸까…,'

그때야 처음으로 천다정이라는 아이를 만난 것 같은 기분이 들었다.

"혜명이는 없어. 여긴 너랑 나 둘뿐이야. 그러니까 일단 진정하렴."

이 정도 공황상태라면 높은 확률로 외부의 자극에 둔감해져 있을 터였다. 의식이 바깥으로 향하지 않고 내면으로 침잠해서 그 안을 가득 채운 심상과 마주하고 있을 뿐 그것을 극복해내지는 못하고 오히려 혐오스러운 이미지에 잠식되어 갈 뿐이다. 그래서 혹시나 듣지 못할지도 모른다고 생각하면서도 일단 말로 확실하게 전해둘 필요가 있다고 생각했다. 들은 사실을 들었다고 인지하지 못할 뿐 듣지 못한 것은 아니다. 의식이 내면으로 향하고 있을 뿐 그 자체가 사라져버린 것도 아니다. 조금만 여유를 갖고 기다리면 호흡이 안정되고 눈앞에 도움을 줄 수 있는 타인이 있다는 사실을 인지하게 된다. 지각과 인식의 과정에 딜레이가 발생하는 것이지 인지능력 자체가 붕괴한 것이 아니라면 들은 내용은 확실하게 뇌리에 남아있을 것이다. 어디까지나 경험을 토대로 한 판단이었을 뿐이라 무슨 대단한 확신이 있었던 건 아니었고, 1분 내로 상황이 진정되지 않으면 지체 없이 구급차를 부를 각오 정도는 다지고 있었다. 그래서 얼마 지나지 않아 그 눈에 생기가 돌아오고 절망감으로 절어있던 표정에 의아함이 덧씌워지기 시작했을 때 나는 내심 안심하고 있었다.

상태가 호전되기 시작한 다정이는 그 시점부터 서서히 분위기가 험악해지더니 이내 머리채를 잡고 있던 내 손을 거칠게 뿌리치고는 주저앉은 그대로 바닥을 기어 나와의 거리를 벌렸다. 한껏 경멸을 담아 사람을 흘겨대는 그 되먹지 못한 시선은 당하는 입장에서 꽤 불쾌한 것이었지만 아주 이해 못 할 반응은 아니다. 어쨌건 저 애로서는 웬 정체 모를 여자가 본인의 불안정한 심리상태를 이용한 셈이니 한창때의 사춘기 소녀라는 걸 차치하더라도 기분이 좋지는 않을 테다.

손에 묻은 비듬이나 기름기 같은 걸 바짓단을 문질러 닦아내고 있자니 다정이가 짜증스레 소리쳤다.

"이 사기꾼! 나를 속였겠다!"

아까부터 이미지가 깎여나가기만 하는 기분이 들었지만 딱히 틀린 말도 아니었고 대체로 자업자득이었다. 미안하다는 둥 그럴 의도는 아니었다는 둥 상투적인 몇 마디 변명이 필요한 시점이었지만, 나도 시종 매도당하는 와중에 변변히 싫은 소리도 하지 못할 만큼 조신한 사람은 아니었을 아니었다.

"난 혜명 학생이 같이 있냐고 물어봤을 뿐이고, 멋대로 착각해서 문까지 열어준 건 순전히 네 결정이었던 거야. 퇴마사 비슷한 사람이라는 말도 사실이고, 그 애랑 얘기를 나눠보고 싶은 것도 사실이니까 거짓말은 한마디도 안 한 셈이지."

살기를 담고 노려보던 시선에 미심쩍다는 기색이 희미하게 떠올랐지만 퇴마사 비슷한 사람이라는 말은 정말로 사실이었다. 가톨릭 엑소시즘은 아카데미에서도 교양과목으로 다루는 터라 유학 시절에 수강한 적이 있었기 때문이다. 의외로 인기가 있던 강의라서 수강 신청도 5분 내외로 마감되는 편이었고 도강을 시도하다가 쫓겨난 사람도 있을 정도였다. 일단 대중적으로 알려진 이미지도 있고 하니 다들 엄숙한 구마의식 같은 걸 체험해보길 기대했던 모양이다. 막상 들어보면 정말 이론적인 얘기들로만 구성되어 있어서 적잖이 지루한 강의로 선생이 유학하던 시절부터 유명했다고 한다. 그래 봐야 교양으로 익혀둔 수준이고 애초에 교수라는 양반도 첫 시간부터 가톨릭 장엄구마는 사제에 의해 행해지는 게 원칙이니 신앙심도 뭣도 없는 너희들은 어차피 해봐야 효과도 없을 거라면서 못을 박아두기도 했었다.

애초에 다정이의 경우는 본인이 마귀에게 씌었거나 악마에게 시달린다고 여기는 게 아니라 굳이 따지자면 좀비에게 쫓기고 있다는 느낌이다. 기원을 거슬러 올라가면 부두교 신앙에 기초한 셈이니 이게 엑소시즘의 대상이 되는지는 미지수다. 그리고 무엇보다도 나는 좀비건 귀신이건 믿지 않는다. 서혜명이라는 인물은 실제로 실종된 작년 11월 초부터 오늘까지 약 1년 사이에 십중팔구의 확률로 사망했고, 되살아나지 않았다. 내가 알아야 할 사안은 어째서 천다정은 죽은 서혜명이 살아났으리라고 믿게 되었느냐는 것이다. 단순히 반년이 넘도록 저질렀던 일련의 조직적인 가혹 행위의 주동자로서 죄책감을 느꼈기 때문이라는 이유만으로는 지금 이 방의 상태와 그녀의 피폐함을 설명하기 어렵다. 이야기를 전해 들은 선생은 뭔가 짐작되는 게 있는 눈치였지만 참고삼아 염두에 두라는 몇 마디만 전하고는 손님을 핑계로 전화를 끊어버린 탓에 자세히 캐묻지 못했다.

한동안 자신의 보금자리를 흙발로 더럽힌 정체불명의 침입자를 품평하듯 하는 눈으로 흘겨대던 다정이는, 이내 내 말의 진위는 아무래도 상관없다고 판단했는지 오히려 목소리에 녹아있던 노기가 한결 짙어져 있었다. 몸 상태만 멀쩡했으면 진즉에 달려들었을 기세다. 제까짓 게 덤벼봐야 이쪽에서 제압할 수단은 얼마든지 있었던 터라 크게 위협적이지는 않았다.

"그럼 나가서 서혜명 그 년이나 찾아서 족치라고! 이런 데서 시간 낭비하지 말고! 그 병신같이 눈치도 없는 년이! 뒤졌으면 얌전히 입 닥치고 누워있을 것이지 지금 밖에서 나를 찾아다니고 있다니까? 백 날 여기서 귀신 놀이 해봐야 소용없다고! 이러면 네가 전에 왔던 무 당 새끼랑 다를 게 뭔데?"

위협감을 느끼지 못했다는 것과는 별개로 그래도 손님으로 찾아온 입장에서 이렇게까지 태도가 불량해서야 어지간한 호인이라도 불쾌 감이 들기 마련이다. 본래 이런 애들은 어디 하나 부러지지 않을 정 도로만 패줘도 고분고분해지기 마련이지만, 지금 과격한 수단을 동 원하기에는 상황이나 명분이나 내 편에 붙어 있는 게 없었다. 아무튼 문밖의 두 사람이 당장에 들이닥쳐서 나를 끌어내지 않고 있는 이유 는 단순히 다정이에게 직접적인 위해가 가해지고 있으리라는 확신이 없기 때문이니까. 만약 이 녀석이 자기를 죽이려 한다는 둥 살려달라 는 둥 소리라도 지른다면 거기에 뒤이을 저 사람들의 행동방침은 불 보듯 뻔하다. 게다가 요 맹랑한 여자애는 일견 외부인의 침입 자체 를 꺼리는 것처럼 보이지만, 사실은 그렇지 않다. 올해 5월까지는 시 키는 대로 병원에도 다녔다고 한다. 오늘 문을 열어준 것도 과정이야 어쨌건 순전히 이 녀석 본인의 의사였다. 끝내 자살 소동까지 벌였다 고 하니 병원에 다니는 일이 내키지는 않았던 모양이지만, 그런데도 고분고분 따랐던 것은 혹시라도 강제적인 조치가 내려질 상황을 미연에 방지하기 위해서였을지도 모른다.

오늘 같은 경우도 굳이 문을 열고 내 모습을 확인해야 할 필요는 없었다. 간단한 대화 정도는 작년에 현석이기 가정 방문했을 때처럼 문을 사이에 두고서라도 충분히 가능했을 테고 나와 현석이 사이에는 사전에 통지한 입장에 차이가 있었을 뿐 조건은 다르지 않았다. 그런데도 열리지 않을 것만 같던 성곽의 입구를 제 손으로 열어준 것은 필요에 따라 나를 방 안에 들이기 위함이었는지도 모른다. 요컨대 내가 어떤 물리적인 조치에 들어가면 다정이는 망설이지 않고 외부에 도움을 청할 것이다. 내가 할 수 있는 건 그저 참아 넘기고 자신의 입장을 지키면서 해야 할 업무를 수행하는 것뿐이다. 그다지 넓지 않은 방안을 천천히 돌아보면서 나는 설명했다.

"나 같은 사람들이랑 무속인은 믿는 게 달라. 우리가 보기에 그 사람들은 사기꾼 아니면 문명화를 거스르는 우물(愚物)들이지만, 그 사람들 입장에서는 우리야말로 오만방자하고 모독적인 이단이겠지."

"무슨 개소리야 그게. 빨리 나가라니까?"

"너희 집에도 저번 달에 굿 한판 벌이러 찾아왔었다고 들었는데, 아마 그 무당이 그냥 사기꾼이건 진짜배기 신앙인이건 네 기대에는 미치지 못했을 거라고 생각해. 네가 바라는 건 너한테 씐 악한 귀신을 쫓아내거나 혜명이의 넋을 달래서 떠나보내는 그런 영적인 차원의 문제가 아니니까. 네 주변 사람들은 네가 그렇게 부르짖는 '되살아났다'의 의미를 조금 더 직관적으로 받아들일 필요가 있다고 생각해. 너는 혜명이가 물리적으로 죽은 그 몸뚱이가 부활했다고 생각하고 있을 테니까."

　무심하게 실내를 둘러보는 척 곁눈으로 스치듯 확인한 다정이의 표정이 한순간 굳어지는 순간을 나는 놓치지 않았다. 굳이 내가 위해를 가하지 않더라도 다정이는 얼마든지 바깥에 도움을 청할 수 있었고, 사실 여부와 무관하게 나를 쫓아버릴 수 있는 입장이었다. 이대로 빨리 꺼지라며 종용하는 이 애를 내버려 둬 봐야 내게 좋을 게 없었다. 최소한의 신뢰 관계는 필요했다. 그리고 무엇보다 옆에서 자꾸 시끄럽게 빽빽대는 꼴을 그냥 내버려뒀다간 내가 무슨 짓을 저지를지 자신할 수 없었다. 어디까지나 희망적인 관측이지만 다정이는 적어도 나를 반년 가까이 다녔던 정신과의 돌팔이나 저번 달에 찾아온 무당 새끼보다는 쓸 만할지도 모른다고 생각하기 시작했다. 일단 그렇게 가정하고 진행하기로 했다.

　"나는 영혼이 존재한다는 걸 부정할 생각도 없고, 신도 있을 거라고 생각해. 하지만 누군지도 모를 사람의 영혼에다가 화를 풀고 떠나가 주십사 빌어볼 생각은 없고 신이라는 게 반드시 인격을 가진 존재일 거라고 생각하지도 않아. 그것들은 그저 우리가 인지할 수 없는 곳에서 자기들과 비슷한 우리를 관망하고 있는 개념일 뿐이지 어떤 영향력을 행사하는 실체들이 아니거든. 우리 쪽에서 흔히 지향해야 할 궁극적인 이상이라고 가르치는 건 그런 존재들이 머무는 상위의 차원과 교류하면서 스스로가 한 차원 높은 존재로 거듭날 수 있으리라는 믿음이야. 나는 그것도 조금 미심쩍다고 생각하지만 아무튼 네가 말하는 무당 새끼라는 분들은 물론이고 성부와 성자와 성령의 이름으로 기도하시는 분들과도 분야가 다르다는 거지."

입구를 기준으로 우측 맞은편 벽면에 위치한 옷장 위에 커다란 캐리어가 하나 있었다. 체구가 작은 사람이라면, 예컨대 지금의 다정이 정도라면 몸을 구겨 넣을 수 있을 만큼의 크기였다.

의도치 않게 자신을 학급에서 고립되도록 만든 혜명이에게 부당한 증오심을 품은 이 아이가 그녀를 저 안에 넣고 납치했을 가능성은 없지 않다. 동기로서는 빈약해 보이지만 청소년기의 충동적인 심리나 비이성적인 행동 양상을 증명하는 선례는 얼마든지 있다. 하지만 아무런 증거도 없고 비약이 지나치다. 그런 건 가설도 뭣도 아니고 그냥 망상일 뿐이다.

"혜명이라는 애가 정말로 살아났는지 어땠는지는 나도 몰라. 그냥 네가 앓고 있는 모종의 정신질환의 증상으로 발생한 망상장애의 결과일 수도 있겠지. 하지만 정말로 초자연적인 현상에 의해 죽었던 혜명이가 되살아났고 1년이 넘도록 아무에게도 발견되지 않은 채 근방을 활보하면서 너를 찾아다니고 있을 가능성도 부정할 수는 없어. 상식적이고 나발이고 따질 필요도 없이 보통사람이라면 전자의 경우를 정답이라고 여기는 게 맞아. 네가 어떻게 생각할지는 모르겠지만 당연히 나도 보통사람이라서 네가 정신병을 앓고 있을 가능성이 높다고 생각해. 그렇다고 네가 하는 말을 아주 믿지 않는 건 아니야. 네 말대로 네가 그렇게나 못살게 굴었던 개가 너한테 복수하겠다고 정말로 살아났을지도 모르지."

옷장은 양쪽으로 여는 여닫이구조로 되어있었다. 시험 삼아 한쪽만 열어보니 안에서 곰팡이 썩은 냄새가 뿜어져 나왔다. 방에 틀어박힌 뒤 한 번도 열지 않았다면 교복이며 코트, 패딩, 셔츠, 카디건 같은 옷들이 거의 1년 가까이 방치되어 있었다는 뜻이다. 올해도 예년과 마찬가지로 장마철이 있었고, 이후에 이어졌을 찜통더위에 다정이가 흘렸을 땀을 비롯한 체액, 거기에 여름 자체의 습한 대기까지 고려해보면 이 방은 물론이고 목재로 된 옷장은 곰팡이가 번식하기에 필요 이상으로 쾌적한 환경이었을 테다. 실제로 걸려있던 의복의 여기저기에 시퍼런 얼룩 같은 게 묻어 있었다. 아래쪽의 서랍까지는 열어볼 필요도 없을 듯했다.

"믿는 것도 아니고 믿지 않는 것도 아니라니, 그런 태도는 좀 비겁하지 않아요?"

옷장 안을 한 손으로 뒤적이다가 다시 발걸음을 옮기려던 내게 다정이는 아까보다 조금 누그러진 목소리로 그러나 은근히 까칠하게 쏘아붙이듯 하는 투로 물었다. 초면에 반말을 싸대던 버르장머리를 생각해보면 큰 발전이었지만 넉넉잡아서 열 살은 어린 여자애가 존댓말을 해줬다는 데에 내가 고마워해야 할 이유는 없었다.

"불성립이 증명되지 않은 가설은 함부로 부정하는 게 아니야. 한쪽의 성립을 입증했다고 해서 다른 한쪽의 불성립이 자동으로 증명되는 건 아니거든. 그렇다면 그 경우에도 가능성을 닫아선 안 돼. 매사에 의구심을 갖는 자세는 집요한 탐구심으로 이어지는 법이고 나는 그런 탐구심이 나를 발전적인 방향으로 이끄는 원동력이 될 거라고 믿으니까. 그런 걸 깐깐하다는 한마디로 싸잡아서 분류하려 드는 풍조를 나는 그다지 좋아하지 않거든."

그건 내 생각이 아니라 언젠가 선생이 했던 말을 인용했을 뿐이었지만, 실재하지 않는 초월적인 무언가를 향해 간절히 기도하기만 하

면 그토록 갈망하던 계시를 뚝 떨어뜨려 줄 거라는 무기력한 믿음보
다는 진취적이라 기억에 남아있던 가르침이었다. 그런데 별생각 없
이 입에 올린 선생의 가치관이 다정이에게는 어딘가 인상적으로 다가
오는 지점이 있었는지 문득 나를 올려다보는 그녀의 시선에서 노기를
품고 타오르던 경계심이 희미해져 있었다. 비 오는 날 길가에 버려진
새끼고양이에게 우산을 내어줄 것처럼 선한 인상도 그렇고, 동정심
을 유발하는 그 표정도 그렇고, 오히려 나를 짜증나게 만들었다. 저
런 순박하게 생긴 애가 반년이 넘도록 같은 반 여자애 한 명을 상대로
폭력을 동반해 비상식적인 수준의 착취를 일삼아왔다는 사실을 새삼
스레 상기해냈기 때문이다. 아무튼 표면적으로나마 그녀의 말을 믿어
주는 사람이 지금까지는 없었던 것이다. 의사건 상담사건 네 말이 다
맞는 말이라면서 백날 어화둥둥 해봐야 수월한 진료를 위해 한시적인
면피를 도모하고 있을 뿐이라는 걸 그녀도 모르지는 않았을 테다.

무당의 경우에는 그래도 비과학적인 오컬티즘이라는 점에서 일맥
상통하는 지점이 있을 테니 조금은 희망을 품었을지도 모르지만, 아
카데미에서나 선생에게서나 무속신앙에 죽은 몸뚱이가 되살아났다
는 전승이 있다는 얘기는 들어본 적이 없다. 본인들의 신앙체계에 부
합하지 않는 주장을 적극적으로 수용할 줄 아는 포용력을 갖춘 종교
는 세상에 그리 많지 않다. 반면에 나는 전제야 어찌 됐건 그녀의 말
을 믿는다고 주장했고 거기에 나름대로 합당한 근거를 제시했다. 의
지할 곳을 잃은 어린 양에게는 사이비 메시아가 더없이 믿음직스러
워 보였을지도 모른다.

"그럼 이제 어떻게 해주실 건데요? 아까부터 결론은 없이 이랬을지

도 모른다는 둥 저랬을지도 모른다는 둥 하는 말이 어째 선문답 같잖아요."

순순히 친근감을 드러내기에는 망설임이 있었는지 한결 누그러진 표정에 비해 말투는 여전히 퉁명스러운 기색이 있었다. 마음 같아서는 친한 척 굴지 말라고 선을 긋고 싶었지만 이제 와서 도로 적의를 사봐야 내게도 좋을 게 없었다.

"지금 시점에서 어떻게 해결해주겠다고 할 일이 아닐 뿐이야. 뭐가 문제인지도 확실히 하지 못한 상황에서 어떻게든 해주겠다고 단언하는 쪽이 오히려 무책임한 것 같다고 생각하는데. 저번 학기는 통째로 쉬었고 이번 학기도 절반은 날린 셈인데 어차피 유급도 확정이니까 급할 것도 없지 않냐?"

일부러 뜯어져도 상관없다는 기세로 과격하게 커튼을 열어젖히니 단숨에 쏟아져 들어온 햇빛에 다정이는 나직이 신음을 흘리며 한쪽 눈꺼풀을 닫은 채 고개를 돌렸다.

그리고 보면 초기의 흡혈귀 전승에서는 의외로 태양광으로 불태워 죽인다는 설정은 없었다는 것 같기도 하다. 반년 정도는 이 암실에서만 지냈을 테니 회복하는 데까지 못해도 5분은 걸릴 거라 예상했는데, 인체란 과연 신비하다고 할까. 몇 초 걸리지 않아 적응이 됐는지 치켜뜬 눈을 한껏 부라리면서 다시금 적개심을 드러내 보이는 것이었다. 말 몇 마디에 돌연히 발작을 일으키거나 살의에 가까운 경계심이 순식간에 허물어져 버리기도 하고 다소 짓궂은 농담인 셈 치고 주의를 주는 차원에서 마무리될 일에도 지나치게 공격적인 반응을 보인다. 현석이가 얘기한 대로라면 자신의 요구대로 행동하지 않는 혜명이에게 폭행을 가했던 것도 제 성질을 못 이기고 충동적으로 저지른 일이었다고 보는 게 자연스럽다. 그것이 타고난 기질이었는지 후천적으로 형성된 결과물인지는 몰라도 다정이는 지금과 같은 상황에 놓이기 이전부터 다소 감정적으로 행동하는 경향이 있었으리라 짐작할 수 있다. 거기에 이 말 같지도 않은 공간에서 생활해온 1년간의 스트레스가 누적되면서 감정조절에 장애를 겪고 있는 거라면 지금 보이는 급격한 행동 양상의 변화도 아주 부자연스러운 것은 아니라는 뜻이다. 아무튼 기본적인 인성 문제는 이제 와서 어떻게 해볼 수도 없는 사안이니 차치하더라도 생각보다 상황이 좋지 않았다.

이 애를 방에서 내보내는 일은 비교적 시급히 처리해야 했다. 지금 문밖에서 발만 동동 구르고 있을 저 어머니가 지난 1년 동안 실패했던 것은 살갗에 달라붙은 거머리를 억지로 뜯어내려 했기 때문이다. 필요한 요소가 충족되면 다정이는 알아서 이 악취 나는 공간을 빠져나가려 들 것이고, 그 필요한 요소가 무엇인지는 이미 1년 전 현석이가 가정방문을 했던 시점에서부터 명확했다. 문제는 시체가 발견되지도 않은 혜명이가 이미 죽었다가 되살아났다는 사실을 어떻게 증명할 것이며, 그게 가능하다 쳐도 그 후에는 어떻게 붙잡아서 이 골칫덩이 앞에 대령하느냐는 것이다.

"그거야 선생이 알아서 하겠지."

속으로 생각한다는 게 무심결에 입 밖으로 내버렸다.

나는 자신을 제법 객관적이고 이성적인 사람이라 평가하고 있어서 사사로운 감상을 가급적 드러내지 않는 편이었지만, 드물게도 이때는 정말로 당황해서 반사적으로 고개를 돌려 다정이의 반응을 살폈

다. 혹시 듣지 못했을지도 모른다는 희망적인 전망에도 기대를 걸어
봤지만, 오히려 영문 모를 혼잣말에 짜증이 올랐는지 안 그래도 살기
등등하던 표정이 한결 험악해져 있었다.

"뭐라는 거야? 알아듣게 말해."

존대를 하건 하대를 하건 그냥 자기 기분 따라 바뀌는 모양이다.
어차피 할 일은 거의 다 마친 셈이라 여기서 인상이 더 나빠지더라도
크게 염려할 일은 아니었지만, 그리 달가운 반응은 아니다. 괜스레
헛기침을 하면서 애써 무시한 채 하던 일을 계속했다.

창문 너머로는 사람 하나가 어깨를 좁혀서 간신히 지나갈 정도의
골목을 사이에 두고 담장이 늘어선 구조에 담장 바로 너머로 신축 빌
라가 서 있었다. 창틀을 열고 고개를 내밀어 좌우를 살펴도 대체로
절제가 없기는 마찬가지라서 단독주택과 빌라가 앞뒤로 등을 맞대고
빼곡하게 들어차 있다. 주택가라고는 하지만 그 밀도가 제법 높다.
현관 밖에서도 어렴풋이 느끼고 있었던 사실이지만 설마하니 건너편
블록까지 비슷한 양상일 줄은 몰랐다. 골목은 그대로 쭉 이어지다가
좌측으로는 대로 쪽으로 이어지는 모양이었고, 우측으로는 끝자락보
다 조금 모자란 지점에서 상가 쪽으로 빠지는 듯 보였다.

혹시 놓친 게 있을까 싶어서 다시 한번 간단히 실내를 둘러봤다.
옷장과 맞은편에 배치된 책상을 겸한 화장대 쪽은 깨진 향수병이나
치덕치덕 흩뿌리고 처발라놓은 로션, 뭉개진 립글로스를 비롯해서
이래저래 엉망이다. 바닥에 깨진 유리 조각 중 일부의 출처는 이곳이
리라 짐작했다. 거울과 인접한 벽면에 검붉은 색으로 휘갈겨진 낙서
는 목이 부러진 틴트의 혈흔인 듯했는데, 무슨 주술적인 의미가 있

을지도 모르지만 아마추어의 술법이 제대로 작동한 사례는 극히 드물다. 아무리 잘 쳐줘도 무한 원숭이 정리와 비슷한 논리라는 얘기를 들은 적이 있다. 그 옆에 놓인 책장은 벽에 붙어서 정렬되어 있지 않고 사선으로 놓여있었는데, 그 아래에 쏟아진 만화책이나 전집 등등은 음식물이 묻거나 벗어놓은 옷가지에 뒤덮인 채 방치된 상태다. 아마 책장을 문 앞까지 옮겨 바리케이드로 사용할 의도였겠지만 이 물건은 가장 위쪽의 칸이 천장 근처에 머물고 양옆의 너비도 내 방에 있는 것보다 두어 뼘 정도 넓다. 일반적인 가구를 기준으로 봐도 여자애 혼자서 옮기기에는 무리가 있다. 어떻게든 낑낑대면서 움직이려 해봤겠지만 끝내 포기했을 테고, 그 결과 사선으로 엉성하게 배치된 모양새가 된 것 같다. 바닥에 떨어진 책들은 책장이 덜컹거리던 중에 꽂혀있던 물건들이 쏟아져버린 듯하다.

선생은 방을 잘 살펴봐달라고 했지만 아무래도 무슨 단서가 있을 것 같지는 않다. 그냥 생각보다 상태가 좋지 않았다는 걸 제외하면 새롭게 알게 된 사실도 없고 결과적으로는 비위만 잔뜩 상했을 뿐이다. 굳이 얻은 게 있다면 식욕감퇴 정도겠지만 그게 문제해결이나 건강한 식생활에 무슨 도움이 될 것 같지는 않았다. 선생이 그렇게 지시한 데에는 나름대로 의도한 바가 있었겠지만, 그 의도라는 게 뭔지를 모르겠다. 그냥 요점만 집어서 이러저러한 이유가 있으니 이렇게 해줬으면 좋겠다고 하면 될 일을, 쓸데없이 말을 돌리는 것이 선생의 흠이다.

"야, 입이 달렸으면 말을 해보라고. 혼자서 중얼거리지 말고."

저 건방진 애새끼의 주둥이를 다물게 만드는 건 간단한 일이었지만 아마 선생은 오늘이 아니더라도 직접 여기에 방문해볼 심산인 듯했고, 그렇다면 그녀를 여기까지 안내하는 건 내 몫이 될 테니 이 이상이 아이에게 거부감을 사는 건 바람직하지 못한 일이었다.

"오늘 내가 찾아온 건 어디까지나 사전답사였다는 뜻이야. 널 도와줄 사람은 나중에 따로 모셔올 거니까 그때까지 사고 치지 말고 얌전히 기다리란 말이지. 좀 못 미덥기는 하지만 좋은 분이시니까 지금처럼 굴지는 말고. 그땐 나도 마냥 참아주지는 못할 것 같으니까."

선생이 무슨 생각을 하고 있는지는 나도 모르기 때문에 그 이상 대답해 줄 말이 없었다. 손을 바지 주머니에 찔러 넣고 방을 나가려던 차에 다정이는 짜증스레 작별 인사를 건넸다.

"창문은 닫고 가지? 남의 방을 멋대로 헤집어놓고 그 정도 매너도 없어?"

헤집어놨다기보다 이미 헤집어져 있는 곳을 둘러보고 확인하기만 했을 뿐이라 조금 억울한 기분은 들었지만 어차피 오래 못 갈 허세다. 무시하고 지나갈까 하다가 문득 떠오른 발상이 있어서 어른답게 충고라도 해줘야겠다고 생각했다.

"환기 좀 시켜. 네 방 냄새나."

***

선생은 본래 잠이 많은 편이라 오전 중에 일어나는 일이 드물다. 나도 선생의 호출이 없으면 일주일 중에 서너 번 정도만 논문작업을 돕거나 과제를 검사받으러 찾아가는 게 전부라서 그 이외의 날에 선

생이 어떻게 지내는지는 모른다. 다만 보통 손님용 소파에 쭈그리고
서 잠들어 있는 선생을 점심 무렵에 찾아간 내가 깨워서 식사를 차려
주는 게 일종의 루틴처럼 굳어져 있을 따름이다. 다른 날에도 배가
고파질 즈음에는 일어난다는 모양이니 의외로 규칙적인 생활을 하는
사람인지도 모른다. 단순히 생활습관이 야행성일 뿐이지 사람이 게
으른 건 아니라서 의외로 연구실은 항상 깨끗하게 정리되어 있는 편
이다. 쓰레기도 제대로 분리해서 모아뒀다가 주말에 이틀분으로 나
눠서 내버린다는 모양이고 골초인 것치고는 탈취제도 꼬박꼬박 뿌려
주면서 습관적으로 환기도 시키는 편이다. 본인한테서 나는 냄새와
는 별개로 방에서는 냄새도 거의 나지 않는다. 입구 쪽에 쌓아둔 서
류 다발의 산맥을 제외했을 때의 얘기지만, 선생이 말하길 '결계의 일
부'라고 했으니 아마 연구실 인근에 설치해둔 그것의 연장선인 듯하
다. 나름대로 이유가 없지는 않다는 뜻이다.

다만 그 비정상적으로 왜소한 체구와 퇴폐적인 차림새로는 아무리
봐도 설득력이 떨어진다. 늘어진 건지 구겨진 건지 모를 자세로 소파
에 누워 잠든 여자아이를 우리 선생님이라고 소개하자마자 현석이 얼
굴이 창백해지며 발길을 돌리려 했던 것도 이해 못 할 일은 아니었다.

먼저 찾아와있던 손님이라는 인물은 나도 두어 번 정도 만난 기억
이 있었다. 선생의 대학 시절 동아리 선배라는 현직 경찰. 한도연 경
위라고 소개받은 적이 있다. 여자치고는 장신인 나와 크게 차이 나지
않는 중키에 지저분하게 남은 수염 자국이나 더벅머리를 비롯해서
그다지 매력적이지 않은 외모와는 별개로 형사과 소속이라고 소개했
던 것치고는 유약한 인상에 느긋하고 차분한 언동이 묘하게 호감을

주는 남자였다. 본인 말로는 명절에 먹고 남은 전을 가져다주러 왔다
는 모양이지만 테이블 위에 놓인 머그잔 안에 커피를 마신 자국이 말
라붙어 있었고, 소파 위에는 펼쳐놓은 상태로 뒤집어 둔 만화책이 놓
여있었다.

정황상 형사님은 잠들어 있는 선생을 내버려 둔 채 한동안 여기서
시간을 보내고 있었다. 단순히 먹을거리를 가져다주러 온 사람이라
면 커피를 마신 시점에서 십 수분 내외로 자리를 떠나는 게 일반적이
다. 본래 목적과는 별개로 그는 선생에게 달리 용건이 있었다는 뜻이
다. 직업이 직업인지라 형사님도 함구하려는 기색이 보여서 나도 굳
이 캐물을 생각은 없었는데, 현석이와의 면식을 설명하는 과정에서
부득이하게 자신이 작년에 있었던 여고생 실종사건의 재수사를 담당
하게 되었다는 사실을 밝히게 되었다. 다만 등산로에서 발견된 백골
사체나 재서라는 학생의 기이한 진술에 대해서는 선생이 덧붙이듯
이야기해줬는데, 그 와중에 못마땅하다는 듯 선생을 흘겨보는 형사
님의 시선을 내가 목격했던 것은 순전히 우연이었다.

"김현석 씨라 하셨던가요? 설화의 담당을 지내고 있는 낭만이라고
합니다. 지인들은 흔히 선생이라 부르죠. 설화야, 친구분께 커피라
도 내드리렴."

협회에서 지정한 아카데미에서 4년간의 교육과정을 수료하고 나면
마찬가지로 협회에 소속된 마법사의 밑에서 일정 기간을 수습으로
지내야 하는데, 여기서 수습을 받아준 마법사를 흔히 담당이라고 부
른다. 수습 기간은 담당의 재량에 달렸지만 보통 3~4년이면 끝난다
고 한다. 나는 올해로 3년째지만 딱히 아카데미에서 배웠던 것 이상

의 뭔가를 배운 것 같지는 않다. 이쪽을 본업으로 삼을 생각도 없고 이미 직장도 있으니 조급하진 않다. 그래도 내년 안에는 마무리됐으면 하는 바람은 있다.

특유의 허스키하면서도 매끄러지는 목소리로 유창하게 자기소개를 건네며 악수를 청하는 선생의 모습은 전술한 괴멸적인 첫인상과는 확실히 괴리가 있는 것이라서 현석이는 통성명을 하는 내내 사자 고기를 뜯어먹는 순록을 발견한 철학가 같은 표정으로 어리둥절하고 있었다. 마뜩잖아하면서도 시키는 대로 커피를 타러 자리를 옮기는 내게 의미도 없이 시선을 던져왔지만, 이미 다정이네에서 반쯤 쫓겨 나다시피 나와야 했던 일로 신경이 잔뜩 예민해져 있던 나는 애써 짜증을 삭히며 무시하기로 했다. 현석이와 형사님은 각각 손님용 소파를 하나씩 차지해서 사선으로 마주 보는 자리에 앉았고, 선생은 애용하는 일인용 소파에 다리를 꼬고 앉아 내게 얻어간 담배의 끝부분을 양손으로 잡고 이리저리 만지작대고 있었다. 여러모로 이미지가 나빠진 현석이도 그렇고 면식만 있을 뿐인 형사님도 그렇고 옆자리가 불편하기는 매한가지라서 나는 사무용 책상 끝에 엉덩이를 걸치고 기대는 요령으로 서 있어야 했다. 아무튼 모두가 자리를 잡은 걸 확인한 선생이 이내 약간 구겨진 담배를 내려다보던 시선은 그대로 두고 입을 열었다.

"그럼 하시고 싶은 이야기들이 있을 테니 각자 한 말씀씩 해주시죠. 그런 다음 제가 전체적으로 정리하고 의견이 있으시면 말씀해주시는 식으로 진행했으면 하는데, 다른 방안이 있으시면 제안하셔도 괜찮습니다."

각자라고는 했지만 사실상 초면인 현석이에게 건네는 말이었고 녀석도 딱히 이견을 내놓지는 않았다. 사내자식이 좀스럽게 눈치나 살피면서 내게로 곁눈을 주는 게 고깝기는 했지만, 고개만 살짝 까닥여서 신호를 줬다. 이후에는 자연스럽게 대질 면담 같은 분위기가 형성돼서 먼저 현석이가 작년에 자신의 교실에서 있었던 일련의 사건과 혜명이가 실종된 이후의 일들을 선생에게 털어놓았고, 이어서 내가 현재 다정이의 상태와 그녀의 방을 살펴본 결과를 보고하는 순서로 이야기가 진행됐다. 형사님은 현석이가 이야기하는 중에 이따금 눈살을 찌푸리거나 혀를 차면서 불쾌한 내색을 보였는데, 아마 본인에게 진술했던 내용에서 누락되었던 사실들이 드러났기 때문이리라 추측할 수 있었다. 그리고 선생이 가볍게 언급만 했던 혜명이의 시신이 발견된 정황과 재서라는 학생이 진술한 내용에 대해서 형사님이 상세히 설명해주는 데까지 대략 30분 정도가 걸렸다. 아마 직업상 밝힐 수 있는 부분은 상당히 제한적이었겠지만 정보가 부족하다고 느낄 만한 지점은 없었다. 듣기로 수사가 그다지 진척되지는 않았다는 모양이니 어쩌면 본인도 알고 있는 게 많지 않았을 수도 있겠다.

문득 시계를 확인하니 이제야 3시 반을 넘어가고 있었다. 이런저런 일들이 있었지만, 아직 날이 밝았고 저녁 시간까지도 제법 여유가 있었다. 이따금 담배를 만지작거리던 손가락을 제외하면 거의 부동자세로 듣는 둥 마는 둥 하던 선생은 형사님이 말을 마친 뒤에도 한동안 멍한 표정으로 잠자코 있다가 이내 꾸깃꾸깃해진 담배를 입에 물고는 한 모금 태워낸 뒤에야 입을 열었다.

"세 분의 이야기를 따로 들으면 전부 다른 사건처럼 들리네요. 등산로에서 발견된 백골 사체, 시간 순서가 어긋나는 기이한 체험담, 복수를 위해 부활했다는 동급생까지. 실제로는 모두 한 사람에게 일어난 일인데 말이죠."

무슨 말을 해도 구태여 의미심장하게 이야기하는 것은 선생의 좋지 않은 버릇이었다. 선생의 단평은 마치 우리가 간과하고 있던 맹점을 찌른 것처럼 들렸고 실제로도 그녀가 지적한 부분은 대다수 관계자들의 관심사에서 유리돼있던 사실이지만, 그건 오히려 선생이 지적한 대목이 대다수 관계자들의 가치판단에서 밀려난, 상대적으로 중요성이 떨어지는 정보였다는 반증일 뿐이었다. 형사님이 곧바로 반론을 꺼낸 것도 그 때문이었을 것이다.

"확실히 네 말대로 등산로에서 발견된 백골 사체는 혜명 학생의 것이었고, 재서 학생의 눈앞에서 사라졌다는 당사자도 혜명 학생이었고……. 천다정이라고 했던가? 그 학생이 되살아났다고 주장하는 인물도 혜명 학생이기는 했지."

거기서 잠깐 뜸을 들이고는 이내 말을 이었다.

"하지만 어느 경우에도 그녀는 피해자에 가까운 입장이었지 사건의 주체라고 보기는 어려워. 굳이 따지자면 각 사건의 공통분모 정도가 되겠지. 중요한 인물이기는 하지만 실마리가 될 단서로서의 가치는 없을 거라는 게 내 견해야."

아무리 사체로 발견됐다지만 그래도 십수 년 동안을 멀쩡히 살아있던 애를 두고 단서 운운하는 건 조금 매정하다고 느꼈다. 다만 수사관으로서의 그의 견해에는 동의할 수 있었는데, 앞서 관계자들이 증언했던 오컬트 개소리들이 전부 사실이라고 가정해도 혜명이의 존재는 사연의 당사자로서 기능하지 않았기 때문이다.

그녀는 어디까지나 문제의 원인을 제공하고 당사자들에게 간접적으로 영향력을 끼친 객체였을 뿐이다. 때문에 그녀가 각 사건의 공통분모라는 사실을 공고히 하는 것이 모든 문제의 해결로 이어지는 첫걸음인양 서두를 놓은 선생의 발언에는 동의하기 어려웠던 것이다.

그러나 선생은 표정 하나 바꾸지 않고 연신 담배만 태우다가 문득 생각났다는 것처럼 허벅지에 팔꿈치를 받치고 상체를 약간 앞으로 기울이며 입을 열었다.

"좋은 견해였지만 쟁점을 잘못 잡았어, 선배. 이 문제는 '한 사람한테 일어난 일'이라는 대목이 아니라 '전부 다른 사건처럼' 들린다는 게 쟁점이었으니까. 다들 잊고 있는 모양인데, 실제로 벌어진 사건은 1년 전 서혜명 양의 실종사건 하나뿐이야. 그것만 해결하면 나머지 부차적인 문제들은 자연적으로 해소되겠지."

선생에게는 내일 해가 동쪽에서 뜰 거라는 것처럼 당연한 얘기였던 모양이지만, 그건 선생이 알고 있는 것들을 듣고 있는 우리도 알고 있으리라는 전제가 성립했을 때의 얘기다. 형사님이 말씀하셨던 등산로 백골 사체 사건은 확실히 실종사건에서 파생된 문제였고 굳이 따지자면 중요도에 따른 순서의 문제일 뿐이었다. 그러나 다정의 정신병적 주장만큼은 달랐다. 그것은 실종이 아니라 사망을 전제로 한 이야기였다. 게다가 재서의 진술은 시간대조차 맞지 않는다. 애석하게도 의무교육 과정에서 독심술을 배운 적은 없다.

형사님이 즉각 반박했다.

"잠깐만. 실종사건은 작년에 사실상 종결된 셈이고 실제로 올해 벌어진 사건은 등산로에서 발견된 백골 사체 사건이야. 부차적이라고 하면 실종사건의 재수사가 부차적인 문제겠지."

"본질을 호도하지 마, 선배. 행정상의 기록이 사실과 어긋나는 경우는 얼마든지 있어 다시 말하지만 여기 모인 세 사람을 곤란하게 만들고 있는 세 가지 문제—— 등산로 한복판에서 부자연스럽게 발견된 백골 사체와 이재서 양의 기이한 목격담, 그리고 천다정 양의 정신병적인 주장은 모두 서혜명 양의 실종사건에서 기인한 부수적인 문제일 뿐이야. 등산로에서 발견된 백골 사체의 미스터리가 실종사건의 재수사로 이어졌다는 발상은 오히려 사건의 순서를 역행하고 있어. 그보다는 경찰이 실종사건을 해결하지 못한 결과 등산로에서 백골 사체가 발견됐다고 이해하는 게 타당하지. 요컨대 이건 경찰 수사의 실패를 제 손으로 만회할 기회이면서 동시에 과거의 실책을 반성해야 할 상황이라는 뜻이야."

선생에게 별다른 의도는 없었겠지만 듣는 사람이 대학 선배이기 이전에 현역 경찰이었으니 그 말은 당신네가 일을 제대로 하지 않아 문제가 커졌다는 뜻이나 다름없었다. 본인도 그런 뉘앙스를 자각하고는 있었는지 못마땅하다는 눈으로 나직이 신음하는 형사님의 노골적인 반응에도 예상했다는 듯 크게 동요하는 기색은 없었다.

"설화도 할 말이 있지 않니? 가감 없이 얘기해보렴."

"네?"

돌연히 호명 당한 탓에 조금 놀라서 무심결에 얼빠진 소리를 내고 말았다. 선생은 전부 꿰뚫어 봤다는 양 행동하면서 뻗대기를 좋아하는 성격은 아니다. 당신 말마따나 할 말이 없었던 건 아니지만, 막상 멍석을 깔아주면 오히려 나서기가 민망해진다는 감각을 선생은 잘 이해하지 못하는 걸지도 모른다.

백골 사체 건의 경우에는 처음 들었을 때부터 막연하게 실종사건의 연장선으로 이해하고 있었으니 형사님의 반론이 얼마 가지 않아 선생에게 좌초당할 것이라고는 예상할 수 있었다. 본인도 모르지는 않았을 테지만, 어지간히 반사회적인 인물이 아니고서야 무의식적으로라도 소속집단의 이익을 우선하려는 사고방식을 갖는 것은 부자연스러운 일이 아니다. 하물며 혜명이의 실종사건은 1년 전의 일이고 재수사가 진행된다면 당시의 자료들을 토대로, 하다못해 참고하지 않았을 리 없다. 당시 수사기록을 우선한 수사방침이 내부적으로 존재하고 있었다면 형사님의 반응도 크게 이상한 것은 아니었다. 아무튼 선생이 설명하지 않았더라도 백골 사체의 문제가 혜명이의 실종사건에서 출발했음을 부정할 수는 없는 것이었다. 그러나 선생이 설명한 내용만으로는 두 사건의 인과관계를 납득할 수 있을 뿐, 사체가 등산로에서 발견됐다는 부자연스러운 정황에 대해선 설명하기 어렵다. 그 부분을 차치하고 본다면 남은 문제는 두 가지. 죽은 혜명이가 부활했다는 다정이의 주장과 목전에서 혜명이가 사라져버렸다는 재서의 진술이다.

나는 잠시 할 말을 정리한 다음 책상의 안쪽 귀퉁이 부근의 그을린 자국에 담배를 비벼 끄고 입을 열었다.

"다정이의 주장과 재서의 진술은 모두 혜명이의 실종사건과 무관하다고 생각해요. 하나씩 따져보면."

손가락을 하나 펼치면서 말했다.

"우선 첫 번째로 다정이가 안고 있던 문제의 본질은 부활한 사자(死者)가 가져올 죽음에 대한 공포라고 볼 수 있겠죠. 고전소설 중에는 프랑켄슈타인과 비슷하겠네요. 그렇다면 이 문제는 애초에 혜명이가 실종됐다는 데서 그치지 않고 이미 사망했다는 전제가 적어도 다정이 자신에게는 확신에 가깝게 존재하고 있었어야 성립한다고 봐야 해요. 게다가 다정이가 지금처럼 두문불출하는 상태에 이른 시기는 혜명이의 실종신고가 이뤄지고 얼마 지나지 않았을 시점이었어요. 요컨대 아직 혜명이가 죽었다고 확신할 만한 근거가 없는 시기의 일이었다는 뜻이죠. 그래서 저는 실종사건과는 별개로 다정이는 어떠한 극적인 사건을 겪거나 혹은 부득이하게 말려들었고, 그것이 혜명이가 사망했다는 확신을 심어줄 만한 원인이 되었으리라 추측하고 있어요."

그게 아니라면 그 당시에 다정이가 혜명이의 사망을 확신할 수 있을 만한 이유가 없었다.

그 애의 방을 돌아보면서 잠깐 생각했던 것처럼 다정이가 직접 손을 썼다면 확실히 그녀가 혜명이의 사망 사실을 알고 있어도 이상하지 않았겠지만, 그 애는 일개 고등학생일 뿐이다. 일단 사람의 시체라는 것은 사지육신 건강한 성인이 옮기기에도 무겁고, 그 이전에 사람을 죽여 놓고 멀쩡한 정신으로 있을 수 있는 사람은 그렇게 많지 않다. 오늘 그 애가 내게 보여준 일련의 불안정한 모습들을 보면 명명백백하다. 그 애는 사람을 죽여 놓고 냉정하게 사체유기를 고려할 수 있는 인간이 아니다. 어떻게든 이성적인 판단력을 유지한 상태였더라도 요즘 같은 세상에 경찰에서 본격적으로 수사에 나서면 시체를 처리하는 과정에서 반드시 꼬리가 잡힌다. 자가용은 고사하고 면

허도 없는 고등학생이 시체를 끌고 시체가 발견된 뒷산까지 이동하는 것부터 무리인 데다가, 무엇보다도 시신이 등산로 한복판에서 발견된 미스터리는 누구를 범인으로 가정해도 해결되지 않는다.

다음으로는…….

"재서의 경우에는 선생님께서 말씀하신 대로 실종사건의 재수사 과정에서 나온 진술이었으니 연관성이 있어 보이지만, 그렇다고 하자니 실제 실종된 시점과 시간대가 맞질 않아요. 혜명이의 실종신고가 이뤄진 건 11월 중순의 일이었지만 실제로 종적을 감춘 시기는 중간고사가 끝난 10월 중순으로부터 대략 2주 뒤, 11월 상순의 일이라고 방금 형사님께서도 말씀하신 바가 있죠. 요컨대 실제로 실종된 시기와 사건으로 다뤄지게 된 시기에 2주의 간극이 존재한다는 거예요. 재서가 말한 대로라면 혜명이의 행적이 묘연해진 시기는 중간고사를 마치고 한 달 뒤, 그러니까 실제로는 실종신고가 들어갔던 11월 중순이 돼요. 재서라는 애는 눈에 보이지 않는 거대한 무언가가 그 애를 통째로 집어삼킨 것 같았다고 했던가요? 재서의 진술에는 실종 시기의 문제 말고도 인간 소실의 문제가 남아있어요. 앞서 언급한 다정이의 주장과 마찬가지로 정말로 사람이 증발하듯 사라져버렸을 리는 없으니 재서라는 애한테도 그렇게 생각하게 된 원인이 있을 테고, 그렇다면 이 사건은 각각 개별적으로 당사자들의 문제를 다루는 게 옳은 접근이라고 생각해요. 저는 이 문제들이 실종사건의 해결과 동시에 해소될 거라고 생각하는 건 지나치게 낙관적이라고 봐요."

사실 재서의 진술은 내 입장에서 직접적인 이해관계가 있는 사안은 아니었다. 굳이 깊이 다룰 필요는 없다고 생각한 것도 사실이다.

결국 선생의 의견대로라면 실종사건의 해결이 다른 부차적인 문제들의 해소로 이어질 테고, 그 부차적인 문제에는 다정이가 외부인을 상대로 강박적일 정도의 경계심을 보이면서 두문불출하고 있는 원인도 포함되는 것이었다. 하지만 내게는 내 나름의 생각이 있었고, 그에 따라 도출한 결론대로라면 다정이가 그렇게 된 데에는 혜명이의 실종사건과는 별개의 원인이 존재해야 했다. 선생의 발상은 평소 그녀의 대화습관처럼 불필요하게 에두르는 것이었고, 나는 그런 답답한 방식에 동조하고 싶지 않았다.

시키는 대로 가감 없이 이야기를 마쳤지만, 선생은 무슨 생각을 하는지 한동안 함구하고 있을 뿐이었다. 애초에 반론을 내놓을 생각이 없었던 건지, 그냥 아무 생각이 없었던 건지는 몰라도 예상했던 것보다 심심한 반응에 의아해하고 있자니, 이내 태우던 담배를 재떨이에 비벼 끄고는 마지막 당사자를 상대로 입을 열었다.

"선생님께서는 어떻게 생각하시나요? 선생님께서도 설화와 같은 의견이시라면 저도 한꺼번에 정리해서 말씀을 드릴 수 있을 것 같습니다만, 생각하신 바가 있으시다면 개의치 마시고 편하게 말씀해주세요."

느닷없이 지목당한 현석이는 잠시 얼빠진 신음을 흘리면서 난색을 보였는데, 볼품없는 외관과 극렬하게 대비를 이루는 특유의 중저음으로 정연하고 격식 있는 말투를 구사하는 선생의 모습에 인식을 개선하는 과정에서 일종의 오류 같은 게 발생했는지도 모른다. 한편으로 나는 선생의 질문을 아주 무의미한 것이라 생각하고 있었는데, 저 녀석이 일련의 문제들에 대해 뭔가를 생각하고 있었을 리 만무하다고 판단했기 때문이다. 얼떨결에 말려들어서 억울하다는 생각이나 안 하면 기특할 일이다.

"아뇨, 뭐 힘들어하는 제자를 도울 수만 있다면 뭐든 좋습니다."

쟁쟁하신 선배님들 사이에서 촉망받는 유망주 되시는 우리 김 선생님께서는 무슨 모범 답안이라도 떠올렸다는 듯 의기양양한 표정을 지어 보이더니 뻔뻔스러운 줄도 모르고 그따위 소리를 입에 담았다. 그렇게나 제자를 위한다는 놈이라면 재수사가 시작되기 전부터 꾸준히 가정방문이라도 다녔어야 했다. 하기야 일개 교사 주제에 무슨 대단한 지원이나 해줄 수 있었겠느냐마는 하다못해 힘내라는 둥 괜찮아질 거라는 둥 무책임한 위로라도 해줬어야 할 일이었다. 정황 증거로 추측할 필요도 없이 그렇게 하지 않았다고 떠들어댔던 건 이 녀석 본인이었다. 그런 놈이 제자를 도울 수 있다면 운운하는 것도 유머였지만 그 이전에 그건 질문에 대한 대답도 아니었다. 선생도 뭔가 짐작하는 게 있었던 건지 아니면 단순히 자랑스럽다는 얼굴로 동문서답을 해대는 꼴이 우스웠을 뿐인지는 몰라도 "아, 그러시군요"하고 짤막하게 답하는 목소리에 희미하게 웃음기가 녹아있었다. 선생은 잠시 여유를 두고 고개를 갸웃거리거나 턱 끝을 검지로 두드리거나 하면서 뭔가를 궁리하는 제스처를 취하더니, 얼마 지나지 않아 물에 빠진 벌레 같은 몸동작으로 꼼지락거리면서 등받이 너머로 고개를 돌려 내 쪽으로 시선을 향하고는 팔걸이를 두어 번 툭툭 쳤다. 무슨 의도인 줄은 알았지만 순순히 따라주고 싶지는 않아서 일부러 모른 척하고 있으려니 그 해골 같은 얼굴로 괜스레 입술을 삐죽이면서 재촉하듯 몇 차례 더 두드려대는 것이다.

뭉개진 삽살개한테 깔려 죽은 두개골 같은 얼굴로 그런 애 같은 표정을 지으니 빈말로라도 보기 좋은 모양새는 아니라서 별수 없이 장단을 맞춰주기로 했다. 잠시 자리를 조정한 결과 소파에 앉은 내가 무릎 위에 앉혀둔 선생을 끌어안는 모습이 되었다. 올해로 30대 중반에 접어든 선생은 머리에 달고 있는 그 부슬부슬한 덩어리를 내 흉부 언저리에 부비거나 하면서 썩 만족스러워 보였지만 손님들 앞에서 이런 기이한 꼴을 하고 있으면 나 같은 보통사람은 흔히 부끄러워하기 마련이다. 선생은 이 포지션이 꽤 마음에 든 모양이라 단둘이 있을 때도 종종 엉겨대곤 하는데, 3년이 다 되도록 겪어도 거부감이 드는 짓을 공개적으로 드러내고 있자니 이건 또 색다른 느낌으로 수치스럽다.

"그럼 우선 천다정 양에 대해 얘기해보기로 할까? 설화의 견해는 그녀의 주장이 실종사건과는 무관한 별개의 사건에서 기인한 것이었으리라는 얘기였지?"

미묘한 표정을 짓고 있던 형사님은 그래도 오래 알고 지낸 사이라 그런지 크게 내색은 하지 않았지만, 그 시선에 녹아든 떨떠름한 기색을 채 감추지 못했고, 현석이는 지나가던 고양이가 돌연히 발걸음을 붙잡고 철학 담론을 읊어대는 걸 목전에서 청강하게 된 대학생 같은 얼굴을 하고 있었지만, 선생은 개의치 않고 하던 얘기를 이어갔다.

"결론부터 말하자면, 나는 다정 양이 혜명 양의 사망과 그에 이은 부활을 주장하게 된 것은 어디까지나 그녀가 실종사건의 진상과 직접적으로 연관되어있기 때문이라고 생각하고 있어. 실종사건과는 별개로 발생한 모종의 사건으로 인해 그녀가 이성적이지 못한 믿음에 빠지게 된 것이 아니라, 실종사건이 발생하는 과정에 그녀가 어떠한 방식으로로건 개입하게 되었고, 혜명 양이 사망했다는 확신과 그녀가 부활했다는 믿음을 갖게 된 건 그로 인한 결과였다고 말이야. 그도 그럴 게 이쪽의 김현석 선생님께서 말씀하신 대로라면 다정 양은 지금과 같은 상태에 이르기 전의 몇 주 사이에 극도로 방어적이고 소극적인 성격으로 변했고, 발작적인 이상행동을 보여 왔다고 했어. 그 시기가 혜명 양의 행방이 묘연해진 시기와 거의 일치한다고 했으니까, 그것이 자의적이었는가의 여부와는 무관하게 그녀가 혜명 양의 실종에 개입해있었으리라는 의심이 가능하지.”

“그렇게 말씀하시니까 꼭 다정이가 범인이라는 것처럼 들리네요?”

“범인이라니. 여기 모인 사람들이 다뤄야 할 문제의 본질은 어디까지나 실종사건이야. 종적을 감춘 주체가 있을 뿐 그렇게 되도록 만든 객체가 반드시 존재하는 건 아니라는 뜻이야. 가령 다정 양과 그 일파가 혜명 양에게 가했던 가혹 행위들에 대해 학교 차원에서의 직접적인 처벌이나 적극적인 조치는 조금도 이뤄지지 않았고, 사건은 유야무야 마무리됐지. 괜찮은 척을 하고는 있었지만 내심 그들의 악행에 합당한 응보를 기대했던 혜명 양은 그동안 쌓였던 스트레스를 해소할 길이 없었을 거야. 게다가 그녀의 가정은 화목한 분위기와는 다소 거리가 있었다는 모양이니 만약 그녀가 가출했다 하더라도 돌연한 일이었다고 보기는 어려워. 발걸음 닿는 대로 길을 걷다가 뒷산 깊은 곳까지 들어가 버렸고, 주의가 흐트러진 상태에서 어두운 산길을 걷다가 실족한 결과 옆통수를 돌부리 같은 곳에 찍혀 사망했다면? 그 상태에서 시체를 발견한 사람이 아무도 없으면 그것도 실종사건이 되지.”

“아니, 그건 아니지.”

거기서 문득 형사님이 끼어들었다.

"혜명 학생이 실제로 실종된 시기부터 실종 수사가 진행됐던 한 달 반 동안의 영상기록은 전부 찾아봤지만, 그녀가 제 발로 뒷산에 들어간 모습은 확인하지 못했어. 그리고 만약 가출이었다고 하면 야밤에 산으로 향했다는 게 오히려 부자연스럽지. 굳이 가출이라고 가정하자면 차라리 길거리를 배회하다가 범죄조직 따위에 납치당했을 거라고 보는 게 자연스러워. 인신매매나 장기밀매 등으로 처분하는 과정에서 사망한 시신을 뒷산에 매장했을 수도 있겠지."

사람을 납치해서 돈 받고 장기를 팔아버릴 정도의 수완이라면, 납치한 피해자가 다니던 학교에서 차로 20분 거리의 뒷산에다가 시체를 묻어버리는 바보짓을 했을 리는 없다. 아마 형사님도 진지하게 고려한 이야기는 아니었을 터였다. 다만 그가 내놓은 가능성이 선생이 늘어놓은 가설보다는 현실적이었을 뿐이다. 아마 선생도 모르지는 않았을 것이다. 예상했던 반응이라는 듯 태연한 태도가 그걸 증명해준다.

"내 말은, 이 사건에 반드시 범인이 존재할 거라는 관념을 배제할 필요가 있다는 뜻이야. 혜명 양의 실종사건은 특정 개인이 계획하고 저지른 단순 범죄가 아니라 여러 사람들의 의지가 사소한 우연을 거대한 필연으로 바꿔나간 결과물이야. 당연히 다정 양의 경우도 마찬가지지. 우연한 사건이 그녀의 눈앞에서 일어났고, 그것을 부당하다고 여긴 그녀는 직접 그 우연에 개입해 자신의 의지대로 변질시키려 했어. 그리고 그것이 지금 그녀가 겪고 있는 불행으로 이어진 거야. 일련의 과정은 혜명 양의 실종사건과 직접적으로 연관되어있어."

"지나친 비약처럼 들리는데요."

"나는 주어진 사실과 단서에 기초해서 가능성을 확장했을 뿐이야.

정리하자면, 다정 양이 이상행동을 보이기 시작했을 때 그녀는 아직 학교에도 나갈 수 있었고, 지금과 같은 상태에 이르지도 않았어. 요컨대 이 무렵에는 아직 혜명 양의 사망을 확신하지 않았다는 뜻이야. 하지만 그녀가 성격적인 급변을 보이기 시작한 시기와 혜명 양이 실제로 실종된 시기는 거의 일치하지. 즉, 그녀는 이 시점에서 이미 혜명 양의 실종사건과 관련해 뭔가를 알고 있었거나 혹은 본인이 그 사건에 직접 관련되어 있었으리라 의심해볼 수 있어. 전부 여기 모인 사람들이 갖고 있던 정보에서 유추한 내용이지. 나는 발생 여부도 불확실한 사건을 전제로 삼는 설화의 가설이야말로 논리적인 비약이라고 보는데.”

떨떠름하기는 했지만 틀린 말은 아니다. 무작정 수긍하기에는 무리가 있었지만, 고개를 뒤로 꺾어서 나를 올려다보는 선생의 시선을 괜스레 피하면서도 마땅히 내놓을 반론이 없었다. 등산로 백골 사체 사건을 설명할 때도 그랬지만 전혀 무관해 보이던 다정이의 문제까지 실종사건과 엮어내는 데에 이르자 선생을 바라보는 현석이의 시선에서는 의구심 따위를 찾아볼 수 없게 되었다. 살짝 넋이 나간 것처럼도 보인다. 반면에 형사님은 한 손으로 입가를 가린 채 미간에 한껏 주름을 잡고 뭔가를 생각하는 듯 보였는데, 그러고 보면 이 사람은 사건의 해결 여부가 곧장 커리어로 이어지는 입장이었다. 그럴싸한 의견이라고 일일이 동조하고만 있을 수도 없는 노릇일 테니 그야 고민이 많아질 법도 하다.

“그럼 이제 재서 양의 목격담에 대해서만 설명하면 되는 건가?”

선생이 체구가 작다고는 해도 발육이 더딘 중학생 정도다. 무릎 위에 앉은 채 발버둥을 치면서 기지개를 켜면 안 그래도 살집이 적은 몸뚱이라 엉덩이뼈가 허벅지를 찔러 대서 아프단 말이다. 견갑골이 두드러지는 어깻죽지를 가볍게 두드려서 제지했다. 선생은 이따금 나잇값을 못 할 때가 있다.

"선배나 설화가 그 목격담에서 제기한 문제점은 두 가지였지? 첫째로는 실제 사건 경과와 맞지 않는 시간대, 둘째로 상식적으로 설명되지 않는 인간 소실의 수수께끼. 여기서 선배와 내가 논의한 대로라면 재서 양이 이상의 문제점을 내포한 진술을 거짓으로 꾸며냈을 가능성은 적고 관계자의 강압이 있었을 경우도 생각하기 어려워. 즉, 그녀에게 있어서 혜명 양은 11월 중순에 실종됐고 불온한 분위기를 드러내며 상가 건물의 골목 안쪽으로 들어갔다가 돌연히 자신의 눈앞에서 사라졌다는 뜻이야. 실제 사실관계와는 무관하게 말이지."

"그래서 이쪽의 설화 씨는 재서 학생이 그렇게 생각하게 된 원인을 찾아야 한다고 주장했던 거지. 다정 학생의 문제는 네 말마따나 그 애가 이상행동을 보이기 시작한 시기와 연결 지어서 실종사건과의 관련성도 설명할 수 있었다 치자. 하지만 재서 학생의 경우에는 다른 사안들과는 다르게, 좀 신랄하게 말하자면 혼자서만 딴소리를 하고 있는 셈이야. 실종 건과 관련해서는 시기적으로 일치하는 부분도 아예 없고, 혜명이가 되살아났다느니 운운했던 다정 학생의 헛소리가 순전히 혼자만의 주장이었던 데 반해서 얘는 자기가 현장을 목격했다고 진술했어. 그것도 뻔히 CCTV에 찍혀놓고서 말이야. 네 말대로라면 이것도 실종사건의 연장선에 있다는 얘긴데, 솔직히 다정 학생 건은 그렇다 쳐도 이 경우에는 설화 양의 의견이 좀 더 일리가 있다고 봐."

사실 형사님의 입장을 고려해보면, 그에게 천다정이 주장한 혜명이의 부활 따위는 아무래도 좋은 일이었다. 애초에 그가 담당하고 있던 사건은 등산로에서 발견된 백골 사체 건이었고, 실종사건의 재수사는 그 과정에서 부수적으로 발생한 문제였다. 이것이 그의 입장에서 보았을 때의 인식일 뿐이고 실제로는 그 반대라는 사실을 알아차리는 건 어렵지 않다. 굳이 선생이 세세한 해설을 늘어놓을 필요도 없이 수사가 이대로 장기화된다면 자연스럽게 개선될 문제였다는 뜻이다.

재서의 진술도 마찬가지다. 실종 시기의 불일치 문제는 단순히 그녀 개인의 착각이나 간주해도 무방하고 1년이나 지난 일이니 잘 기억나지 않았다고 해도 오히려 당연한 일이다. 인간 소실의 수수께끼는 그냥 뭔가를 잘못 봤다고 하면 그만일 일이고, 극단적으로는 수사상 혼선을 야기하는 정보로 판단하고 배제할 수도 있다. 단순한 착각이 아니라 실제로 당시까지 혜명이가 살아 있었고 우연히 거리를 배회하던 그녀의 생존을 재서가 목격한 것이라면 또 모를까, 재서는 혜명이가 실종된 2주 동안 그녀가 교실에서 지내는 모습을 목격한 바 있다고 진술했으니 그것도 아니다. 재서의 진술은 그냥 감수성이 넘치는 한창때의 여고생이 떠올릴 법한 망상이었다고 치부해도 도의적으로 문제 될 게 없었다. 실종사건과는 별개의 원인에서 기인한 착각이었다는 결론이 사건을 수사하는 입장에서는 이롭다. 다시 말해 죄다 실종사건과 엮어버리려는 선생의 견해보다는 내가 제시한 의견이 형사님에게는 유리했으리라는 뜻이다. 물론 선생이 앞선 두 사례에 적용했던 논리의 전제가 될 만한 조건이 재서의 진술에는 존재하지 않았고, 이 때문에 내 견해가 상대적으로 그럴듯하게 들렸을 뿐인지도 모른다. 입 밖으로 내뱉던 중에는 몰랐지만, 막상 내가 듣기에도 내 의견은 제법 설득력이 있는 것처럼 보였다.

그러나 선생은 크게 동요하는 기색도 없이 입을 열었다.

"마치 재서 양의 진술이 단순한 착각이거나 망상이기를 바라는 것처럼 들리지만 그건 차치해두기로 하고, 나는 오히려 재서 양의 진술이야말로 앞서 정리한 두 개의 문제보다 이 사건의 본질에 맞닿아 있다고 생각해. 굳이 혜명 양의 사건에 한정하지 않더라도 실종자가 실종에 이르는 현장을 직접 목격했다는 증언은 흔히 들을 수 있는 게 아니라고. 사실 여부와는 무관하게 선배는 그녀의 진술을 좀 더 중요하게 여길 필요가 있어."

"하지만 그 애의 진술이 거짓말이었다는 건 이미 영상자료로도 증명된 사실이잖아요. 거짓 진술이 본인의 자의에 의한 것이었는지 별개의 사정이 있었는지는 몰라도 이제 와서 진위를 차치하고 생각한다는 건 무리가 있다고 생각해요."

재서가 안고 있는 개인적인 문제를 해결하겠다고 한다면 선생의 의견은 일리가 있었다. 형사님께서 묘사한 그녀는 대인관계에 적극적이지 않고 지나치게 객관적이며 한편으로는 자신의 감정을 그리 중요시하지 않는 성향인 듯했다. 이 때문에 자신이 혜명이와 어떤 관계를 맺고 있는지를 분명히 하지 못했고 원만한 교우 관계를 이루는 데에 실패했다. 그런 애를 상대하는데 말 같지도 않은 소리하지 말고 바른대로 불라고 윽박질러봐야 제대로 된 소통이 가능할 리 없다. 신뢰 관계를 만들어야 한다면 우리가 그 애와 같은 것을 믿고 있다는 확신을 줄 만한 위장이 필요하다. 그리고 그렇게 형성된 신뢰 관계를 바탕으로 적절한 회화를 통해 그 믿음의 근원을 하나씩 거슬러 오르는 게 가장 이상적인 방법일 것이다. 만약 그녀에게 문제라는 게 있다면 말이다.

선생은 꿈틀거리는 동작으로 내 가슴에 뒤통수를 깊게 파묻으면서 거의 눕다시피 하고는 말했다.

"지금 시점에서는 재서 양이 완전히 거짓말을 했다고 단정할 수 없어. CCTV가 골목 안쪽까지는 비추지 않았다고 얘기해준 건 선배였잖아. 그럼 재서 양이 영상에 찍혔던 그날 골목 안쪽에 있던 혜명 양과 마주쳤을 가능성을 아주 부정할 근거는 없는 셈이지. 혜명 양의 행방이 묘연해져 있던 2주간의 목격 증언이 죄다 망상이었더라도 마지막 날 재서 양이 목격했다는 인간 소실의 수수께끼는 마냥 헛소리로 치부할 수 없다는 뜻이야."

"그럼 애가 눈앞에서 연기처럼 사라졌다는 얘기를 믿어보자는 소리냐? 잊지는 않았겠지만 이번 사건은 전부 인간의 소행으로 설명할 수 있다고 말했던 건 너였어. 이제 와서 말 바꿀 생각은 말라고."

선문답처럼 같은 자리를 도는 선생의 대답은 확실히 진력이 날 만한 것이었지만, 그걸 감안하더라도 형사님은 삿대질까지 해대면서 꽤 격하게 반응했다. 선생과 형사님은 대학 시절부터 알고 지냈다고 했으니 얼굴 보고 지낸 시간만 해도 나보다 두 배는 오래된 사이다. 얘기가 길어질 때마다 이런 식으로 신경질을 부릴 정도였다면 꼬박꼬박 찾아와서 반찬을 나눠주거나 하는 사이는 되지 않았을 테다. 아무리 신사적인 사람이라도 감정이란 건 때에 따라 기복이란 게 있는 법이니 어떻게 매번 한결같을 수야 있겠느냐마는, 내가 보기에는 어쩐지 형사님이 뭔가에 쫓기는 사람처럼 초조해 보였다. 그 와중에 선생은 썩 고민에 찬 표정으로 팔짱을 끼고 고개를 갸웃거리고 있었는데, 그래도 건장한 성인 남자가 한껏 짜증이 나서 공격적으로 몰아세우면 아무리 선생이라도 긴장이 되는구나 싶어서 걱정이 되려던 찰나 그 좁아터진 어깨를 한층 웅크리면서 뭔가 낙심한 기색으로 한숨을 푹 내쉬더니 오른손을 내 쪽으로 슬쩍 내밀어 보이는 것이었다. 이건 또 무슨 제스처인가 짐작해볼 필요도 없었다. 어이없어하면서도 노골적으로 벌어진 그 검지와 중지 사이에 담배를 꽂아주는 나도 참 모질지 못한 사람이라고 느꼈다.

불을 붙이고 빨아낸 만큼 뱉어내면서 선생은 말했다.

"했던 말을 번복할 생각은 없어. 죽은 사람이 되살아난 일도, 시체가 땅속을 기어서 이동했던 일도, 눈앞에서 사람이 증발해버린 일도, 전부 인간의 의지가 개입할 수 있는 범위 내에서 일어난 일이야. 그리고 내가 이렇게도 말했었지. 지금 내가 가진 발상을 그대로 얘기해줘도 선배가 거기에 납득할 수 있을지는 별개의 문제라고 말이야. 이 자리에서 결론만 내놓고 끝내자면 나도 편하지만 그래서는 아무것도 바로잡을 수 없어. 한 달이나 헛물만 캐고 있다고 했으니 그야 초조해지는 것도 이해는 하겠지만 나한테 화풀이를 해봐야 뭐가 해결되는 것도 아니라는 건 선배도 알고 있으리라 믿어."

형사님은 잠시 선생을 향해 짜증 서린 시선을 쏘아대다가 이내 뭐라도 토해낼 것처럼 거창하게 한숨을 내쉬더니 혀를 한 번 차고는 맘대로 하라는 듯 백기를 흔드는 패잔병마냥 오른손을 설렁설렁 흔들어 보였다. 확실히 1년이나 지난 사건이라면 새로운 단서가 나올 리도 만무하고 참고인들의 진술도 신용도가 떨어진다. 수사에 진척이 있었을 리가 없는데 그 상태가 벌써 한 달째라고 했다. 초조한 모습을 보일 만도 했다.

그러고 보면 현석이는 실종사건과 관련해서도 그렇고 이 자리에서도 그렇고 완전히 외부인이었는데, 그게 느닷없이 신경 쓰여서 문득 살펴보니 험악해진 분위기에 뭐라도 한마디 거들어서 중재를 해야 하나 입가를 꿈틀거리고 있었다. 쟤는 저대로 내버려 뒤도 되겠다는 일종의 확신에 가까운 관념 같은 게 생겼다. 학창시절에도 그랬지만 매사에 적절한 거리감이라는 것을 파악할 줄 아는 녀석이었다.

선생은 물고 있던 담배를 입으로만 몇 번 뻐끔거리다가 입을 열었다.

"일본의 민간전승에 가미카쿠시(神隱し)라는 게 있지."

"네?"

가미카쿠시라 하면 일본에서 돌연한 행방불명을 이르는 관용구라고 알고 있었다. 직역하면 '신이 숨겼다'는 뜻. 즉 사람이 실종되면 그것은 단순히 납치를 당했거나 들짐승에게 잡아먹힌 것이 아니라 어떤 신적인 존재가 데리고 간 것이라는 발상이다. 저 옛날에 동네마다 감시카메라가 달려있었을 리도 없고, 에도 시대 이전까지만 해도 여기저기서 전쟁이 터져대던 나라가 치안이 제대로 유지됐을 리도 만무하다. 게다가 민간신앙도 뿌리가 깊었으니 사람이 갑자기 실종되면 그거야 신께서 데리고 가셨다고 해도 이상하지는 않다. 그런데 그 얘기가 지금 맥락에 어울리는가 하면 그건 또 다른 얘기라는 것이다.

선생은 계속 말했다.

"일본에는 신도(神道)라는 토착 신앙이 조몬(縄文)시대 때부터 널리 받아들여지고 있어. 메이지 무렵의 국가 신도를 포함해서 역사적인 변천 과정은 일단 차치해두고, 지금은 흔히 야오요로즈가미(八百万神)로 대표되는 신화적 세계관 정도만 알아둬도 무방하겠지. 신도에서 모시는 가미(神)라는 존재는 흔히 조령(祖靈)에 기원을 두고 있거나 자연물을 숭상의 대상으로 관념화시킨 존재라서 아스가르드의 애시르 신족이나 아브라함 계통의 종교에서 숭배하는 절대적인 유일신에 비해 친숙한 존재처럼 받아들여지는 편이야. 실제로 이 가미라는 존재들이 인간 세상과 밀접한 곳에서 영향력을 행사하고 있으리라는 믿음은 여러 설화나 전승으로 확인해볼 수 있지. 물론 조상을 모시는 관습은 비단 신도만이 아니라 동아시아 국가 전반에서 확인할 수 있고 어느 나라에서건 진지하게 종교적인 예법을 갖춰서 그들을 모시는 경우는 보기 드물지만, 이름도 모르는 그들을 정성껏 대하면 우리에게 어떤 이로운 작용을 가져다줄 것이라는 믿음은 크게 다르지 않아. 조상님이 복권 당첨번호를 점지해주실 거라고 진지하게 믿지는 않더라도 명절에 차례를 지내면서 한 번쯤은 병풍에 대고 빌어보기 마련이잖아. 다만 그들의 신앙이 그들의 생활에 어느 정도로 오랜 기간에 걸쳐 녹아있었는지 알아둘 필요가 있다는 뜻이지. 못해도 신석기 이전부터 그들의 신, 즉 가미는 그들의 생활에 사사건건 간섭해왔던 셈이야. 동네에서 어린아이 하나가 홀연히 사라져버리면 신께서 그 아이를 어딘가에 감춰두셨을 것이라는 믿음도, 이렇게 생각해보면 무척 자연스럽지."

사람이 실종됐는데 그걸 신께서 저지른 일이라고 받아들이는 사상을 21세기의 나는 이해할 수 없었지만, 적어도 당대의 사람들에게는 그것이 당연한 상식처럼 받아들여졌다는 뜻이리라. 하지만 그래서 선생이 무슨 얘기가 하고 싶은지는 아직 알 수 없었다. 두어 번 담배를 태워낸 선생은 계속해서 이야기를 이어갔다.

"이렇게 신과 영혼에 대한 숭배가 생활 전반에 녹아있던 저 옛날의 일본에서는 누군가가 행방불명되면 그가 신의 영역으로 사라졌다고 믿었어. 신들이 사는 세계는 사후의 세계이기도 해. 때문에 간나비(神奈備)와 같이 신이 내려와 계신다고 하여 신성시되는 산이나 숲, 이와쿠라(磐座)처럼 신을 맞이해 모시는 암석, 그리고 그러한 암석이 존재하는 성스러운 영역, 히모로기(神籬) 같은 제사시설은 신역(神域)과 현세의 경계처럼 여겨져서 신령들이 쉽게 드나들지 못하도록 금줄을 쳐놓거나 사람의 출입을 금지했다고 하지. 여기서 신이란, 앞서 언급한 신성한 자리에 진좌하셨다는 추상적인 개념으로서의 신만을 지칭하는 건 아니라서 덴구나 너구리, 여우같은 요괴들의 소행이라고 보기도 하고, 그래서 가미카쿠시를 덴구카쿠시라고 부르는 경우도 있어. 오키나와현에서는 모노카쿠시라고 부르기도 한다는 모양이지만 이쪽으로는 나도 공부한 게 없어서 잘 모르겠군. 아무튼, 멀쩡하던 사람이 돌연히 사라졌다는 점에서 보자면 재서 양의 진술에 등장한 혜명 양의 사례는 가미카쿠시의 전승과 엮어볼 수도 있으리라는 얘기야."

"하지만 재서가 거짓으로 진술했다는 사실은 이미 CCTV로 증명됐었잖아요. 새삼스레 그 문제를 되짚는 것보다는 재서가 어째서 그런 믿음에 빠져버렸는지를 고민하는 게 수사관의 입장에서는 발전적이라고 생각해요."

"거듭 말하지만 CCTV 자료로 부정할 수 있는 건 어디까지나 혜명 양의 실종신고가 이뤄지기 전 재서 양이 목격했다는 2주간의 행적에 대한 진술이지 실제로 골목 안쪽에서 혜명 양이 돌연히 사라졌다는 주장을 부정할 근거는 되지 않아. 하지만 그 애의 진술을 가미카쿠시와 엮어서 고려해보자는 얘기는 그렇게 진지하게 받아들이지 않아도 돼. 그냥 그렇게 생각해볼 수도 있겠다는 얘기였으니까."

너스레를 떠는 것처럼 말은 그렇게 했지만 정말로 그뿐이었을지는 모르는 일이라고 나는 생각했다. 나는 아카데미 시절부터 소소하게 주목을 받아왔다던 선생의 경력을 알고 있었고, 그녀가 마법사로서 어느 정도의 성과를 보여 왔는지 알고 있었지만 그것이 그녀에 대한 존경심이나 신뢰감으로 이어져야 할 이유는 아니라고 보았다. 흔한 비유로 동전에는 반드시 양면이 존재하는 법이고 겉으로 드러나는 언동의 이면에는 감추고 싶은 내심이라는 것이 자리하기 마련이다. 선생이라고 다르지는 않을 거라 생각했을 뿐이다. 대충 쌓아놓은 양 모 같은 그 머리털에 뺨을 파묻고 있자면 내가 너무 꼬여있는 사람이라는 기분도 들었다. 한입 물어보면 몽실몽실할 것 같지만 잔뜩 배어 있는 담배 냄새가 괴이한 욕구의 발현을 사전에 차단하는 절묘한 밸런스를 갖추고 있어서 여러모로 안정감이 있다.

위에서 은근히 짓누르는 무게감이 괴로웠는지 희미하게 앓는 소리가 들려왔지만, 이쪽도 무릎이 저리는 걸 감수하고 있는 처지니 피차일반이다. 선생도 딱히 지적하지 않고 말을 이었으니 우리 사이에는 암묵적인 합의가 이뤄지고 있는 셈이다.

"단순 관용어가 아니라 민간전승으로서의 가미카쿠시는 신, 혹은 그에 준하는 영적인 존재들이 실종자를 신역으로 데려갔으리라는 믿음이라고 했지. 재서 양의 진술대로라면 혜명 양이 돌연히 사라져버린 장소는 상가 건물이 접해있는 틈에 위치한 골목의 안쪽이야. 영적인 의미가 있을 것 같은 장소라고 생각하기에는 무리가 있어. 이 경우에는 가미카쿠시보다 배니싱에 가깝다고 봐야겠지."

"으음…… 지미 호파 실종사건 같은 건가?"

한동안 잠자코 있던 형사님은 비교적 차분해진 목소리로 장단을 맞춰줬다. 보통은 마리 셀러스트 호를 떠올리지 않을까 싶었지만, 그야 경찰이니 그쪽 방면의 사례를 먼저 떠올리는 것도 그렇게 이상한 일은 아니다. 그보다는 멀쩡하게 생긴 형사님이 이런 대중성 없는 미스터리 현상을 알고 있다는 게 내게는 외려 의외였다. 선생이 느닷없이 가미카쿠시를 언급할 때부터 그랬지만, 현석이처럼 대화를 쫓아가지도 못하고 어쩔 줄 몰라 하면서 어리둥절하고 있는 게 가장 일반적인 반응이지 않을까. 선생은 의외로 접대에 신경을 쓰는 편이라 의도치 않게 손님을 소외시키는 구도가 된 것이 못내 마음에 걸렸는지 형사님의 말에 고개를 약간 끄덕여 대답을 대신하고는 현석이 쪽으로 시선을 돌리며 말했다. 들고 있던 담배는 절반 정도 타 있었다.

"김 선생님께서는 잘 모르시는 모양이니 제가 잠시 설명해드리자면, 배니싱이란 사람이나 물건이 아무 흔적도 없이 사라지는 미스터리 현상을 뜻합니다. 대표적인 사례로 1872년의 마리 셀러스트 호 사건이 있는데, 그해 11월 초에 공업용 알코올을 싣고 뉴욕에서 이탈리아의 제노바로 출항한 배가 다음 달 4일에 포르투갈 앞바다에서 발견된 일이 있었다고 하죠. 그런데 발견 당시에 선장을 포함한 열 명의 인원들은 어디로 증발했는지 보이지도 않았고, 구명정 하나가 사라진 상태이기는 했지만 배를 포기해야 할 만한 정황은 보이지 않았다고 합니다. 항해일지는 11월 25일까지의 분량만 남아있었다고 하니 마리 셀러스트 호는 열흘 정도를 선원도 없이 표류했다는 얘기가 되는군요. 배에 실려 있던 알코올 9통이 비어있었던 걸 근거로 마찰 등에 의해 낮은 온도에서도 점화하는 에탄올이 폭발을 일으켰고, 그 소리를 들은 승무원들이 급하게 배를 포기했으리라는 설이 현재로서는 가장 지지받고 있습니다. 이런 경우에 불은 금방 소화되고 그을음을 거의 남기지 않는다고 하더군요. 그렇게 배를 잃은 승무원들은 바다를 표류하다 사망했으리라는 얘기지만 몇 가지 의문점들이 남는다고 해서 확정적인 가설은 아니라는 모양입니다. 저도 괴담이나 도시전설에는 조예가 없어 자세히는 모르지만 선상 사고 중에서는 상당히 유명한 일화지요.”

“아…… 그것참 으스스한 얘기네요.”

사람 생각하는 건 다 거기서 거기인지 이 맥락에서 그런 얘기가 왜 튀어나오느냐는 듯 대단히 건조한 톤으로 맞장구를 치면서도 억지로 지어 보인 미소에서 영문을 모르겠다는 기색이 노골적으로 드러나고 있었다. 한편으로 형사님은 어딘가 의아해하는 듯 엄지로 턱 끝을 밀어내듯 하면서 고개를 사선으로 기울이고 있었는데, 선생의 발언에 굳이 지미 호파를 언급했던 건 단순히 마리 셀러스트 호를 몰라서 그랬던 모양이다.

“대개 배니싱 현상의 특징으로 사람이나 물건이 흔적을 남기지 않고 사라지는 것과 함께 언급되는 게 몇 가지 있는데, 실종자가 입고 있던 옷이나 사용하던 물품 등이 그 자리에 남아있다는 얘기도 있고 개중에는 사라진 사람이 수년 뒤에 발견되는 예도 있다는 모양이에요. 시체로 발견될 때도 있다고 하는데, 이 경우에는 이번에 혜명 양의 사례와 유사하다고 볼 수도 있겠습니다만, 이건 장기 미제 사건에서 드물지 않게 발견되는 사례니 무작정 미스터리 현상의 특징으로 파악하는 건 무리가 있겠죠. 게다가 배니싱 현상은 흔히 미제 실종사건에 이런저런 풍문을 가져다 붙인 괴담에 가까운 경우가 많아서, 앞서 얘기한 가미카쿠시와 마찬가지로 재서 양의 진술에 그대로 대입해볼 수는 없을 겁니다. 공통점이 있다면 누군가가 사라졌다는 사실 정도겠네요."

"잠깐만요, 선생님."

일단 끝까지 들어볼 생각이었지만 이래서야 한도 끝도 없겠다 싶었다. 형사님이 찾아온 시간은 내가 현석이를 데리고 도착하기 한 시간 전이라고 했다. 그 한 시간 동안 내내 이런 짓을 저지르고 있었다면 형사님이 초조해했던 것도 당연한 일이다.

"아까부터 말씀하시는 바의 저의를 모르겠는데요. 선생님 말씀처럼 재서가 골목 안에서 혜명이를 마주쳤다는 게 사실이라 치면 혜명이가 어째서 그런 일에 휘말리게 되었는지, 정말로 사라졌다면 어떤 원리에 의해 사라지게 되었는지, 반대로 정말로 사라진 게 아니라면 재서는 어째서 그런 증언을 하게 되었는지를 의논해야 될 일이죠. 가미카쿠시니 배니싱이니 혜명이가 사라졌다는 진술이랑 엮지도 못한다면서 자꾸 딴소리를 하시는 이유가 뭐죠?"

　의도한 건 아니었지만 다소 짜증이 섞인 어조로 묻는 나를 향해 선생은 고양이가 토해놓은 털뭉치 같은 몰골로 담배를 문 채 머리카락에 양손을 집어넣어 몇 번 헤집듯 긁적였다. 그러다 담배를 손으로 옮겨 쥐고 머금었던 연기를 길게 뱉어내며 말했다.

　"설화는 어렴풋이 눈치를 챘을 거라 생각했는데 의외구나. 선배가 들고 온 등산로 백골 사체 사건과 재서 양의 진술이 내포한 모순점, 그리고 이쪽의 김 선생님께서 말씀해주신 다정 양의 정신병적인 주장까지 실종사건과 연관된 일련의 수수께끼들은 모두 무언가가 사라진다는 심상을 공유하고 있어. 재서 양의 진술은 어느 모로 봐도 문제가 있었고 그런 문제들이 작년 11월 상순부터 당월 말이나 혹은 12월 초까지 실종사건이 진행 중이던 모종의 시점에 그녀가 개입한 데에서 기인한 것임은 의심할 여지가 없어. 그와는 별개로 먼저 언급한 세 가지 수수께끼와 실종사건에서 동시에 관측되는 소실의 이미지를 가장 직관적으로 드러나는 건 다름 아닌 재서 양의 목격담이야. 가미카쿠시나 배니싱 현상은 개중에 가장 대표적인 사례를 예로 들었을 뿐이지."

　소실의 이미지. 무언가가 사라지는 심상. 다정이가 주장하는 내용은 죽은 혜명이가 되살아나 자신에게 복수하려 든다는 것이었다. 선생에게도 말했다시피 나는 거기서 소실하는 이미지, 무언가가 사라지는 이미지가 아니라 무덤에서 되살아난 망자가 가져오는 죽음의 공포를 연상했다. 마치 제 손으로 만들어낸 괴물에게 쫓기는 프랑켄슈타인처럼. 내가 오감으로 인지할 수 있는 범위의 현실에는 생명의 불꽃을 피워내는 기술 같은 건 존재하지 않는다. 다정이를 쫓는 괴물은 그녀의 심상이 만들어낸 허상일 뿐이다. 그러니 그녀의 이야기에서 무언가가 사라졌다고 여길 만한 관념은 그녀가 지금까지 보내왔던 일상의 평화뿐이다. 그럴 처지에 놓여도 스스로 불행하다고 여길 자격이 있는 아이는 아니라고 생각하지만, 내가 한 개인으로서 타인의 불행을 연민하는 게 인간적으로 어긋난 반응이라고는 생각지 않는다. 그러나 나는 선생이 말하는 '무언가가 사라지는 심상'이라는 건 그런 추상적인 개념을 지칭하는 게 아닐 것이라고 막연하게 짐작했다.

등산로에서 발견된 백골 사체는 애초에 뭐가 사라진 것도 아니었다. 우리가 찾아오기 전에 선생과 형사님 두 사람은 처음부터 시체를 등산로에 묻었을 리는 없다는 결론을 내렸고, 그렇다면 산중의 어딘가에 매장되었을 시체는 어째서 군중의 시선에 노출된 등산로의 한복판으로 옮겨져 있었는가 하는 게 그 문제의 쟁점이었을 터였다. 형사님은 시체가 제 발로 땅속을 기어서 이동하는 이미지를 연상했고 거기서 착안해 좀비가 어쩌니 운운했다가 선생에게 비웃음을 산 모양이다. 처음 현석이와 통성명을 하면서 간단히 사건의 개요를 설명하던 중에도 웃음이 터지려는 걸 참아내는 선생을 형사님께서 떨떠름하게 흘겨보는 모습을 나는 확인한 바 있었다. 솔직히 조금 우습긴 했지만 그가 선생의 지인이라는 점을 감안하면 그럴 수도 있겠다 싶었다. 결국 재서의 진술을 제외하면 뭔가가 사라지지도 않았고, 사라졌다고 연상할 만한 일도 일어나지 않았다. 선생의 말은 불필요하게 함축적이고 추상적이어서 곧이 이해하기 어렵다. 그래서 나는 시보다 소설을 좋아하는 편이다.

"예수의 십자가 수난과 그로 인한 죽음, 그리고 부활은 기독교의 교리 중에서도 대단히 핵심적인 내용이야."

필터에 닿기 직전까지 크게 한 번 빨아내고는 연기를 입에 머금은 채 재떨이를 끌어와 꽁초를 비벼 끄고서 선생은 약간 나른함이 느껴지는 목소리로 말을 이었다.

"부활이라는 테마는 여러 신화나 전승에서 어렵지 않게 찾아볼 수 있어. 생물이란 원래가 육신이 쇠하는 걸 싫어하기 마련이고 죽음을 두려워하는 것이 보통이지만 이것을 극복해내는 생물은 그리 많지 않으니, 예로부터 불로불사나 부활은 죽음이라는 필연적인 섭리를 극복하는 서사로서 신성(神性)을 드러내기 위한 소재로는 더할 나위가 없었던 셈이지. 예컨대 이집트 신화의 오시리스는 동생인 세트에 의해 13토막이 나서 죽었지만 그의 다른 형제들이 시체 조각을 모아 부활시켰다는 이야기가 있고, 메소포타미아 신화의 이슈타르도 저승에서 사망하고 부활해서 대신 이승에 있던 애인인 탐무즈와 그의 누이인 게슈틴안나가 번갈아 가며 저승을 오고 가게 되었다고 해. 그런가 하면 그리스 신화의 오르페우스와 에우리디케의 일화처럼 끝내 죽음을 극복하지 못하고 비극을 맞이하는 경우도 있고 아스클레피오스처럼 사람을 살려냈다가 신들에게 벌을 받았다는 일화도 있어. 당대의 사람들이 불로불사나 부활이라는 개념에 어떤 외경심을 갖고 있었으리라 유추할 수 있는 적절한 예시지. 이처럼 여러 신화나 전승에서는 죽은 자의 부활은 어떠한 대가나 동등한 가치의 교환을 요구하는 경우가 많아. 그런 의미에서 예수의 부활은 죽은 자가 되살아난다는 정의에 가장 직관적으로 부합하는 사례라 볼 수 있지."

"다정이 얘긴가요?"

죽은 혜명이가 되살아나서 자신을 해치려 한다고 다정이는 믿고 있다.

　그런 되먹지 못한 애라도 명색이 그리스도라면 사랑과 관용으로 보듬어줬을지도 모른다. 그리고 나는 그래선 안 되는 거라고 생각했다. 나는 그 애가 용서를 바라는 것조차도 사치스럽고 가증스러운 일이라 보았다. 어쩐지 그 애를 생각하면 불쾌한 기분이 들었지만 그걸 동족 혐오라고 하면 지나치게 자학적인 것처럼 느껴졌다.

　선생은 내 질문에 고개를 살짝 끄덕이고는 말을 이었다.

　"예수의 부활이 기독교에서 핵심적인 교리로 작용하는 이유는 그의 부활이 그들이 믿는 유일신인 야훼께서 인류를 구원하시겠다는 약속을 지켰다는 증명이 되기 때문이야. 앞서 얘기했듯이 부활이라는 소재는 회자되는 인물의 신성을 나타내는 서사적인 상징이지. 우리가 흔히 아는 예수의 수난과 부활, 그리고 승천에 이르는 이야기는 이러한 상징의 전형이라 볼 수 있어. 간단히 설명하자면 그리스도의 십자가 수난과 그에 따른 죽음은 인류가 주님으로부터 죄악을 용서받는 과정을 의미하고, 이어지는 부활을 통해 주님께서 약속하신 구원이 실재함을 드러내는 이야기인 거야. 이는 일개 유대인 한 명이 죽었다가 되살아났다는 의미만이 아니라 기독교에서 말하는 하느님의 아들이신 예수님께서 스스로 죽음을 극복해 보임으로써 그 자신이 인간임과 동시에 하느님임을 보이는 사건으로서의 의미를 갖지. 그야말로 예수라는 인물의 신성을 나타내는 이야기라는 뜻이야. 그렇게 장사지낸 지 사흘 만에 부활하신 예수님께선 40일 만에 천국으로 올라가 아버지인 하느님의 오른편에 앉았다고 하지. 그리고 가장 보편적으로 알려진 이 예수의 부활 신화에서도 소실의 이미지를 발견할 수 있어. 그것도 추상적인 서술의 진의를 유추해서 그 내용을 해석할 필요도 없이 아주 직접적으로 명시되어 있지.”

“비어있는 무덤 말씀이신가요?”

사복음(四福音)에서 예수의 부활에 대해 공통으로 기술하는 부분이다. 말 그대로 예수를 묻었던 무덤 안에 예수의 시신이 사라져 있었다는 내용이다. 무심결에 정수리 위로 뺨을 기대고 있던 게 생각보다 무거웠는지 선생은 머리를 가로저으며 경추의 부담감을 밀쳐내고는 말했다.

“기독교에서 정경(正經)으로 인정하는 복음서는 마태복음과 마가복음, 누가복음을 총칭하는 공관복음서가 있고 여기에 요한복음을 포함해서 이를 아울러 사복음이라고 해. 이름 그대로 네 개의 복음서라는 뜻이지. 공관복음서의 경우에는 중복되는 내용이 많고 구절이나 단어가 유사성을 띄는 대목도 상당하지만 차이가 전혀 없는 건 아니고, 요한복음서는 공관복음서와는 다른 전승을 토대로 만들어졌다는 게 일반적인 견해이니만큼 여러 면에서 다른 양상을 보여. 예수의 부활에 대해서도 복음서마다 조금씩 차이를 보이는데, 그런 와중에 사복음에서 공통으로 확인할 수 있는 내용이 비어있는 무덤에 대한 서술이야. 누가복음에서는 갈릴리에서 예수와 함께 온 여자들이라고만 서술하지만 나머지 복음서에서는 마리아 막달레나, 혹은 그녀를 포함한 다른 마리아들이 예수의 무덤이 비어있음을 확인하고 눈물을 흘렸다고 하지. 그리고 이걸 계기로 예수가 체포되자마자 그대로 뿔뿔이 흩어져버렸던 제자들이 신앙심에 불타서는 예수의 부활을 주장하게 되었다는 얘기야. 생각해보면 조금, 아니, 많이 이상한 일이지.”

"글쎄, 멀쩡히 있던 무덤에서 시신이 사라졌으니 그거야 묘한 일이기는 하지만, 그걸로 예수가 되살아났다고 여겼다면 그건 그 사람들이 신앙인이었으니 당연한 반응이지 않나?"

형사님은 종교 담론을 듣기 위해 이 자리에 앉아있는 게 아니었으니 지금 상황은 그에게 퍽 마뜩잖을 터였다. 그런 와중에 별다른 내색 없이 선뜻 자기 견해를 내비치며 장단을 맞춰오는 것은 단지 그가 분위기에 휩쓸리기 쉬운 인물이라서가 아니라, 냉정해야 할 때를 아는 사람이기 때문이다.

다만 선생이 콧바람을 내쉬면서 내게 등을 기대온 의도를 모른 척할 수는 없는 일이었다.

"사복음 중 요한복음 20장의 기록에서 처음 무덤이 비어있는 걸 확인한 막달라 여자 마리아가 슬퍼하는 이유는 누군가 예수의 시신을 무덤에서 가져갔다고 생각했기 때문이에요. 즉, 무덤이 훼손되어 있고 안에 있던 시신이 사라졌는데 그걸 보고 죽은 사람이 되살아나서 무덤을 파고 기어 나왔다고 생각하는 게 오히려 이상하다는 뜻이죠. 게다가 선생님께서 말씀하신 것처럼 예수의 제자들은 예수가 체포되자마자 제 살길을 모색하러 흩어져버렸어요. 이건 그들을 결속시키고 있던 것이 비단 투철한 신앙심만은 아니었다는 방증이기도 하죠. 그러니 무덤의 시신이 사라졌다는 사실만으로 예수의 부활을 믿고 바닥을 기던 신앙심이 머리끝까지 차올라서 죽음마저 불사하는 충실한 신도가 된다는 건 부자연스러운 반응이라는 거예요."

"의외로 잘 아시네요?"

형사님께는 선생을 대신해 대답하는 내 모습이 의외였는지 헛웃음을 띤 얼굴로 재미있다는 듯 말했지만, 그것이 그의 생각보다 실례되는 반응이었다는 사실은 자각하지 못했던 모양이다.

마법에서 신학은 부수적으로 다뤄지는 분야지만 아카데미에서는 필수적으로 이수하도록 권장하고 있다. 그래 봐야 기초적인 수준이라 자랑할 만한 것도 아니고 애초에 이쪽으로는 문외한인 형사님께서 그런 사실을 알고 있을 리도 만무하니 고의적인 발언은 아니었겠지만, 조금 언짢은 기분이 들지 않을 수는 없었던 것이다.

"설화가 설명해준 것처럼 무덤에서 시신이 사라져 있었다는 사실이 망자가 되살아났다는 발상으로 이어지는 건 어딘가 이상하지. 복음서에서는 부활한 예수가 제자들 앞에 모습을 드러냈다고 하지만 기독교인이 아닌 우리에게는 영 미덥지 못한 얘기야. 그럼 예수의 제자들은 그냥 머리가 이상한 사람들이었을까? 주님을 배신했다는 자책감에 이성을 잃고 발광하던 광신도들이었던 걸까? 그럴 인간들이었으면 처음부터 예수와 함께 순교했어야 자연스러워. 그야 미안하다고는 생각했을지도 모르지만, 그냥 보통사람들이 그런 것처럼 그들도 믿음보다는 자기 목숨이 소중했을 뿐이야. 우리 같은 사람들이 고려해야 할 점은 예수가 정말로 되살아났는가의 여부가 아니라 어째서 예수의 제자들이 죽은 예수가 부활했다고 믿게 되었는가 하는 문제지. 마치 죽은 혜명 양이 부활했다고 믿는 다정 양의 경우처럼 말이야. 그러니까 혜명 양은 되살아나거나 하지 않았어. 그냥 사라졌을 뿐이지."

"그건 단순히 종교적인 일화일 뿐이야. 현실에 대입하기에는 무리가 있어. 실제로 혜명 학생의 시신은 백골이 돼서 등산로 한복판에 묻혀있었잖아. 그것도 엄청 부자연스럽게.”

그때 선생의 눈매가 약간 가늘어지면서 그 안의 홍채가 순간 형사님에게로 향하는 듯했지만, “결론만 말하자면” 그 순간에 눈꺼풀이 닫히면서 선동적인 언사와 같은 목소리로 운을 뗀 선생의 한마디에 지적할 타이밍을 놓치고 말았다.

“재서 양의 목격 증언은 일련의 문제를 하나로 이어주는 중요한 연결점이야. 내 생각이 맞다면 시간 순서대로 사건을 정리했을 때 그녀가 겪은 기이한 체험은 1년 전 여고생 실종사건의 가장 마지막에 위치하는 동시에 선배가 담당한 등산로 백골 사체 사건의 시발점이니까. 애초에 그녀가 아니었더라면 사건은 작년 말에 이미 종결됐을지도 몰라. 선배가 CCTV를 확인하고서도 그걸 중요시하지 않은 건 각각의 사건들, 정확히는 등산로에서 발견된 백골 사체를 유기한 범인과 실종사건의 진상을 별개로 두고 생각했기 때문이야.”

말을 마치면서 선생은 몸에 반동을 주는 느낌으로 무릎 위에서 폴짝 뛰어내리더니 팔짱을 끼고서 천천히 걸음을 옮겨 다니기 시작했다. 사무용 책상보다 조금 넓은 범위를 좌우로 왕복하는 경로다. 그냥 답답할 때마다 나오는 습관인 줄 알았는데, 얼마 전에 물어보니 의식적으로 몸을 움직이기 위한 방안이라는 모양이다. 굳이 더 캐묻지는 않았지만 생각이 복잡해질 때 산책을 하는 것과 비슷한 원리일 거라 짐작했다. 그것과는 별개로 아직 결론만 말하겠다는 둥 운운하는 단서를 달 단계는 아니라고 나는 생각했다. 선생의 말에는 나도 비교적 고분고분 따르는 편이었지만 그렇다고 순종적이라 할 정도는 아니었다.

"그럼 결국 재서의 진술에 내포된 문제점들이 혜명이의 실종사건에서 기인했다는 근거는 뭔가요?"

시종 발치를 향하던 시선이 순간 내게로 향하는 걸 확인했지만 선생은 그저 뒷말을 기다리는 것처럼 침묵할 뿐이었다. 그래서 먼저 하려던 말을 계속했다.

"재서의 증언은 앞선 단서들과는 시간대가 완전히 동떨어져 있는데다가 만약 선생님 말씀처럼 그 애가 진술했던 날짜에 골목 안쪽에서 혜명이와 마주쳤다고 해도 눈앞에서 사람이 증발해버렸다는 수수께끼가 해결되는 건 아니에요. 아니면 그것도 전부 거짓말이었던 걸까요? CCTV 자료가 혜명이의 당시 생존 여부는 증명해주지 못하더라도 재서가 진술한 2주간의 행적이 거짓이었다는 사실은 증명할 수 있어요. 요컨대 그 애의 진술은 신빙성이 떨어진다는 뜻이죠. 의문점이 이렇게나 많이 남았는데 갑자기 그런 식으로 결론이 났다는 것처럼 말씀하셔도, 솔직히 납득하기 어렵습니다."

"그렇지, 근거가 없기는 하지."

이전까지와는 달리 선생은 의외로 선선히 인정했다. 느린 박자를 세는 메트로놈처럼 규칙적으로 터덜거리던 발소리가 삭 하고 바닥을 비비면서 경쾌하게 반원을 그리며 회전했다. 이쪽은 내심 각오를 다지고 있었던 터라 예상과 달리 건조한 반응에 솔직히 김이 새고 말았는데, 그러나 선생은 별반 대수롭지 않다는 듯 뒷말을 이어갔다.

"그렇다고 아무 생각 없이 던진 건 아니야. 근거도 있고 단서도 있을 거야. 내가 아직 확인하지 못했을 뿐이지. 애초에 앞서 내가 설명했던 두 가지 쟁점들과 실종사건과의 연관성은 재서 양의 진술까지 포함하지 않으면 성립이 안 돼. 그러니까 오늘은 일단 파하고 적절한 시기를 잡아서 다시 모이는 걸로 하지. 나도 그 사이에 확인해야 할 게 있으니까. 설화는 어차피 다음 주에 과제 검사 받으러 올 테고, 선배는 부탁할 게 있으니까 있다가 따로 얘기하자."

"아니, 잠깐만요."

갑자기 끼어든 목소리는 사내자식의 것치고는 새된 느낌에 기백이 없었고, 강압에 못 이겨 어쩔 수 없이 나서는 듯 억울함에 차 있었다. 설마하니 이제 와서 이 녀석이 끼어들 거라고 예상했던 사람은 아무도 없었던 모양인지 나나 형사님은 물론이고 매사에 반응이 담백한 선생까지 당황한 내색을 보였다. 시선이 향한 그 자리에는 현석이가 예기치 못하게 교수로부터 지명을 받은 학부생마냥 엉거주춤하게 한 손을 들고 앉아있었다.

"저기, 실례지만 그렇게 마음대로 결정하셔도 곤란한데요. 제가 뭐 시간 좀 내달라고 하면 내줄 수 있는 그런 사람도 아니고, 적어도 다정이 문제는 오늘 중으로 어떻게 해결해주시죠. 그렇게 해주실 수 있을 거라고 들어서 찾아온 거였는데."

저 자세로 나긋하게 흘려보내듯 하는 말투와는 다르게 그 내용은 실로 뻔뻔스러운 것이었다. 도대체 누구한테서 그따위 소리를 들었는지는 모르겠지만 오후 내리 이 녀석과 동행하고 있던 사람은 나뿐이었고, 직전의 발언과 엮어서 생각해보면 내가 되지도 않는 감언이설로 꼬드겨서 이 녀석을 데리고 왔다는 그림을 연상하지 않을 수 없다. 걸음을 멈춘 선생은 의아하다는 듯 나를 쳐다봤지만, 그래 봐야 나도 모르는 일이라 무슨 대답을 해줄 수도 없는 노릇이었다.

얼마 지나지 않아 얼추 상황을 파악했는지 뒷짐을 지고 현석이에게
로 걸음을 옮기는 선생의 표정은 그리 밝아 보이지 않았다. 아니, 평
소에도 뭐 그렇게 긍정적인 얼굴로 지내는 사람은 아니었지만 내놓
고 찌증스러운 내색을 보이는 경우는, 작년에 억지로 참여했던 세미
나에서 돌아온 이후로는 처음이다.

내가 앉아있던 소파의 등받이에 한 손을 받치고 서서 선생은 말했
다.

"자, 김 선생님. 이해를 못하신 것 같으니 굳이 다시 말씀드리자
면, 선생님께서 재촉을 하시건 하지 않으시건 오늘 안에 문제를 해
결하는 건 무리라고 판단해서 향후에 일정을 잡자고 방금 전에 말씀
을 드렸던 거고, 단서가 부족하기 때문이라는 이유도 함께 설명해 드
렸습니다. 그리고 제 주장을 뒷받침할 근거는 단지 제가 확인하지 못
했을 뿐 분명히 존재한다는 이야기도 들으셨겠죠. 조금 무례하게 들
릴지도 모르겠습니다만, 저도 그렇게 시간이 남아돌아서 이렇게 여
러분들과 갑론을박을 벌이고 있는 게 아닙니다. 따지고 보면 이 자리
의 면면들은 애초에 제가 불러 모은 것도 아니었죠. 여러분이 각자의
사정을 이유로 제게 찾아왔을 뿐입니다. 요컨대 저는 작년의 실종사
건을 비롯해 여러분이 갖고 온 여러 문제들과는 아무런 상관이 없는,
철저하게 객관적인 제삼자라는 뜻이죠. 그럼에도 제가 여러 의견을
내고 여러분의 반론에 대답했던 것은 순전히 저의 호의에서 기인한
행동이었지 제게 어떠한 의무나 책임이 있었기 때문은 아니었습니
다. 무슨 뜻인지 아시겠죠?"

낭만 선생은 천성이 모질지 못하고 은근히 체면에 연연하는 편이라

사람을 위압하는 카리스마를 갖춘 인물은 아니다. 선생의 변은 어느 하나 빠질 것 없이 정론이었지만 억지를 부려서라도 반박하려면 못할 이유는 없었다.

실제로 현석이는 단지 자신에게 돌아오는 메리트가 없다는 사실을 깨닫고 침묵했을 뿐이지 범접할 수 없는 거대한 존재감에 압도되어서 입을 열 수 없었던 것이 아니다. 두렵다거나 체념했다기보다는 분하다는 느낌에 가까운 녀석의 표정이 그걸 증명해준다.

"하지만 선생님께서는 저와 사정이 다르시죠. 이제 와서 나는 상관이 없다, 그냥 어쩌다가 말려들었을 뿐이다, 그런 변명이 통할 거라고는 생각지 말아주셨으면 좋겠군요. 선생님께서는 적어도 다정 양의 문제에는 책임이 있으시고 조금 더 넓게 보자면 혜명 양의 사망에도 일정 부분 책임을 지셔야 합니다. 본인이 자각하고 있었는지와는 무관하게 처음부터 선생님께서는 어엿한 당사자 중 한 사람이었다는 뜻이죠. 그러니 학생을 위해서라면 뭐든 하실 수 있다고 호언장담을 하셨던 김 선생님께도 제가 긴히 부탁드릴 일이 있으니 선배와 함께 잠시 따로 시간 좀 내주셔야겠습니다. 설마 거절하지는 않으시겠죠."

그렇다고 선생이 화를 낼 줄 모르는 건 아니라서 평소보다 조금 빠른 템포로 쏘아붙이듯 하는 말투에, 분에 못 이겨서 입가가 경련하는 모습이 흡사 실실거리는 것처럼 보이기도 한다. 본인이 격식과 체면을 중시하는 만큼 타인에게도 최소한의 마지노선을 기대하는 것이다. 한마디로 예의 없는 사람을 싫어한다는 뜻이다. 현석이는 개인주의와 이기주의를 혼동하는 경향이 있고 그것이 보신주의로 이어진다는 사실을 자각하지 못하는 어리석음을 겸비하고 있지만, 주변 지인들의 평가나 학창시절 이 녀석의 행실을 돌이켜보면 기본적인 사회생활의 양식은 깨치고 있을 터였다. 선생이 그 볼품없는 겉모습에 비해 나름의 학식과 능력을 갖춘 인물임은 이미 검증된 사실이다. 그런 그녀의 도움을 얻을 수 있는 것은 순전히 그녀의 호의에서 비롯된 기회임을 이 녀석도 모르지는 않을 것이다. 그럼에도 섣부른 발언을 일삼은 데에는 그 나름대로 이유가 있으리라 어렵지 않게 짐작할 수 있었다. 나는 불과 몇 분 전에 그 선례를 목격한 바 있었기 때문이다.

"선생님, 일단 오늘은 해산한다 치더라도 아직 등산로 백골 사건에 대해서는 말씀하셔야 할 게 남아 있지 않나요?"

의도적으로 누락한 게 아닐까 싶었지만. 선생은 시선만을 내게로 향하며 의아하다는 표정을 지어 보였다. 시치미를 떼려는 심산은 아닌 듯 보였다.

재서의 증언이 내포한 모순점과 실종사건의 연관성에 대해서도 설명하지 않은 건 마찬가지지만 그 문제는 차라리 그럴 만한 사정이 있다는 수준의 해명이라도 있었다.

"선생님께서는 작년의 실종사건과 연관된 일련의 수수께끼들은 공통적으로 무언가가 사라지는 심상을 공유한다고 말씀하셨죠. 제 사적인 인상이었지만, 그건 형사님께서 지적하셨던 '이번 사건은 전부 인간의 소행으로 설명할 수 있다', '전부 인간의 의지가 개입할 수 있는 범위에서 일어난 일'이라는 선생님의 발언을 증명하려는 것처럼 들렸어요. 가미카쿠시나 배니싱 현상은 재서가 진술했던 인간 소실의 수수께끼에 그대로 대입하기에는 각각 어긋나는 지점이 있었고, 다정이가 주장한 망자의 부활은 비종교적인 관점에서 바라본 예수의 부활과 엮어서 믿음에 뒤따르는 합리적인 근거의 필요성을 지적하셨죠. 저는 일련의 논리가 종교나 오컬트와 같이 인간의 의지가 개입할 수 없는 범위의 가능성을 배제하시기 위함이라고 생각했어요. 하지만 등산로에서 발견된 백골 사체의 사건은 뭔가가 사라졌다기보다는 오히려 감춰져 있던 것이 드러나면서 문제가 된 경우로 봐야 해요. 그러니까 제가 하고 싶은 말은….”

“설화가 뭔가 착각한 모양인데 너무 그렇게 인상 쓰지 마. 그런 거 아니니까.”

말을 끊고 끼어들었다는 것보다 그 어린애 달래듯 하는 표정이 더욱 나를 불쾌하게 만들었다. 고등학생 때 내 맞은편에 앉았던 상담사라는 사람들이 대체로 저런 표정을 짓고 있었다. 나는 그 표정을, 어린아이가 한때의 치기에 떠밀려 새기곤 하는 부끄러운 역사를 가소롭다는 듯 관망하는 어른의 여유라고 보았다. 내게는 그 사람들이 타인의 결핍을 통해 자신의 우월성을 확인하는 것처럼 보였다. 내가 혀끝에서부터 번져가는 씁쓰름함을 곱씹으면서도 구태여 내색하지 않으려 했던 것은 선생이 우열이라는 추상적인 관념에 연연하는 사람이 아니라고 믿었기 때문이다.

말 한마디 섞어본 적 없는 녀석이라도 3년 내내 같은 반이면 왠지 모를 친근감이 생겨나기 마련이다. 그간의 기억들은 근거로서 부족하지 않다고 보았다.

“우선 설화 네가 잘못 짚은 게 있는데, 애초에 실종사건과 연관된 몇몇 불가사의들이 사람에 의해 일어난 일이라는 건 그냥 당연한 이치일 뿐이야. 사람은 돌연히 증발해버리지도 않고, 죽었다가 되살아나지도 않으며, 뼈만 남아서 땅속을 기어 다니지도 않으니까. 그런 당연한 걸 굳이 증명해야 할 필요가 없다는 뜻이지. 당연히 등산로 사체 사건에 대해 언급하지 않은 것도 끼워 맞출 게 떠오르지 않아서 얼비무린 게 아니야. 다만   .”

웃으며 이야기하던 선생이 문득 말끝을 흐리려던 순간, 그 반면에 그늘이 드리운 것처럼 보였던 것을 나는 단순히 기분 탓이라고 여길 수 없었다. 자조하듯 입가를 비트는 순간을 나는 놓치지 않았다. 선생이 그 부분에 대해 고의로 함구했음을 직감하지 않을 수 없었다. 그러나 방심한 사이에 뻗어온 손으로 가볍게 앞머리를 흐트러뜨리던 걸 뿌리치고서 시선을 마주쳤을 때는 이미 영악한 장난을 떠올린 애송이처럼 짓궂은 표정으로 그 속내를 감추고 있었다.

“다음 주에 제출해야 할 과제에 포함해서 그것도 같이 알아 오도록 해. 움직이는 시신에서 연상할 수 있는 수 있는 소실의 심상이 무엇인지 인터넷을 찾아보든 도서관에서 관련된 책을 뒤져보든 조사해서 정리해와. 선배가 얘기했던 내용을 잘 떠올려보면 오래는 걸리지 않을 테니까.”

내가 그때 어떤 얼굴을 하고 있었는지는 모르지만, 숙취에 찌들어서 변기를 붙잡고 토악질을 하다가 호흡곤란에 빠졌던 몇 년 전의 경험에 비추어봤을 때, 당시 거울에 비쳤던 몰골과 비교해도 크게 손색이 없는 모습을 하고 있으리라 예상해봤다.

그래서 설마하니 이날 선생이 던져준 과제라는 것이 이 불가사의한 사건의 해결로 이어지는 시발점이었으리라고는 미처 생각지도 못했던 것이다.

5

그녀가 잃은 것에 대해

***

차를 타고 이동하는 내내 운전석에 앉은 선생님의 표정이 몹시 험악해 보였다. 조수석에 앉아 있던 나는 괜히 멀미라도 날 것 같은 기분이 들었다. 뒷좌석에 앉아있던 재서가 평소와 다름없이 무미건조한 표정으로 앉아있는 모습이 내게는 썩 의연한 것처럼 보였을 정도다.

어쩐지 오늘은 안 좋은 일이 일어날 것 같은 예감이 들었다. 주말이라 일부러 이불 속을 뒤척이면서 늑장을 부려도 문제 될 게 없었고, 일어났을 때는 몸이 평소와 다르게 뻐근하지 않고 개운했다. 아침으로는 채식주의이신 어머니가 웬일인지 고기반찬을 내주셨고, 조간을 확인하려 현관을 열어보니 저번 달에 예약주문 해놓은 택배가 도착해있었다. 그런 날은 대체로 내게 있어서 좋지 않은 일이 일어나곤 했다.

김현석 선생님과는 수업시간에 출석을 부르면 대답하는 정도의 면식이 있을 뿐 서로 친근하게 여길 만한 사제관계는 아니었다. 담임이었던 적도 없었고 복도에서 지나치면 인사나 하는 정도에, 단둘이서 대화를 나눈 적은 작년에 혜명이 문제로 전할 이야기가 있어서 찾아갔던 것이 전부였다. 별다른 조치가 이뤄지지 않으리란 건 어느 정도 예상했던 일이었지만, 그날 이후로 선생님은 내게 좋지 않은 인상을 갖게 되셨으리라 생각해왔다. 그래서 그제 갑자기 교무실로 부르셨을 때는 당황스러운 한편으로 불안하기도 했던 것이다.

일요일 오후 한 시경에 역전에서 만나자고 선생님은 말씀하셨다. 다른 건 묻지 말고 시키는 대로 해달라는 선생님의 표정이 어쩐지 무척이나 절박하게 보여서 차마 거절하겠다는 말을 꺼낼 수가 없었다. 뭘 입고 나가면 좋을까 고민하다가 베이지색 민무늬 바탕에 옷깃이 달린 원피스를 차려입고 굽이 낮은 샌들을 신고 나갔다. 재서는 정각에 맞춰서 도착했는데 어째서인지 교복 차림이었다.

동행이 있을 거라는 얘기는 듣지 못했던 탓에 재서에게서 처음 이야기를 들었을 때는 무척 곤란한 기분이 들었다. 재서는 작년에 있었던 사건 때문에 동급생들 사이에서 은연중에 기피 대상처럼 여겨지고 있었다. 선생님은 5분 정도 늦게 도착했다. 무슨 용건으로 우리가 불려 나오게 됐는지, 지금은 어디로 향하고 있는 것인지, 재서는 알고 있었는지도 모른다. 나는 목적지도 모르고 끌려가는 가축의 기분을 맛보면서 동요하는 마음을 감추려고 안간힘을 다해야 했는데, 그애는 이따금 핸드폰을 만지작거리거나 이어폰을 꽂고 창밖을 바라보거나 하면서 무척이나 태연하게만 보였다. 그 애가 아무렇지도 않다는 양 행동할수록 나는 혼란스러운 기분이 턱밑까지 차올라서 조금만 긴장을 놓으면 질식해버릴 것 같았다.

이동하는 경로로 목적지를 유추해보니 차량이 점점 학교와 가까워지고 있다는 사실을 깨달았다. 역전에서 학교까지는 걸어서 삼사십 분 정도라 몇 번인가 다녀본 적이 있어서 알 수 있었다. 그럴 거라면 처음부터 학교로 부르는 게 편하지 않았을까 싶어서 의아하던 차였는데, 대학가로 이어지는 언덕을 올라 번화가를 지나쳐서 언덕 꼭대기에 달하자 돌연히 유턴해서 올라온 경로를 따라 내려가더니 이내 주택가가 자리 잡은 골목으로 진로를 틀어버렸다. 내심 안심하고 있던 나는 당황한 나머지 "어?"하고 소리를 내고 말았는데, 아무 말 없이 주위를 살피던 선생님은 한껏 예민해져 있었는지 듣지 못한 모양이다. 차는 2층짜리 단독주택 맞은편 빌라 건물의 주차장에 세워졌다.

"잠깐만 기다리자."

선생님은 평소와 같이 나긋나긋한 투로 말씀하셨지만 한껏 짜증이 서린 표정을 감출 생각은 하지 못했던 모양이다. 짐작건대 선생님께서는 아마도 이곳에서 누군가를 만나기로 했고, 그 인물이 보이지 않아 잠시 이 자리에서 대기하고 있는 것이다. 선생님의 얼굴이 험악해져 있었던 건 그 인물이 시간을 지키지 않았기 때문이었을지도 모른다. 단순히 그뿐이었을까 싶었지만 기왕이면 온건한 방향으로 생각하는 게 좋을 것 같았다.

그렇게 얼마나 지났을까. 의외로 기다림은 그리 오래 가지 않았다. 골목의 맞은편 끝에서 상당히 연식이 오래돼 보이는 소형차 한 대가 들어오더니 이쪽을 향해 다가왔다. 우리와 대각선으로 마주 보는 자리에 세워둔 그 소형차에서 내린 네 사람의 인상착의를 실눈으로 훑어보던 선생님은 "내리자"라고 짤막하게만 지시했다. 나와 재서가 먼저 차에서 내리는 모습을 확인하신 다음 뒤따라 선생님도 운전석을 빠져나왔다.

네 사람 중 절반은 나도 아는 사람들이었는데, 정확히는 내 쪽에서 일방적으로 얼굴을 익혀뒀을 뿐이라 당연히 저쪽에서는 나를 알아보지 못하는 눈치였다. 조수석 쪽 뒷자리에서 내린 중키의 남자는 혜명이의 실종사건을 재수사한다는 명분으로 한동안 학교에 드나들던 경찰이다. 작년에 혜명이와 같은 반이었던 애들을 중심으로 면담을 했던 모양이라 직접 마주하는 것은 오늘이 처음이다. 저 사람이 왜 이런 곳에 나타났는지는 알 수 없었지만 아마도 그는 선생님과 만나기로 되어있던 인물 중 한 사람이었고 나머지 3인의 동행 또한 선생님께 용건을 가진 사람들이리라 짐작할 수 있었다.

그리고 그 옆자리에서 따라 나온 수수한 옷차림의 여자는 잊으려야 잊을 수도 없을 만큼 진저리나게 봐왔던 인물이다. 올해 입학한 1학년들을 제외해도 전교생의 절반 이상이 그 얼굴을 알고 그 이름을 들어봤을 테다. 옅게 꾸민 화장에 약간의 웨이브가 들어간 단발머리가 몸가짐이 단정한 처녀와 같이 정갈한 이미지를 만들고 아기자기한 이목구비와 선한 인상을 주는 표정이 그러한 이미지에 확고한 신뢰감을 더해준다. 타인에게 가장 이상적으로 비칠 자신의 모습을 저 사람은 알고 있다. 그리고 그 안정감 있는 얼굴 가죽 아래에서 인간성을 갉아먹으며 자라나는 처절한 광기가 그녀라는 인간을 이루는 본질적인 영역에 서식하고 있음을, 이제는 나도 알고 있는 것이다.

'아아, 그래. 저 여자는 위험하다.'

그곳에서 단단한 아래턱으로 인간을 인간답도록 하는 무언가를 뜯어먹으며 천진하게 웃음을 짓는 광기는 마치 인간의 피부 껍질을 뒤집어쓰고 사회에 녹아들어 있는 식인괴물과 같다. 그녀는 자신의 살점이 깎여나가고 있다는 사실조차 모르고 조금씩 그 괴물에게 잡아먹히고 있는 것이다. 이윽고 사람의 가죽 아래에 원래의 주인은 티끌조차 남지 않게 되고, 사람을 잡아먹는 존재만이 남아 길거리를 활보하게 된다.

지금 저 여자가 단정한 외관으로 감춰둔 그 너머에 원래 그녀였던 고기는 얼마나 남아있는 걸까? 어쩌면 혜명이의 어머니처럼 생긴 저

것은 이미 광기만으로 움직이는 고기 인형이 돼버렸는지도 모른다.

불온한 이미지에 발목을 잡혀서 문득 걸음을 멈추고 말았던 내가 불현듯 정신을 차렸던 것은 나보다 조금 앞서 걷고 있던 재서가 그 자리에 멈춰서 있는 모습이 시야의 한구석에 들어왔기 때문이다. 무슨 생각을 하는지 알 수 없는 공허한 눈으로 나를 바라보는 그 시선을 나는 그 애 나름의 친절함이라 해석하기로 했다. 본인이 들으면 그다지 좋아하지는 않을지도 모른다.

운전석에서 내린 사람은 여자였지만 상당한 장신이었는데, 평균적인 신장으로 보이는 경찰 아저씨와 비교해도 크게 차이가 나지 않을 정도였다. 어깨까지 내려오는 머리카락의 끝자락이 노란색으로 물들어 있었고 나머지는 밤색에 가깝다. 타고난 공격성을 드러내듯 눈매가 사나웠지만, 전체적으로는 선이 가는 외모에 인상이 온화한 미인이다. 약간 구김이 진 셔츠에 슬랙스를 차려입고 그 위에 옅은 갈색의 가죽점퍼를 걸친 모습이 한눈에도 급한 김에 아무거나 챙겨 입었다는 느낌이었지만, 길쭉길쭉한 체형에 원판이 뛰어나서 그런지는 몰라도 대충 걸치고 나왔다는 그 느낌이 나름대로 맵시가 있던 것처럼 보였다. 어깨에 커다란 스포츠 백을 메고 있었는데, 뭐가 들어있는지는 알 수 없었지만 적어도 운동용품이 들어있는 것 같지는 않다.

그리고 운전석의 여자가 조수석 쪽으로 향해 문을 열어주자 그제야 차에서 나온 검은색은, 나의 내면에 두려움으로 자리 잡은 누군가의 광기나 한눈에도 눈에 띄는 장신의 미녀보다도 압도적인 존재감으로 시선을 사로잡았다. 성별을 파악하기 어려운 그 인물은 무척이나 작아서 이제 막 중학교에 들어간 우리 사촌 동생과 비슷하거나 조금 더

작아 보일 정도다. 그렇게나 작은 몸인데도 처절할 정도의 불길함을 전신에 두른 것 같은 특유의 분위기가, 내게는 흡사 재앙을 뿌리고 다니는 악귀와 같이 보였던 것이다. 앞머리를 약간 남기고 한껏 뒤로 끌어당겨 묶어둔 흑발의 포니테일은 허벅지에 걸쳐있을 정도로 길게 늘어져 있었고 그나마 유일하게 밝은 빛을 띠는 얼굴은 하얗다기보다는 창백하다는 느낌에 가깝다. 움푹하게 꺼진 눈두덩이나 살집이 적다 못해 홀쭉하게 들어가 있는 뺨이 특유의 혈색과 좋지 않은 시너지를 일으킨 탓에, 멀찍이서 보면 흡사 해골처럼도 보인다.

상복을 연상케 할 정도로 시커먼 클래식한 더블버튼의 정장을 입고 있었는데, 옷깃에는 체인이 달린 핀이 두세 개 정도 장식되어 있었고 그 위에 걸친 로브도 마찬가지로 검정색이다. 로브의 왼쪽 가슴에는 훈장처럼 보이는 금색 장식이 예닐곱 개 정도 지저분해 보일 정도로 매달려있었고, 벌어진 앞섶에는 체인 장식이 달린 옷핀으로 이어져 있다. 정장은 맞춤으로 제작된 물건인지 기이한 외모와 왜소한 체구에도 무척이나 잘 어울렸지만, 그와는 별개로 여러모로 불편해 보이고 장소에도 어울리지 않는 데다가 눈에 띄는 차림이었다.

"좀 늦었네?"

다른 이들과는 데면데면한 거리감을 유지하면서 가벼운 묵례만 나누던 선생님은 왜인지 운전석에서 타고 있던 장신의 미인에게만큼은 스스럼없이 말을 걸었다. 짜증 서린 눈으로 선생님을 노려보듯 하는 여자의 반응으로 보아 그다지 친밀한 사이는 아닌 듯 보였지만, 그저 일면식이 있는 정도의 관계라고 일축할 정도도 아닌 것 같았다.

"꼭두새벽부터 움직여서 간신히 시간 맞춰 도착한 거니까 불평하지 마. 너야말로 다정이 어머니한테 제대로 말씀은 드렸어?"

낭랑하고 울림이 있는 목소리가 피로감에 절어있어서 쏘아붙이는 투로 말하는 것에 비해 그다지 위협적인 느낌은 들지 않았고, 굳이 따지자면 그쪽이야말로 불평하는 것처럼 들렸다. 한편으로 다정이라는 이름이 어쩐지 귀에 익었는데, 어렴풋하게 떠오른 연상에 이끌려 돌아본 그 자리에 재서가 거의 사색이 돼서는 바들거리고 있었다. 그러고 보니 작년에 혜명이를 이용해서 부정행위를 주도했던 여자애 이름이 딱 그런 느낌이었던 것 같기도 하다. 내가 알고 있는 건 당시에 혜명이가 있던 반에서 몇 차례인가 부정행위가 있었고 그걸 주도했던 애들에 의해 그 애가 괴로운 일을 겪었다는 정도라, 누가 그런 짓을 저질렀는지까지는 기억해두지도 않았고 애초에 그럴 필요도 없었지만, 뭔가 친절할 것 같은 뉘앙스의 이름이었던 건 기억하고 있었다.

재서는 혜명이와 그런대로 교류가 있었고, 어쩌면 그런 탓에 폭행 같은 게 이뤄지는 현장을 직접 목격했을지도 모른다. 정말로 그랬다면 당시의 경험이 좋은 기억으로 남았을 리도 없으니 불안감을 드러내고 마는 것도 당연한 일이다. 어떻게 달래줘야 좋을지 고민하면서도 막상 다가가기를 망설이다가 끝내는 그만두고 마는 이유라는 게 고작 '재랑 그렇게까지 친하지는 않은 것 같아서'다. 한걸음 남짓한 거리를 좁히는 데에도 구실을 필요로 하는 자신이 너무나도 부끄러운 인간인 것처럼 여겨졌다.

어찌할 바를 몰라서 괜스레 두리번거리고만 있던 내게 선뜻 다가온 인물은 온몸에 검은색을 두른 창백한 해골이었다.

"배수진 양 맞으시죠? 그리고 이쪽의 학생분이 이재서 양이겠네요. 저는 낭만이라고 합니다. 지인들이 보통 선생이라고 부르기는 하는데, 두 분께서 편하신 대로 부르셔도 괜찮아요."

중저음에 허스키한 음색이었지만 한편으로 광택처리를 거친 목제 가구의 표면과 같은 매끄러운 질감이 매력적인 여성의 목소리였다. 까마귀를 연상시키는 불길한 외관과는 달리 차분하고 격식 있는 태도로 악수를 청하는 모습은 오히려 당황스러울 정도였다. 얼떨떨한 와중에 내밀어온 오른손을 마주 잡고 흔들면서도 나는 어딘가 위화감을 느끼고 있었다. 그러나 당장에 눈앞에 선 해골 같은 여자, 스스로를 '선생'이라 자칭한 인물이 뿜어내는 부조화의 존재감이 실로 압도적이었던 터라 그 위화감의 정체가 무엇이었는지는 끝내 깨닫지 못했다.

내가 혼란에 빠져서 어쩔 줄 몰라 하던 사이에 재서는 냉정함을 되찾았는지 약간의 경계심이 서린 목소리로 지적했다.

"제 이름은 어떻게 아시죠?"

재서가 의문을 갖고 내가 위화감이라 느꼈던 것은 바로 그것이었다.

선생님과 지인으로 보이는 여자의 차로 실종사건의 관계자와 수사관이 함께 이동했다. 그들을 태우고 온 여자는 이 낭만 선생보다 직급이 낮거나, 최소한 예우를 갖춰야 하는 입장처럼 보였다.

하지만 이 낭만 선생이라는 인물은 그 기이한 행색으로 보아 수사기관의 관계자는 아는 듯하다. 만약 그랬다면 처음부터 어디 서의 어느 과에 소속된 누구라고 밝히는 게 보통이다. 그런데도 자신을 선생이라고만 소개한 그녀는 경찰로부터 우리들의 개인정보를 입수할 수 있을 정도로 수사에 깊게 관여해 있다.

　요컨대 재서의 질문이 담고 있던 의도는 이러했다.

　'당신은 누구기에 우리가 누군지를 알고 있느냐.'

　해골을 닮은 여지가 그 진의를 모를 리는 없었을 것이다. 재서는 애초에 본심을 숨길 생각도 없어 보였고, 굳이 에둘러 말하지도 않았다. 질문 속에 속내가 여과 없이 드러나 있었다. 때문에 나는 타고난 친절함이 묻어나는 미소를 지어 보인 낭만 선생이 고의로 답변을 유보한 것이리라 짐작했다.

　"이런 걸 핫 리딩(Hot reading)이라고 하던가요? 저쪽의 김현석 선생님께 부탁드려서 여러분의 생활기록부를 조금 확인했습니다. 일종의 뒷조사인 셈이기는 한데, 두 분께서는 오늘 무척 중요한 역할을 맡아주셔야 하거든요. 이유야 어쨌건 두 분의 사생활을 허락도 없이 침해한 셈이지만 두 분 모두 평소 어려운 일에도 솔선수범하고 타인을 배려할 줄 아는 모범적인 학생들이라 들었습니다. 오늘도 너그러운 마음으로 이해해주시리라 믿어요."

　살집이 적은 얼굴에 첫인상이 좋지 않았을 뿐이지 그녀가 스스로 선생이라 자처할 정도의 지성을 갖춘, 친절하고 교양 있는 여성이라는 건 몇 마디 말과 행동거지에서도 어렴풋이 느낄 수 있었다.

　말하는 내내 낭만 선생의 표정은 거의 변하지 않았다. 그런데도 어째서인지 나는 곁눈질로 재서를 살피는 그녀의 얼굴에서 악의적인 독선의 기미를 엿본 것 같은 기분이 들었다. 안정감을 주는 차분한 목소리와 부드러운 말씨에도 불구하고 나는 그녀에게서 알 수 없는 불길함을 느끼고 있었다.

"선생님, 다정이 어머니한테도 연락은 돼 있다는 모양이에요. 슬슬 들어가시죠."

한쪽에서 선생님, 그러니까 우리 선생님과 이야기를 나누던 염색 머리 여자가 이쪽을 향해 말했다. 아무래도 선생이라는 호칭은 지인들 사이에 도는 별명 같은 게 아니라 말 그대로 교사나 강사 같은 직종에 종사하는 사람이라는 뜻이었고, 저 예쁘장한 여성분은 제자였던 모양이다.

낭만 선생은 느릿하게 이름을 불린 방향을 돌아보고는 고개를 살짝 끄덕인 뒤 우리가 내렸던 빌라 건물의 맞은편에 위치한 2층짜리 단독주택으로 걸음을 옮겼다. 다들 약속이라도 한 것처럼 그 뒤를 따라서 이동하기 시작했는데, 아무것도 모르고 따라온 나는 처음 우리를 데리고 온 선생님에게서 어디로 가는지, 무엇을 하는지 같은 기초적인 정보도 듣지 못했던 터라 그대로 가만히 있지도 못하고 섣불리 발을 떼지도 못하는 상태가 되었다. 표정은 그다지 변하지 않았지만 재서도 나와 마찬가지였다. 우리가 같은 조건과 사정을 공유하고 있는지는 알 수 없었지만 적어도 지금의 상황에 그 애가 난처해하고 있다는 것만큼은 분명해 보였으니까.

"야, 빨리빨리 안 따라와?"

현관 앞까지 도착하고서야 머릿수가 맞지 않는다는 걸 알아차렸는지 제일 뒤에서 스포츠 백을 들고 따라가던 염색 머리의 여자가 문득 돌아보고는 윽박지르다시피 말했다. 성량도 쩌렁쩌렁해서 흉골을 파고드는 느낌이 들 정도로 위압적이었는데, 표정에도 한껏 짜증이 서려 있어서 안 그래도 험악한 눈매가 한층 사나워져 있었다. 나는 거의 반사적으로 종종걸음을 치며 시키는 대로 다리를 움직였고, 재서도 내가 움직이는 걸 확인하고 빠른 걸음으로 뒤따랐다.

현관을 열고 나온 순한 인상의 아주머니는 한눈에도 초췌해져 있었다. 머리카락은 푸석하게 말라비틀어진 채로 헝클어져 있었고 퀭한 눈은 초점도 제대로 잡지 못해서 이리저리 배회하는 데다가 팔다리는 마르다 못해 근육이 빠져버려서 매장된 지 일주일 지난 시체 같았다. 낭만 선생이라는 작자도 상당히 마른 편이었지만, 그녀의 경우에는 심신이 피폐해져서 스스로 자신을 챙길 여력이 없었다기보다는 본인이 감수할 요량으로 관리를 소홀히 한 결과에 가까워 보였다. 내게는 그 아주머니가 마치 살아 있는 시체처럼 보였다.

염색 머리 여자가 제대로 연락은 드렸냐며 선생님께 쏘아붙이던 대화를 근거로 추측건대 나를 포함한 군집의 목적지는 아마도 다정이라는 애의 자택일 것이었다. 그러니까 이 2층짜리 단독주택의 1층이 그 애가 살고 있는 집이라면 이 초췌한 아주머니가 그 애의 어머니라는 게 되는데, 연락을 받았다는 것치고는 상당히 당황한 것처럼 보였다. 이유는 간단했다.

"생각했던 것보다 사람이 많네요."

나직이 내뱉은 한마디는 누구를 향해 말했다기보다는 얼핏 혼잣말이나 넋두리처럼 들렸는데, 그녀에게 어떤 악의가 있었거나 비꼬려는 의도가 있었던 아니었을 것이다. 하기야 명절에 친척들 모여드는 것도 아니고 그냥 손님으로 찾아온 머릿수가 나를 포함해서 일곱 명이다. 이 정도 인원이면 사전에 허락을 받았어도 집주인에게 민폐인 일이다. 그리고 아주머니의 분위기를 보아하니 얼추 몇 명 정도가 찾아갈 것 같다는 얘기도 들은 바가 없는 듯 보였다. 잠시 얼떨떨한 표정으로 미간을 찌푸려대던 염색 머리 여자는 이내 상황을 파악했는지 당장이라도 폭발할 것 같은 표정으로 옆에 서 있던 선생님을 노려보고는 그대로 정강이를 걷어차 버렸다. 타격하는 순간에 탁하고 뭐가 부러지는 소리가 들렸던 터라 외마디 신음과 함께 고통스러운 표정으로 맞은 부위를 붙잡고 자지러져버린 선생님의 반응이 그저 엄살을 부리는 것처럼은 보이지 않았다. 사람이 길바닥에 드러누워서 몸부림을 치는데도 동행한 이들 중 누구 하나 관심이 없었던 게 당혹스러울 정도였다. 얼추 짐작은 하고 있었지만 본의 아니게 이 자리에서 선생님이 갖는 입지가 어느 정도인지를 확인한 것 같아서 조금 떨떠름한 기분이 들었다.

그런 가운데 느닷없이 벌어진 폭력사태에 당황한 아주머니가 선생님에게 다가가려던 걸 앞에 서 있던 낭만 선생이 한 손을 가볍게 들어 보이며 제지했다.

"저쪽은 신경 쓰실 거 없습니다. 다정 양의 어머님 되시죠?"

기이하리만치 불길한 겉모습과 대비되는 매력적인 중저음과 차분하고 격식 있는 특유의 말투에 아주머니는 난처하다는 얼굴로 괜스레 쓰러져있는 선생님 쪽을 힐끔거리다가 이내 머리 하나 아래에 있는 낭만 선생의 시선과 마주했다. 사전에 연락을 받은 사람치고는 여러모로 대응에 유연함이 없었다. 손님들을 상대로 처음 내뱉은 말이라는 게 "생각보다 많다"였으니, 몇 명 정도가 방문을 하겠다는 얘기는 전해 듣지 못했던 모양이고, 당연히 어떤 사람들이 찾아갈 테고 대략적인 인상착의나 특징은 어떨 거라는 기본적인 정보도 듣지 못했을 것이다.

아주머니가 정신적으로 온전하지 못한 상태라는 건 한눈에도 알 수 있었지만 낭만 선생의 질문에 고개를 끄덕여 보이는 정도의 기초적인 회화는 가능한 수준이었고, 최소저인 임기응변이 불가능하지는 않았을 터였다. 계획되지 않은 상황을 곤란해하는 건 일반적인 반응이고 거기에 능숙하게 대처할 수 있는가의 여부는 재능의 영역이지만, 이건 애초에 뭘 상정한 게 없었던 사람 같다. 하지만 그게 문제가 되는 건 집주인의 사정을 고려했을 때의 얘기다. 예상했던 것보다 머릿수가 많다는 이유로, 부실했던 내용과는 별개로 사전에 연락을 하고 찾아온 손님을 그냥 내칠 수는 없을 것이다. 체면치레는 보통 손님을 받는 쪽에서 신경 써야 할 문제다. 정원이 정해져 있는 것도 아닐 텐데 이쪽에서 고민해야 할 이유는 없으리라 보았다. 그러나 낭만 선생에게는 그렇지 않았던 모양이다.

"다정 양의 방은 크기가 어느 정도나 되죠? 여기 있는 인원을 전부 수용하고 여유가 남을까요?"

"다정이랑 다정이 어머님까지 포함하면…… 아홉 명은 무리예요, 선생님."

낭만 선생의 오른쪽 사선으로 뒤쪽에 서 있던 염색 머리 여자는 문득 중얼거리면서 빠르게 손가락을 꼽더니 허리를 약간 숙여 낭만 선생의 옆얼굴에 대고 말했다.

다정이라는 애의 방이 어떤 상태일지는 모르겠지만 아무리 방이 좁아도 사적인 생활공간으로 기능할 수 있을 정도라면 아홉 명이 들어가는 것 자체는 가능할 터였다. 실제로 초등학생일 무렵이라 덩치들이 작았다고는 해도, 생일파티 때문에 모여든 열댓 명 가량의 친구들이 내 방에 몰려들어서 놀았던 일도 있었다. 요컨대 사람이 들어가는 것 자체는 문제가 아니라는 뜻이다.

"여기 이분은 그쪽 분하고 아는 사이신가요? 어째 낯이 익다 했는데, 저번 주에 찾아오셨었죠?"

여기 이분이란 바로 앞에 마주 서 있는 검은색 여자를 지칭하고 그쪽 분이란 그 배후에 서 있던 염색 머리의 여자를 가리킨다. 그쪽 분이라는 여자와 시선이 마주친 직후부터 아주머니는 어깨를 약간 움츠리고 몸을 반걸음 뒤로 피하며 노골적으로 경계심을 내비쳤다. 아무래도 그녀는 일전에도 이곳을 찾은 일이 있었던 모양이다. 그리고 그때 있었던 모종의 사건이 아주머니로 하여금 그녀를 기피 대상으로 여기도록 만들었던 것이다. 현직 경찰을 앞에 두고 망설임도 없이 사람을 패는 성질머리라면 무슨 일을 저질렀어도 이상하지는 않을 것 같았다.

"소개가 늦었네요. 저는 낭만이라고 합니다. 지인들은 보통 선생이라 부르죠. 저번 주에 제 제자가 다소 무례를 범했던 줄로 알고 있습니다만, 이번 기회에 제가 대신 사과드릴 테니 어머님께서도 부디 노여움을 거둬주셨으면 합니다."

낭만 선생과 염색 머리 여자의 관계는 짐작했던 대로 사제지간이었던 모양이다. 고풍스러운 어휘를 구사하면서 고개를 숙여 보이는 저자세에 아주머니는 오히려 손사래를 치면서 곤란해하는 내색을 보였다.

특징적인 외모 때문에 연령대를 짐작하기가 애매했지만 제자라고

하는 염색 머리가 선생님과 동년배이리라 가정하면, 체형이나 신장
에서 유추해봤을 때 중년이라 보기에는 무리가 있으니 못해도 낭만
선생은 30대 초반이다. 아버지가 수시로 낙하산 인사라며 뒷담을 늘
어놓는 젊은 상사라는 인가의 나이가 30대 중후반이라 했으니 거기
에 비교하면 그녀의 인격적 소양은 나이에 비해 격이 높은 것이라 짐
작할 수 있었다. 뭐 하는 사람인지 점점 모르겠다.

"김현석 선생님께 이미 들으셨는지는 모르겠지만 오늘 중으로 따
님분의 문제와 관련해서 아마 일차적인 부분은 해결할 수 있을 겁니
다. 그러니까 적어도 방에서 나오도록 하는 것까지는 가능하겠죠.
나머지 부분은 어머님과 따님분께서 노력하셔야 할 영역입니다. 여
기까지는 이해하고 계시지요?"

아주머니는 잠시 들은 내용을 나직이 입안에서 굴려보다가 이내 고
개를 끄덕였다. 방에서 나오도록 하는 게 일차적인 해결이라는 말은
뒤집어 생각해보면 당면해있는 문제는 그 다정이라는 애가 방에 틀
어박혀서 나오지 않고 있는 것이라는 뜻이기도 하다. 그렇다면 혜명
이의 실종사건을 수사하던 경찰 아저씨는 무엇을 위해 여기까지 찾
아왔는지 의문스러웠지만, 생각해보면 그 다정이라는 애는 혜명이가
실종되기 몇 주 전까지 혜명이를 상대로 폭행과 착취를 일삼아왔던
전과가 있었다. 혜명이가 실종된 이유가 그 애에게 당했던 부당한 대
우와 그로 인한 심리적인 외상과 관련되어 있다면, 중요참고인이 방
구석에 틀어박혀 나오지 않고 있는 상황이라는 게 수사관의 입장에
서 썩 달갑지는 않을 것이다.

하지만 그렇게 생각하자면 혜명이네 어머니는 무슨 용건으로 찾아

왔는지 알 수가 없었다. 저 여자가 자기 딸을 괴롭혔다는 학생에게 좋지 않은 감정을 품었고, 그걸 주체하지 못해서 여기까지 찾아왔을 리는 없다. 내가 알고 있는 저 여자는 그렇게 모성애가 넘치는 인간이 아니다. 저 여자에게 있어서 혜명이는 제 발로 걸어 다니고 말을 할 줄 아는 액세서리에 불과했다. 그 애의 불행은 그 애가 태어난 시점에서 이미 시작된 것이었다고, 나는 지금도 그렇게 생각한다.

"그럼 아홉 명이 들어가는 건 무리라는 모양이니 설화랑 선배는 어머님이랑 거실에서 기다리고 있어. 선생님도 혹시 모르니 함께 가시죠. 여섯 명 정도면 조금 좁아도 문제는 없겠지. 나머지 분들은 저랑 함께 움직이는 거로 합시다."

말하는 거로 보아하니 경찰 아저씨와 낭만 선생은 선후배 사이였던 모양이다. 낭만 선생은 아무리 좋게 봐줘도 경찰관계자로는 보이지 않으니 직장에서의 관계는 아닐 테고, 아마도 학창시절에 알고 지내던 지인 사이일 가능성이 높다. 그 정도 인맥이면 나나 재서의 인적 사항을 얻어내는 것도 어렵지는 않았을 것이다.

실내는 특별할 것 없는 전형적인 가정집이었다. 현관으로 들어서면 거실이 나오고 안쪽으로 부엌, 그 사이에 화장실이 있는 구조다. 방은 세 개가 있었는데 현관과 접해있는 벽면에 작은 방이 하나, 내부를 살펴보니 창고 대용으로 사용하는 모양이다. 그 외에는 거실 쪽에서 곧장 안으로 들어가는 큰 방이 하나가 있었고 나머지 하나는 부엌에 딸린 구조였는데, 위치로 따지면 화장실 옆이다. 집 안은 인기척이 아예 없다시피 했고 문이 닫혀있는 방은 부엌 쪽에 뚫려있는 그곳뿐이었다. 그리고 다정이라는 애는 방에 틀어박혀서 나오지 않는다고 했다. 닫혀있는 그곳이 그 애의 방이라는 건 보자마자 알 수 있었다.

"설화는 거실에서 내가 얘기해줬던 내용을 어머님께 설명해드리도록 해. 설화 혼자 힘들겠다 싶으면 선배두 옆에서 좀 거들어주고."

가장 뒤에 서 있던 재서까지 현관을 넘어 거실로 들어오는 걸 확인하고서 낭만 선생은 염색 머리의 여자에게 그렇게 말하면서 한 손을 내밀어 보였다. 말하는 내용으로 보아 차 안에서 그들 사이에 뭔가 오고 간 이야기가 있는 모양이다. 의미심장한 낭만 선생의 발언에 그들과 함께 이동했던 혜명이네 어머니가 그녀와 염색 머리 여자를 번갈아 가며 노려보는 모습을 나는 우연히 보았다. 아무래도 저 여자는 모르는 내용인 듯하다.

염색 머리 여자에게서 스포츠 백을 건네받은 낭만 선생은 곧장 부엌 쪽의 닫혀있는 방으로 걸음을 향했다. 다정이네 아주머니는 이따금 주춤거리면서 뭔가를 망설이는 듯 보였는데, 그것이 말이었는지 행동이었는지는 알 수 없었지만, 이유는 얼마 지나지 않아 알 수 있었다. 노크도 없이 호기롭게 문고리를 붙잡은 낭만 선생이었지만 몇 번 기계장치가 어긋나는 소리가 났을 뿐 돌아가지 않았기 때문이다. 당연히 열쇠가 있을 테지만 저번 주에 방문했다던 염색 머리 여자와 아주머니 사이에 모종의 트러블이 있었던 것이 문제였다.

정당한 사유가 있건 없건 외부인이 자기 집을 들쑤시고 다닌다는 건 거리낌이 드는 일이다. 게다가 수상쩍은 행색의 시커먼 방문객은 그나마 얼굴이 익은 김현석 선생님의 지인이 아니라, 일전에 문제를 일으켰던 불순분자의 관계자로 찾아왔다. 안 그래도 경계심을 느낄 상황에, 하물며 상태가 좋지 않은 딸의 개인 공간을 제 맘대로 드나들겠다는 걸 얼씨구나 그러시라면서 열쇠를 가져다주는 게 오히려 이상한 반응이다. 낭만 선생은 무슨 생각을 하는지 열쇠가 있느냐고 물어보지도 않고 안에 있는 사람에게 말을 걸어보지도 않은 채 문고리를 붙잡은 손을 물끄러미 내려다보고 있을 뿐이었다. 그렇게 오래 기다린 건 아니었고 기껏해야 십 수 초 정도였지만, 보통이라면 반사적으로 취할 만한 행동이라는 것들이 있는 법이다. 낭만 선생의 반응은 사회적으로 정형화된 일반에 속할 만한 것이 아니었고, 굳이 말하자면 예기치 못한 상황에 어쩔 줄 몰라 하다가 꼴사납게 굳어버린 것처럼 보였다.

"제가 열쇠 가져올게요."

선뜻 그런 말을 꺼낸 것은 김현석 선생님이었다. 내색하지는 않았을 뿐 내심 답답하다고 생각했는지도 모른다. 그러나 선생님이 채 말을 마치기도 전에 문고리가 돌아가면서 잠금장치가 튕겨 나가는 소리가 들렸다.

"들어가시죠."

한 사람을 제외하고 모두가 당혹스러워하는 가운데 낭만 선생은 태연한 얼굴로 말하고는 문을 열어젖혔다.

문을 따는 기색은 보이지 않았다.

팔다리를 구속한 상태에서 자물쇠를 풀어버리는 탈출 마술 같은 건 어렸을 때 종종 본 적이 있지만 그건 철저한 사전계획과 필요 최소한의 안전장치들을 갖춘 상태가 전제되었을 때나 가능한 연출이다. 아무런 도구도 없이 맨손으로 잠겨있는 문을 열고 들어가려면 처음부터 잠금장치가 고장이 나 있었거나 방 안에서 도와주는 인물이 최소한 한 명은 필요하다는 뜻이다. 가령 안으로 들어가려는 쪽이 문고리를 붙잡고만 있고 실제로 돌리지는 않는 상태에서 미리 안에 있던 협력자가 타이밍에 맞춰 문을 열어주는 식이라면 설명이 될지도 모른다.

하지만 방 안은 그런 장난을 꾸미며 시시덕거릴 수 있을 만큼 정상적인 상태가 아니었다. 문을 열자마자 한여름에 길바닥에 버려진 생선의 내장 썩은 냄새 같은 게 그 안에서 쏟아져 나왔다. 비강의 깊숙한 곳까지 단숨에 찌르고 들어오는 그 압도적인 악취에 속이 뒤집힐 것 같았다. 실제로 옆에 서 있던 혜명이네 아주머니는 연신 헛구역질을 해댔고, 재서는 노골적으로 눈살을 찌푸리면서 코를 틀어쥐었다. 안으로 들어가 보고서 알았지만, 실제로 입구 쪽 벽면의 구석에서 먹다 흘리거나 쏟은 거로 보이는 음식물들이 아무렇게나 널브러진 채 부패하고 있었다. 파리 떼가 미친 듯이 나부꼈고 당연하다는 듯 구더기가 번식하고 있었다. 마치 땅에 묻힌 사람의 육신이 썩어가는 것처럼, 시간을 제물처럼 좀먹으면서 생명이 깃들었던 부위가 조금씩 깎여나간다. 방바닥에는 부서진 플라스틱 파편이나 작은 벌레의 사체 같은 게 널브러져 있었고, 그나마 맨발로 밟아서 위험할 만한 요소들만 대충 쓸어서 한쪽 벽면에 밀어둔 상태였다. 덩어리진 먼지들이 달라붙은 머리카락들이 사방에 흩뿌려진 채로 방치되어 있었고, 뭔지는 몰라도 점성이 있는 액체를 쏟은 흔적들이 말라붙어 있었다. 누렇게 변색된 이불들은 대충 구겨서 한쪽으로 밀어둔 상태였는데, 이따금 그 안에서 시커먼 무언가가 기어 나와서 꿈틀거리다가 어딘가로 사라져버리기를 반복하고 있었다. 생리적인 혐오감을 야기하는 그 형체를 목격하자마자 방에서 뛰쳐나가고 싶은 기분이 들었다. 밤중에 저걸 다시 펼쳐서 잠을 잘 거라고 생각하니 참을 수 없을 정도로 역겨웠다.

입구의 맞은편에 매달린 창문의 저편은 분명 해가 중천까지 떠올라 있을 시간이었는데도 볕이 들 만한 소규모의 틈새조차 커튼으로 꼼꼼하게 차단되어 있어서 실내는 흡사 암실과 같은 상태였다. 방은 넓지 않았지만 가구도 적어서 본래대로라면 아홉 명을 수용하는 것 자체가 불가능할 넓이는 아닐 터였다. 문제는 그 몇 안 되는 가구가 어질러져 있었다는 점이다. 가장 부피가 큰 책장은 입구 쪽 근처에서 대각선으로 비뚤어진 채 방치되어 있었고, 그나마 자리를 덜 차지하는 화장대는 인근이 깨지고 부서진 미용용품들의 흔적 때문에 가까이 다가가기 어려워 보였다. 원래 놓여있던 상태 그대로였던 건 화장대와 마주 보는 위치의 옷장뿐이었는데, 하필이면 바퀴벌레가 득실대는 이불을 구겨서 놓아둔 곳이 바로 그 옷장 옆이었다. 그리고 창가 아래서 바들거리는 가느다란 생명체만이 흉물스러운 이미지로 가득한 이곳에서 유일하게 사람으로 보이는 형태를 취하고 있었다. 어깨까지 내려오는 머리카락은 마구 헝클어져 있는 와중에 기름기가 번들번들해서 씹다 뱉은 껌처럼 보였고, 피부에는 온통 때가 타서 거무스름하게 변색한 와중에 팔다리에는 살집이 하나도 없어서 가죽과 근육이 퇴화하고 골격만으로 움직이는 돌연변이처럼 보일 정도였다. 토끼처럼 동그랗게 뜨고 있는 눈에는 살아 있는 것이라면 본래 품고 있어야 할 생기를 대신하듯 두려움과 경계심이 자리하고 있었다. 갓 태어난 짐승의 새끼처럼 후들거리는 팔다리에는 몸을 일으켜 세울 기력조차 남지 않았는지 주저앉은 자리에서 일어나지도 못한다.

예기치 못하게 들이닥친 침입자들의 무리를 그저 무기력하게 관망하고 있을 뿐인 그 가련한 생물체가 아무래도 다정이인 듯했다. 방에 다른 누군가가 함께 있던 것도 아니어서 소거법으로 미지수를 줄여나갈 필요도 없었다.

"어째서…….

발성 기관에 녹이라도 슨 것처럼 거칠게 잡음이 낀 목소리로는 갈라진 틈으로 상처가 터져나간 입술을 조금씩 달싹여서 외마디 뱉어내는 게 한계였던 모양이다. 끝까지 말을 잇지도 못하고 연신 마른 기침을 토했다. 기침이 멎자 다정이는 살의가 서린 눈으로 낭만 선생을 노려보았다. 아니, 그 시선이 정확히 누구를 향한 것이었는지는 분명하지 않았다. 그 눈이 담고 있는 적의는 면식 없는 타인을 향한 보편적인 경계심 정도로 설명할 수 있는 것이 아니었다. 적어도 그녀가 우리의 방문을 달갑게 여기지 않는다는 것만을 분명해 보였다.

"……천다정 양이시죠? 저는 낭만이라고 합니다. 조금 시대에 뒤처진 일개 마법사일 뿐입니다만, 흔히들 낭만 선생이라 부르죠. 오늘은 부족하나마 다정 양에게 도움이 될 수 있을 것 같아 찾아왔습니다. 잘 부탁…."

마법사가 어쩌고 하는 기묘한 자칭에 의아함을 느끼던 찰나, 차분하게 소개를 이어가던 낭만 선생이 채 말을 마치기도 전에 뭔가가 입구 쪽 벽면을 향해 날아가 부딪혔다. 반사적으로 어깨를 움츠리고 눈꺼풀을 닫아 스스로 위험으로부터 분리했다는 착각으로 몰아넣는다.

괴로울 정도로 박동하던 심장이 어느 정도 안정됐을 즈음 확인해보
니 소리가 들렸던 지점의 바닥에 액정이 박살 난 스마트폰이 떨어져
있었다. 충돌했던 벽면은 움푹하게 패여 있었다.

"이 새끼고 저 새끼고 짜증 나게 자꾸 남의 방에 기어들어 오
고…… 당장 나가, 경찰 부르기 전에."

당장 자기 집 거실에 그 경찰이 앉아있다는 걸 생각해보면 촌극도
그런 촌극이 없었다. 게다가 경찰을 불러봐야 본인에게도 좋을 게 없
다는 사실에 대해서도 전혀 자각이 없는 듯했다. 그런 걸 일일이 따
져가면서 입을 놀릴 만한 상태도 아닌 것 같았지만 그렇게나 심각한
분위기에도 불구하고 헛웃음이 나올 뻔했다.

정작 제일 앞에서 위협을 당한 낭만 선생은 위축된 느낌도 없이 오
히려 차분하다 못해 싸늘하기까지 한 표정으로 다정이가 주저앉은
자리로 걸음을 옮겼다.

"저번 주에 제 제자가 찾아왔을 겁니다. 윤설화라고 하는데 제가
기억하기로 그날은 아마 말총머리를 하고 있었을 거예요. 뭐랬더라?
퇴마사 비슷한 사람이라고 소개를 했을 텐데, 머리카락 끝에 염색기
가 있는 장신의 여자라고 하는 편이 기억하시기에 수월하겠죠."

얘기를 들은 다정이의 표정이 눈에 띄게 일그러졌다. 방금 전처
럼 노기에 불타서 돌연히 발작을 하거나, 거실에 계시는 아주머니께
서 노골적으로 거리끼는 내색을 보였던 것처럼 직관적으로 관측되는
부정적인 반응이 아니었다. 그보다는 좀 더 복합적인 느낌이 있었는
데, 내게는 그 모습이 어딘가 안도하는 것 같으면서도 자신이 무슨
연유로 마음을 놓았는지 알 수 없어서 동요하는 것처럼 보였다. 어쩌

면 다정이에게 있어 염색 머리 여자와의 만남은 썩 나쁘지 않은 경험으로 기억되었는지도 모른다. 어딘가 아련한 감수성을 자극하는 그 표정에 문득 정체 모를 동정심이 마음속에서 거품처럼 떠오를 것 같았지만, 다정이의 바로 앞까지 도달한 직후에 낭만 선생이 저지른 돌발행동에 수면 위로 떠오르지도 못하고 터져버렸다.

뭔가가 둔탁하게 부딪히는 소리가 들렸을 때까지만 해도 무슨 일이 벌어졌는지 알 수 없었다. 일단 나를 포함해서 네 사람은 낭만 선생을 뒤에서 바라보는 위치였던 터라 다정이의 모습이 시야에서 가려져 있었고, 거기에 저 불길함을 두르고 다니는 여자가 취할 대처라는 것을 예상했던 사람이 아무도 없었기 때문이기도 하다.

내가 사태를 인지했던 것은 뺨을 감싸 쥐고서 바닥을 나뒹구는 다정이의 모습을 포착한 선생님이 고성을 내지르며 낭만 선생을 만류하러 나섰을 즈음의 일이었다.

"이게 뭐 하는 짓입니까! 안 그래도 힘들어하는 애한테!"

선생님의 항의는 지극히 상식적인 것이었다. 다정이는 겉으로 보기에도 상태가 좋지 않았고, 솔직히 말해 당장 병원에 입원해 있어도 이상하지 않을 정도였다. 눈에 띄는 영양결핍은 부수적인 문제일 뿐이다.

누구라도 개인 공간에 타인을 들이는 데에는 거부감을 느끼는 법이고 18살이면 한창 예민할 나이이기도 하다. 다소 과민하게 반응하더라도 아주 이해 못 할 건 아니지만, 아무리 그래도 방금 전의 일격은 운이 좋아서 빗나갔을 뿐이지 건장한 성인이라도 제대로 맞았으면 골절상을 피하기 어려웠을 것이다. 망설이는 기색도 없이 반사적으로 튀어나올 대응은 아니라는 뜻이다. 요컨대 피폐해져 있는 것은 그녀의 몸이 아니라 정신이다. 정신이 병들어 있는 사람을 대할 때 외부의 자극을 최소화할 수 있도록 행동을 조심히 해야 한다는 건 상식이기 이전에 일종의 사회적인 합의에 가까운 것이다.

애초에 다정이의 의도가 무엇이었는지는 몰라도 결과적으로 핸드폰을 집어 던졌던 건 단순한 위협으로 그쳤고 실질적으로 피해를 입은 사람도 없었다. 곧장 주먹을 날려서 보복한다는 발상은 다정이의 상태를 고려하지 않더라도 제정신으로 튀어나올 만한 게 아니었다. 그런 와중에도 낭만 선생은 실로 태연자약해서 한껏 겁을 집어먹고 바들거리는 다정이에게 눈 하나 깜짝 않고 이렇게 말하는 것이었다.

"설화는 천성이 상냥한 애라서 얌전히 넘어가 준 모양이지만 난 그 애처럼 온화한 사람이 아니거든. 한 번만 더 이따위 짓을 했다간 이 정도로는 안 끝날 줄 알아."

그 염색 머리 여자를 두고 어떻게 상냥하다느니 온화한 사람이라느니 하는 평가가 튀어나올 수 있는지는 차치하더라도 낭만 선생이 다정이네 어머니를 상대로 따님을 방에서 나오도록 만들겠다고 선언했던 게 단순히 두들겨 패서 끌고 나가겠다는 의미는 아닐 터였다. 당장 저 가느다란 팔다리로도 영양실조 직전의 여자애 하나 제압하는 건 어렵지 않겠지만 그런 식으로 해결할 심산이었다면 재서와 혜명이네 어머니는 물론이고 나도 이 자리에 있을 이유가 없었다. 다정이를 끌어내는 데에 필요한 인력이라면 당장 선후배 사이라는 형사님 정도만 있어도 충분했을 일이다. 이렇게나 많은 인원들을 모아둔 데에는 어떤 의도가 있을 것이다. 그러나 그 의도가 뭔지를 모르겠다.

그래서야 있으나 없으나 매한가지다.

"이런 식으로 하실 거라면 그냥 돌아가시죠. 아픈 애를 상대로 지금 뭐 하자는 겁니까?"

선생님은 초반에 비해 흥분이 가라앉았는지 목소리는 차분해졌지만, 말투에는 여전히 불만이 차 있었다. 애초에 선생님은 낭만 선생에 대해 그리 좋은 인상을 받고 있지는 않은 듯 보였지만 그와는 별개로 선생님의 지적은 타당한 것이었고, 굳이 편을 들자면 나와 좀 더 면식이 있는 쪽에 마음이 기우는 것은 당연한 일이었다. 그러나 낭만 선생은 오히려 의아하다는 듯 말했다.

"아픈 애라니, 얘가 말입니까? 실례지만 김현석 선생님, 병원에서 다정 양에 대해 특별히 문제가 없다고 진단했던 일을 제게 가르쳐주신 건 선생님이셨습니다. 다정 양은 아프지 않아요. 불안장애를 앓고 건 사실이겠지만 경미한 수준이라는 진단이 있었고, 원인도 본인 스스로 이야기할 수 있을 만큼 제대로 자각하고 있습니다. 이 정도로 상태가 악화할 정도라면 진작 정신병원에 처넣었어야 할 일이죠."

불안장애라는 게 정확히 무슨 증상을 보이는 질환인지는 모르겠지만 아무래도 정신적으로 문제가 있었던 건 사실이었던 모양이다. 하지만 경미한 수준이라니…… 저게? 밥도 제대로 못 먹어서 미라 같은 꼴을 한데다가, 방 정리도 못해서 구더기가 자라나는 걸 방치해 두고 있는데?

그렇게 생각했던 게 나 혼자만은 아니었는지, 선생님도 즉각적으로 반발했다.

"이봐요, 그 진단이 말이 안 되는 것 같으니까 설화한테 도움을 청했던 거고, 걔가 당신을 추천했으니까 믿고 맡겨보자고 생각을 했던 겁니다. 이렇게 폭력적으로 나올 줄 알았다면 애초에 여기까지 안내하지도 않았을 거라고요. 어머님이 바라셨던 게 단순히 다정이를 밖으로 끄집어내는 거였다면 처음부터 당신들한테 부탁할 필요도 없었겠죠. 제가 당신들한테 기대했던 건 다정이의 병을 치료하는 일이었습니다. 매가 약이라는 발상으로 달려들 생각이라면 이만 돌아가는 게 차라리 낫겠네요."

"아무래도 김 선생님께서는 전혀 엉뚱한 기대를 하셨던 것 같은데, 죄송하지만 제게는 전문성 있는 정신과 의사가 제안한 방법보다 효과적인 치료법을 제시할 능력이 없습니다. 그분들의 진단은 최신의 의학지식에 기반을 두었을 테고 무수한 선례를 통해 충분한 검증이 이뤄진 것들일 텐데, 선생님께서는 무슨 자신감으로 그런 분들의 판단이 잘못된 것이라 확신하시는지 이해하기 어렵네요. 단언하겠는데 다정 양의 상태는 심각하지 않습니다. 적어도 정신의학적인 소견에 따르면 말이죠. 제가 해야 할 일은 치료가 아니라 추론의 검증과 확인입니다. 제 생각이 옳다면 그걸로 다정 양이 안고 있는 문제의 원인은 해소할 수 있을 겁니다."

"지금 애 상태를 보고도 그런 말이 나옵니까? 방 안 꼬락서니가 어떤지를 보면서도 그런 말이 나와요? 이러고 사는 애를 보면서 멀쩡하다고, 문제가 없다고 하는데 그걸 곧이곧대로 믿으라고? 제정신입니까, 지금?"

선생님은 점점 언성이 높아지더니 마지막쯤에 이르러서는 거의 고함을 질러대는 정도가 되었다.

선생님은 평균적인 체격의 소유자였고 키도 내 또래의 남자애들과 비교해서 크게 차이가 나지 않았지만 낭만 선생과는 못해도 머리 하나 하고도 절반은 차이가 나는 수준이었다. 그런데도 표정이 적은 해골은 냉담하게 식은 시선으로 선생님을 물끄러미 바라보고 있을 뿐 그 얼굴에 감정이 동요하는 징후는 드러나지 않았다.

험악해진 분위기를 더욱 무겁게 짓누르는 침묵 속에서 먼저 움직임을 보인 것은 낭만 선생이었다. 그녀는 별수 없다는 듯 미간을 찌푸린 채 여봐라는 듯 한숨을 쉬고는 입을 열었다.

"저번 주에 방문했을 때 설화가 다정 양의 방에 억지로 들어갔다고 했었죠? 정확히는 다정 양이 바깥을 확인하기 위해서 문을 약간 열었고, 설화는 그 틈에 문 뒤쪽에서 가로막고 있던 다정 양을 밀쳐내고 들어가서 도로 입구를 닫았다고요. 제 말이 맞습니까?"

다정이는 우리가 방에 들어왔다는 이유만으로 스마트폰을 던져대며 위협을 가해왔다. 안 그래도 힘들어하는 딸이 무엇보다 질색하는 짓을 꼼수까지 부려가면서 저질렀으니 그야 다정이네 어머니가 염색 머리 여자를 경계할 만도 했다. 선생님도 조금 떨떠름한 표정이었지만, 일단 고개를 끄덕여 긍정했다. 하지만 그런 것치고는 염색 머리 여자에 대한 언급에 다정이가 호의적인 반응을 보였던 게 신경이 쓰인다. 오히려 우리를 상대로 다정이가 보여준 대응을 생각해봤을 때 그 여자의 관계자로 왔다는 발언은 다정이의 역린이 되었어야 자연스럽지 않았을까.

이어진 낭만 선생의 설명은 그 의문에 대한 대답이었다.

"그렇게 들어간 설화를 다정 양은 즉각 쫓아내지도 않았고, 오히려 약간의 마찰은 있었던 모양이지만 그런대로 차분하게 이야기도 나눴다고 했었죠. 거기에 설화는 잠겨있던 문을 억지로 따거나 부수고 들어갔던 게 아니에요. 어디까지나 다정 양이 열어준 틈을 비집고 들어갔을 뿐입니다. 요컨대 현재 다정 양이 두려워하는 것은 어디까지나 본인이 방에서 나가는 것, 신변의 안전이 보장되는 요새에 자신의 몸이 머무르지 않는 상태라는 뜻이죠. 아마 설화가 다정 양에게 어떤 위해를 가하려 했다면 망설이지 않고 문밖에서 대기하던 어머님과 선생님께 도움을 청했을 겁니다.”

다정이에게 설화라는 여자는 단지 특유의 흉포한 언동으로 자신의 공간에 침입한 외부인이었던 것이 아니라 이곳에 틀어박힌 시점에서 붕괴해버린, 피부로 실감할 수 있는 사회의 시발점이었다. 다른 사람과 대화를 나눴다는 사실만으로도 피폐해져 있던 생활에 숨통이 트이는 기분이었을지도 모른다.

선생님은 여전히 못마땅하다는 표정이었지만, 낭만 선생은 개의치 않고 설명을 이어갔다.

“이 애가 저희를 상대로 과민한 반응을 보이는 것도 같은 맥락으로 이해할 수 있습니다. 방에 누군가가 들어오기 위해서는 유일하게 외부와 연결되는 출입문을 열어야 하죠. 식사를 거를 때가 자주 있었던 것도 당연히 문턱 너머와 연결되는 시간을 최소화하기 위함입니다. 다정 양이 방에서 나가려 하지 않는 이유는 바깥에 존재하는 위험, 즉 자신을 해하려 하는 인물로부터 스스로를 지키기 위한 선택이었어요. 그런 상황에서 유일한 침입 경로가 개방되는 상황을 피하려 드는 건 당연한 대처인 셈이죠.”

조금씩 바닥에 엎어져서 벌벌 떨고 있는 저 지저분한 동물의 사정이 드러나고 있었다. 단순한 왕따나 학교폭력에 못 견디고 등교 거부를 하는 건 아닌 모양이다. 김현석 선생님은 작년에 혜명이네 반의 담임이었다. 당연히 저 애가 안고 있는 사정도 어느 정도 파악하고 있을 터였고, 그럼 저 애를 해하려는 인물이 누구인지도 알고 있어야 했다. 그런데도 다정이가 방에 틀어박혀서 나오려 하지 않는다는 건 다정이를 해하려 하는 인물이 아직 저 애를 노리고 있다는 뜻이고, 그 말인즉 선생님이 알고 있는 데도 마땅한 조치를 취할 수 없는 인물이라는 뜻이다.

내가 나름대로 상황을 정리하는 사이에도 낭만 선생의 이야기는 멈추지 않았다.

"다정 양의 심신이 피폐해져 있는 건 사실이지만 저희가 위협을 당하고도 가만히 있어 줘야 할 만큼 심각하지는 않습니다. 방에서 나갈 수 없으니까 당연히 씻을 수도 없었고, 어머님께서 챙겨주신다고 해도 보통사람들처럼 균형이 잡힌 식사는 불가능했을 테니 영양 상태도 나빠졌어요. 배변 활동을 어디서 하는지는 모르겠지만 방안에 진동하는 악취를 보아하니 이곳 어딘가에 처리하고 있겠죠. 이런 곳에서 생활하고 있으니 몸이 나빠지는 건 당연한 일입니다. 즉, 다정 양의 몸이 이 지경까지 망가진 건 무슨 정신적인 문제로 인한 게 아니라, 그냥 방에서 나가지 않았기 때문이라는 말입니다. 이제 납득이 되시나요, 김현석 선생님?"

선생님의 불만은 조금도 해소되지 않은 듯했지만, 솔직히 나는 그런 선생님의 반응도 조금 받아들이기 어려운 것이라 생각했다. 적어

도 작년에 내가 선생님을 찾아갔을 때 그는 당시 혜명이가 처해있던
부조리한 상황을 전부 인지하고 있었으면서도 자기 보신을 위해 사
태를 방관하고 있었다. 그게 교무실 전체의 방침이었다고 해도 선생
님이 정말로 학생을 위하는 사람이었다면 설령 어떤 손해를 감수해
서라도 반발했어야 했다. 이제 와서 다정이라는 애 하나를 위해서
저렇게까지 분노하고 감싸려 드는 건 선례에 비춰 봤을 때 부자연스
럽다.

하지만 그렇다고 마땅한 반론이 떠오르지도 않았는지 선생님은 그
저 떨떠름한 표정을 짓고 있을 뿐 변변한 대꾸는 하지 않았다. 그것
이 수긍을 의미하는 제스처임을 선생님도 모르지는 않았을 것이다.
낭만 선생은 그제야 이쪽을 돌아보며 말했다.

"그럼 이제 본격적으로 진행해봅시다. 재서 양은 좀 더 안쪽으로
들어와 주시겠어요? 문을 닫아두는 편이 다정 양의 안정을 위해서도
좋을 테니까요."

재서는 문턱을 조금 넘어선 자리에 서 있었던 터라 확실히 문을 닫
는 데에 방해가 됐다. 저 애는 작년에 다정이가 주도했던 일련의 사
태에 직간접적으로 관련되었을 가능성이 높다. 재서는 당시 혜명이
와 친밀하게 교류했던 사이로 알려진 탓에 지금도 학년 전체에서 기
피 대상처럼 여겨지고 있다. 당연히 그 애에게 위해를 가하는 입장은
아니었겠지만 생리적인 거부감을 야기하는 방의 상태와는 별개로 발
을 들이는 데에 거리낌을 느끼는 건 당연하다.

"저기, 아까 차에서도 몇 번인가 여쭤봤는데 대답을 못 들어서요."

시키는 대로 재서가 문을 닫으려는 중에 돌연히 입을 연 사람은 혜

명이네 어머니였다. 떠올리는 것만으로 구역질이 나는, 마지막으로 학교에 찾아왔던 그 날 우리를 향해 저주를 퍼부었던 그 나긋나긋한 목소리다. 어색하게 들어 올린 느낌을 연출하는 그 오른손의 손짓마저도 역겹다. 낭만 선생은 그 피부 가죽 안에 숨어서 인간성의 살점을 뜯어먹는 광기를 모르고 있다. 알고 있었다면 시골 벽지로 도피한 이 여자를 굳이 찾아갔을 리도 없고 여기까지 끌고 왔을 리도 없다. 나는 내가 저 여자를 두려워하는 것인지 증오하는 것인지 갈피를 잡지 못하고 있었다. 그러나 어느 쪽이 됐건 이런 여자를 나와 같은 공간에 있도록 만든 낭만 선생을 미워해야 할 이유는 충족하고 있었다. 그런 내 기분을 알아줄 사람은 이제 이 세상에 없다. 그래서 저들은 내 마음을 알아채지 못하는 것이고, 그래서 저들은 태연하게 이야기를 나누고 있는 것이다.

"죄송합니다. 무슨 질문이었는지 기억이 나질 않네요."

"본격적으로 진행한다니, 뭘 진행한다는 건데요?"

혜명이네 어머니가 입술을 벌리려던 그 찰나에 문을 닫으면서 재서가 불쑥 끼어들었다. 특유의 표정이 적은 얼굴에 어쩐지 서늘한 분위기가 서려 있는 것처럼 보였다. 그건 사람의 고기를 베어 가르는 칼날과 같은 서늘함이었다. 그리고 나는 그런 내 감상이 그저 기분 탓이었던 것만은 아니었으리라 생각했다. 그러나 낭만 선생은 오히려 희미하게 웃는 얼굴을 하고 있었다. 아까 바깥에서 재서를 곁눈으로 살피던 한순간에 스치듯 지어 보였던 그 얼굴이었다. 드물지 않게 얼굴에 드리우던 미소와 무엇 하나 다르지 않은데도 거기에 독선적인 악의가 담겨있음을 직감할 수 있는 그 표정이다.

그믐달을 그리는 입술이 유려하게 달싹이면서 대답했다.

"본래라면 제 입장에서 이런 편법을 이용하는 건 금기시되어 있습니다만 이번에는 예외적인 경우라 판단하기로 했습니다. 지금부터 저는 다소 주술적인 방법을 통해 여러분이 감추고 있는, 혹은 스스로 깨닫지 못한 죄악을 드러낼 겁니다. 일종의 충격요법이기는 하지만 사태를 이 지경까지 몰아놓은 것도 다 여러분 책임이니 알아서들 감수하시리라 믿습니다. 아마 이번 작업을 통해서 여러분이 안고 있는 사사로운 문제들도 어느 정도는 해소가 되겠죠."

"주술적인 방법이라니 그게 무슨……!"

되물으려다 말끝을 흐렸던 것은 바닥에 쓰러져있던 다정이었다.

미세하게 떨리는 목소리로 속삭이듯 하는 통에 잘 들리지도 않았는데, 그마저도 위에서 내려다보는 시커먼 여자의 시선과 마주치자마자 눈을 돌리면서 입을 다물어버렸다. 수상쩍은 발언이라고 생각하면서도 입 다물고 구경만 하는 나보다야 진취적이었지만, 저래선 가만히 있느니만 못한 것 같기도 했다.

"제 질문을 이해하지 못하신 것 같은데 당신이 무슨 목적을 가졌는지는 제 알 바 아니거든요. 그 목적을 어떻게 이룰 생각이냐고, 지금 그렇게 물어본 거예요. 주술적인 방법이라니, 그걸로 설명이 된다고 생각하신 건가요?"

처음 통성명을 나눌 때도 그렇고 연달아 자신의 질문에 대답을 회피하려 드는 게 은근히 불쾌했던 모양인지 재서는 노골적으로 미간을 찌푸리면서 짜증스러운 투로 쏘아붙이듯 말했다. 단순히 차분하고 관조적이기만 한 애가 아니라 의외로 신경질적인 구석이 있는지도 모르겠다.

낭만 선생은 이제 웃고 있지 않았다. 딱히 기분이 나빠 보이는 것도 아니었다. 졸음을 참는 사람처럼 눈꺼풀이 느슨하게 풀어진 표정이 오히려 그녀의 기본 상태처럼 보였다.

"제가 설명이 부족했을지도 모르겠네요. 오늘 여러분들을 불러 모을 수 있도록 협조를 요청했던 건, 여러분들이 어떤 공통점을 가지고 있기 때문입니다. 그리고 그 공통점은 지금부터 진행할 작업의 핵심이기도 하죠."

아무래도 낭만 선생에게는 의미심장한 문맥으로 결론을 유보하는 습관이 있는 모양이다. 자리에 모인 면면들은 각자 고개를 갸웃거리거나 표정을 일그러뜨리거나 하면서 의아함을 드러내는 한편으로 불쾌한 기색을 드러내고 있었다. 내가 그때 어떤 표정을 짓고 있는지는 모를 일이지만, 나도 뭐 크게 다르지는 않았으리라 생각한다.

낭만 선생은 잠시 시선만으로 주위를 둘러보면서 반응을 살피다가 이내 한마디를 덧붙였다.

"작년에 실종된 서혜명 양에 대해서는 다들 기억하고 계시겠죠? 여러분은 전원 그 사건의 관계자로서 이 자리에 모인 겁니다."

실종 사건을 수사하던 경찰까지 함께 온 상황이니 이 자리가 혜명이의 실종과 관련되어 있으리라는 추측은 어렵지 않았다. 다만 그 일을 논하려 한다면, 저기 서 있는 저 여자가 아니라 수사관이 앞에 나서는 편이 자연스러웠다.

혜명이의 이름이 나오자 피로감을 호소하듯 한 손으로 목덜미를 주무르던 혜명이네 어머니가 처음으로 입을 열었다.

“그 문제를 왜 그쪽이 상관하는 거죠?”

지금 이 집에는 그 사건을 수사하고 있는 경찰이 있다. 당연히 그 문제를 논해야 할 주체도 웬 시커먼 해골 같은 여자가 아니라 그 경찰이어야 했다. 혜명이네 어머니의 주장은 무척이나 타당한 것이었다. 그렇지만 저 사람만큼은 그 애에 관해서 입을 열어서는 안된다고 나는 생각했다.

“저는 이쪽의 김현석 선생님의 지인을 제자로 두고 있고 혜명 양의 실종사건을 담당하고 있는 수사관의 지인이기도 합니다. 제 의지와는 무관하게 여러 얘기를 전해 들을 수 있었죠. 그리고 미약하나마 가까운 이들이 겪는 어려움에 제가 도움을 줄 수 있을 거라 판단했을 뿐입니다. 그냥 사적인 호의라고 해두죠. 제가 무슨 영문으로 여러분 앞에서 잘난 듯이 떠들고 있느냐는 중요한 문제가 아니니까요.”

“그럼 선생님이 생각하는 중요한 문제라는 건 뭔가요?”

목소리가 들렸고, 그게 내 입에서 나왔다는 사실을 깨닫기까지 약간의 딜레이가 있었다. 자각했을 때는 이미 생각했던 것들이 현실의 언어가 되어있었다.

뒤늦게 내게로 집중된 이목을 깨닫고는 당황해서 이리저리 시선을 피하던 나를 곁눈으로 노려보고 있던 재서와 우연히 눈이 마주쳤다. 그 애의 눈은 마치 두개골의 안쪽을 닮았다고 느꼈다. 바라보는 상을 비추고 있는 것 같지가 않아서 마음이 공허해진다. 다시 낭만 선생을 바라보았다. 그녀의 입가에 걸린 웃음은 도발적으로 보이기도 했고, 어딘가 시원해 보이기도 했다.

돌아온 대답은 여전히 의미심장했고, 청자의 이해를 기대하지 않는 것이었다.

"여러분이 잃어버린 것들을 되찾아드리는 일입니다."

***

스포츠 백 안에는 세트로 구성된 향초가 예닐곱 개쯤 들어있었다. 낭만 선생의 지시에 따라 나와 선생님은 그중 다섯 개를 꺼내 일정한 간격을 두고 가능한 공간에 원형으로 배치해두었다. 이어 그녀가 정장 안주머니에서 꺼낸 성냥을 건네받아 하나하나 불을 붙였다.

낭만 선생은 향초 사이사이의 간격에 각자 한 사람씩 이동해서 오각형을 이루도록 위치하고, 본인은 그 중앙에 자리하는 구조가 되도록 지시했다. 시키는 대로 향초에 불을 붙여놓고 보니 어느새 누구 하나 반발하지도 않고 순순히 따르는 분위기가 형성되어 있었다.

"그렇게 격식을 갖춰야 되는 술법은 아니니까 편하게 앉아계셔도 괜찮습니다. 생각보다 시간이 걸릴지도 모르니까요."

주위를 가볍게 둘러본 낭만 선생은 대수롭지 않게 말했지만, 한껏 습기를 머금고 끈적거리는 장판 위에 개미들이 득실거리는 곳에서 편하게 앉아계시라는 소리를 해도 선뜻 엉덩이를 붙일 마음은 들지 않았다. 다른 사람들도 한동안 우물쭈물하면서 망설이거나 서로 눈치만 살피고 있었는데, 혼자만 태연한 얼굴을 하고 있던 재서가 돌연히 입고 있던 교복 마이를 벗어버리더니 그걸 바닥에 깔고는 그 위에 조심스럽게 앉았다. 그걸 본 선생님도 잇따라서 입고 있던 겉옷을 벗었는데, 문득 난처한 얼굴로 고민하던 혜명이네 어머니를 힐끔거리더니 잠시 망설이다가 결국 들고 있던 옷가지를 그대로 건네주었다. 그럼 본인은 어떻게 했는가 하니, 잠시 곤란해하는 기색을 보이다가 그냥 바닥에 주저앉아버렸다. 딱히 바닥에 깔아둘 만한 옷이나 가방 같은 것도 없어서 주저하고 있던 내게는 낭만 선생이 커다란 외투 같은 걸 불쑥 내밀어왔다. 펼쳐보지는 않았지만 그녀가 입고 있던 옷가지 중에 특히나 거추장스러워 보였던 로브가 사라져 있었다. 의도치는 않았지만 어쨌건 가장 안정감 있는 방석을 손에 넣을 수 있었다.

내가 자리에 앉는 것까지 확인하면서 정장의 소매나 깃을 정리한 낭만 선생은 그제야 다시 입을 열었다.

"다들 착석하신 것 같으니 이제 본격적으로 시작하죠. 뭐, 여러분이 크게 해주셔야 할 일은 없습니다만, 일단 몸을 편안히 하고 차분하게 호흡하면서 마음이 안정된 상태를 유지할 수 있도록 유의해주셨으면 합니다. 어디까지나 권장하는 수준이니 지키지 않더라도 아마 큰 문제는 없겠지만, 만일을 대비할 필요는 있으니까요."

그러고는 정장 안주머니에서 수첩 하나를 꺼내 펼쳐 보이더니 페이지를 물끄러미 바라보면서 말을 이었다. 뭔가가 적혀있는 모양인지 눈동자가 천천히 좌우로 왕복했다.

"작년에 있었던 서혜명 양의 실종사건에 대해서는 다들 아실 테니 본격적으로 시작하기 전에 간단히 정리만 하죠. 작년 11월 중순에 혜명 양의 실종신고가 접수되었고 약 한 달간 수사가 진행됐습니다만, 그 이후로 돌연히 수사가 종결되었습니다. 실제로 혜명 양의 행방이 묘연해졌던 건 11월 상순의 일이었고, 따라서 실제로 실종신고가 이뤄지기까지 어림잡아 2주의 시간이 비는데, 이는 가족을 비롯한 주변인들이나 학교 측에서 사건의 공론화를 피하려 했다는 반증이 되겠습니다만 일단 지금은 차치해두는 걸로 하죠.”

거기서 잠시 말을 멈추고 빠르게 훑어보는 시선은 선생님과 혜명이네 어머니에게로 향하는 것이었지만, 한순간에 번뜩이고 지나간 그 안광을 몇 명이나 눈치챘을지는 모르겠다.

“이후로 여러분 중 몇몇 분들께는 생소한 얘기일지도 모르겠습니다만, 얼마 전에 뭐, 최근은 아니고 한 달 반 정도는 전의 일입니다만, 혜명 양이 다니던 학교에서 차로 20분 정도 거리에 있는 뒷산에서 백골 사체가 하나 발견이 됐습니다. 근처 아파트의 등산모임 회원분들이 등산로 한복판에서 발견하셨죠. 백골 사체는 옆통수가 함몰되어 있었고 늑골 일부가 골절된 상태였지만, 당시 수사관들의 대다수는 단순 실족사로 추정했다는 모양입니다. 그런데 검사 결과 이 사체의 신원이 작년에 실종되었던 여고생과 동일하다는 사실이 확인되었죠. 담당 수사관의 견해에 따르면 혜명 양이 실종됐을 당시의 여러 정황과 발견 당시 사체의 상태를 고려했을 때, 혜명 양은 누군가에 의해 살해되었을 가능성이 높다고 합니다. 그렇게 백골 사체 사건은 자연스럽게 작년 실종사건의 재수사로 이어졌습니다. 즉, 서혜명 학생을 살해하고 사체를 유기한 범인을 찾는 수사로 전환된 셈이죠. 그리고 짐작하셨겠지만 아직 범인은 검거되지 않았습니다.”

말을 마치는 동시에 수첩을 탁하고 접어서 다시 안주머니에 넣었다. 내가 알고 있는 내용은 작년에 실종사건의 수사가 이뤄졌고 얼마 지나지 않아서 졸속으로 마무리되었다는 정도고 그나마 재수사가 시작되었다는 사실만 어렴풋이 인지하고 있는 수준이다. 특히나 혜명이의 시체가 발견됐다는 사실을 알았을 때는 의식이 증발하는 것 같은 감각이 머리부터 쏟아져 내려서 전신의 피부를 타고 흐르는 듯했다. 내심 짐작하고 있었으면서도 몸의 절반이 통째로 썰려 나간 것 같았다. 정신을 차릴 수가 없었다.

'다른 사람들은 어떻지? 알고 있었나?

그러니까, 뭐라고 했었지? 몇몇은 모르는 얘기일 거라고 말했던가?

그러니까 나만 모르고 있던 게 아니라는 건데? 알고 있던 사람도 있다는 건가?

그럼 그게 누구지? 어째서 알고 있었던 거지?

재서는? 선생님은? 아주머니는? 다정이는?'

머리에서는 생각이며 발상이며 의문이며 쏟아내는데 몸이 반응하지를 않는다. 움직일 수가 없다. 시야에 들어오는 건 시커먼 정장을 입고서 있는 창백한 여자뿐이다. 어둑어둑한 배경에 녹아들어서 흐릿하게 일그러져 보인다.

시간이 얼마나 흘렀는지도 모르겠다. 눈에 비치고 있는 것들이 현실감을 잃어가고 있었다. 내가 이 자리에 있다는 실감이 흐려져 가고 있었다. 왜인지는 모르지만 무서워졌다. 죽을 것 같은 기분이 들었다.

"죽었다고?"

턱밑까지 차오른 절박감이 목을 조르는데도 어떻게든 간신히 쥐어짜내는 목소리로 누군가가 말했다. 내 것이 아닌 그 음성을 기계적으로 쫓아 시선을 향한 그 자리에는 재서가 당장이라도 울 것 같은 표정으로 앉아있었다. 어째서 저 애가 그런 표정을 짓고 있는지 나는 이해할 수가 없었다. 두 사람이 그렇게까지 각별한 사이였던가? 단순히 얼굴을 기억하고 있는 친구의 죽음에 충격을 받았을 뿐인지도 모른다. 우리는 가까운 지인의 죽음에 익숙해질 나이가 아니었으니까.

그러나 낭만 선생은 이번에도 대답하지 않았다. 애초에 그녀는 액면의 안쪽에 있는 의도에 대답하기를 좋아하지 않는 것처럼도 보였다. 재서에게 한 발짝 다가간 낭만 선생은 상체를 세우고 뒷짐을 진 자세에서 허리만을 숙여 얼굴을 가까이했다. 속삭이듯 하는데도 울림이 있어서 목소리가 머리뼈를 파고드는 것 같은 기이한 발성이었다.

"마음이 안정된 상태를 유지해달라고 당부를 드린 지 1분도 지나지 않았습니다만 확실히 학생분들께는 다소 자극이 강했는지도 모르겠군요. 하지만 혜명 양이 사망한 건 기정사실입니다. 사실 재서 양도, 수진 양도 이미 짐작하고 있었을 겁니다. 두 분은 인정하지 않았던 게 아니라 인정하고 싶지 않았을 뿐이에요. 살아 있으면 좋겠다는 막연한 희망을 믿음으로 착각하고 자신을 기만해왔던 거죠. 그걸 깨달아야 합니다. 잃어버린 것을 되찾는 게 이 의식의 목적이니까요."

말을 마친 낭만 선생은 곁눈으로 내가 있는 쪽을 한 번 확인하더니 허리를 곧게 펴고 제자리로 돌아갔다. 재서는 끝내 그녀를 제대로 바라보지 못한 채 고개를 떨구었다. 눈을 감으면 그곳에 맺혀 있던 감정이 쏟아질 것만 같았는지 애꿎은 입술만 힘껏 깨물고 있다.

그 모습을 보고 있자니 나는 오히려 혼란스러웠던 마음이 진정되는 것 같았다. 타인의 불행을 통해 스스로를 위로하고 있는 것만 같아서, 그런 내가 몹시 불결하게 느껴졌다.

"방금 저는 여러분들의 공통점에 대해 해당 실종사건의 관계자로서 모인 것이라 말씀드렸습니다만, 그건 어디까지나 형사사건을 바라보는 일반적인 관점에 불과합니다. 실종된 여고생을 부재자, 혹은 피해자로 기호화하고 시신을 유기한 범인을 범죄의 주체, 피해자를 범죄의 객체로 평가하는 기계적인 객관성을 견지했을 경우의 견해일 뿐입니다. 그리고 보시다시피 저는 수사관도 아니고 경찰관계자도 아니죠."

낭만 선생은 문득 짝다리를 지으면서 한 손은 허리에 두고 나머지 한 손으로는 턱을 살며시 쓸었다.

"여러분은 단순히 그 사건의 관계자이면서 동시에 그로 인해 뭔가를 잃은 사람들이기도 합니다. 그것이 자의에 의한 것이었는가의 여부와는 별개로 말이죠. 가지고 있던 걸 잃어버렸다는 건 그만큼의 분량이 결여된 상태가 되었다는 의미이기도 합니다. 이 결핍된 부분이 바로 제가 말씀드렸던 여러분이 안고 있는 사사로운 문제라는 것의 정체입니다."

"그 문제를 해소하기 위해서 저희의 죄악을 드러낼 거라고도 말씀을 하셨죠. 딸을 잃은 엄마 앞에서 못하는 말씀이 없으시네요."

혜명이네 어머니는 비교적 차분한 어조로 나긋하게 말했지만, 그 내용은 본연의 의도를 노골적으로 드러내 보이는 것이었다.

그러나 내가 그 순간에 충격을 받았던 것은 아주머니가 그 와중에 미소를 짓고 있었기 때문이다. 딸을 잃은 엄마를 자칭하는 인간이 딸의 시신을 발견했다는 얘기를 들어놓고도 웃음을 지을 수 있다는 사

실이 너무나도 불쾌하고 역겨웠다. 사람의 감수성이라는 게 다 비슷
비슷한 모양인지 낭만 선생도 외려 코웃음을 칠뿐이었다.

"기분이 상하셨다면 죄송하기는 한데 어머니라고 해도 다 같은 어
머니는 아니니까요. 어머님의 이야기는 조금 뒤에 이어서 하기로 하
죠. 일단 서혜명 양이 실종된 데서부터 등산로에서 백골이 발견되기
까지 있었던 사건들을 전부 취합해서 시간 순서대로 정리해봅시다.
그러니까 실종사건의 수사가 개시된 시점 말고 실제로 혜명 양이 행
방불명 상태가 된 시점부터 있었던 일들입니다. 아실만한 분들은 아
시겠지만 그 시점으로 거슬러 올라갔을 때 처음으로 주목할 만한 사
건이라고 하면 다정 양의 갑작스런 성격 변화와 그에 따른 이상행동
을 들 수 있겠죠."

처음 듣는 얘기였지만, 생각해보면 어느 날 돌연히 학교에 나오지
도 않고 방구석에 처박혀서 폐인처럼 지내기 시작했다는 건 부자연
스러운 일이다. 사전에 어떠한 징후를 보였을 가능성이 높다. 어째
서 거기까지 생각이 미치지 않았는지 오히려 의아했을 정도였다.

"혜명 양이 실제로 실종된 11월 초부터 다정 양이 이상행동을 보
이기 시작했다는 증언은 당시 같은 반이었던 학생들은 물론이고 당
시 담임이었던 김현석 선생님을 비롯해 몇몇 선생님들로부터 어렵
지 않게 얻을 수 있는 것들이었습니다. 그 무렵에는 이미 혜명 양에
게 저질렀던 일련의 착취, 폭력 행위의 반작용으로 본인의 입지가
상당히 좁아져 있었다는 사실도 재서 양과 김 선생님께서 증언해주
신 바 있었습니다만, 이걸 원인으로 보기에는 다소 무리가 있죠. 가
령 다정 양이 폭행이나 금품갈취 등을 당했다 하더라도 보통 이런

경우에는 다른 아이들이 일방적으로 따돌리는 게 일반적인 양상이고, 가해자들을 피하거나 달아나지 않습니다. 그에 따라 이어지는 보복이 두려워서라도 가만히 부당한 일들을 견뎌내죠. 그런데 다정 양은 어땠죠?"

낭만 선생이 질문하며 눈길을 준 사람은 선생님이었지만, 한껏 움츠러들어서 불안정한 모습을 보이기 시작한 것은 다정이었다. 눈꺼풀은 안구를 뽑아낼 것처럼 크게 벌어져 있었고 눈동자는 초점을 잡지 못하고 이리저리 방황하고 있었다. 입술은 안쪽으로 말아서 꾹 다물고 있었지만 이따금 괴로운 듯 새어 나오는 신음을 막을 수는 없었다. 하지만 내게는 그 모습이 무척이나 이상하게 보였다. 그도 그럴 것이, 다정이가 그렇게까지 불안에 떨어야 할 이유가 없었기 때문이다.

선생님은 약간 의아해하는 듯 보였지만 일단 순순히 대답했다.

"일단 말수가 확연하게 줄었고 행동거지가 소극적으로 변했었죠. 누가 말을 걸어도 대답하는 둥 마는 둥 중얼거리는 정도였고 다른 사람과 접촉하는 걸 거리끼는 것처럼 보였습니다. 누가 다가오면 몸을 움츠리거나 피해 다니기 바쁘고 입만 벌리면 미안하다느니 죄송하다느니 사과만 하면서, 한 번은 본드까지 빨고 교무실에 쳐들어와서 오열하다가 달아나기도 했었죠."

듣고 있자니 어딘가 위화감이 드는 얘기였다. 친구라고 생각했던 애들도 죄다 떠나가고 저질렀던 짓이 있으니 선생님들한테 도와달라고 할 수 없었을 것이다. 사실상 교실에서 고립된 상태가 되었다는 뜻이다. 하지만 아무리 그래도 그렇게까지 급속도로 사람이 피폐해졌다는 건 어딘가 부자연스럽기는 하다. 다만 그건 사소한 의문이었을 뿐 위화감이라 할 정도는 아니다. 나는 좀 더 보편적인 지점에서 뭔가가 이상하다고 느꼈다. 그런데 도대체 뭐가 이상한지를 스스로에게 납득시킬 수가 없었던 것이다.

이어지는 낭만 선생의 설명에 그 답이 있었다.

"설명해주셔서 감사합니다. 그런데 뭔가 이상하죠. 보통 왕따 피해자의 경우 가급적이면 눈에 띄는 행동을 삼가는 편입니다. 이건 단순히 타고난 성격의 문제이기 이전에 일종의 방어기제라고 봐야 하는데 정상적인 선생님이라면 이상을 감지한 시점에서 피해 학생을 돕기 위해 움직이려 들 테고, 보통 이 도움이라는 건 가해 학생들에 대한 처벌을 전제로 하기 때문이죠. 그러면 처벌을 받은 가해 학생들이, 우리가 받은 처벌을 생각해보니 너에게 너무 심하게 대한 것 같다고, 네가 스스로 나서서 도와달라고 한 건 아니니까 봐주겠다고, 뭐 그럴 것 같습니까? 애초에 네가 선생님 눈에만 띄지 않았어도 이런 일은 없을 거라고 생각하는 게 가해자의 심리입니다. 아예 전학을 보내거나 퇴학 처리를 해도 어떤 방식으로든 보복이 뒤따르는 건 그런 이유죠. 반면에 다정 양이 보여준 일련의 이상행동은 이런 식으로 표현하기는 뭐하지만, 솔직히 인상적이었습니다. 지나치게 눈에 띄었죠. 일반적인 집단따돌림의 피해자가 보일 행동과는 거리가 있었습니다. 때문에 저는 다정 양의 성격 변화에 대해 중간고사 이후 급변한 인간관계를 원인으로 지적하는 건 무리가 있다고 판단했습니다."

혜명이도 그랬다. 뭐가 그렇게 좋은지 만날 웃고만 다녔다. 사실은 그 애가 웃고 있지 않다는 걸 알면서도 나는 그냥 지켜보기만 했다. 온몸에 멍든 자국을 한가득 달고서도 따끔거린다면서 웃었고, 복도 한복판에서 코피를 쏟으면서도 웃는 얼굴을 하고는 괜찮다는 소리만 했다. 그러다 보면 종종 짜증이 치밀어서 차라리 그렇게 웃고만 다니다가 죽어버리라고 생각했다. 도와달라고 비명을 지르지 않는 그 애가 미웠다. 그럴 수 없으리라는 걸 알고 있었으면서도 알고 있었으니까 더더욱.

그런 내 기분은 아무에게도 알려지지 않은 채로, 침묵으로 가득한 암실의 내부에는 낭만 선생의 이야기만이 이어졌다.

"그럼 다정 양이 갑작스럽게 이상행동을 보이게 된 원인은 뭐였을까. 이 문제는 다정 양이 일련의 변화를 보인 시기를 고려해보면 어느 정도 윤곽을 잡을 수 있습니다. 다정 양의 증세가 정확히 언제부터 질환으로 평가될 요건을 갖추게 됐는지는 알 수 없지만, 혜명 양의 행방이 묘연해진 직후부터 그녀가 불안정한 언동을 보이기 시작했던 건 주지의 사실이니까요. 실제로 그 시점에서 혜명 양의 신변에 문제가 생긴 상태였고, 그녀의 생사와는 무관하게 대외적인 활동이 불가능해진 상태였다고 가정한다면 다정 양의 불안장애는 혜명 양의 신변에 생긴 문제의 원인과 관련이 있으리라 짐작해볼 수 있습니다. 정리하자면 다정 양은 혜명 양이 실종에 이르는 데에 어떠한 형태로 개입하게 되었고, 그로 인한 죄책감이 병적인 불안과 공포로 이어졌으며 이것이 발전해 현재에 이르렀다는 가정입니다."

"말씀하시는 게 꼭 다정이 때문에 혜명이가 실종됐다는 것처럼 들리네요?"

그렇게 말하는 선생님은 한눈에도 제법 화가 난 것처럼 보였다. 아직 다정이가 뭘 어쨌다는 얘기가 나온 것도 아닌데 저 사람한테는 자기 제자가 무슨 대단한 누명이라도 쓴 것처럼 느껴졌던 모양이다.

내게는 그런 선생님의 모습이 참 꼴같잖았지만 그렇다고 딱히 틀린 지적은 아니었는데, 혜명이가 학교에 나오지 않게 된 시기와 다정이가 이상행동을 보이기 시작한 시기가 일치한다는 건 조금만 생각해보면 누구라도 눈치챌 수 있는 일이었기 때문이다. 그것만으로 두 사건을 엮는 건 다소 비약이 지나치다고 나는 생각했다.

그러나 의외로 낭만 선생은 선선히 대답했다.

"네, 혜명 양이 실종된 건 아마도 다정 양 때문일 겁니다. 납치나 살인 같은 강력범죄를 저지른 건 아니었을 테고 본인에게도 그럴 의도는 없었겠지만 결과적으로는 그렇게 됐겠죠. 두 사건의 시기가 일치하는 문제는 가설의 시발점이었을 뿐입니다. 자, 다정 양은 죽은 혜명 양이 되살아나 자신에게 복수하려 한다고 말씀하셨죠? 조금 힘드시더라도 직접 확인해주셨으면 합니다만."

발끝으로 바닥을 가볍게 쓸어내는 소리를 내면서 경쾌하게 반 바퀴를 돌아 다정이와 마주 선 낭만 선생은 이번에도 허리만을 숙여서 얼굴을 가까이 하고는 말했다. 혜명이가 되살아났다니. 그런 정신 나간 소리를 하느라 저 꼴이 되도록 방구석에 처박혀있었다는 건가?

내려다보는 시선을 피하듯 고개를 숙인 다정이는 거의 공포에 질려서 오줌이라도 지릴 것 같은 표정이었다. 아니, 이미 사타구니 사이에서 뭔가를 흘리고 있었다. 죽은 애가 되살아나서 자기를 해치려 든다고, 저 병신은 정말로 그렇게 믿고 있는 모양이다.

그 모습을 보고 있자니 나는 차라리 낭만 선생의 이야기가 사실이었으면 좋겠다고 생각했다. 자기가 저지른 일에 응보를 받아들일 각오조차도 없는 등신이 내 친구를 죽게 만들었다고 거리낄 것 없이 미워하고 싶었다. 하지만 내가 정말로 화나게 했던 건 그런 일차원적인 이유가 아니었다. 요컨대 저 애는 그렇게나 괴롭혀놓고 빨아먹을 대로 빨아먹어서 가죽만 남은 미라처럼 될 때까지 착취했으면서, 정작 혜명이가 어떤 성분으로 이루어진 인간인지도 모르고 있었다는 것이다.

혜명이는 자기에게 어떤 부당한 일을 저질렀더라도 복수 같은 걸 기도하면서 죽을 애가 아니다. 무조건적인 용서와 사랑을 부르짖을 만큼 성녀 같은 애도 아니지만 내가 당한 만큼은 돌려줘야겠다고 생각할 정도로 모질지도 못하기 때문이다.

"그럼 질문을 바꿔서, 다정 양이 처음으로 방에 틀어박히게 된 시기는 혜명 양의 실종신고가 접수된 직후의 일이었습니다. 그때는 이미 사망한 혜명 양이 되살아났고, 다정 양을 해치기 위해 거리를 배회하고 있었나요? 아니면 그보다 전부터 혜명 양이 학교에 나오지 않게 된 그때부터였습니까?"

대답이 없는 다정이를 향해 낭만 선생은 거듭 추궁했다. 차분한 어조로 평탄하게 말하는데도 묘한 박력이 느껴지는 건 특유의 목소리 때문인지도 모른다. 그러나 안면에 뚫린 구멍에서 쏟아져 나오는 체액으로 흠뻑 젖어있는 그 애한테서 제대로 된 대답 같은 게 나올 것 같지는 않았다.

낭만 선생도 잠시 눈을 가늘게 만들더니 이내 체념한 듯 허리를 펴고 반걸음 정도 물러나 다정이와 거리를 두고서 이야기를 이어갔다.

"아마 다정 양의 주장대로 죽었던 혜명 양이 되살아나서 배회하기 시작했던 건 실제로 혜명 양의 실종신고가 접수된 이후, 즉 다정 양이 지금처럼 방 안에 틀어박히게 된 시기와 거의 일치할 겁니다. 이 경우 다정 양이 공황증세를 보이기 시작한 요인과 지금과 같은 상태에 이르게 된 원인은 별개로 보는 게 자연스럽겠죠. 역순으로 정리하자면 다정 양이 방에서 나가기를 기피하게 된 이유는 죽은 혜명 양이 부활해서 자신을 해치려 하기 때문입니다. 당연히 사람은 홍해파리 같은 생물이 아니라서 죽었다가 되살아나거나 하지는 않으니 이건 다정 양 혼자만의 믿음일 뿐이죠. 어지간한 경우가 아니고서야 해가 동쪽에서 뜨는 것처럼 일반적인 진리를 벗어나는 믿음이 개개인의 신앙으로까지 발전하는 일은 없습니다. 다정 양이 그런 믿음을 갖게 된 데에는 필시 합당한 계기가 있을 거예요. 그리고 이것이 전제로서 성립하기 위해서는 그녀가 당시 생사불명이던 혜명 양이 이미 사망했다고 확신할 만한 원인이 필요해지죠. 일단 죽어야 땅에 파묻히든 되살아나든 할 테니까요."

거기서 낭만 선생은 내게 곁눈으로 한 번 시선을 주었는데, 그녀가 전하려는 바가 무엇인지 전혀 감을 잡지 못하고 있던 내가 그 의도를 파악했을 리 만무하다. 극히 찰나의 일이었고 낭만 선생도 별다른 표정 변화 없이 하던 얘기를 계속했던 터라 이때는 그저 기분 탓이라고만 생각했다.

"그럼 다정 양이 혜명 양의 사망을 확신할 수 있었던 이유는 뭐였을까요? 좀 더 거슬러 올라가서, 혜명 양이 행방불명된 시기와 다정 양이 이상행동을 보이기 시작한 시기가 일치했다는 사실에 주목해봅시다. 이 사실이 시사하고 있는 바는 좀 전에 말씀드렸던 것처럼 다정 양이 혜명 양의 실종에 직접적으로로건 간접적으로로건 관여했으리라는 가능성이었죠. 그럼 다정 양이 관여하게 된 이 모종의 사건이 그녀로 하여금 혜명 양의 사망을 확신하게 만들었던 원인이 되었다고 하면 어떻습니까? 좀 더 직접적으로 표현하자면 다정 양이 혜명 양을 사망에 이르게 했거나 혹은 사망한 그녀를 목격했을 경우입니다."

"듣자 듣자 하니까 정말 너무하는 거 아닙니까?"

이번에도 반발한 것은 김현석 선생님이었다. 더는 참지 못하겠다는 듯 자리를 박차고 일어나서는 낭만 선생을 향해 한 발짝 다가서면서 노기를 품은 목소리로 말했다.

선생님의 신장은 평균적인 성인 남성의 일반에서 크게 벗어나지 않는 것이었지만 그래도 남성과 여성이고, 낭만 선생이 지면을 부감하는 눈높이는 그 와중에 평균에도 못 미친다. 선생님의 체격은 평범한 수준이지만 작정하고 몸싸움에 나선다면 충분히 위협적으로 사용할 수 있다. 내가 기묘하다고 생각했던 건, 그런데도 여전히 자리의 주도권을 낭만 선생이 쥐고 있는 것처럼 보였기 때문이다.

"지금 저 애 상태가 당신이 말한 것처럼 경미한 불안장애처럼 보여요? 말도 제대로 못 하는 애한테 고압적으로 쏘아붙이던 것도 그냥 묵인하려고 했더니 아무리 그래도 정도라는 게 있는 겁니다. 적당히 구실을 붙여서 범인으로 만들어도 내가 안 그랬다, 뭔가 착오가 있다고 변명도 못할 것 같으니까 되는대로 그럴싸하게 지껄이면서 뒤집어씌우려는 거 아닙니까, 지금!"

선생님은 점점 격앙되어 가는 목소리로 삿대질까지 해가며 몰아세
웠고, 그런 것치고는 딱히 틀린 말을 하는 것도 아니었다. 낭만 선생
이 다정이의 상태를 악용해서 누명을 씌우려 한다는 주장은 다소 비
약이 있었지만, 관점에 따라서는 그렇게 생각할 수도 있겠다 싶을 만
한 여지는 있었다.

　그녀는 거실에 있는 경찰 아저씨와 친밀한 사이인 듯했고 범인의
검거는 경찰에게 있어서 업무상 성과의 의미를 갖는다. 혜명이의 시
신이 발견된 게 벌써 한 달하고도 반이나 지났다고 했으니 달리 말하
면 그 경찰 아저씨는 한 달 반이라는 기간 동안 업무 과정에서 성과
를 내지 못하고 있다는 뜻이다. 지인의 도움을 받아 범인을 날조하자
는 생각을 떠올렸다고 가정해도 부자연스럽지는 않다. 다만 그것도
어디까지나 동기가 부족하지는 않다는 얘기일 뿐이다. 누명을 씌울
생각이었다면 굳이 선생님처럼 반발할 가능성이 있는 사람을 동석하
도록 하지는 않았을 테고, 무엇보다 낭만 선생이 지금까지 늘어놓은
얘기들은 전부 그랬을지도 모른다는 가설의 영역에서 벗어나지 않는
다. 낭만 선생이 아무리 그럴싸한 논리를 내놓더라도 그것만으로는
누명을 씌워봐야 증거불충분으로 훈방될 뿐이다.

　"근거도 없는 중상은 그만두시죠. 저는 다정 양이 혜명 양을 살해
한 범인이라는 말을 하려는 게 아닙니다. 다만 사망했다고 인식할 만
한 상태의 혜명 양을 다정 양이 목격할 수 있는 경우를 언급했을 뿐
이죠. 애초에 제가 전술했던 상황들이 재현되기 위해서는 혜명 양의
생존이 필수적으로 전제되어야 합니다. 만약 제 발언에 부당하다고
느끼실 만한 대목이 있다면 얼마든지 반론을 받겠습니다만, 최소한

전후 맥락 정도는 고려해주셨으면 좋겠네요. 아무리 설화의 지인이라도 선을 넘는 걸 참아드리는 건 이번뿐입니다. 이만 돌아가서 앉아주시죠.”

낭만 선생은 기본적으로 여유롭고 감정이 태도로 두드러지지 않는 사람인 듯했지만, 아무리 그래도 이번에는 상당히 불쾌했는지 허리에 한 손을 얹은 자세로 미간을 찌푸리면서 말하는 투도 쏘아붙이듯 하는 게 짜증이 한껏 서려 있었다.

선생님은 한동안 어깨를 부들거리면서 분한 기분을 주체하지 못하다가 끝내 울컥한 표정을 하더니 이내 내밀었던 발걸음을 그대로 뒤로 물렀다. 자리에 앉는 모습까지 확인한 낭만 선생은 그제야 표정을 풀면서 가볍게 한숨을 쉬고는 말을 이었다.

“아마 다정 양이 목격한 혜명 양은 의식이 없는 상태였을 겁니다. 다정 양은 혼란에 빠져서 이성적으로 상황을 판단할 능력을 상실했고, 일반적이지 않은 상황에 적절한 대응이 가능했을 리도 없습니다. 때문에 호흡이나 맥박을 확인하지 않았을 가능성이 높고, 이것이 바로 그녀의 패착이었습니다. 만약 당시 혜명 양의 생존 사실만 확인했더라도 최소한 사체를 은닉하겠다는 생각은 떠올리지 않았을 테니까요. 시신을 숨겼던 건 이 방이었겠죠? 캐리어는 고등학생이 들어가기에는 크기가 너무 작고, 옷장 안에 넣어두면 적당했겠네요.”

“사체를 은닉했다니, 얘가 죽은 게 아니라고 하지 않았나요?”

재서는 대수롭지 않다는 듯 물었지만, 이 상황에서 그런 차분한 태도를 유지하고 있다는 게 오히려 스스로 정상적이지 않다는 증명이

될 뿐이라는 걸 알고는 있는지 모르겠다. 우리는 지금 옆에 앉아있는 동급생이 자기 방에 시체를 숨겼다는 얘기를 들은 것이다. 그럴 애가 아니니까 생사람 잡지 말라고 두둔해줘야 할 의리는 없었지만 정말로 네가 그랬냐면서 추궁할 정도의 악감정은 나나 재서나 공통적으로 갖고 있을 것이었다.

낭만 선생은 입술을 삐죽거리거나 검지로 턱 끝을 톡톡 두들기면서 꽤 연기조로 고민하는 제스처를 취하더니 이내 입을 열었다.

"혜명 양이 다정 양의 부정행위에 협조하지 않기로 정하고 그에 따른 일련의 보복행위에 거부감을 느낀 학생들이 대거 등을 돌리게 되면서 다정 양이 교실에서 갖는 입지가 좁아졌다는 사실은 당시 같은 반이었던 재서 양이나 담임이었던 김현석 선생님께서 가장 잘 알고 있을 겁니다. 그리고 아까 말씀드렸던 학교폭력 가해자의 심리는 그대로 다정 양에게도 적용할 수 있죠. 서혜명 그 건방진 년이 주제도 모르고 반항하지만 않았더라면 자신이 교실에서 고립되는 일은 없었을 거라고 생각했을지도 모릅니다. 다정 양이 혜명 양에게 앙심을 품을 이유는 충분했어요."

"그래서 죽였다는 건가요? 고작 그런 이유로?"

"설마요. 입으로는 죽여 버리겠다는 둥 떠들었을지도 모르지만 실제로 저질러버릴 생각은 아니었을 겁니다. 혜명 양은 재서 양이 증언했던 상가 건물의 골목 안쪽으로 들어가는 모습을 마지막으로 행방을 감췄어요. 물론 재서 양이 목격했다는 기현상이 발생한 11월 중순이 아니라 중간고사가 끝나고 2주 뒤, 혜명 양이 학교에 모습을 드러내지 않게 된 11월 초의 일이었죠. 혜명 양의 평소 행실을 생각했을 때 이날 골목으로 들어갔던 행적은 다소 부자연스러운 것이었습니다. 적어도 그곳으로 향했던 게 그녀 자신의 용건 때문은 아니었을 겁니다. 생각할 수 있는 경우 중에 가장 가능성이 높은 건 누군가의 호출을 받았을 경우가 있겠죠.”

재서가 목격했다는 기현상이라는 게 무슨 말인지는 알 수 없었지만, 혜명이를 호출했다는 누군가의 정체는 굳이 묻지 않아도 직감할 수 있었다.

낭만 선생이 지금까지 풀어놓은 이야기들을 정리하면 이러했다.

다정이는 혜명이가 실종된 직후부터 그 애가 죽었다는 확신을 갖고 있었으며, 이는 사망했다고 인지할 만한 상태의 혜명이를 다정이가 목격했기 때문이다. 저 애는 혜명이의 시신처럼 보이는 것을 은닉하려 했고 혜명이가 실종되기 얼마 전부터 그 애에게 앙심을 품을 만한 이유가 있었으며, 혜명이는 누군가의 호출을 받아 골목으로 들어갔고 그대로 실종됐다.

뭔가가 바닥에 떨어지는 둔탁한 소리가 들렸다. 확인한 자리에는 양손으로 귀를 틀어막은 다정이가 바닥에 쓰러진 채 몸서리를 치는 것처럼 꿈틀거리고 있었다. 기이한 소리를 내면서 흐느끼는 그 애를 도우려 하는 사람이 아무도 없었다. 이 시점에서 그렇게 울기만 하는 건 사실상 자백이나 다름없다는 걸, 저 애는 모르는 모양이다.

울고 있는 사람을 가엽다고 여기지 않는 자신은 인간으로서 조금 별로라고 생각했다. 낭만 선생은 담담하게 말을 이었다.

“혜명 양이 어째서 다정 양의 호출에 응했는지는 저도 모릅니다. 그동안 경험해왔던 폭력의 이미지가 그녀에게 각인되었기 때문인지도 모르고, 어쩌면 어떤 물질적인 보상을 약속받았을지도 모르죠. 어쨌거나 혜명 양은 다정 양이 부르는 대로 상가 건물 사이의 후미진 골목, CCTV의 사각지대로 들어갔고 거기서 다정 양과 실랑이가 벌어졌을 겁니다. 혜명 양이 시시이 옆통수가 함몰되어 있었다는 얘기는 이미 했었죠. 골목 안에서 혜명 양은 다정 양과 몸싸움을 벌이던 중 좁은 장소에서 몸을 제대로 가누지 못한 탓에 벽이나 바닥에 머리를 부딪쳐서 의식을 잃었습니다. 다정 양은 의식을 잃은 그녀가 죽었다고 판단했고, 시신을 이곳 자기 방까지 끌고 와서 적당한 곳에 숨겼죠. 그 무렵부터 다정 양이 외출할 때 방문을 잠가두거나 누군가 방에 들어가지는 않았는지 병적으로 경계했다는 증언은 그녀의 어머니로부터 나온 것입니다. 정황 증거라고는 해도 신빙성은 있는 셈이죠.”

“하지만 이번 사건과 관련해서 다정이가 CCTV에 찍혀있었던 영상은 없지 않았나요? 적어도 저는 들은 얘기가 없는데. 혜명이도 골목으로 들어가고서 그대로 실종됐다고 하셨잖습니까.”

이번에도 선생님이 지적하고 나섰지만 더 이상 다정이를 감싸줄 이유가 없다고 판단했는지 아까처럼 신경질적으로 따지듯 하는 말투는 아니었다. 그냥 신경이 쓰여서 물어본다는 느낌이었다.

“시신은 골목을 통해서 끌고 들어왔을 겁니다. 이 방의 창문 너머로도 담장 하나를 사이에 두고 곧장 주택가가 늘어서 있어서 등을 맞대는 구조로 되어있는데, 우측으로 나아가서 담장 건너편 방향으로 뚫린 샛길을 통하면 상가 거리로 이어진다는 걸 설화가 저번 주에 확인해줬습니다. 담장으로 가로막혀있기는 하지만 이 방 창문을 통하

면 가볍게 넘어갈 수 있고 건너편에서는 발판으로 사용할 만한 물건
을 놓아두면 해결될 일이죠. 여기까지가 제가 생각한 서혜명 학생 실
종사건의 진상입니다."

아마도 낭만 선생의 추론은 거의 사실일 것이다. 미안하다느니 죄
송하다느니 누구한테 하는 사죄인지도 모를 말들을 주문처럼 중얼거
리면서 바들대고 있는 본인이 온몸으로 시인하고 있으니까. 아니라
고 한마디라도 했다면 나도 몇 마디 정도는 거들어줬을지도 모른다.
그도 그럴 게 낭만 선생이 내놓은 결론은 진상이라고 하기엔 누락된
의문들이 너무 많았기 때문이다. 다정이는 죽은 혜명이가 부활해서
자신을 해치려 한다고 주장했고, 그게 저 애가 방에 틀어박히게 된
원인이라고 했다. 다정이가 혜명이의 시신을 목격했으리라는 추론은
애초에 거기서부터 출발한 것이었다.

낭만 선생의 주장을 인용할 것도 없이 혜명이는 되살아나거나 하지
않았고 다정이는 그저 헛된 믿음에 사로잡혀있을 뿐이다. 그리고 그
런 망상에 빠져들게 된 합당한 계기가 분명히 있을 것이라고 낭만 선
생은 말했다. 거기에 다정이가 방에 숨겨뒀다는 시신이 어째서 뒷산
등산로 같은 곳에 묻혀있었는지도 설명이 되질 않았다. 생각해보면
시체가 등산로에 묻혀있었다는 것도 이상한 일이다. 등산로란 말 그
대로 산을 오르는 사람들이 왕래할 수 있도록 마련된 길이다. 지나다
니는 사람들의 이목을 피해 시신을 유기하는 것부터가 일단 불가능
하다. 가능하다 하더라도 굳이 그런 수고를 들여가면서 등산로일 이
유가 없었다.

실종사건의 재수사가 개시된 이유는 혜명이의 시신이 발견됐기 때

문이다. 결국 혜명이가 실종된 사건의 연장선이라는 뜻이다.

"그래서 이걸로 다정이가 되찾은 건 뭔가요?"

하지만 그런 의문들 가운데서도 나는 그것이 무엇보다 신경 쓰였다. 미아을 드러내는 것으로 잃은 것을 되찾아주겠다고 낭만 선생은 말했지만, 정작 지금의 다정이는 그나마 가지고 있던 것마저 잃은 것처럼 보였기 때문이다.

주술인지 술법인지는 모르겠지만 적어도 지금까지의 결과만 보자면 그다지 성공적이지는 않은 것처럼 보였고, 그렇다면 낭만 선생의 방법은 이 자리가 만들어진 목적에 부합하지 않는다는 의미이기도 하다. 동정이나 연민 같은 게 아니라 다정이를 저대로 방치해두는 건 옳고 그름의 문제를 떠나서 합리적이지 않은 대처라고 생각했다.

웬일로 끼어드나 했는데 이상한 소리나 꺼내고 있으니 다들 나를 팔다리가 달린 상자라도 보는 것처럼 쳐다본다. 재서는 미간의 거리를 좁히고서 한쪽 눈썹을 치켜 올린 표정이 갑자기 무슨 생뚱맞은 소리를 하냐며 따지고 싶어 하는 것처럼 보였다. 선생님은 애는 또 왜 이러나 싶어서 피곤하다는 표정을 하고 있었고, 혜명이네 어머니는 가늘게 뜬 곁눈으로 응시하고 있을 뿐이다.

내가 생각해도 내가 이상한데 저 사람은 그런 기분을 느끼지도 않고 그래서 드러내지도 않는다. 그런 사람이란 걸 알고 있지만 그런 사람이라서 이해할 수 없었다. 비난하듯 쳐다보는 시선보다 저 무미건조한 플라스틱 같은 시선이 내게는 좀 더 불편하게 다가왔다. 그리고 낭만 선생은 그 동굴 같은 눈을 크게 뜨고 입술을 일자로 만들고 있는 모습이 어쩐지 당혹스러워 한다는 느낌이 아니라, 그냥 놀란 것처럼 보였다. 저 사람도 저런 표정을 지을 줄 아는구나 싶어서 신기해하는 한편으론 참 안 어울린다는 생각을 하고 있었는데, 이내 그녀가 벌어져 있던 눈꺼풀을 손톱 모양으로 모으고 입술을 오므리면서 입가는 끌어올리는 기이한 미소를 지어 보이는 것이었다.

"수진 양은 무척 순수한 사람이네요. 제가 기대했던 것보다 약간 더."

호의가 느껴지는 목소리로 의미를 알 수 없는 단평을 내놓은 낭만 선생은 한 손을 바지 주머니에 찔러 넣더니 그다지 넓지 않은 범위를 좌우로 천천히 왕복하면서 다시 이야기를 이어갔다. 기껏해야 한 걸음하고 반보 정도라서 자꾸만 알짱거리는 게 생각보다 정신 사나웠다.

"다정 양이 주장했던 대로라면 혜명 양은 원한인지 뭔지 모를 불가사의한 힘으로 되살아났고 지금도 다정 양에게 복수할 기회를 노리면서 거리를 돌아다니고 있어야겠지만, 당연히 그런 일은 일어나지 않았습니다. 시신은 학교에서 20분 거리의 뒷산에서 발견됐고, 만약 정말로 죽은 혜명 양이 부활했다고 해도 최소한 한 달 전부터는 뼈만 남은 상태였으니까 길거리를 배회할 수 있는 상태는 아니었죠. 그런데도 다정 양은 근 1년 가까이 혜명 양의 부활을 의심하지 않고 꿋꿋하게 고행을 이어왔습니다. 마치 예수의 부활을 부르짖으면서 순교했던 저 옛날의 크리스천들처럼 말이죠. 실제로 그리스도께서 사흘 만에 죽은 자들 가운데서 다시 살아나셨는지 어땠는지는 중요하지 않습니다. 예수의 제자들이 그렇게 믿었고 그들의 믿음에 동조한 사람들이 그렇게 믿었다는 게 중요하죠. 다정 양의 경우도 마찬가지

입니다. 혜명 양이 실제로 살아났는지 어땠는지는 중요하지 않아요. 다정 양이 그렇게 믿었고, 왜 믿게 되었는지가 중요한 겁니다.”

거기까지 말했을 때 진자처럼 왕복하던 걸음을 멈춘 자리는 재서와 마주 서는 지점이었다. 올려다보는 재서의 시선에서는 왠지 모를 스트레스를 느껴졌다. 낭만 선생은 공허하게 음영이 진 눈은 그대로 둔 채 입으로만 웃으면서 말했다.

“그럼 이번에는 재서 양의 죄를 드러낼 차례네요.”

***

“저도 죄를 지었나요?”

입가를 씰룩거리면서 재서가 되물었다.

어이가 없어서 코웃음이 나려는 걸 어떻게 참아보려 했던 모양이지만, 뚜껑을 닫은 틈으로 새어 나온 것들이 입가에 번져서 오히려 엉성하게 비웃는 것 같은 이상한 표정이 되었다. 되지도 않는 프레임을 씌우려 드는 상황에 화가 난 것 같기도 하고, 심판자인 양 행세하는 눈앞의 여자가 시키는 대로 얌전히 앉아있는 자신이 우스워서 허탈해하는 것 같기도 했다. 어느 쪽이건 그다지 긍정적이지는 않다.

“시작하기 전에 말씀드렸듯 이 자리에 모인 여러분은 모두 서혜명 양의 실종사건과 관계되어 있습니다. 그리고 동시에, 각자 자신에게 소중한 무언가를 잃은 사람들이기도 하죠. 당장 외출했다가 지갑을 잃어버렸는데 그걸 누군가 주워갔다고 생각해보세요. 바닥에 떨어진 물건을 파출소에 맡기지 않은 그 사람만 잘못한 겁니까? 잃어버린 지갑이란 본인이 본인의 소지품을 부실하게 관리한 만큼의 책임인 겁니다. 재서 양은 제 생각대로 상황이 좋지 않네요. 자신의 죄를 자각하지 못한다는 건 스스로 유실을 자각하지 못했다는 의미이기도 하니까요. 여러분들이 아무것도 잘못하지 않았는데 책임을 강요할 정도로 세상을 움직이는 이치는 부조리하지 않다는 뜻이죠."

낭만 선생은 시종 여유로운 표정을 고수하면서 또다시 영문을 알 수 없는 사설을 늘어놓았다. 본인에게 그럴 의도가 있었건 없었건 아마 자각도 못하고 있는 것 같지만, 내가 아는 만큼 상대도 알 거라는 전제를 깔고 들어가는 그 태도가 솔직히 좀 재수 없었다.

"뭔가를 잃었다는 둥 에두른 표현은 그만두시죠. 다정이가 저지른 죄라면서 당신이 주절거렸던 얘기들도 얼핏 논리적인 것처럼 들리지만 결국 돌이켜보면 아무런 근거도 없는 당신의 사견일 뿐이에요. 되는대로 떠드는 게 아니라면 뭔가라고 애매하게 표현할 게 아니라 그냥 말해버리면 되는 거잖아요."

재서의 말처럼 낭만 선생이 다정이를 몰아세웠던 일련의 논리에는 이렇다 할 근거가 없었다. 그나마 있는 다정이네 어머니의 증언도 신빙성과는 별개로 정황 증거일 뿐이라는 건 본인도 시인한 사실이다.

요컨대 물증이 없다. 낭만 선생의 이야기는 어디까지나 흥미로운 가설일 뿐 설득력 있는 추론이 아니라는 것이다. 낭만 선생은 고개를 약간 사선으로 기울이고는 손끝으로 턱을 쓸어내듯 하면서 잠시 고민하는 기색을 보였지만, 얼마 지나지 않아 대수로운 일도 아니라는 듯 시원스레 말했다.

"그 얘기는 차차 정리하기로 하고 일단 지금은 재서 양의 이야기를 해보죠. 저도 처음 들었을 때는 조금 당황했습니다만, 재서 양이 선배에게 진술한 대로라면 혜명 양이 실종된 게 중간고사가 끝나고 2주 뒤가 아니라 한 달 뒤, 그러니까 11월 상순이 아니라 중순이라는 말이 됩니다. 중간고사가 끝난 직후에 혜명 양은 다정 양이 주도하고 있던 부정행위에 협조하기를 거부했고, 이후로 교실이 정상화되기까지 재서 양과 자주 어울려 다녔다고 했죠. 다정 양을 중심으로 움직이던 스터디그룹이 와해되고 혜명 양의 인간관계가 회복된 뒤로는 가끔씩 하교를 함께하는 정도로 빈도가 줄었습니다. 그러다 중간고사가 끝나고 한 달 뒤인 11월 중순의 어느 날, 상태가 좋지 않아 보이는 혜명 양의 권유를 받아 함께 하교하던 중 대학가 언덕을 내려가던 혜명 양이 인근의 상가 골목으로 들어가더니 건물 사이의 후미진 곳에서 돌연히 사라져버렸다. 그런 얘기였죠. 마치 눈에 보이지 않는 거대한 생물에게 삼켜져 버린 것 같다고 했던가요? 보기보다는 시적인 분이시네요."

낭만 선생이 담백하게 이야기를 늘어놓는 동안 재서는 안색이 점점 나빠지더니 마지막에 이르러서는 거의 사색이 되어있었다. 고개를 숙이고 시선을 피하면서 어깨를 움츠린다. 150센티 남짓한 까마귀 같은 여자를 두려워하거나 내가 알지 못하는 뭔가를 염려하고 있는 게 아니다. 그보다는 나신으로 길거리에 내던져진 수치심이나 그런 와중에 의지할 곳이 없는 자신의 처지를 비관하는 좌절감에 가까워 보였다. 하지만 왜 그런 기분을 느끼고 있는지는 알 도리가 없었다.

그리고 낭만 선생의 말이다.

재서가 경찰 아저씨에게 진술했다는 증언, 혜명이가 눈앞에서 사라졌다고 재서는 증언했다고 한다. 거대한 생물이 통째로 삼켜버린 것처럼 사라져버렸다고, 그것도 혜명이가 실종된 지 2주나 지난 시점에서 함께 하교하던 중에 벌어진 일이라고 진술했다.

갑자기 옆에 앉아있는 이 여자애가 무척 이상한 사람인 것처럼 느껴졌다. 재서가 목격했다는 기이한 현상이라는 게 이런 의미였나? 그러잖아도 번잡한 생각들이 어수선하게 굴러다녀서 어지러운 와중에 혼란만 가중되고 말았다.

어쩐지 아까부터 몸이 나른해지는 것 같다. 열이 나는 것 같지도 않은데, 곤란하다.

"뭐, 너무 그렇게 어려워할 거 없습니다. 이제부터 설명해드릴 테니까요."

어느새 나를 바라보고 있던 낭만 선생은 어딘가 경쾌한 미소를 띤 채 말했다. 자신만만하게 내놓은 간식거리를 칭찬받은 아가씨 같은 표정이다. 살집이 적은 얼굴에 그다지 어울리는 표정은 아니었지만, 그 목소리를 듣고 있자니 왠지 진정되는 기분이 들어서 그런 건 아무래도 좋아졌다.

"설명이라니요? 무슨 설명을 하신다는 거예요? 당신도 내 말은 못 믿겠다는 건가요? 믿기 싫으면 맘대로 하세요. 전 제가 본대로 얘기했을 뿐이니까."

자신감은 부족해 보였지만 여전히 날 선 어조였다. 재서는 허벅지 위에 올려둔 손끝을 맞댄 채 거의 보이지 않을 정도로 꼼지락거리고 있었다. 한눈에도 불안해 보여서 은근슬쩍 거리를 벌리려고 어깨를 움츠린 내가 되게 나쁜 사람이라도 된 것 같은 기분이다. 그도 그럴

게 당신도 못 믿겠냐는 말은 이미 전에도 비슷한 일을 겪은 적이 있었다는 뜻이다. 그리고 그때의 경험이 그다지 좋은 기억으로 남지 않았기 때문에 재서는 저렇게나 불안해하는 것이다.

재서는 혜명이와 친분이 있었다는 이유로 다른 애들로부터 기피 대상처럼 여겨지고 있있다. 하지만 그것만이 이유가 아니었는지도 모른다. 재서가 증언했다는 목격담이 몇몇 촉새들을 중심으로 암암리에 퍼졌고, 저 애는 친구가 죽어서 머리가 이상해졌다는 둥 수군거리는 걸 어디 가서 하소연도 못하고 견뎌야 했는지도 모른다. 당장 나도 그렇게 생각했고 딱히 틀린 생각인 것 같지도 않으니까 충분히 있을 법한 일이다.

소문은 시간이 지나면서 잦아들었지만 재서는 그로 인해 마음에 깊은 상처를 입었고, 그래서 낭만 선생의 폭로에 수치스러워하면서도 또 다시 그때와 같은 상황에 처하게 되지는 않을까 걱정하는 것이다. 그렇게 생각하면 재서가 보인 반응도 어느 정도 납득이 간다.

하지만 이어진 낭만 선생의 대답은 궤도상의 장애물을 피해 곡선으로 날아가는 총알처럼 예상을 빗나가는 것이었다.

"아뇨, 당연히 믿습니다. 애초에 재서 양의 증언을 신뢰하지 않고서 서혜명 양의 실종사건을 이해하는 건 불가능하니까요. 재서 양은 좀 더 스스로 한 말에 자신을 가질 필요가 있어 보이네요. 제가 설명을 드리겠다고 했던 것은 재서 양이 어느 시점에 어떤 잘못을 저질렀고 그로 인해 무엇을 잃게 되었는지에 대한 겁니다."

재서는 슬며시 고개를 들어 낭만 선생을 올려다봤지만, 아직은 미심쩍다는 기색을 감추지 못했다. 경찰 아저씨를 상대로 진술했을 때 본인이 생각하기에도 자기가 이상한 소리를 한다는 자각은 있었을 것이다. 믿음은 본질적으로 공유할 수 없는 것이다. 재서는 본대로 얘기했을 뿐이라고 했지만 그것이 타인에게 신뢰받을 수 없는 경험이라는 것도 모르지 않았다.

재서가 그 때문에 어떤 일을 당했는지는 모르겠지만, 생판 모르는 사람이 믿어준다고 한마디 했다고 경계심이 허물어질 정도라면 애초에 무슨 일을 당했다고 상처받거나 할 만큼 섬세한 성격도 아니라는 뜻이다. 그리고 재서는 그렇게 단순한 사람이 아니라고 생각했다.

하지만 설령 재서의 증언이 실제로 벌어진 일이었다고 가정하더라도 이야기는 달라지지 않는다. 이를테면 유령이나 귀신 같은 것이 실제로 존재해서 재서가 2주 동안 교실에서 보고 함께 하굣길을 걸었던 혜명이가 사실은 이승을 떠도는 혼령이었고, 실종 한 달쯤 지난 그날 그 혼령이 사라졌을 뿐인데 재서의 눈에는 그것이 마치 눈앞에서 혜명이가 돌연히 사라진 것처럼 보였다고 해도 마찬가지다. 작년 실종사건 때부터 올해 혜명이의 시신이 발견됐을 때까지 재서가 사건과 관련해서 어떤 잘못을 저지르거나 그로 인해 물질적인 손해를 감수해야 할 이유는 없었다. 재서는 일련의 전개 과정에서 사실상 완전히 제삼자에 불과하다.

물론 내가 모르는 곳에서 재서가 무슨 일을 했는지는 알 수 없다. 그렇다고 해서 굳이 알아야 할 필요도 없다. 재서는 반년 남짓 혜명과 교류했을 뿐이고, 그 사실을 제외하면 사건에 적극적으로 개입할 동기도, 현실적인 여지도 없었으니까.

"그럼 우선 다정 양이 방으로 데려온 혜명 양이 어떻게 2주 동안 재서 양이 목격할 수 있는 범위 내에서 생활할 수 있었는가, 여기에 대해서 설명해보기로 하죠. 결론부터 말씀드리자면, 혜명 양이 사라졌다는 그 골목 안쪽에서 재서 양이 그녀의 모습을 목격할 때까지 혜명 양은 다정 양의 방에 갇혀있었습니다. 재서 양을 제외한 모든 참고인들과 관계자들의 증언을 취합해서 고려해봤을 때 적어도 11월 상순부터 혜명 양이 학교에 나오지 않았다는 사실을 의심할 여지는 없죠. 그러니까 실제로 재서 양은 혜명 양이 교실에서 다른 친구들과 어울리는 모습을 목격한 적도, 함께 하교를 한 적도 없었다는 겁니다."

"그게 무슨……!"

무심결에 자리에서 일어나려다 무릎을 세운 자세에서 문득 멈춰선 재서의 표정이 다시금 불신감으로 새파랗게 물들었고, 공허하던 눈망울은 배신감으로 젖어갔다. 그 심정이 이해가 가는 게 문제가 아니라 당혹스럽기는 나도 마찬가지였다.

혜명이가 11월 중순까지 학교에 나왔고 자기랑 같이 하교를 했다느니 골목 안쪽에서 갑자기 증발한 것처럼 사라져버렸다느니 별 말 같지도 않은 소리도 당연히 믿는다는 둥 자신만만하게 떠들어댄 게 불과 몇 초 전의 일이다. 사람 마음을 가지고 놀아도 유분수지 지금 본인이 무슨 말을 하고 있는지 자각은 있는 건가?

하지만 낭만 선생은 전부 계산된 일이라는 양 놀라는 기색도 없이 말을 이었다.

"진정하세요. 시작하기 전에 제가 분명 흥분하지 말고 심신을 차분하게 유지할 수 있도록 주의해달라고 말씀을 드렸던 것 같은데, 한창 혈기왕성할 나이라 그런지 다들 감정적이시네요. 기껏 만들어온 향초도 생각보다 효과를 못 보는 것 같고. 저는 분명히, 재서 양이 어느 시점에서 잘못을 어떤 저질렀는지 설명해드리겠다고 했습니다. 달리 말하자면 재서 양이 죄를 범했던 건 어느 한 시점에 단 한 차례에 국한된다는 뜻이죠. 앞서 혜명 양이 실제로 실종되었던 시기와 재서 양의 증언이 어긋나는 2주는 부차적으로 발생한 결과일 뿐이지 과정이 아니에요. CCTV에는 기록되지 않았지만 재서 양이 목격한 혜명 양은 분명 그날 그 자리에 있었습니다. 다만 제가 신뢰한다고 말씀드렸던 것도 딱 거기까지라는 겁니다."

재서는 무슨 일이 일어났는지 이해하지 못한 사람처럼 한동안 얼떨떨한 표정으로 굳어있더니 얼마 지나지 않아 새파랗게 질려있던 얼굴에 부아로 끓어오른 피가 몰려서 새빨갛게 달아오르기 시작했다. 자신이 교묘한 말재간으로 우롱했다고 여긴 듯했다.

낭만 선생의 말은 요컨대 재서가 진술했던 이야기들을 신뢰하지만 증언한 내용 전부를 믿는다는 건 아니라는 것이다. 거짓말은 하지 않았지만 사실의 일부를 고의적으로 누락했다. 하지만 그 의도가 악의적이었는가는 또 별개의 문제다.

"그럼 재서 양이 그날 목격했던 혜명 양은 어떻게 흔적도 없이 증발하고 말았는지 설명해드리죠. 고의성의 여부와는 무관하게 다정 양에 의해 의식을 잃은 혜명 양은 이곳에 2주 동안 감금당했고, 못해도 하루 내로 의식이 돌아와 있었을 겁니다. 하지만 자신이 어디에 갇혀있는지는 알지 못했을 확률이 높은데, 당시만 해도 다정 양의 방은 지금과 같은 상태가 아니었을 테고 만약 혜명 양이 의식을 잃은 사이에 아무런 조치도 취해두지 않았다면, 의식을 차린 그녀는 이곳이 일반적인 가정집이라는 사실을 모를 수 없었을 겁니다. 기억이 멀쩡했다면 자신이 이곳에서 눈을 뜨게 된 경위도 충분히 유추할 수 있었을 테고, 거기서 조금 더 나아갔다면 이곳이 다정 양의 방이라는 사실까지 알아차렸을지도 모르죠.

보통은 거기까지 깨달은 즉시 탈출을 시도하는 게 자연스러운 대처고, 거기에 다정 양의 모친께서는 따님의 범행에 대해서 인지하지 못하고 계셨던 듯하니 감금된 혜명 양이 방에서 나갈 수 있는 상태였다면 구조되는 건 어렵지 않았을 겁니다. 만약 그렇게 됐다면 다정 양은 퇴학 처리가 되거나 혹은 소년원에 구금됐을 테니 지금 우리가 이 자리에 모여 있을 일도 없었겠죠.”

“그러니까 의식을 회복한 혜명이는 이 방 안을 확인할 수도, 탈출을 시도할 수도 없는 상태였다는 말인가요? 예를 들면 시야가 차단된 채 팔다리가 묶여 있었다는 식으로요?”

재서는 상황을 이성적으로 파악할 수 있는 상태가 아니었다. 그 대신이라는 기분으로 나섰던 건 아니지만 확인해볼 필요는 있으리라 판단했다. 재서에게 혜명이가 어느 정도의 의미를 갖는지는 모르지만 나라고 그 애를 소홀히 할 수 있을 정도로 가볍게 여기고 있지는 않았으니까. 고작 1년이 지났을 뿐인데 그 애의 얼굴을 잘 떠올리지 못하게 되었다. 그래서 더 매달리고 싶은 걸지도 모른다.

“시야가 확보되지 않는 장소라 해봐야 옷장 정도겠죠. 하지만 저 정도 크기라면 안에서 몸무게를 실어 밀기만 해도 열릴 겁니다. 만약 제가 다정 양이었다면 아예 눈을 가려두거나 검은 봉투 같은 걸 씌워서 시야를 차단해버렸겠죠. 다만 당시 다정 양은 혜명 양이 이미 사망했을 거라 생각했을 테니 시야를 차단할 이유는 없을 테고 실제로 옷장 안에 넣어둔 채 내버려 뒀을 수도 있겠네요. 팔다리를 구속해둔 건 탈출을 막기 위한 목적이라기보다 시신을 쉽게 옮기기 위해 그랬을 가능성이 큽니다. 꼭 그 때문만은 아니었겠지만 혜명 양이 이곳에서 탈출하는 데에 2주 가까이 걸렸던 건 다정 양에게 들키지 않고 구속을 풀어내기 위한 시간이 소요됐기 때문이라 추측할 수도 있습니다. 그리고 우여곡절 끝에 탈출한 혜명 양은 처음 자신이 납치됐던 골목으로 돌아갔고 그곳에서 사망했습니다. 재서 양은 우연히 그날 그 시간대에 그 골목으로 들어가려 했고, 그래서 혜명 양과 마주치게 됐던 겁니다.”

“아니야!”

날카롭게 비명을 지르듯 절규하는 목소리는 내 바로 옆자리에서 들려왔다. 한시적인 이명이 잦아들었을 즈음 곁눈으로 확인한 재서의 모습에서는 더 이상 이지적인 차분함이나 냉정한 분위기 같은 건 찾아볼 수 없었다. 부릅뜨고 있는 눈에서는 억울함이 눈물과 함께 떨어져 내렸고 호흡은 분한 마음을 주체하지 못하고 쇄골 언저리까지만 불규칙적으로 왕복하면서 흐트러져 있었다.

“나는 봤어! 그 애가 나랑 같이 돌아가자고 했단 말이야! 같이 집에 가고 있었단 말이야! 그런데 그렇게 사라져버리고, 다들 날 거짓말쟁이 취급하면서…… . 나 정말로 봤다고!”

애꿎은 바닥을 연신 주먹으로 두들기면서 재서는 쏟아냈다.

무엇이 이 애를 이렇게까지 절박하게 만드는지 나는 모른다. 친한 사이도 아니고 얼굴이랑 이름만 아는 사이일 뿐이다. 감정적으로 온전히 공감할 수 있다고 하면 그거야말로 거짓말이다. 다만 그 애가 뱉어낸 말들이 내게로 날아와서 부딪힐 때 해안으로 밀려드는 파도가 발치에 닿아 부서질 때와 같은 질량이 느껴지는 것 같아서 그 무게감을 가볍게 여기고 싶지는 않다고 생각했다.

"아무리 그래도 2주는 너무 길지 않나요? 그쪽 말대로라면 팔다리가 구속된 상태라 해도 어쨌거나 혜명이는 탈출할 수 있었다는 거잖아요. 요컨대 혜명이를 구속하는 데에는 시간을 들이면 해체할 수 있는 종류의 방식이 사용되었다는 뜻이고, 그럼 케이블 타이나 수갑처럼 제거하는 데에 어떤 도구를 요하는 물건이 사용되지는 않았다고 볼 수 있겠죠. 기껏해야 천이나 끈 같은 걸로 묶어두는 정도였을 텐데 그걸 푸는데 2주나 걸렸다고 가정하는 건 아무리 눈이 가려진 상태였다고 해도 너무 길어요."

재서의 편을 들어주려던 건 아니었지만 나는 낭만 선생이 처음부터 완성된 구상을 갖고 이 자리에 서 있는 것은 아닐지도 모른다고 보았다. 그녀가 내놓는 추론은 일견 논리적으로 체계가 잡힌 것처럼 보여서 제법 그럴싸하게 들리지만, 재서가 말한 것처럼 나오는 대로 늘어놓는 수준에서 벗어나질 않는다. 앞뒤가 맞는 것처럼 들리지만 결국은 망상일 뿐인 것이다.

"제가 그랬었죠? 중요한 건 혜명 양이 실제로 살아났는지 어땠는지가 아니라 다정 양이 그렇게 믿었고, 왜 믿게 되었는지가 문제인 겁니다. 혜명 양이 2주 동안 생존하기 위해서는 우선 처음 여기까지 끌려오고서 오래지 않아 의식이 돌아왔어야 합니다. 아무리 늦어도 수십 분 내외로, 적어도 팔다리를 움직이는 데에 장애가 발생하지 않을 정도의 상태로 말이죠. 하지만 이것이 오히려 그녀에게는 화가 되었는데, 수십 분 내외로 의식이 돌아왔다면 아마도 그녀를 옮겼던 범인도 아직 현장을 벗어나지 않았을 가능성이 높기 때문입니다. 즉 혜명 양이 눈을 떴을 때, 그 자리에는 다정 양도 같이 있었다는 뜻이죠.”

갑자기 다정이 얘기는 왜 다시 끄집어내는지 그 속내는 알다가도 모를 일이었지만 무슨 말이 하고 싶은지는 얼추 감을 잡을 수 있을 듯했다.

“그러니까 다정이는 혜명이가 이미 죽었다고 판단해서 시체를 은닉할 생각으로 방에 데리고 온 거였는데, 막상 죽었을 터인 혜명이가 갑자기 정신을 차리고 꿈틀거리니까, 그걸 다정이는 혜명이가 되살아났다는 망상으로 합리화해서 이해했다는 건가요? 하지만 그건 좀…….”

억지스러운 감이 있었다. 인과관계는 어느 정도 맞아떨어지고 있었지만 다정이가 방에서 나오지 않게 된 이유는 혜명이가 되살아나서 자신을 해치려 하기 때문이라고 했다. 그럼 다정이가 등교 거부에 이르게 된 시기는 혜명이가 모습을 감춘 11월 상순부터여야 앞뒤가 맞는다. 하지만 실제로 다정이가 방에 틀어박힌 시점은 혜명이의 실종신고가 접수된 직후라고 했다. 그렇다면 2주간의 행적에 모순이 있는 건 재서만의 문제가 아니라는 뜻이다.

그러나 낭만 선생은 고개를 가로저으며 부정했다.

“당시 다정 양은 정서적으로 불안정했고 거기에 더해 살인을 저질렀다는 충격에 이성적인 판단능력이 저하된 상태였을 겁니다. 하지만 그렇다고 죽은 사람이 되살아났다는 초현실적인 발상을 그대로 받아들이지는 않았겠죠. 보통 그런 상황이라면 혜명 양이 사실은 사망했던 게 아니라 실신해있었을 뿐이고 시간이 지나 의식을 회복하게 된 것이라고 이해하는 편이 자연스럽습니다.

이 경우에 다정 양이 선택할 만한 방법은 두 가지로 나뉘는데, 첫째로는 사정을 잘 설명하고 혜명 양에게 용서를 구한 뒤 침묵을 약속받고 돌려보내는 겁니다. 이건 다정 양에게 있어서 리스크가 높은 방법인데, 실신한 자신을 죽었다고 판단했던 것까지는 혜명 양의 평소 행실이나 겉으로 보이는 성격 등을 고려해보면 이해해줬을지도 모릅니다. 하지만 문제는 그다음입니다. 다정 양은 구급차를 부르지도, 경찰에 신고하지도 않았습니다. 오히려 시체라고 믿었던 혜명 양을 끌고 와 범행을 은폐하려 했죠. 만약 혜명 양이 이것까지 용인하고 넘어갈 수 있는 사람이었다면 솔직한 제 감상으로는 그런 걸 사람이라고 불러도 좋을지 재고해볼 필요가 있을 것 같네요."

혜명이라면 정말로 어떻게 했을까. 그 애는 착하고 대다수의 사람들에게 친절한 편이었지만, 그것이 관용으로 나아갔는가 하면 그건 잘 모르겠다. 다정이나, 저 애한테 가담했던 다른 애들이 시키는 대로 순순히 따라줬던 것도 그 애가 관대한 성격이었던 탓이 아니다. 실제로 게네들이 시키는 대로 순순히 따라주지 않았던 10월 중순 이후로 혜명이가 무슨 꼴을 당했는지 생각해보면 그 애가 저항할 엄두를 내지 못했던 이유는 그냥 맞는 게 무서웠기 때문이라고 봐야 한다. 그 애를 착취하는 데에만 학급 인원의 과반수가 가담하고 있는 와중에 하기 싫다는 말 한마디가 마음처럼 쉽게 나올 수는 없었을 것이다.

그 애는 잘못된 행실마저도 관대함으로 품는 성녀 같은 사람이 아니다. 그냥 성격이 소심했을 뿐이고 그래서 남들한테 뭐라고 질책하는 말을 할 수 없었던 것뿐이다. 그리고 그게 다른 사람들이 보기에는 자애로운 것처럼 보였던 것이다. 만약 다정이가 혜명이에게 사정을 설명하고, 그걸 그 애가 입 다물어주겠다고 약속했다 치더라도 다정이에게는 혜명이가 약속을 지킬 것이라 확신할 수 있는 근거가 없다. 결국 낭만 선생이 제시한 첫 번째 방안은 혜명이가 일련의 사태를 용인하고 나발이고 하는 문제가 아니라 다정이가 그 애를 신용할 수 있었는가의 문제인 것이다. 그 애에게는 다정이를 고발해야할 이유는 있어도 감싸줘야 할 이유는 없었다. 일단 방으로 끌고 온 시점에서 약속 몇 마디 나눴다고 풀어줄 수 있는 입장이 아니었다는 것이다.

"둘째로는 혜명 양을 그대로 방에 가둬두거나, 혹은 정말로 살해하는 방법이 있겠죠. 다만 굳이 사람으로 국한하지 않더라도 살아있는 것의 목숨을 빼앗는다는 건 생각 이상의 담력을 필요로 하는 일입니다. 그리고 지금 여러분도 보고 계시다시피 다정 양은 그럴 만한 인물이 못 되죠. 하지만 그대로 두면 그 자리에서 범행을 들킬 위험이 있었습니다. 왜냐하면 다정 양은 혜명 양의 팔다리를 구속하고 시야를 확보할 수 없는 곳에 가둬뒀을 뿐 입을 틀어막지는 않았을 테니까요.

일반적으로 그러하듯 혜명 양은 의식이 돌아온 직후 자신이 어딘가 좁은 공간에 갇혀있음을 인지하고 외부로 도움을 청했을 겁니다. 그걸 들은 다정 양은 옷장을 열어봤을 테고 그녀가 사망하지 않았음을 확인하게 됐겠죠. 그리고 다정 양은 자신이 그녀를 살려서 내보낼 수 없는 처지가 되었음을 직감했을 겁니다.

혜명 양은 입이 막혀있지 않았고, 그 상황에서 그녀가 살려달라는 둥 소리라도 질렀다긴 그대로 범행이 반각될 상황이었어요. 본격적으로 수사가 진행되면 당장의 살인미수를 비롯한 여러 죄목들은 물론이고 자신이 이제껏 저질러왔던 온갖 악행들도 모조리 드러나게 될 거란 사실을 그녀도 모르지는 않았겠죠.

다정 양은 혜명 양의 입을 영구적으로 막아야 했지만 말씀드렸다시피 그녀는 사리를 위해 살인을 각오할 정도의 인물은 아닙니다. 이런 상황에서 다정 양이 선택할 수 있는 행동은 그렇게 많지 않았겠죠.”

“그러니까 그 말은…….”

죽일 수도 없지만 살려둘 수도 없다. 입을 다물게 만들 수도 없지만 입을 열도록 내버려 둘 수도 없다. 하지만 풀어줄 수는 없어도, 가둬둘 수는 있었다.

다정이가 고를 수 있는 방법은 정말로 많지 않았다. 죗값을 치를 각오로 혜명이를 풀어줄 게 아니라면 수단을 가리지 않고 숨겨두는 수밖에 없었을 것이다. 그리고 다정이는 후자를 택했다. 하지만 그게 사람을 살해하는 결정과 다를 게 무엇인지 나는 이해할 수 없을 것 같았다.

“혜명 양의 시신은 늑골이 서너 개 정도 부러진 상태였습니다. 팔다리도 골절됐을 가능성이 높지만, 거기에 대해서는 선배에게 들은 바가 없으니 아마 유골이 전부 발견되지는 않았을 가능성도 부정할 수는 없겠네요.

아마 혜명 양의 생존을 확인한 다정 양은 그녀에게 침묵을 강요할 의도, 혹은 처음부터 실신시켜서 입을 다물게 만들 의도로 폭행했을 가능성이 높습니다. 평시에 갈비뼈가 부러졌다면 당연히 병원에서 치료를 받았을 테고 이는 골절상을 입었을 당시 혜명 양이 병원을 방문할 수 없는 상황에 놓여있었음을 의미합니다. 혜명 양은 타격에 의한 피해를 최소화하기 위해 본능적으로 머리를 감싸 쥐고 웅크리는 자세를 취했을 테고, 때문에 갈비뼈만이 아니라 팔다리의 뼈도 골절됐을 가능성이 높아요. 골절은 무시하기 어려운 수준의 고통을 동반하고 육체적인 손상 중에서는 치명상에 속합니다. 다정 양이 아는지는 모르겠는데, 사람이란 게 생각보다 물렁물렁하거든요. 손가락만 부러져도 죽는소리를 하면서 자지러진단 말이죠.”

그렇게 말하면서 웅크리고 있던 다정이 앞에 한쪽 무릎을 세우고 앉은 낭만 선생은 머리를 감싸 쥐고 있던 그 애의 오른손을 잡고 가느다란 검지에 엄지를 세워 가볍게 밀었다. 바깥으로 구부러지던 손가락이 아슬아슬한 지점에서 멈추더니 파들거리면서 떨리기 시작했다.

“아…… 아아! 아아아… 아악…!”

점진적으로 데시벨을 높여가며 모스부호처럼 리드미컬한 템포로 비명을 지르는 다정이를 특유의 건조한 표정으로 내려다보던 낭만 선생은 그대로 3초 정도를 유지하다가 이내 붙잡고 있던 손을 놓아주었다.

관절이 움직이는 한계점을 파악하고 있었는지, 부러뜨리지는 않은 것 같았지만 다정이는 한동안 손가락을 움켜쥐고서 잦아들지 않는 통증에 신음해야 했다. 선생님은 여전히 낭만 선생의 방식에 동조하지 못하겠다는 듯 표정을 구기고 있었지만 뭔가 느끼는 바가 없지는 않았는지 더 이상 적극적으로 만류하고 나서지는 않았다.

자리에서 일어선 낭만 선생은 고개를 약간 기울인 자세로 신음하는 다정이를 내려다보면서 이야기를 이어갔다.

"다정 양은 혜명 양이 깨어나면 다시 실신할 때까지 폭행하고 수십 분에서 몇 시간 내외로 의식이 돌아오면 같은 과정을 반복했을 겁니다. 횟수가 늘어날수록 죄책감은 점점 무뎌졌겠죠. 그러다 어느 시점부터 의식이 돌아오지 않는 시간이 길어지고 깨어있는 시간이 줄어들기 시작했을 겁니다. 제대로 된 식사가 제공됐을 리도 없고 골절상을 치료하지도 못했을 테니 일주일도 채 지나지 않아 기력이 고갈됐을 거예요. 탈출하기 직전에는 이미 숨만 쉬는 시체와 크게 다르지 않았겠죠. 다정 양이 그녀를 죽었다고 인지한 시점이 정확히 언제인지는 알 수 없습니다. 하지만 적어도 겉보기에는 시체와 구별이 되지 않는 상태가 되었던 시기가 있었을 겁니다. 굶어서 죽었거나 혹은 골절 부위를 방치한 탓에 발생한 합병증으로 죽었거나 당장 혜명 양이 사망에 이를 만한 요소는 산재해있었으니 그 시점에서 다정 양이 그녀의 사망을 확신했더라도 이상할 건 없습니다.

다만 어느 정도 예상했던 사태였다고는 해도 다정 양의 범행은 처음부터 혜명 양이 사망할 것을 전제로 했던 게 아니었죠. 눈에 띄지 않게 사체를 유기할 마땅한 방법은 생각해 두지 않았을 겁니다. 혜명 양은 의식이 흐려진 상태로 이곳 어딘가에 방치됐겠죠. 그리고 감금당한 지 2주째가 지나가던 그 날, 죽은 줄 알았던 혜명 양은 가까스로 의식을 회복했고 끝내 팔다리의 구속을 해체한 뒤 방에서 탈출했던 겁니다. 이걸 다정 양이 어떤 식으로 받아들였을지는 이제 여러분도 충분히 짐작하실 수 있으리라 믿습니다."

혜명이는 팔다리가 묶여 있었고 의식도 흐려져 있었다. 낭만 선생이 숨만 쉬는 시체라고 표현했던 것처럼 죽지만 않았을 뿐 죽어있는 것과 크게 다르지 않았고, 그래서 다정이는 혜명이가 죽었을 거라고 확신했던 것이다.

그런데 학교에 다녀와 보니 숨겨뒀던 그곳에 혜명이가 없었고 팔다리를 구속했던 것들의 잔재와 창문 밖으로 탈출한 흔적만이 남아있다. 다정이는 그 애를 2주 동안이나 감금했고 정신을 잃을 때까지 폭행하기를 반복해왔다. 죽은 줄 알았던 그 애가 실은 의식을 잃었을 뿐이라는 전개는 이미 전에도 경험했던 것이었지만, 이번에는 경우가 달랐다. 죽을 만한 빌미를 본인 손으로 제공해온 2주간의 기억이 있었다.

살아 있을 리 없는 애가 사라져버렸다.

범인은… 아니, 다정이는 그 상황을 어떻게 받아들였을까?

답은 이미 우리 앞에 주저앉아 있었다.

"이렇게 해서 다정 양이 그토록 두려워하던 죽음을 극복하고 되살아나 복수를 위해 거리를 방황하는 서혜명이라는 허상이 탄생하게 됐습니다. 그럼 다정 양이 스스로 만들어낸 허상에 사로잡혀 두려움에 떠는 동안 현실의 혜명 양은 어떤 일을 겪게 되었는지 되짚어보죠. 이제 재서 양의 눈앞에서 혜명 양이 증발해버린 이유, 그리고 재서 양이 겪은 2주간의 기억이 어떻게 발생하게 되었는지 밝혀낼 차례입니다. 이 2주간의 기억이야말로 당신이 저지른 죄에서 태어난 결과물이니까요.”

그렇게 말하는 낭만 선생의 얼굴에는 살며시 웃고 있는 것처럼도 보이고, 찡그리고 있는 것처럼도 보이는 기묘한 표정이 떠올라 있었다. 그러고 보니 재서의 이야기를 하던 중이었다는 사실을 나는 그제야 떠올렸다.

확실히 재서가 혜명이를 상가 건물 안쪽의 골목에서 목격하기 위해서는 혜명이가 그 장소에 있었던 이유를 알아야 할 필요가 있었다. 실종사건의 진상이라면서 여러 의문점들을 설명하지 않고 남겨뒀던 건 사건을 시간 순서대로 나열하기보다는 이야기의 맥락을 중시했기 때문이었는지도 모른다.

아무래도 낭만 선생은 자칭한 이름처럼 극적인 연출을 즐기는 사람인 모양이다.

“혜명 양은 실종된 직후 2주 동안 다정 양의 방에 감금되어 있었고 당연히 재서 양이 그 기간 사이에 그녀를 목격한 일은 없었을 겁니다. 하지만 그렇다고 재서 양이 거짓말로 없는 사실을 지어낸 건 아니었을 텐데, 일단 그래야 할 이유가 없는 데다가 혜명 양이 반년 동안 겪었던 온갖 착취나 폭행 등에 대해 유일하게 진술했던 인물이 재서 양이었다고 했으니, 그녀는 오히려 경찰 조사에 협조적이었다고 봐야겠죠. 수사에 혼선을 줄 정보를 고의적으로 흘렸다고 보기에는 무리가 있습니다. 그러니 이런 경우 2주 동안 혜명 양이 교실에서 다른 친구들과 어울리는 모습을 목격했다던 재서 양의 기억은 진실이라고 보는 게 타당하겠죠. 요컨대 경찰 조사가 이뤄지던 작년 11월 중순 경의 재서 양은 이미 실제로는 존재하지 않았던 기억을 갖고 있었던 겁니다."

또다시 알 수 없는 말을 꺼내놓았다.

생각해보면 재서의 증언은 다정이가 주장했다던 기이한 헛소리와 크게 다르지 않았다. 굳이 진지하게 고민해야 할 만큼의 가치가 있는 이야기가 아니라는 뜻이다. 얼핏 들어도 그저 허무맹랑하고 현실감이 결여된 망상일 뿐이다. 그런데 정작 낭만 선생은 그 허무맹랑하고 현실감 없는 망상을 당연히 있을 수 없는 것이라는 명제로 두고 거기서 이어나간 논리로 다정이가 두려워하던 허상의 정체를 밝혀내 보였다. 이제 와서 말 같지도 않은 소리라고 무시할 수도 없게 되었다는 말이다.

재서는 거의 제정신을 차리지 못하고 있었다. 눈꺼풀이나 입가를 파르르 떨면서 불안정하게 초점을 잡는 눈동자가 낭만 선생을 올려다보고 있었다. 바짓자락을 붙들고 늘어지는 것처럼 매달려서 애원하듯 하는 목소리로 간신히 말을 하고 있었다. 얼굴은 왼손으로 쓴 글씨처럼 잔뜩 일그러져서 우는 건지 웃는 건지도 모르겠다.

"존재하지 않았던 기억이라니……. 내가 꿈이랑 현실도 구분을 못 해서 그런 같잖은 진술을 경찰 아저씨들 앞에서 했다는 말이잖아, 지금. 내가 정말 그렇게까지 이상해 보여?"

"이상하고 말고의 문제가 아닙니다. 중요한 건 어떤 경위를 거쳐서 재서 양이 그런 기억을 갖게 되었는가 하는 문제입니다. 재서 양에게 있어서 혜명 양은 무척이나 소중한 친구였었죠. 본인은 친구까지는 아니고 그냥 아는 사이 정도라고 했던 것 같습니다만 객관적으로 봤을 때 그 정도면 보통 각별한 사이가 아닙니다.

　재서 양이 혜명 양을 상대로 어떤 태도를 보였는지는 모르겠습니다만 재서 양이 그녀에게 보여준 일련의 행동들은 통상적인 호의에서 기인한 것으로 해석하기에는 무리가 있습니다. 과반수가 넘는 학급 인원에게 괴롭힘을 당하는 애와 함께 하교하고 점심시간에 같이 빵을 나눠 먹거나 대화를 나눈다니 재서 양은 적극적으로 도와줄 마음은 들지 않았다고 변명했었지만, 당신이 어떻게 생각하고 있었건 그녀는 당신에게 의지하려 했고, 당신은 그걸 구태여 거부하지 않았습니다. 그러다 본인이 똑같은 꼴을 당해도 상관없다는 각오라도 있었던 건가요?”

　확실히 썩 듣기 좋은 말은 아니었지만 그렇다고 딱히 빈정거리거나 조롱할 의도로 한 말은 아니었을 것이다. 이야기하는 내내 낭만 선생의 얼굴은 서늘하게 굳어있었을 뿐이다. 다정이에게 그랬던 것처럼 어떤 악의적인 감정을 드러내지도 않았고, 처음 만났을 때부터 이따금 보였던 예의 불길한 미소를 지어 보이지도 않았다.

　그러나 재서는 흘려들을 수 없었던 모양인지 침이라도 뱉는 투로 거칠게 쏘아붙였다.

　“남이야 누구를 어떻게 대하건 그쪽이 무슨 상관인데?”

　“뭐 그렇기는 하죠. 저도 대인관계가 썩 좋은 편은 아니라서, 재서 양이 혜명 양에게 어떤 마음을 품고 어떻게 행동했는지까지 가타부타 훈계할 생각은 없습니다. 다만 저는 재서 양이 혜명 양에게 품고 있던 그 마음이란 것이 과연 두 분께서 상호 공유하고 있는 것이었는지를 묻고 싶을 뿐입니다. 어떤가요? 재서 양에게 혜명 양이 특별한 사람이었던 것처럼 그녀에게도 재서 양은 특별한 사람이었나요?”

　처음 얼마간 재서는 낭만 선생의 말을 이해하지 못했는지 얼떨떨하게 미간을 찌푸리고서 의아한 표정을 지었지만 이내 어깨에서 목으로 넘어가는 지점까지 차올라 있던 증오심이 단숨에 머리끝까지 끓어오른 것처럼 얼굴이 시뻘겋게 물들어버렸다. 솔직한 심정으로는 재서가 당장에 달려들어서 주먹질을 하건 따귀를 날리건 나는 말리지 않았을 것이다. 우리에게 협조적인 자세를 요구할 생각이었다면 낭만 선생은 좀 더 말을 골라가면서 해야 했다.

　"당신, 지금 자기가 무슨 말을 하는지는 알고 주절대는 거죠?"

　"오해하시는 모양이니 내친 김에 분명히 해두겠습니다만, 저는 혜명 양이 재서 양과의 관계를 별로 대단찮은 것이라 여겼을 거라고 말씀드리는 게 아닙니다. 어디까지나 그랬을지도 모른다는 말씀을 드리는 거죠. 그도 그렇게, 재서 양의 증언에서는 혜명 양이 재서 양에게 어떤 특별한 감정을 내비쳤다고 생각될 만한 내용이 존재하지 않으니까요."

　"그게 무슨……!"

　그리 친하지는 않았다. 친구라고는 생각하지 않았다.

　재서는 그런 식으로 얘기했던 모양이지만 내심은 그렇지 않았을 것이다. 당장 낭만 선생의 발언 한마디 한마디마다 공격적으로 반응하는 것부터가 결과적으로는 스스로 자신의 말을 부정하는 셈이라는 걸 재서는 모르지 않았을 것이다.

　그걸 모르지 않으면서도, 반발하지 않을 수 없다. 적어도 재서에게 있어서 혜명이는 친구였거나, 혹은 그 이상이었기 때문이다. 그리고 혜명이도 그렇게 생각했으리라 믿었다.

하지만 낭만 선생은 망설임이 없었다.

"혜명 양은 대부분의 사람들에게 친절했고, 사교성도 나쁘지 않았습니다. 재서 양에게 보여주었던 호의적인 모습들은 본래 다른 친구들에게도 똑같이 보여주던 모습이었을지도 모른다는 말입니다. 다만 당시 혜명 양은 학급 내에서 입지가 좁아진 상태였고 유일하게 교류하고 있던 지인 이상의 인물이 재서 양이었을 뿐이죠."

믿어왔던 관념을 송두리째 뽑아서, 망설이지도 않고 불구덩이에 내던졌다.

"애초에 재서 양을 특별하게 여길 정도의 계기가 그녀에게는 없었습니다. 당신은 그저 편의점에서 담배를 사려다 점원에게 잡혀있던 그녀를 끌고 달아나거나, 점심시간에 혼자서 교실에 있던 그녀에게 말을 걸어보거나, 같이 하교하자는 말에 동행해준 게 전부였잖아요. 당신에게는 전부 잊을 수 없는 추억이나 소중한 기억 정도로 남았을지 모르겠지만 그런 건 누구라도 할 수 있는 일입니다. 굳이 당신이 아니라 누구라도 상관없었다는 뜻이고, 단지 그때 그 자리에 있었던 게 당신이었을 뿐이라는 겁니다."

"그런 건……!"

인정하고 싶지는 않았지만, 낭만 선생의 말은 옳았다.

일그러진 재서의 얼굴은 눈과 입에서부터 피어난 절망감이 한여름 들판의 잡초처럼 퍼져가고 있었다. 그녀의 논리에 반박할 수 없는 자신이야말로 그녀가 제시한 가능성을 부정할 수 없는 반증이 되고 있다는 사실을 자각하고 있기 때문이다. 그건 자신의 무력함을 마주한 사람의 표정이었다. 나도, 그리고 아마 대부분의 인간이 어렴풋이 품고 있는 그 절망과 닮아있었다.

그러나 그건 어디까지나 일반론적인 관점에서의 이야기일 뿐이다. 당시 혜명이의 상황을 고려해보면 그 애가 재서에게 아무런 감정도 갖지 않았을 거라 생각하기는 어렵다. 왜냐하면 누구라도 할 수 있는 일이지만 재서는 그 정도라도 해줬고, 나는 그마저도 하지 않았기 때문이다. 감정론에 가깝다고 생각하면서도 굳이 반박하려 했던 건 재서를 동정했기 때문이 아니라 내가 그 일반론적인 이야기에 부채 의식을 느끼고 말았던 탓이다.

"그런 건 혜명이의 사정을 고려하지 않았을 때의 이야기일 뿐이잖아요. 정말로 견디기 힘들 만큼 괴로울 때 누가 곁에 있어 주는 것만으로도 힘이 될 때가 분명히 있어요. 낭만… 선생님한테도 한 번쯤은 있었을 거잖아요."

낭만 선생은 곁눈으로 나를 한 번 흘겨봤을 뿐, 재서를 내려다보던 시선을 거두지 않은 채 담담히 말했다.

"수진 양의 말도 틀린 건 아닙니다. 곁에 있어 주는 것만으로 힘이 될 때도 없지는 않죠."

낭만 선생은 의외로 선선히 인정했지만, 나는 그녀가 이내 자신의 말을 뒤집을 심산임을 알았다. 그녀는 그런 식으로 말하는 사람이란 걸 알았다.

"하지만 그것도 정도라는 게 있는 겁니다. 혜명 양은 이미 반년 가까이 부당한 착취에 시달려왔고, 실종되기 2주 전부터 약 일주일 동안은 거의 매일 같이 물리적인 폭력에 노출되어 있었습니다. 저는 혜명 양을 만나본 일도 없고 그녀가 어떤 사람인지도 모릅니다만, 그런 상황에서도 그저 곁에만 있어 주면 된다고 위안 삼을 인간은 제가 아는 한에서 존재하지 않습니다. 돌이켜보면 혜명 양이 재서 양에게 적극적으로 접촉해왔던 것도 그 일주일 동안의 일이었습니다. 재서 양이 혜명 양의 가정사를 비롯해 여러 사적인 이야기를 전해 들은 것도 그 시기의 일이었다고 했었죠. 별로 친한 사이도 아니다, 지인보다 조금 나은 수준이라고 선을 그었던 사람은 재서 양이었습니다. 혜명 양이 자신에게 보이는 친밀함이 피상적인 수준을 벗어나지 않았다는 사실을 당신은 자각하고 있었던 겁니다. 그랬던 그녀가 그 일주일 사이에 자신의 사적인 고민거리들을 털어놓을 정도로 친근하게 굴기 시작했습니다. 설마 그걸 순수한 호감의 표시라고만 생각했던 겁니까? 혜명 양이 다정 양에게 반발하기로 결심했던 계기는 당신이 무심하게 던졌던 몇 마디 발언이었다고 했습니다. 사실 본심은 따로 있었지만 당신에게 책임을 떠넘기려는 의도였다고 생각해본 적은 한 번도 없으셨죠?”

낭만 선생이 차게 식은 목소리로 이야기를 이어갈수록 재서의 얼굴이 점점 창백해져 갔다. 마치 죽은 사람 같은 낯빛이었다.

재서에게 재서만의 입장이란 것이 있듯 혜명이에게는 혜명이만의 입장이란 것이 있을 터였고, 그걸 이 애가 이해해줘야 할 의무는 없는 것이다. 그런데도 그걸 깨달아주지 못했다는 사실이 그녀를 절망하게 만들고 있었다.

이야기를 이어가는 낭만 선생의 목소리에 희미하게나마 온기가 돌아온 것처럼 느껴졌던 건, 내가 아닌 누군가가 그녀의 절망감을 동정해주기를 바랐기 때문이었을지도 모른다고 생각했다.

"어디까지나 그럴 가능성이 없지 않다는 것뿐입니다. 재서 양은 절대적으로나 상대적으로나 혜명 양에게 지나칠 정도로 마음을 주고 있었어요. 그걸 잘못된 처세이고 그릇된 판단이었다고 말할 생각은 없습니다. 재서 양은 그저 현명하지 못했을 뿐이에요. 재서 양에게는 타인에게 기대하던 모종의 이상적인 모습이 있었고, 우연히도 혜명 양은 거기에 부합하고 있었습니다. 정확히 어느 시점부터였는지는 저도 모르고 아마 재서 양 본인도 자각하지 못했을 테지만, 재서 양에게 있어서 서혜명이라는 인물은 '본인이 생각했던 이상적인 모습에 부합하는 인간'이라는 개념으로서 인식되고 있었을 겁니다. 그래서 우연히 상가 건물 틈의 후미진 곳에 쓰러져서 죽어가던 혜명 양을 보고도 돕지 않았던 거죠. 재서 양이 인식하고 있던 서혜명이라는 사람은 얼굴이 퉁퉁 붓고 온몸이 멍투성이가 되어도, 쌀쌀한 늦가을에 오줌 지린내를 풍기는 무언가에 흠뻑 젖어버린 교복을 입고서도 우는 소리 한 번 하지 않고 쓴웃음을 지으면서 같이 집에 가자고 말할 수 있는 사람이었으니까요. 재서 양은 그녀를 인물이 아니라 배역으로 인식하고 있었던 겁니다."

낭만 선생은 잠시 말을 멈추었다. 눈을 가늘게 뜬 채 인상을 찌푸리더니 입가를 비틀듯 일그러뜨렸다. 재서는 울 것 같은 표정이었지만 그마저도 기운이 나질 않는 모양인지 초점이 흐려진 눈으로 자기 무릎만 내려다보고 있었다.

그 모습에 뭔가 느끼는 바가 있었던 건지 아니면 다른 이유가 있었는지는 모르겠지만, 낭만 선생은 어쩐지 불편해 보이는 표정으로 한동안 뜸을 들이더니 이내 가볍게 숨을 내뱉고는 말을 이었다.

"혜명 양이 재서 양의 눈앞에서 사라졌던 건 그녀가 살려달라고 말한 직후였다고 했었죠? 그게 바로 원인이었습니다. 재서 양이 알고 있는 '서혜명'이라는 배역의 인물은 그런 말을 해서는 안 됐던 거죠. 그때시 그 순간부터 당신은 눈앞에서 죽이가던 여자를 혜명 양이라고 인식하지 못하게 되었던 겁니다. 당시의 혜명 양은 재서 양이 정의하고 있던 '서혜명'이라는 개념으로서 갖춰야 할 구성요건을 충족하지 못하고 있었기 때문이죠. 완전히 익어 겉껍질은 붉고, 과육은 노란빛을 띠며, 아삭하고 새콤하거나 달콤한 맛을 내는 사과나무의 열매를 배라고 인식하지 않는 것처럼 말입니다. 온몸에 멍이 들고 피를 흘리면서도 남에게 의지할 줄을 모르고 답답할 정도로 혼자 견디려고 하면서, 그런 와중에도 당신에게 상냥하고 어떤 일에도 미소를 지어주는 예쁘장한 동급생의 모습을 하고 있지 않은 혜명 양을 당신은 서혜명이라고 인식하지 않았던 겁니다."

인물이 아니라 배역이라고, 낭만 선생은 분명 그렇게 말했었다.

"이 일련의 과정은 극히 무의식적인 차원에서 일어난 일들이었고, 재서 양은 죽어가는 친구를 외면하고 현장을 벗어났다는 죄책감에서 벗어나기 위해 자신의 행동에 당위성을 부여할 만한 구체적인 기억을 필요로 하게 됐습니다. 그 결과 기억은 왜곡되고 가공되어서, 당신의 눈앞에서 증발하듯 사라진 '서혜명'이라는 허상이 만들어졌던 겁니다. 이게 바로 당신이 저지른 죄악이면서, 동시에 당신이 안고 있던 수수께끼의 진상입니다." 흘러내린 옆머리에 재서의 얼굴이 가려져 표정이 잘 보이지 않았다. 이야기를 듣고 있는지조차 알 수 없었다. 울음소리 같은 것이 새어 나왔지만, 눈물은 떨어지지 않았다.

그 모습이 어쩐지 무척이나 음산하고 기괴한 테마의 전위적인 행위 예술처럼 보여서 문득 팔뚝에서 목덜미까지가 저릿해지는 기분이 들었다.

낭만 선생이 내놓은 진상은 분명 쉽게 받아들일 수 있는 이야기는 아니었다. 하지만 적어도 논리적으로는 빈틈이 없어 보였다.

재서가 혜명이를 각별히 여겼던 이유가, 그 애에게 자신이 바라는 이상적인 친구의 모습을 투영했기 때문이라는 설명 따위는 내게 중요하지 않았다. 결국 중요한 건 한 가지다. 재서는 혜명이가 죽어가도록 내버려 두었다는 것.

그날 이 애가 모른 척하지만 않았더라면, 살점을 잃은 혜명이가 뒷산에서 발견됐다는 이야기 같은 걸 듣게 되지는 않았을지도 모른다.

낭만 선생의 생각이 옳다면 혜명이는 누군가의 손에 의해 살해당하거나 한 것도 아니다. 천다정도, 이재서도, 누구 하나 분명한 살의를 품고 있던 것은 아니었다. 그저 본의 아니게, 혹은 어쩔 수 없었다고 스스로 변명할 수 있는 선택들이 겹쳐졌고, 그 불운한 결과가 혜명의 죽음이었을 뿐이다. 하지만 나는 그렇게 생각하고 싶지 않았다. 그런 식으로 면죄부가 주어져서는 안 되는 거라고 생각했다.

두 사람이 혜명이를 죽였다. 각각 한 번씩, 무려 두 번이나 죽였다.

그렇게 여겨져야 올바른 거라고 생각하면서도 길가에 버려진 강아지를 대하듯 그저 불쌍해 보인다는 이유만으로 섣불리 연민하고 마는 자신은 참 얄팍한 사람이라고 느꼈다.

"실제 사실관계와 어긋나는 2주 사이의 목격 증언도 마찬가지의 논리로 설명할 수 있습니다. 애초에 재서 양이 혜명 양에 대한 기억을

날조했던 것도 그녀의 도움을 외면하고 죽음에 이르도록 일조했다
는 죄책감으로부터 도피하기 위한 것이었습니다. 하지만 실제로 재
서 양이 혜명 양을 인식할 수 없게 된 건 이미 골목에 쓰러져서 죽어
가던 그녀를 목격한 뒤의 일이었고, 단순히 혜명 양이 눈앞에서 사라
졌다는 기억만으로는 결과적으로 그녀를 돕지 않았다는 사실은 변함
이 없었죠. 재서 양이 혜명 양을 살리지 않았다는 죄책감에서 벗어나
기 위해서는 좀 더 근본적인 측면에서의 합리화가 필요했습니다. 혜
명 양이 자신과 하교하던 중에 돌연히 그 골목 안쪽으로 들어가 버리
더니 그대로 사라져버렸다는 기억은 그런 필요에 의해 만들어진 셈
이죠. 하지만 이 시기의 혜명 양은 이미 다정 양에 의해 감금된 상태
였고, 당연히 재서 양과 함께 하굣길을 걸을 수 있는 상황이 아니었
습니다. 때문에 이번에는 혜명 양이 실종되지 않았다는 전제가 필요
해졌고 그 결과 재서 양은 혜명 양이 실종된 지 2주간 그녀와 함께 지
낸 기억을 갖게 된 겁니다.”

“말도 안 돼.”

재서가 중얼거린 그 한마디는 더 이상 반박조차 아니었고, 하다못
해 발악조차도 되지 못했다. 굳이 따져보자면 일종의 조건반사에 가
까워 보였다. 힘없이 처져있는 고개는 당장이라도 목이 떨어져 나갈
것 같았다.

1년이란 시간은 생각보다 짧지 않고 그 짧지 않은 시간 동안에 조
금씩 만들어온 가치 있는 기억들이 인간의 삶을 윤택하게 하는 것이
다. 재서는 올해로 열여덟 번째 1년을 보내고 있다. 그러니까 지금
재서가 부정당한 것은 단순히 왜곡된 기억으로 쌓아 올린 1년이 아니

라 인생의 18분의 1이다.

그러나 낭만 선생의 혀는 마치 단두대와 같아서, 목을 늘어뜨린 죄인을 연민하는 일 따위는 없었다. 단숨에 낙하해서 가차 없이 잘라낸다.

"말이 안 되지는 않습니다. 더 설명할 것도 없이 재서 양에게는 1년 전, 실제로는 혜명 양이 실종되었던 2주간의 기억이 존재하지 않을 겁니다. 누구와 만나서 무슨 일을 겪었고 무엇을 해왔는지, 재서 양은 말할 수 없습니다. 그저 막연하게 혜명이가 친구들과 지내는 걸 보았다거나 같이 하교하자며 권했었다는 정도의 이야기밖에는 할 수 없을 테죠. 그런 누구에게나 적용할 수 있는 이야기는 재서 양의 경험이 될 수 없습니다. 납득하기 힘드시다면 대답해주시죠, 재서 양이 그 2주 동안 무엇을 보고 무엇을 들었는지."

"1년이나 지난 일을 이제 와서…"

"그런 것치고는 참고인 조사 때 1년 전 혜명이네 어머님이 강당에서 했던 훈화를 무척이나 상세하게 진술해주셨다죠? 거기에 재서 양은 평소에 다른 이들과 엮이기를 꺼렸고 혼자 주변을 관찰하고 사색하기를 즐겼다고 했습니다. 그래서 교실 내의 인간관계는 대체로 파악하고 있었다고 했죠. 만약 혜명 양이 실종되었다는 게 전부 재서 양 한 사람을 속이기 위해 관련자들이 합심해서 꾸며낸 거짓말이고, 실제로는 재서 양이 주장한 대로 11월 중순 경에 재서 양의 눈앞에서 증발하듯 사라져버린 거라면, 재서 양은 혜명 양의 행적이 묘연해졌다는 11월 상순부터 2주 동안 혜명 양이 누구와 어떤 이야기를 나누면서 지냈는지 진술할 수 있을 겁니다. 스스로 증명한 기억력과 스스로 보증한 관찰력이라면 말이죠.”

재서에게는 더 이상 반론의 여지가 없었다. 1년 전 강당에서 훈화, 기억하기로는 혜명이가 실종되고 한 달 뒤에 그 애의 부모님이 찾아오셨던 일이 있었다. 나는 방송부원이라는 핑계로 조금 늦게 출발한 데다가 도중에 샛길로 새서 당시에 무슨 일이 있었는지는 알 수 없었지만, 그날부터 두 사람에 대한 여론이 급속도로 나빠졌던 건 기억한다. 얼추 우리 때문에 혜명이가 죽었다는 둥, 너희가 대신 죽어버렸어야 했다는 둥 애먼 화풀이를 했다는 정도만 떠도는 얘기로 들었다.

의외로 정곡을 찌르는 얘기였다는 건 둘째 치더라도 당시 그 자리에 있던 애들도 대강 어떤 내용이었다는 정도만 기억하는 게 보통이었다. 혜명이네 부모님이 학부모 대표자 같은 입장으로 학생들 앞에 섰던 건 이전에도 종종 있었던 일이었고, 실종사건으로 소란스럽던 분위기도 서서히 잠잠해지던 무렵이었으니 그다지 인상적인 사건도 아니었을 터였다. 당시의 발언 내용을 통째로 기억하고 있었다는 건 확실히 신기했지만, 그야말로 기억력을 증명하는 것 이상의 가치는 없는 일이었다. 설마하니 그게 자충수가 됐을 거라고는 본인도 생각지 못했을 것이다.

“적당히 하시죠. 이 정도면 충분히 어울려드린 것 같은데.”

그 목소리, 작년에 강당 앞에 서서 애들한테 저주를 퍼부었을 때도 지금과 같이 싸늘하게 가라앉은 목소리로 이야기했을까? 그 자리에 없었던 나는 알 수 없었지만, 적어도 지금 혜명이네 어머니가 고의적으로 불만스러운 감정을 연기하고 있다는 건 알 수 있었다.

목적은 아마도 이 자리를 한시라도 빨리 벗어나기 위해서. 왜냐하면 천다정과 이재서의 죄가 드러난 지금, 다음으로 단두대에 목을 내밀어야 할 사람이 누구인지 모두가 어렴풋이 알고 있었기 때문이다.

"아까부터 남의 딸을 가지고 누가 납치했다느니, 죽도록 내버려 뒀다느니. 낭만 선생이라 하셨죠? 정말이지 배려라고는 없는 분이시네요. 정말로 애들이 우리 애를 죽였다면 부모를 앞에 두고 자식을 죽인 범인이 애들이라고 자랑처럼 떠들고 있을 게 아니라, 당장 거실에 있는 형사님을 불러와서 이 애들을 체포하라고 하셔야죠. 이미 다 끝난 일을 갖고 사람을 오라 가라 할 필요도 없었잖습니까."

콕콕 찌르는 투로 짜증스레 따져 묻는 아주머니를 무심하게 바라보던 낭만 선생은 문득 고개를 약간 사선으로 비틀면서 미간에 주름을 잡았다. 그러다 이내 가소롭다는 듯 콧방귀를 뀌고는 입을 열었다.

"아뇨, 아직 끝나지 않았습니다. 애초에 저는 혜명 양을 납치하거나 혹은 살해하는 등의 위해를 가한 뒤 사체를 유기한 범인을 밝혀내기 위해 이 자리에 서 있는 게 아닙니다. 말씀드렸다시피 여러분들은 각자의 잘못으로 자신들에게 소중한 무언가를 잃었습니다. 그걸 되찾기 위해서는 스스로의 잘못을 자각할 필요가 있다고 말씀을 드렸었죠. 그리고 저는 아직 어머님의 죄악을 드러내지 않았습니다. 길바닥에서 죽은 혜명 양의 사체는 걸어서 뒷산까지 이동했고, 부러진 뼈와 찢어진 근육으로 땅을 파서 스스로를 묻었습니까? 혜명 양의 사체를 발견하고 그걸 유기한 범인이 존재했기 때문에 뒷산을 오르던 등산모임의 아주머니들이 그녀의 두개골을 발견할 수 있었던 겁니다. 그리고 이게 바로 당신이 저지른 죄악이죠."

노골적으로 혀를 차면서 불쾌한 기색을 표한 낭만 선생은 약간이지만 분명하게 언성을 높이면서 그렇게 선언했다.

"어머님이야말로 체포돼야 마땅한 사람이란 말입니다."

* * *

혜명이의 어머니는 순간 기세에 눌린 듯 눈꺼풀과 뺨을 파르르 떨었지만, 겉으로는 크게 동요하지 않았다. 속이야 어떨지 몰라도 겉보기에는 여전히 평정심을 유지하는 듯했다.

헛기침을 한 번 하고 말을 이었는데, 목소리는 크게 흔들리지 않았지만 따져 묻는 어조에는 분명 조급함이 묻어 있었다.

"정말 하다 하다 못하는 말이 없네요. 지금 CCTV에 내가 캐리어를 들고 그 골목인지 어딘지를 들어가는 게 찍혀있었다고 몰아가려는 모양인데, 그때 찾아온 경찰한테도 얘기했지만 남이야 어디에 뭘 들고 가건 그게 당신들이랑 무슨 상관이에요? 난 그 애 엄마예요. 엄마가 딸이 죽어있는 걸 보고서도 신고는 못 할망정 시체를 유기했다고? 말해두겠는데 참고 넘어가는 것도 정도라는 게 있어요. 한 번이라도 더 그따위 소리를 입에 담았다간 저도 가만히 있지는 않겠습니다."

뻔뻔스러운 것도 저 정도가 되면 병이다. CCTV에 찍혔는지 어땠는지는 모르겠지만 캐리어를 들고 골목으로 들어갔다 나오는 모습이 기록된 정도면 정황 증거로서는 거의 결정적인 수준이다. 그런데도 그걸로 밀어붙일 수가 없다. 낭만 선생에 의해 재서의 기억이 왜곡됐다는 사실이 증명됐다 하더라도, 실제로 이 여자가 그 골목 안에 들어갔을 당시에 혜명이가 그곳에 있었는지 어땠는지를 확인할 수단이 없기 때문이다.

어떤 CCTV도 건물 사이의 틈까지 비추지는 않는다. 캐리어를 들고 그 안에 들어가서 뭘 했느냐고 물어도 대답할 의무가 없다고 하면 그만일 일이다. 그리고 무엇보다도 저 여자는 혜명이의 모친이다. 작년에 사건을 담당했던 경찰들이 수사에 적극적이지 않았던 것도 부정할 수는 없지만, 아무리 그래도 감시카메라 정도는 확인했을 테고 그랬다면 저 여자의 의심스러운 행적을 포착하지 못했을 리 없다. 그럼에도 수사 선상에조차 오르지 않았던 이유는 모친이 자식의 시신을 보고도 신고조차 하지 않을 리가 없다, 백번 양보해서 그럴 수 있다 치더라도 직접 시신을 유기해야 할 이유가 없다는 것이었다.

처음 그 얘기를 들었을 때 나는 너무 화가 나서 눈알이 터져버릴 것 같았다. 그들의 무능함에는 물론이거니와 자신의 무력함까지도 전부 포함해서 증오스러웠다. 분한 마음에 뭐라고 멋들어지게 항의라도 해보고 싶었는데, 그런 와중에 그들이 하는 말이 딱히 틀린 것 같지도 않아서 더 화가 났다. 차라리 운석 같은 게 떨어져서 눈에 보이는 사람들이 전부 다 죽어버렸으면 좋겠다고 생각했다. 당연히 운석은 떨어지지 않았고, 나도 저 여자도 너무나 태평하게 무가치한 숨을 쉬고 있다.

낭만 선생도 그런 아주머니의 자기변호에 마땅히 반박할 말이 없었는지 얼마간 침묵한 채 고개를 기울이고 있을 뿐이었다. 다정이나 재서를 몰아붙인 솜씨만 봐도 그녀는 상당히 능력 있는 인물인 듯했지만, 아주머니의 말에는 사실상 아무런 오류가 없었고 오히려 정론에 가까웠다. 저 여자가 캐리어를 들고 어디를 돌아다니건 사생활이라는 명분이 제삼자의 간섭을 배제하는 방패가 된다. 게다가 이제 와서 그 캐리어를 열어본다고 해도 혜명이의 시신은 발견되지 않을 것이다.

그러나 의외로 낭만 선생은 그렇게 생각하지 않았던 모양이다.

"아까 차에서도 선배가 말씀드렸다시피 CCTV에 찍혀있던 어머님의 차량이 자택으로 향했던 게 분명 재서 양이 현장을 벗어난 직후의 일이었습니다. 초기 단계에서 선배가 이걸 놓쳤던 건 어머님의 행적과 재서 양의 진술을 별개의 문제로 바라보고 있었기 때문인데, 이 시점에서 재서 양이 진술했던 '골목 안쪽에서 혜명이가 사라졌다'라는 내용이 어느 정도의 중요성을 갖는지가 드러나죠.

이 증언은 실종자에 대한 가장 직접적인 목격 정보였지만 진술했던 당시 재서 양의 기억이 다소 왜곡되어 있었다는 이야기는 방금 제가 설명한 바와 같습니다. 그래서 경찰은 재서 양의 진술을 단순한 사춘기 소녀의 망상 같은 것으로 취급해 수사에 불필요한 정보라 판단했고, 이를 배제한 상태에서 수사를 했으니 본래대로라면 당연히 알아챘어야 할 이 문제에 주목하지 못했던 거죠. 이런 사실들을 염두에 두면 어머님은 혜명 양의 시신을 발견한 재서 양이 현장을 벗어나는 걸 확인한 직후에 자기 딸의 시신을 유기하기로 계획했다는 가능성이 대두됩니다."

"내 말이 말 같지가 않나? 좋게 말하니까 못 알아듣나 본데, 내가 가만히 안 있겠다고 분명히!"

아주머니는 좀 더 언성을 높이면서 항변하려 들었지만, 낭만 선생은 한 손을 들어 보이면서 제지했다. 아주머니가 거기에 얌전히 따라줬던 게 조금 의외였지만 일단 얘기나 들어보자는 심산이었는지도 모른다.

낭만 선생은 다시 차분히 말을 이었다.

"재서 양이 직접적으로 언급한 내용은 아니지만, 그녀가 진술했던 당시의 기록들을 들어봤을 때 재서 양은 어머님께 극도의 적개심을 품고 있었고 어머님을 실종사건의 범인, 즉 모종의 방법으로 혜명 양을 살해한 뒤 사체를 은닉했거나 혹은 그에 준하는 범행을 저지른 인물이라 의심하고 있었습니다. 계기는 아마도 다정 양을 중심으로 한 스터디라는 게 와해되기 시작하던 10월 중순부터 혜명 양과 함께 하교하던 일주일 사이에 그녀로부터 집안 사정을 전해 들었던 일이었겠죠.

다만 아까도 설명했듯이 혜명 양은 재서 양에게 그렇게까지 친밀한 감정은 없었을 가능성이 높습니다. 이 경우 부모님이 조금 엄하시다는 정도의 이야기라면 모를까, 명백하게 피해자 같은 꼴로 돌아온 자신에게 동네 창피한 줄도 모르냐면서 따귀를 날렸다는 얘기를 하지는 않았을 겁니다. 그게 자신의 치부라는 사실을 혜명 양도 모르지는 않았을 테니 말이죠.

재서 양이 들었다고 했던 혜명 양의 부모님이 보여준 행태란 것은 엄밀히 따지자면 사생활에 해당하는 일이었고, 어지간히 신뢰하는 사이가 아니고서야 부모에게 맞았다는 얘기를 함부로 털어놓을 리는 없습니다. 더구나 재서 양은 교우 관계에 적극적인 편도 아니었고, 혜명 양을 제외하면 친구라 부를 만한 인물도 없었습니다. 다른 경로로 전해 들었을 가능성도 희박하죠. 그럼 이제 재서 양이 혜명 양의 가정사를 알 수 있는 방법은 사실상 하나뿐입니다.”

혜명이와 재서의 관계는 친구라고 단정하기에도 애매한 사이였다. 그림에도 재서는 혜명이의 사생활을 알고 있었다. 본인한테 직접 들은 것도 아니고 다른 사람한테 전해 들은 것도 아니라면 가능한 수단은 하나밖에 없다.

요컨대 재서는 들은 게 아니라 본 것이다. 언제 어떤 상황이었는지는 몰라도 혜명이가 저 여자와 그 남편에게 말도 안 되는 취급을 받고 있다는 걸, 재서는 육안으로 확인할 수 있는 거리에서 직접 목격했다.

“아마도 우연한 기회에 혜명 양의 집안 사정을 목격한 재서 양은 혜명 양이 실종된 직후부터 어머님을 미행하고 감시했을 겁니다. 혹은 반대로 미행하고 감시했기 때문에 당시의 상황을 목격할 수 있었는지도 모르죠. 아무튼 어머님이나 아버님의 의도가 뭐였건 마침 가정폭력으로 받아들이기에 부족함이 없는 상황까지 목격한 뒤의 일이었습니다. 만약 혜명 양이 타인에 의해 살해됐거나, 하다못해 어떤 해를 입어서 외부로 모습을 드러낼 수 없는 상황에 처했다면 그런 상황을 조성한 주동 인물은 당신 밖에 없을 거라 판단했더라도 이상한 일은 아니죠. 하지만 일개 여고생이 미행을 한다고 해봐야 그리 능숙하지는 않았을 겁니다. 제 예상입니다만, 아마 얼마 지나지 않아서 어머님도 눈치를 채셨을 테고 최소한 한번은 직접 주의를 줬을 거라 생각되는군요. 실제로는 어떻죠?”

“그래, 맞아요. 저는 처음에 그냥 그러지 말라고, 나쁜 행동이라고 주의만 줄 생각이었는데,이 맹랑한 애가 갑자기 발악을 하면서 달려들었다고요. 저는 엄연히 피해자란 말이에요. 그런데 그런 제가 제 손으로 딸의 시체를 파묻었다니, 사람한테 해도 될 말이 있고 안 될 말이 있는 겁니다, 아시겠어요?"

아주머니는 더욱 기고만장해서 거의 뻗대듯 하는 태도로 말하기 시작했다.

저 여자를 미행했을 당시의 재서는 아직 혜명이의 시신을 목격하지 않은 상태였고 최소한 외적으로는 문제가 없는 일반적인 여고생의 모습을 하고 있었을 터였다. 그런 애가 발악을 하면서 달려들었을 정도라면, 이 애가 혜명이에게 어느 정도로 마음을 열고 있었는지 미미하게나마 짐작할 수 있을 것 같았다. 그 호의가 죽어가던 그 애를 모른 척하도록 만들었다. 그렇게 생각하면 짓밟힌 낙엽 같은 모습을 한 저 애를 조금은 동정해도 괜찮을 것 같은 기분이 들었다.

내가 문득 감상에 젖어있던 와중에도 낭만 선생은 이야기를 계속했다.

"어머님은 그 일로 재서 양에게 좋지 않은 감정을 갖게 되셨을 겁니다. 일개 고등학생이 어머님 자신에게 불리한 의도로 스토킹을 일삼았으니 그거야 악감정이 생기지 않을 수 없었겠죠. 그때가 정확히 언제였는지는 알 수 없지만 아직 혜명 양의 실종신고가 이뤄지기 전, 그러니까 다정 양에 의해 그녀가 납치된 지 일주일 전후로 있었던 일일 겁니다. 사실 이때까지만 해도 어머님은 아무 일도 저지르지 않았습니다. 실종사건과 직접적으로 관련된 대다수의 문제는 다정 양에 의해 일어난 것들이었고, 재서 양의 경우에는 어디까지나 개인적인 영역의 문제에 가까웠으니까요. 원래대로라면 얼마 지나지 않아서 사망한 혜명 양의 시신이 발견되고 어머님은 자식을 잃은 슬픔에 괴로워하는 비극의 주인공이 아니라 딸이 실종되고 죽어서 발견되는 2주 동안 실종신고조차 하지 않은 비정한 모친이 됐겠죠. 하지만 이때까지만 해도 어머님은 운이 좋았습니다. 따님이 실종되고 2주째가 되던 어느 날, 어머님이 아닌 누군가에 의해 혜명 양의 실종신고가 접수된 거죠."

낭만 선생은 고개만 살짝 돌려 나를 한 번 살피면서 말했다. 거실에 있는 형사와 그녀는 가까운 사이였고, 초면일 텐데도 내 얼굴을 알아보았던 걸 보면 내 행적 역시 이미 파악하고 있을 가능성이 컸다. 아주머니는 한순간 눈살을 찌푸렸을 뿐 이렇다 할 반응을 보이지 않았다.

"수사가 시작되고 가장 먼저 조사를 받은 인물은 모친인 당신이었을 겁니다. 2주 동안 신고도 하지 않고 뭘 했느냐는 질문에 대해서는 뭐라고 답을 하셨는지 모르겠지만 생각보다 잘 넘기셨던 것 같네요. 하지만 이 시점에서 수사기관이 어떤 혐의로든 어머님을 의심하는 건 피할 수 없게 되었죠. 수사가 제대로 진행됐다면 머지않아 혜명 양은 발견됐을 테고, 그 순간부터 부정적인 의미로 세간의 이목이 집중됐을 겁니다. 어머님께 달가운 상황은 아니었겠죠. 어머님이 따님의 시신을 유기하셨다고 인정을 하건 단순한 누명이라고 항변을 하건 제 알 바는 아닙니다만, 당신이 혜명 양에게 그다지 좋은 부모가 아닌 듯했다는 증언은 얼마든지 얻을 수 있습니다. 재서 양의 진술은 일부 왜곡된 기억을 제외하면 상당히 구체적이고 일관성이 있습니다. 지금 거실에 있는 선배 역시 어머님에 대해 좋은 평가를 하지는 않았죠. 무엇보다 치명적인 건, 십수 년 키운 자식이 2주 동안 실종돼 있었는데도 신고조차 하지 않았다는 사실입니다.”

예의 2주간의 행적에 대해서는 정말로 할 말이 없었는지 아주머니는 연신 입가를 꿈틀거리거나 눈꺼풀을 파르르 떨면서 분한 기색을 보이면서도 변변한 반박을 하지 못했다.

“재서 양의 표현을 빌리자면, 어머님은 혜명 양을 자식이라기보다 말을 하고 걸어 다니는 액세서리 정도로 취급했다고 했습니다. 재서 양의 진술이 일말의 과장도 없고 온전한 사실이라는 보장은 없지만, 어머님이 혜명 양을 과시적인 목적으로 이용했다는 정황은 생각보다 많습니다. 처음 혜명 양을 잉태하고 출산했을 때는 당신한테도 최소한의 모성애나, 하다못해 자식을 책임져야 한다는 의무감이라도 있었겠죠. 아마 혜명 양은 굳이 애쓰지 않아도 알아서 예쁘고 우수한 딸로 자라 줬을 테고, 어느 순간 어머님은 그런 딸의 대외적인 평가가 곧 본인에 대한 평가로 이어진다는 사실을 알게 됐을 겁니다. 내다 놓기만 해도 알아서 자랑거리가 되어주니 참 편했겠죠. 재서 양이 목격했던, 퉁퉁 부은 얼굴에 흠뻑 젖고 너덜너덜해진 차림으로 돌아온 딸의 뺨을 후려치면서 내뱉었던 한마디가 그걸 증명하고 있습니다. 거기에 아버님까지 동조하고 있었다는 건 조금 충격이었지만요.”

혜명이의 실종신고가 이뤄지고 수사가 본격화되었을 무렵부터 저 여자가 보였던 행보를 생각해보면 명백한 일이었다. 2주가 다 되도록 딸이 집에 돌아오지 않는데도 가만히 있었던 인간들이 기다렸다는 듯이 방송이건 인터넷이건 가리지 않고 온갖 매체에 자신들의 불행을 전시하고 다녔다. 그리고 그렇게 소식을 접한 대개의 사람들은 앞선 2주간의 시간이 증명하는 그들의 무심함을 모른다.

저 여자와 그 남편이 그냥 하루아침에 자식을 잃은 인디까운 사람들이 되었던 건 오로지 혜명이가 예쁘고 우수하게, 알아서 자라주었던 탓이다. 어디에 처박혀 죽어가고 있는지도 모른 채, 저 여자는 끝내 자기 자식을 장식품처럼 소비해버렸다.

"생사를 불문하고 혜명 양이 발견되면 여론이 본인에게 불리하게 작용할 거라는 사실을 어머님은 알고 계셨습니다. 내 몸을 치장하던 장식품이 의지를 갖고 조금씩 피부를 조이고 들어오는 기분이었겠죠. 그런 상황에서 어머님이 선택할 수 있는 대응은 많아야 두세 가지였을 겁니다. 하지만 어느 쪽이든 기본적인 계산은 같았겠죠. 딸아이가 발견되면 자신에게 불리하다. 그렇다면 반대로, 발견되지 않으면 유리하다. 그래서 어머님은 경찰에게 발견되기 전에 본인이 혜명 양을 발견하면 된다고 판단했을 겁니다. 만약 살아 있었다면 구사일생으로 딸을 살려낸 어머니라는 포장이 가능했을 테니 그건 그대로 본인에게 이로운 일이었고, 반대로 죽었다면 아예 드러나지 않도록 유기해버리자는 심산이었겠죠."

"세상에, 지금 우리 애가 사라졌을 때 신고 한 번 안 했다고 사람을 범죄자로 몰아가는 거예요? 무슨 말을 하려나 장단 좀 맞춰줬더니 끝까지 사람을 모욕하시네요."

아주머니는 바닥을 몇 차례 탁탁 치거나 엉덩이를 들썩거리거나 하면서 꽤나 공격적인 모션을 취했지만, 그걸 멍하니 내려다보는 낭만 선생의 표정은 눈이 반쯤 풀려있어서 어쩐지 졸려 보이기까지 했다.

그렇게 잠시 내려다보다가, 이내 가볍게 한숨을 한 번 쉬고는 입을 열었다.

"아직 안 끝났습니다. 모처럼 따님을 찾아야겠다고 마음은 먹었겠지만, 본격적으로 대규모 인력을 동원해서 수색작업이 진행되기 시작하면 당장 어머님이 단독으로 움직일 수 있는 상황이 줄어드는 데다가 의외로 어렵지 않게 실종자가 발견될지도 모르는 일이었습니다. 어머님은 하루, 못해도 이틀 이내로 혜명 양을 찾아야 하는 상황이었어요. 하지만 문제는 단서가 없었다는 겁니다. 혜명 양이 주로 다니던 곳이 어디인지, 행방을 알 만한 친구가 누구인지조차 제대로 파악하지 못하고 계셨겠죠. 애초에 혜명 양의 생활 반경은 넓지 않았던 모양이지만, 그렇다고 해서 어머님이 당장 찾아낼 수 있는 수준은 아니었습니다. 사실상 어머님이 혼자서 할 수 있는 일은 거의 없었다고 봐야 합니다. 그런데 어머님과 면식이 있으면서 동시에 혜명 양과도 접점이 있었던 인물이 한 사람 있었습니다."

낭만 선생의 추측에 따르면 재서가 혜명이네 어머니와 실랑이를 벌였던 건 혜명이가 실제로 실종되고 일주일 내외의 일일 것이라 했다. 재서가 그런 일을 벌였던 건 혜명이가 실종된 원인이 저 여자에게 있으리라 판단했기 때문이다. 아무 상관도 없는 애가 그런 이유로 자신을 미행하고, 그러다가 걸려서 주의를 줬더니 외려 적반하장으로 달려들 리가 없다. 그런 맹랑한 짓을 저지를 정도라면 딸아이와 보통 이상의 친분을 나눈 사이라 판단했어도 이상하지는 않다. 하지만 재서는 혜명이네 어머니에게 악감정을 품고 있었고 반대로 혜명이네 어머니도 재서에게 좋지 않은 인상을 갖고 있었다. 이제 와서 딸을 찾고 싶다면서 도움을 청해봐야 거절당할 게 뻔하다.

"그래서 이번에는 입장이 바뀐 겁니다. 어머님이 재서 양을 감시하는 쪽이 된 셈이죠. 이미 실종된 지 2주기 되어가는 와중에 실종사건과는 아무런 관련도 없었던 재서 양을 미행한다고 무슨 도움이 될까 싶기는 하지만, 어머님께는 달리 선택지가 없었을 테니 사실상 불가항력이었겠죠. 당시 어머님은 이미 경찰에 얼굴이 노출된 상태였으니 도보로 미행을 시도하지는 않았을 겁니다. 노골적으로 재서 양을 따라붙듯 차량을 이동시키는 것도 마찬가지로 수상하고 그보다 발각될 위험이 높아집니다. 결국 하굣길 인근의 도로변에 차를 세워두고 재서 양이 지나다니는 모습을 감시하는 정도에 그칠 수밖에 없었죠. 그런 의미에서 역시 당신은 운이 참 좋았어요. CCTV에 당신이 사체를 유기하려 움직이는 정황이 포착됐던 게 실종신고 이후 며칠 뒤의 일이었습니다. 그러니까 미행을 시작한 지 며칠 지나지도 않아서, 재서 양이 정말로 혜명 양을 발견해버렸다는 뜻이죠."

"자, 잠깐만!"

낭만 선생의 추측이 기록으로 확인 가능한 사실과 이어지기 시작하자 아주머니는 당황하기 시작했다. 다급하게 손사래를 치면서 소리치고는 아랫입술을 깨물며 노골적으로 당황한 기색을 보였다.

물론 변명할 여지는 있었다. 낭만 선생의 주장은 아직 추론의 영역이었고, 일부 정황은 오히려 아주머니에게 유리하게 작용할 수도 있었다.

불안한 예감은 빗나가질 않아서, 아주머니는 얼마 지나지 않아 어그려진 미소를 지어 보이더니 당당하게 말했다.

"내가 여기 재서라는 애를 미행했다 치자. 그런데 얘가 우리 애를 그 골목에서 발견했는지 어땠는지 내가 어떻게 알았겠어? 만약 내가 애를 감시하고 있었다고 해도 난 도로변에 차를 세워두고 있었고 그 골목 안쪽을 확인할 수 있는 상황이 아니었잖아. 거긴 CCTV도 비추지 않았다고 당신이 그랬었지? 거기다 우리 애는 등산로에서 발견됐다면서. 아무리 급했어도 그런 곳에 시체를 묻지는 않았겠지."

고상을 떨어낼 여유도 사라진 듯, 대놓고 반말로 쏘아붙였다. 그러나 급한 와중에도 나름대로 머리를 굴렸던 모양이다. 내가 예상할 수 있었던 반론은 전부 튀어나왔다.

전부 문제지만 개중에 등산로의 경우에는 정말로 설명이 되질 않는다. 일단 발각될 위험성이 지나치게 높은 데다가 그래서야 시신의 은닉이라는 본래 목적에도 부합하질 않는다. 낭만 선생 역시 그 점을 모를 리 없었다.

"그래서 어머님은 운이 좋았다고 말씀드렸던 겁니다. CCTV 화면으로는 재서 양의 행동이나 표정 같은 걸 자세히 포착할 수 없었지만 육안으로 감시하고 있던 어머님은 달랐을 겁니다. 그 좁은 틈을 앞에 두고 멈춰 서서 혼란스러워하다가 이내 달아나듯 현장을 벗어나는 재서 양의 수상쩍은 모습을 어머님은 확인할 수 있었을 겁니다.

어머님이 알고 있는 재서 양은 혜명 양과 각별한 사이였습니다. 그렇다면 이런 상상도 가능했겠죠. 혜명 양이 실종되기 전 둘 사이에 어떤 합의가 있었고, 혜명 양은 외부와의 접촉이 차단된 장소에 숨어 일부러 실종된 것처럼 상황을 꾸민 뒤, 재서 양은 남몰래 그녀와 밀회를 가지면서 외부의 정보를 전달해주고 있었을지도 모른다는…. 꽤나 비현실적인 발상이지만, 적어도 어머님이 생각하시기에 아주 있을 수 없는 일은 아니었겠죠.

세나가 어사피 어머님은 본인의 발상을 확인하지 않을 수 없는 입장이었습니다. 원래라면] 곧장 차에서 내려 현장으로 향했겠지만, 문득 떠오른 만일의 경우를 대비해 일단 자택으로 돌아가 캐리어를 챙기기로 마음을 바꾸셨겠죠. 차량으로 이동했으니 시간이 오래 걸리지는 않았을 겁니다. 애초에 그런 장소를 수시로 드나드는 사람도 드물 테니, 그 사이에 큰 변수가 생기지 않으리라는 낙관도 있었을 테고요."

"만일의 경우라니…. 애매하게 말씀하지 마시고 확실히 좀 해주시죠."

옆에 앉아있던 선생님이 끼어들자마자 낭만 선생의 표정이 눈에 띄게 험악해졌다. 아무래도 다정이를 추궁할 때 몇 번인가 방해를 받았던 게 의외로 앙금이 남은 모양이다. 별수 없다는 듯 대답하면서도 여봐라는 듯 한숨을 내쉬면서 불만스러운 기색을 보였던 건 조금 의외였다.

"조금만 생각해보면 떠오를 만한 가능성입니다만, 간단히 말씀드리자면 반대의 경우입니다. 재서 양이 혜명 양을 돕고 있던 게 아니라, 오히려 직접적으로 위해를 가해 실종에 이르게 했을 가능성. 혹은 이미 사망한 혜명 양을 발견하고 당황한 나머지 적절한 조치를 취하지 못한 채 현장을 벗어났을 가능성 말입니다. 오히려 당시 어머님은 나중에야 떠올린 이쪽 가정에 보다 무게를 두었을 확률이 높은데,

만약 재서 양이 혜명 양에게 협조하고 상황이었다면 골목 앞에서 잠시 머뭇거리다가 달아나듯 현장을 빠져나간다는 행동은 앞뒤가 맞지 않는다고 생각했을 겁니다. 그리고 실제로도 이 시점에서 혜명 양은 사망한 직후였고, 재서 양은 혜명 양을 인식하지 못하게 된 상태였으니 결과적으로는 잘 된 셈이었죠. 그렇게 어머님은 혜명 양의 사체를 수습해 뒷산으로 향했고, 인적이 드문 곳에 매장했습니다. 당시 경찰은 어머님의 수상한 동선을 인지하고 있었음에도 당신이 실종자의 모친이라는 이유로 깊게 추궁하지 않았고, 1년이나 지난 지금에 와서는 당신의 범행을 증명할 증거도 거의 사라지고 말았죠. 여기까지가 서혜명 학생 실종 사건의 내막입니다. 그리고 이것이 당신이 저지른 죄입니다.”

아니다. 아직 남아있다. 해결되지 않은 문제가 아직 남아있다.

아주머니가 회심의 미소를 참을 수 없다는 듯 입가를 씰룩거리고 있는 건 지금의 설명만으로는 그녀를 범인으로 확정할 수 없다는 사실을 그녀 자신도 알고 있기 때문이고, 그녀를 범인으로 확정할 수 없는 건 그 문제를 해결하지 못했기 때문이다. 내막은 여기까지라고 선을 그을 수 있는 시점이 아니라는 말이다.

낭만 선생은 거기까지 설명해야 할 필요성을 느끼지 못했던 걸까? 그게 아니라면 단순히 설명하지 못하는 건가? 나는 묻지 않을 수 없었다.

“그럼 혜명이는 왜 등산로에서 발견된 거죠?”

애초에 실종사건의 재수사는 등산로에서 발견된 혜명이의 머리뼈에서 시작된 셈이었다. 낭만 선생은 시간 순서대로 설명하고 있다고 했지만, 큰 틀로 보면 사건을 역순으로 짚어 내려오고 있었던 것이다. 그녀의 설명에 따르면, 실종 사건의 내막은 혜명의 어머니가 시신을 발견해 뒷산에 매장한 시점까지였다. 이제 그 시신이 어째서 등산로 한복판에서 발견되었는지 설명되어야 했다.

낭만 선생은 잠시 고개를 돌려 시선을 내게로 향하더니, 이내 영문 모를 호의가 느껴지는 미소를 지어 보였다. 서 있는 위치를 조금 바꿔서 몸을 옆으로 틀어 돌아보는 각도를 완만하게 하고는 말했다.

"등산로 백골 사체 사건은 실종사건의 부차적인 문제 중 하나입니다. 굳이 따지자면 실종사건의 결과가 등산로 백골 사체 건으로 나타난 셈이죠. 요컨대 두 사건은 별개의 사건으로 구분 지어서 생각할 게 아니라 하나의 사건으로 연결해서 이해하는 게 옳습니다. 아마 어머님은 흔히 그러하듯 인적이 드문 산중의 깊은 곳까지 들어가 시신을 매장했을 겁니다. 요컨대 어머님이 처음 시신을 매장했던 건 시신이 발견된 등산로가 아닌 다른 장소였고, 혜명 양의 유해가 알아서 등산로까지 이동했다는 뜻이죠. 당연히 뼈는 걸어 다니지도 않고 땅속을 헤엄칠 수도 없습니다. 보통 같은 상황이었다면 처음부터 그 자리에 묻었다는 가정이 아니고서야 설명할 방법이 없었겠죠. 하지만 어머님이 시신을 매장했을 당시는 보통 같은 상황도 아니었을뿐더러, 애초에 매장지 자체에 문제가 있었을 가능성도 고려해볼 수 있습니다. 단적으로 말씀드리자면, 혜명 양의 해골이 제 발로 걸어 다니거나 땅속을 헤엄치지 않더라도 시신이 이동할 만한 사유는 얼마든지 있다는 말입니다."

낭만 선생은 제법 자신 있게 단언했지만, 솔직히 나는 반신반의하고 있었다.

　보통 같은 상황이 아니었다고 해도 애초에 시체를 유기할 목적으로 땅을 판다는 것 자체가 그다지 정상적인 상황이 아니었다. 거기에 매장지 자체가 문제라는 말도 하필이면 거기에 묻었기 때문이라는 말처럼 들린다. 묻는 자리에 따라서 시체가 무덤에서 기어 나오거나 걸어 다닐 수도 있다는 얘기는 들어본 적이 없었다. 그래서 아주머니도 게슴츠레하게 뜬 눈으로 미심쩍다는 표정을 하면서도 미소를 거두지 않는 것이다.

　그럼에도 낭만 선생은 태연하게 말을 이었다.

　"당시는 11월 중순이었고, 어머님의 차량이 자택으로 이동하기 시작했을 시간이 6시였습니다. 이미 해가 저물었을 시간대였고, 혜명 양의 시신을 챙겨서 뒷산에 도착했을 때는 좀 더 시간이 지났을 테니 멀쩡하게 마련된 등산로를 이용한다고 해도 산행을 하기에는 적합하지 않았죠. 게다가 어머님께서는 본인이 시신을 매장했다고 하더라도 등산로처럼 사람의 통행이 잦은 곳에 묻지는 않았을 거라고 말씀하셨습니다. 당연히 변변한 광원이 있을 리 없었고 어머님은 그런 상황에서 시신을 매장할 장소까지 이동한 뒤 사람을 누여둘 정도의 구덩이를 팠다는 게 됩니다. 제대로 됐을 리가 없죠. 어떻게 산중의 깊은 곳까지 이동했다고 생각했어도 실제로는 조난의 위험을 염려한 탓에 그렇게 멀리까지 움직일 수 없었을 테고, 구덩이를 팠다고 해도 충분한 깊이가 나오지는 않았을 겁니다. 간신히 사람의 형체가 지면 위로 드러나지 않을 정도였겠죠. 거기에 도구를 변변히 준비해두지도 않았을 테니, 만약 시간이 충분했다 하더라도 어머님이 안심할 수

있을 만한 깊이는 나오지 않았을 겁니다. 하지만 이 경우에는 매장
된 시신이 토사로 쓸려갔다 해도 덮여있던 흙이 쓸려가면서 함께 떠
내려가는 게 보통일 테니 시신은 온전한 형태로 드러나 있어야 했고,
그랬다면 좀 더 이른 시일 내에 범행이 발각됐을 테니 등산로에 묻혀
있던 걸 인근 아파트의 등산모임 회원이 발견했다는 정황과 부합하
지 않습니다.”

아주머니는 그럴 줄 알았다는 듯 조소가 튀어나오려는 걸 어떻게든
억누르고 있었지만, 낭만 선생은 별문제도 아니라고 생각했는지 담
담하게 이야기를 계속했다.

“따라서 시신이 이동하기 위해서는 다른 외적인 요소의 개입이 필
요해졌습니다. 그러나 이 시점에서 예정에도 없던 제삼자가 시신을
등산로로 옮겼다는 가설은 개연성이 부족한 데다가, 사람의 왕래가
잦은 곳이라는 지리적인 리스크를 감수해야 한다는 사실에도 변함이
없죠. 따라서 시신을 이동시킨 외적인 요인에서 제삼자의 인력은 제
외할 필요가 있습니다.”

차분하게 이야기를 이어가던 중 문득, 낭만 선생은 이야기를 멈추
고 눈을 감고는 길게 한숨을 내쉬더니, 이내 박수를 한 번 쳐서 주의
를 환기했다.

감았던 눈을 다시 천천히 뜨고, 다시금 입을 열었다.

“여기서부터는 순전히 제 망상이니 반쯤은 흘려 들으셔도 상관없
습니다만, 풍수지리학에 도시혈(逃屍穴)이라는 말이 있습니다. 말
그대로 시체가 도망치는 자리라는 뜻인데, 풍수지리학이 비과학적이
라는 데는 저도 일정 부분 동의하는 바가 있지만, 실제로 이장(移葬)

을 위해 봉분을 파보니 유골이 사라져 있었다는 사례는 종종 발생하는 편입니다. 현대 지리학에서도 토양포행이라는 현상으로 어느 정도는 설명할 수 있는 일이라 아주 허황된 이야기만은 아니죠. 이렇게 사라진 유골은 보통 봉분에서 얼마 정도 떨어진 위치에서 발견되는데, 실제로 도시혈에 묻혀있던 유골이 어느 정도 속도로 이동하는지는 저도 모릅니다만 아까도 말씀드렸다시피 어머님은 생각하셨던 것보다 산속 깊은 곳으로는 들어가지 않았을 가능성이 높습니다. 만약 어머님이 혜명 양을 매장했던 자리가 도시혈이었고, 이 때문에 시신이 등산로까지 이동한 뒤 장마나 태풍 등이 지나가면서 토사가 쓸려간 끝에 그 자리에 있던 두개골이 드러나게 된 거라고 한다면, 등산로 백골 사체 건이 발생한 경위도 설명은 가능해지죠.”

“하! 하…. 하!”

단말마적인 비명처럼 연신 토해내듯 하는 그 기이한 외마디의 주인에게서는 더 이상 정갈한 분위기도, 고상하고 차분한 표정도 찾아볼 수 없게 되었다. 나는 그것이 그녀의 가죽 안에 숨어있던, 사람을 잡아먹는 괴물이라는 걸 직감했다. 그날 보았던, 숨을 헐떡이면서 죽어버린 혜명이를 캐리어에 억지로 구겨 넣던 그 여자도 저렇게, 기형적으로 비틀어진 두개골을 닮은 웃음을 만면에 지으면서 찌그러진 폐부로 간신히 뱉어내듯 하는 외마디를 토해내고 있었다.

“무슨 근거가 있는 것도 아니고, 그냥 자기 혼자 망상한 걸 가지고 나더러 죄를 지었다고? 땅속에 묻혀있던 게 제멋대로 움직여서 등산로까지 떠내려갔다고? 그랬을지도 몰라? 그럴 가능성이 높아? 논리적인 척, 전부 계산된 척, 그럴싸하게 포장해서 떠들어대면 멍청이

들이 다들 그런가 보다 하면서 속아 넘어가니까 편했겠지. 말 같지도 않은 소리도 적당히 해! 난 절대로 속지 않아! 난 사람을 죽이거나 하지 않았어! 여기 얘도 모르는 애야! 나는 자식도 잃고 사람들한테 내몰려서 쫓겨난 불쌍한 사람이야!"

혜명이네 어머니는 재서와 마주친 적도 있었고, 자식을 제 손으로 버렸으며, 사람들에게 외면당한 것도 결국 스스로 자초한 일이었다. 불쌍하다고 할 수 있는 처지는 아니었다. 유일하게 사실에 부합하는 발언은 '사람을 죽이지 않았다'는 것뿐이었지만, 애초에 누구도 그녀에게 살인을 저질렀다고 단정한 적은 없었다.

착란하다시피 하면서 고성을 질러대는 여자를 내려다보는 낭만 선생의 시선에 담겨있던 것은, 길가에 죽어있는 절지동물의 뱃속에서 들끓는 개미 떼를 바라볼 때와 같은 생리적인 혐오감이었다.

"실종 신고를 누가 했는지는 아십니까?"

문득 낭만 선생이 던진 질문에 일그러진 웃음을 만들고 있던 아주머니의 얼굴이 순간 움찔하면서 의아하다는 듯 고개를 갸웃했지만, 나는 알고 있었다. 낭만 선생은 역시 경찰 아저씨에게서 나에 대해 전해 들은 바가 있었다. 왜인지는 몰라도 그래서 조금 안심이 됐다.

"당시 혜명 양을 도와줄 사람은 아무도 없었습니다. 친구랍시고 붙어있던 이들은 며칠 전까지만 해도 그녀를 착취하거나 혹은 방관하던 이들이었고, 담임이란 사람은 엉뚱한 학생한테 정신을 쏟느라 정작 피해자였던 그녀에게는 신경을 쓰지 못했죠. 어머니란 사람은 자기 딸이 학교에도 나가지 않고 집에도 돌아오지 않는 상황을 2주일이나 방치해뒀고, 그나마 친구라고 할 만한 재서 양은 그냥 옆에 있어 주기만 했을 뿐 아무런 행동도 취하질 않으니 도움이 될 수 없었습니다. 한창나이의 여학생이 영문도 모르고 죽을 때까지 폭행을 당하다가 끝내는 길바닥에서 죽어버릴 때까지 무려 2주나 시간이 있었는데, 그 사이에 신고를 한 사람이 한 명도 없었다는 말입니다. 저는 이게 너무나도 기가 차서 짜증이 날 지경인데, 어머님은 그저 자기가 너무 가여워서 어쩔 줄 모르고 계시는 것 같네요."

낭만 선생의 목소리나 말투는 여전히 평탄했지만 표정은 말을 할수록 점점 일그러져서, 이야기를 마칠 무렵에는 짜증이 난다기보다는 화가 난 것처럼 보였다.

예의 2주가 아주머니에게 아킬레스건이었던 탓인지, 도의적인 측면에서는 반박할 말이 없었던 탓인지는 몰라도. 아무 말도 못 하고 웃음기가 사라진 아주머니에게 낭만 선생은 앞서 그랬듯 상반신만 기울여서 얼굴을 가까이하고는 말을 이었다.

"아까부터 증거를 내놓으라고 하셨죠? 그런 건 1년 전부터 줄곧 있었습니다. 다만 해당 증거가 어머님의 사체유기 정황에 한정한 것이었고 때문에 딸을 살해한 정황이 없는 모친이 우연히 발견한 사체를 유기해야 할 합리적인 이유가 없다는 감정론적인 논리가 당시 수사관들의 견해였죠. 그렇게 해서 어머님은 용의 선상에서 제외된 겁니다. 어머님이 여태껏 전과자가 되지 않았던 건 오로지 당시 수사관들의 졸속수사 때문이란 말입니다."

"말도 안 돼! 증거라니, 그런 게 있을 리가…"

끝까지 말을 마치기도 전에 아주머니는 양손으로 성급하게 벌리고만 입술을 억지로 틀어막았다.

이미 의심의 여지가 없었지만, 여기서 증거의 존재 자체를 부정한다는 건 스스로 증거의 부재를 확인했다는 자백이나 다름이 없다. 그거 스스로 자신의 범행을 인정하는 것과 다르지 않다는 사실을 그녀는 깨달은 것이다.

하지만 뱉어버린 말을 번복하기에는 이미 늦었다.

"사체를 캐리어에 실어 옮기는 모습을 목격했다는 진술은 이미 1년 전에 확보되었습니다. 필요하다면 지금 당장이라도 다시 확인할 수 있습니다. 현재 담당 수사관이 이 증거를 범죄사실의 증명에 사용할 수 없었던 건 범인이 사체를 등산로에 매장하게 된 경위와 이유를 설명할 수 없었기 때문이고, 그 문제는 방금 말씀드린 것처럼 몇 가지 가정으로 얼마든지 설명할 수 있습니다. 어머님이 그 골목에서 혜명 양의 시신을 발견했고 자택에서 가져온 캐리어에 실어서 옮겼다는 사실을 증명할 증거만 있으면 어머님의 범행을 밝혀내는 건 어려운 일이 아니라는 겁니다."

"아니야, 아니야, 아니야! 나는 안 했어! 그런 일은 절대로…. 아, 안 돼! 그러지 마! 살려줘! 나 좀 살려줘! 살려주세요!"

공포에 질린 얼굴로 바닥을 기어서 달아나려던 아주머니는 몇 걸음 가지도 못하고 창가 쪽 벽에 가로막히더니 이내 오열을 토하기 시작했다.

자신이 누구에게 애원하고 있는지 알고는 있는 걸까. 신은 사람에게 살아날 기회를 줄 뿐 살려내지는 않는다. 그래서 혜명이는 되살아날 수 없었던 것이고, 묻혀있던 땅을 파고 기어 나올 수도 없었던 것이다. 거실에 있는 세 사람에게는 들릴지도 모르지만, 그 사람들에게는 저 여자를 구해줘야 할 당위성이 없었다.

무엇이 저토록 두려운 걸까. 다정이의 경우에는 멀쩡하던 사람을 죽음에 이르도록 만들었다는 죄책감을 겪었다. 재서는 눈앞에서 죽어가는 친구를 모른 척하고 거짓으로 쌓아 올린 1년이라는 시간을 부정당한 상실감을 겪었다. 낭만 선생이 말했던 우리가 잃어버린 소중한 무언가라는 게 뭐였는지도 조금은 알 것 같은 기분이 들었다. 잃고서도 깨닫지 못했다고 말했던 의미도 짐작할 수 있었다.

그러나 저 여자는 어떠한가. 그녀가 가져야 할 이름 붙은 감정들은 이미 고상한 여사님의 가죽 아래 숨은 채 인간성을 갉아먹고 살던 괴물의 뱃속으로 사라진 듯했다. 두려워할 것도, 괴로워할 것도 없었을 것이다. 그러기 위해 필요한 것들이 이미 남아 있지 않았기 때문이다.

겁에 질려 사리 분별도 하지 못한 채, 어디를 향하는지도 모른 채 그저 살려 달라고 외치는 모습. 이제 와서 그런 인간성 같은 걸 드러내 봐야 설득력이 없다.

허리를 곧게 편 채 제자리로 돌아선 낭만 선생은 처음 만났을 때부터 줄곧 변함이 없었지만, 조금씩이나마 분명하게 감정을 드러내는 사람이라는 건 어렴풋이 알았다. 그리고 어쩐지 지금의 그녀는 조금 낙심한 것처럼 보였다.

"그렇게 빌어봐야 아무도 도와주지 않습니다. 추한 모습은 그만 보여주시죠. 따님도 보고 계시는데."

무심하게 내뱉은 그 한마디가 어느 정도의 파급력을 갖는 것이었는지 아마 낭만 선생 본인도 어느 정도는 인지하고 있었을 터였다.

웅크리고 쓰러진 자세로 굳어있던 다정이가 동굴 바깥으로 머리를 내미는 야행성 생물처럼 고개를 들었다. 망연히 주저앉아있던 재서의 시선에도 흐릿하게나마 생기가 돌아왔다. 서늘한 빛을 뿜는 날붙이처럼 치뜬 눈으로 앞에 서 있는 시꺼먼 여자를 올려다보았다. 선생님은 당혹스러운 표정으로 다정이와 재서를 살폈다.

그리고 사람을 잡아먹는 괴물은, 그저 아연한 얼굴로 바닥을 기는 여자의 모습을 하고서 혼란스러운 눈동자를 사방으로 배회시키고 있었다.

모두가 이해하고 있었다. 낭만 선생은 단순히 감상적인 비유로서 아주머니의 따님을 언급한 것이 아니다. 단어 그대로의 의미였다.

서혜명의 의식을 가진 무언가가 어딘가에서 우리를 지켜보고 있다.

낭만 선생은 그렇게 말한 것이다.

그러고 보면 처음에 분명히 말했었다.

주술적인 방법을 쓴, 일종의 충격요법이라고.

"여러분들이 잃어버린 것들을 되찾아드리겠다고, 제가 말씀드렸었죠?"

낭만 선생은 약간 호흡이 섞인 목소리로 나직이 읊조리듯 하고는 한동안 침묵하더니, 선 자리에서 천천히 한 바퀴를 돌면서 면면들을 둘러보았다. 그리고 멈춰선 자리에서 엄지로 턱을 받치고 고개를 사선으로 기울인 채 시선을 내리깔고선, 마침내 입을 열었다.

"여러분이 잃어버린 서혜명 양은 지금 여기에 있습니다."

　사태가 어느 정도 진정되고 어영부영 해산하자는 분위기가 되어서, 나는 선생과 형사님을 태우고 안락관으로 향했다.

　교복을 입은 여자아이는 반쯤 정신이 나간 상태로 비틀거리고 있었고, 원피스를 입은 또 다른 아이가 부축하겠다며 나섰다. 친구라고 하기엔 어딘가 미묘한 거리감이 느껴지는 사이처럼 보였다.

　혜명이네 어머님도 당장 연행하기에는 상태가 많이 안 좋아 보였던 탓에 일단 현석이가 자택까지 모셔다드리고, 나중에 형사님이 영장을 발부해서 찾아가기로 합의했다.

　선생이 단언했던 대로 다정이는 방에서 나오게 됐지만 다정이네 어머님이 기대하던 모습은 아니었을 것이라 생각한다. 안에서 무슨 일은 당했는지는 모르겠지만 어째 저번 주에 만났을 때보다 상태가 악화된 것처럼 보였다.

　마지막으로 본 다정이는 극도로 겁에 질린 표정이었다. 호흡은 빠르고 불규칙했고, 안색은 창백하게 질려 있었다. 사실 선생은 약속한 대로 다정이를 방에서 나오도록 만들었을 뿐이고 이쪽에서 무슨 잘못을 저지른 건 아니었지만, 분위기상 태평하게 그 자리에 머물러 있기에도 불편해져서 우리는 이번에도 반쯤 쫓겨나다시피 그곳을 빠져나와야 했다.

　"좀비라는 건 부두교에서 유래한 괴물이야."

　선생은 자리에 앉자마자 담배를 한 개비 입에 물고 불을 붙이면서 말했다.

안락관은 기본적으로 가게가 넓지도 않고, 간판도 인근의 업소들에 비해 다소 추레한 편이라 눈에도 잘 띄지 않는 탓에 대부분의 시간은 손님이 없다. 사장님부터가 종종 카운터에 앉아서 담배를 태우시는 터라 단골들 사이에서는 암묵적으로 실내흡연이 허용되고 있다는 인식이 만연해있는 것이다.

"부두교의 사제가 영혼을 뽑아낸 인간은 지성을 잃게 돼서 사제의 명령에 복종하는 노동력이 된다는 게 좀비의 실체야. 당연히 사제들도 영혼이 있는지 없는지는 몰라. 그들에게 있어서 영혼이란 건 당연히 존재하는 것이고, 모종의 수단을 통해 자발적인 사고가 불가능한 상태로 만든 인간을 두고 영혼을 뽑아냈다고 믿는 것뿐이지. 흔히 알려진 설로는 테트로도톡신을 주성분으로 하는 약품을 피부에 접촉시켜서 가사상태에 빠뜨린 다음, 약효가 풀려 깨어난 피험자에게 또다시 별도의 약물처리를 해서 쇼크를 주고 폭행을 가해 마무리를 해주면 좀비가 만들어진다고 해. 이게 모르는 사람이 보기에는 죽은 몸뚱이가 사제의 말대로 일어나서 움직이는 것처럼 보인다는 거야. 요컨대 좀비가 두려운 이유는 좀비 그 자체가 아니라 좀비가 되는 것. 즉, 자아를 잃고 그저 육신만이 살아서 노예처럼 부려지는 게 바로 좀비가 갖는 두려움의 이미지란 뜻이지."

아침에 내가 과제에 첨부해서 제출했던 내용이다. 움직이는 시신에서 연상되는 소실의 심상. 선생은 형사님이 했던 얘기를 떠올려보면 그리 오래 걸리지는 않을 거라 했다. 정말 그 말 그대로였다.

형사님은 등산로에서 발견된 백골의 수수께끼에서 시신이 무덤에서 기어 나와 걸어 다니는 이미지, 좀비를 떠올렸다고 했다.

굳이 부두교까지 끌고 오지 않더라도, 1968년의 살아 있는 시체들의 밤을 비롯해서 좀비라는 몬스터의 역사는 알게 모르게 유서가 깊다. 그리고 나는 그 유서 깊은 공포의 근원을 나도 그들과 같은 존재가 될지도 모른다는 두려움이라고 보았다.

즉 움직이는 시체란 자아의 상실을 의미하는 존재다. 부두교 운운하는 내용은 그냥 구색을 갖추기 위함이었지만 다행히도 선생은 마음에 들었던 모양이다.

"그래서 결국 그게 이번 사건이랑 무슨 상관이었던 거냐? 내가 좀비 어쩌니 했을 때는 실컷 비웃었던 것 같은데."

"그거야 선배가 그런 소릴 하니까 웃기잖아. 뭐, 결과적으로는 잘 맞았지만"

선생은 나직이 웃으면서 말했다. 본인은 만족하는 모양이지만 딱히 대답도 아니었고, 그래서 뭐가 결과적으로 잘 맞았다는 건지 전혀 알 수 없었다. 사건의 대략적인 개요는 선생에게 들어서 알고 있었지만, 아직 몇 가지 의문이 남아있었다.

"결국 선생님께서 말씀하셨던 뭔가가 사라지는 심상이라는 건 뭐였던 건가요? 오늘 그 방 안에서 진행했던 작업에 대해서도 잃어버린 걸 되찾는 술법이라고, 그렇게만 말씀해주셨죠? 하지만 선생님께서 설명하셨던 사건의 진상대로라면, 결국 다정이나 재서나 혜명이네 어머님이 잃어버렸다는 게 뭔지는 모르겠어요. 그래서 애초에 술법은 단순한 구실이었고 선생님의 목적은 단순히 다정이를 방에서 끄집어내고 사건의 진상을 밝혀서 형사님과 제 고민을 해결해주는 거였던 게 아닐까 하는, 그런 생각도 들어요."

그렇게 생각해보면 형사님의 질문은 의외로 핵심을 찌르는 구석이 있었다.

선생이 저민 곳에 우리 앞에서 늘어놨던 인련의 구구절절은 일종의 구색에 가까운 것이었고 크게 의미를 갖는 건 아니었을지도 모른다. 결과적으로 나나 형사님한테 문제가 됐던 일들은 사건을 해결하면서 대부분 자연스럽게 소멸했고, 선생의 목적은 그걸로 달성된 셈이다. 애초에 선생이 이 사건에 관여했던 이유가 설명이 안 되지만, 그거야 원래 그런 사람이니 그렇다고 넘어가면 그만일 일이다.

일단 형사님은 그렇게 판단한 듯했고, 어쩐지 해소되지 않은 갑갑함을 남기면서도 필요한 만큼은 대체로 마무리가 지어지는 느낌이라 나도 그렇게 생각하려던 참이었다.

그러나 딱히 그런 건 아니었던 모양인지, 선생은 잠시 의아하다는 표정으로 고개를 기울이고 있다가 이내 커피 한 모금으로 목을 축이고는 입을 열었다.

"당연히 선배나 네 고민을 해결하는 게 목적이었지. 애초에 선배가 괜히 부루퉁한 얼굴로 찾아오지만 않았어도 이런 번거로운 일에 끼어들지는 않았을 거라고. 하지만 그렇다고 해서 뭔가가 사라지는 심상을 언급했던 게 단순한 구색이라고 생각하면 곤란해. 그거야말로 이번 사건의 본질이었으니까. 설화는 얼추 짐작했을 거라고 생각했는데…. 조금 의외네."

"보통은 선생님처럼 정답과 해설을 분리해서 생각하지는 않으니까요."

조금 퉁명스러운 투로 그렇게 말하자 아무리 선생이라도 거기에 대해서는 할 말이 없었는지 괜스레 입으로만 몇 차례 담배를 뻐끔거리면서 딴청을 부리는 것이었다.

본인의 좋지 않은 버릇에 대해 자각은 하고 있다는 뜻이니 그나마 다행스러운 일이라고 생각해주는 것도 벌써 3년째다. 그러려니 하고는 있지만 잘난 척하는 것처럼 보이는 게 아무래도 재수 없는 건 별개의 문제다.

선생은 넥타이를 느슨하게 풀거나 커피를 홀짝이거나 하면서 한동안 시간을 끌더니, 기다리는 쪽에서 조금 답답한 기분이 들 때쯤에야 입을 열었다.

"처음부터 설명하자면, 선배한테서 등산로 백골 사체 건이랑 혜명 양의 실종사건에 대한 개요를 들었을 때부터 어느 정도 떠올렸던 발상은 있었어. 선배랑 얘기하기 직전에 설화한테 전화로 다정 양에 대한 이야기를 들었으니까 나는 두 사람에 비해서 상대적으로 정보량에서 앞서고 있던 셈이지. 혜명 양의 실종사건은 크게 등산로에 매장되어 있던 백골 사체의 문제, 복수를 위해 부활한 사자(死者)의 문제, 돌연히 증발해버린 실종자의 문제로 나눠볼 수 있어. 나도 재서 양의 진술에 대해 듣기 전까지는 등산로 백골 사체 건과 실종사건은 각각 별개라고 생각했었거든? 그러다 그 애의 진술에서 노골적으로 등장했던 사라진다는 테마가 분리되어 있던 각각의 사건들에 공통적으로 나타나고 있다는 사실을 알게 됐지. 재서 양의 진술을 좀 더 중요하게 여길 필요가 있다고 말했던 건 바로 그것 때문이야."

선생은 거기서 잠시 멈추고 담배를 한 모금 태워낸 다음 말을 이었다.

"재서 양의 진술에서 드러난 소실의 심상에 대해서는 굳이 설명할 필요도 없겠지. 다정 양이 주장했던 망자의 부활에서 나타난 소실의 심상은 일전에 얘기했던 그리스도의 부활 신화와 연관이 있어, 죽은 자가 되살아났다는 건 동시에 죽은 자의 시신이 사라졌다는 걸 의미하기도 하니까, 예수의 비어있는 무덤에 관한 복음서의 기술은 그야말로 적절하게 들어맞는 예시였던 셈이지. 등산로 백골 사체 사건의 경우에는 선배나 나나 사체가 처음부터 그 자리에 묻혀있지는 않았을 거라고 결론을 내렸었지? 그럼 이건 동시에 혜명 양의 시신이 원래 매장되어 있던 장소에서 사라졌다는 의미로 이해할 수 있어. 뭐, 여기까지는 그냥 우연이라고 치부할 수도 있겠지. 하지만 선배한테도 얘기했었잖아. 우연한 발견에 법칙과 합리를 부여하는 인간의 의지가 개입해서 만들어지는 게 필연인 거라고. 그래서 일단 백골 사체건과 실종사건은 별개가 아니라는 전제를 두고 생각해보기로 했지. 결과적으로 잘 맞았고."

"그래서 방금 전에 좀비가 어쩌고 했던 얘기는 뭐냐고. 그것도 그 사라지는 소실이 어쩌고 하는 거랑 관련된 거냐?"

"아까도 말했듯이 좀비가 된다는 건 자아를 잃는다는 것과 의미가 다르지 않아. 즉 나라는 존재를 내가 소유할 수 없는 상태가 됐다는 의미지. 우연이건 필연이건 혜명 양의 실종사건에 직접적으로 개입했던 인물은 총 세 사람이었어. 다정 양과 재서 양, 그리고 혜명 양의 어머님이지. 나는 그들이 각자 이번 사건에 개입하면서 그들의 자아를 형성하고 있던 요소의 일부를 잃었다고 판단했어. 그게 스스로 소유하기를 포기했기 때문이건 의식하지 못한 사이에 유실했기 때문이건 무관하게 말이야. 주술적인 의미에서 사람의 자아라는 건 영혼이 있기에 생겨나는 거야. 그런 관점에서 그 사람들은 나라는 존재를 스스로 소유할 수 없게 된, 영혼을 잃고서도 살아 있는 시체였던 셈이지. 오늘 사용한 술법은 그런 상황에서 내가 할 수 있는 방법 중에 가장 확실한 방법을 취했던 것뿐이야.”

거기에 대해서는 어젯밤에 선생의 연구실에서 향초를 만들면서 대략적인 설명은 들었다. 유학 시절에 동기들한테서 들어본 적이 있는 것 같았지만 기억하고 있는 것과는 세부적인 내용이 조금 달랐는데, 선생이 말하길 비슷한 시기에 유사한 종류의 마법이 우후죽순 연구됐다는 모양이다. 이른바 유행이라는 것인데, 당연한 얘기지만 형사님은 이쪽의 유행에 대해 아는 게 없었다. 한쪽 눈썹을 치켜 올린 표정으로 의아하다는 듯 고개를 기울이고 있었다.

“1800년대 후반부터 900년대 초반까지 프로이트가 대두되면서 정신분석이나 최면요법을 응용한 마법이 한창 성행했던 시기가 있었거든요. 대부분은 심리치료에 가까운 술법들이었고 정신분석학이 쇠퇴기에 접어들면서 그쪽 분야도 자연히 사장됐지만, 개중에 실용적이라고 평가됐던 연구들은 그런대로 명맥이 이어지고 있던 모양이에요. 그쪽은 전공이 아니라서 저도 설명해드리기가 애매한데…. 쉽게 말씀드리면 일종의 암시나 최면요법 같은 거예요.”

“그러니까 결론은, 이 녀석이 또 무슨 묘한 짓을 저질러서 사람들이 그렇게 기겁을 하면서 뛰쳐나왔다. 그렇게 이해하면 되는 거죠?”

처음으로 방문을 열고 그 냄새 나는 암실에서 탈출했던 건 의외로 다정이었다. 새파랗게 질린 얼굴로 살려달라고 비명을 지르면서 제 어미의 품으로 달려들어 오열을 토해냈다.

뒤이어서 혜명이네 어머니가 형사님께 달려가서는 깨진 유리 세공품처럼 웃는 얼굴로 자신을 체포해달라며 사정하기 시작했다. 교복 차림의 여자애는 약에 취한 부랑자 같은 표정으로 원피스 차림의 여자애에게 부축을 받으면서 마지막에야 끌려 나왔다.

분명 둘 중 한 명은 현석이가 작년에 담임을 맡았던 학생이었을 텐데 정작 교사라는 놈은 태평하게 뒤에서 구경만 하고 있는 꼴이 참 보기 좋았다.

아무튼 그런 난장판이 벌어진 원인이 선생에게 있다는 사실은 의심할 여지가 없었다. 구체적으로 무슨 술법을 사용했는지는 모르겠지만 선생은 다소 주술적이고, 마법사로서는 외도(外道)에 가까운 충격 요법이라고 했다. 모르긴 몰라도 정상적인 수단을 사용하지는 않았다는 뜻이다.

그런 와중에 선생은 형사님의 단평이 마음에 들지 않았던 모양이다. 등받이에 한껏 기대면서 팔짱을 끼더니 미간을 찌푸리거나 입술을 삐죽이거나 하면서 말했다.

"다정 양이나 재서 양, 혜명 양의 어머님이 잃어버린 건 서혜명이라는 개인으로 상징되는 자기 자신이야. 서혜명이라는 인물은 그들 각자에게 있어서 단순히 '내가 아닌 타인'이 아니라 '나를 이루는 일부'로서 기능하고 있었어. 예컨대 다정 양에게 있어서 그녀는 죄책감의 표상이었고 재서 양에게는 인간으로서 갖춰야 할 이상적인 모델, 그리고 그녀의 모친에게는 불특정 다수에게 드러내 보이는 자신의 품격이었던 것처럼. 그런 혜명 양이 사라졌다는 건 다시 말해 그들 각자가 자아로서 인지하던 타자(他者)를 유실했다는 의미이기도 해. 그 결과 다정 양은 있지도 않은 허상을 두려워하기 시작했고, 재서 양은 있어야 할 기억을 지워버린 채 1년을 허비했지. 혜명 양의 모친은 일종의 덤이야. 그런 인간 같지도 않은 여자가 뭘 잃어버렸건, 그래서 무슨 꼴을 당했건 내 알 바 아니지. 솔직히 선배가 그 자리에서 체포해버렸어도 별로 문제 될 건 없었을 거야. 하지만 자기 죄가 뭔지는 알아야 하지 않을까? 저지른 죄의 무게는 알아야 한다고 생각했어."

거기서 잠시 말을 멈춘 선생은 절반에서 조금 모자라게 남은 담배를 한 번 빨아낸 뒤 재떨이에 비벼 끄고는 이야기를 이어갔다.

"원리는 최면과 비슷해. 어둑어둑한 실내나 인파로부터 유리된 장소에서 향초를 피우거나 백색소음에 노출시키는 등의 방법으로 술법의 대상자가 이완된 상태를 유지할 수 있도록 환경을 조성하고, 그런 대상자를 상대로 은연중에 암시를 걸어서 술사가 원하는 상태에 이르도록 유도하는 거지. 전술한 대로 사건과 관계된 세 사람은 서혜명이라는 인간으로 대표되는 자아를 상실한 상태였어. 하지만 혜명 양이 이미 사망한 지금에 와서 그걸 되찾는다는 건, 정말로 혜명 양을 되살려내지 않는 이상 불가능한 일이야. 그럼 남은 방법은 하나 밖에 없지. 그들에게 서혜명이라는 개인이 그들의 자아와 명백하게 분리된 타인이라는 사실을 인식시키면 돼. 즉, 세 사람의 앞에서 죽은 혜명 양의 영혼을 이 자리에 불러냈다는 상황을 만들어내면 해결되는 문제라는 뜻이야. 그 세 명에게 서혜명이라는 인간은 이미 망자로 인

식되는 대상이었고 그들의 자아로부터 분열된 존재였어. 그렇게 분
열된 서혜명이라는 존재를 그들의 눈앞에 보임으로서 그녀가 그들
자신의 일부가 아닌 타자임을 인식시키면, 본래부터 타자였던 그녀
가 자신들에게서 분열되었다고 해도 그건 원래부터 자신의 것이 아
니었으니 유실했다고 볼 수 없게 된다는 논리지.”

선생이 커피를 마시며 목을 축이는 사이에 나도 점퍼에서 담뱃갑을
꺼내 한 개비 뽑아 불을 붙였다.

기억하기로는 형사님도 꽤나 애연가였던 것 같은데 저번 주에 만났
을 때나 오늘이나 담배를 물고 있는 모습을 보지 못했다. 금연 중일
지도 모른다고 생각하니 조금 미안한 기분도 든다.

“정석대로라면 참여자들 모두 술법에 참여한다는 의사를 갖고 이
완된 상태를 유지하면서 진행해야 했지만 좀 더 극적인 효과를 위해
서 일부러 함구하기로 했어. 덕분에 다들 감정적으로 행동하는 데에
거리낌이 없었고 술법의 성공률도 낮아졌지. 하지만 실종사건이 전
개되면서 혜명 양이 어떤 일을 겪었고 어떻게 죽어갔는지, 일련의 과
정을 소상히 연상하면서 각자가 인식하고 있던 서혜명이라는 인물의
주관적인 이미지를 객관적인 현실에 가까운 것으로 개변하도록 유도
할 필요가 있었고, 그 과정에서 어느 정도 반발이 있을 거라는 건 예
상했던 일이었어. 오히려 몸싸움까지는 각오하고 있었으니까 이 정
도면 평화롭게 해결된 셈이지. 덕분에 김 선생님을 동행했던 의미가
없어지기는 했지만, 아무튼 그렇게 현실의 서혜명이라는 여자아이가
어떤 존재인지 분명히 각인된 상황에서 이렇게 말하는 거야.”

당신들이 잃어버린 서혜명은 지금 이 자리에 있다.

그 한마디가 방아쇠가 되어 각자가 개변한 이미지에 부합하는 서혜명을 환시하게 된다는 것이다.

독자적인 약품으로 제작한 향초는 경미한 환각작용을 유발해 술법의 성공률을 높이기 위한 보조용이었고, 정석대로 실행하면 당장 본인의 연구실에서도 아무런 준비 없이 가능하다고 선생은 첨언했다.

다만 실제로 해보는 건 본인도 처음이라 정말로 성공할 거라는 확신은 없었다는 모양이다.

"아무튼 그렇게 각자가 연상하고 있던 혜명 양을 목격하고 세 명 중에 두 명은 그대로 패닉에 빠져서 방을 뛰쳐나갔고 나머지 한 명은 반쯤 혼절해서 친구한테 부축을 받아야 했다는 얘기야. 그러니까 너무 그렇게 수상쩍다는 듯이 쳐다보지 마. 그렇게까지 암시가 잘 먹힐 거라고는 생각도 못 했다고. 나도 당황했단 말이야."

선생은 조금 토라진 표정으로 형사님을 바라보며 말했다. 기억하기로는 이 사람이 눈에 띄게 놀라거나 당황하는 모습 같은 건 본 적이 없었다. 어느 정도는 과장이겠지만 어쨌거나 조금 의외였다.

"그럼 그 반쯤 혼절한 나머지 한 명을 부축해줬다는 친구는요? 그 수진이라는 애가 혜명이네 어머니의 범행을 목격했다는 건 어떻게 아신 거예요?"

사실 그 여자의 범행을 밝혀내는 데에는 CCTV 화면과 더불어서 목격자의 존재가 결정적이었다. 일전에 선생이 자인한 것처럼 CCTV는 혜명이가 사망한 골목의 안쪽까지는 비추지 않았고, 그곳에 혜명이가 쓰러져있었으며 그녀의 모친이 그녀를 캐리어에 넣어 이동했다는 증거는 될 수 없었기 때문이다. 그런 와중에 선생은 변변한 설명도 없이 범행의 목격자가 있고 그녀가 혜명 양과 친분이 있으며 같은 학교에 재학 중이니, 약속한 당일에 김 선생님께서 데리고 와주십사 전언했을 뿐이었다.

선생은 커피를 한 모금 마시고서 고개를 한 번 갸웃하고는 대수롭지 않다는 듯 무심하게 대답했다.

"혜명 양이 다정 양의 패거리들한테 시달리고 있던 와중에 그녀를 위해서 어떤 행동에 나섰던 인물은 수진 양뿐이었어. 그 사실을 알고 있던 김 선생님의 학급을 제외하면 다른 반에서는 본인뿐일 거라고 했었지. 그런데 사실 그럴 리가 없단 말이야. 여러 증언들을 종합해봤을 때 다정 양은 혜명 양에게 저질렀던 폭행이나 착취 등을 감출 생각이 없었거나 그래야 한다는 발상 자체가 없었다고 봐야 해. 자세한 사정은 모르더라도 뭔가 좋지 않은 일을 당하고 있으리라는 짐작은 가능했겠지."

거기서 문득, 선생은 눈살을 찌푸렸다. 왜였는지는 모르겠다.

"그럼 수진 양은 어째서 본인을 제외하고는 아무도 모를 거라고 확신할 수 있었을까? 이건 별로 의문 삼을 만한 일도 아니야. 만약 수진 양이 혜명 양에게 직접 이야기를 전해 들었고 그녀가 다른 이들에게 자신의 피해 사실을 알리지 않으리라고 확신할 수 있는 입장이었다고 생각하면 해결이니까. 요컨대 수진 양은 혜명 양이 직접 자신이 겪고 있는 어려움을 토로할 수 있을 정도의 인물이라는 뜻이고, 때문에 수진 양은 그 사실을 전해 듣고는 직접 혜명 양을 돕기 위해 행동에 나섰던 거야."

"그러니까 수진이는 재서와 다르게 정말로 혜명이와 친분이 있는 관계였고 그래서 혜명이의 사정을 파악할 수 있었다는 말씀이시죠? 만약 두 사람이 서로 남에게 털어놓기 어려운 속사정까지도 스스럼 없이 털어놓을 정도의 사이였다면 수진이는 혜명이의 집안 사정까지 전해 들었을 가능성이 있고, 그래서 혜명이가 실종된 이후에는 재서 와 비슷한 행동을 취했을 지도 모른다고 생각하셨던 건가요? 그 과정 에서 그 여자의 범행을 목격했던 거라고?"

하지만 그건 지나친 비약이다.

재서라는 아이가 취했던 대처는 일반적으로 대입해보기에는 지나 치게 극단적인 감이 있다. 단순히 개인적인 사정을 터놓고 지낼 만큼 친하다는 이유만으로 저지를 만한 일은 아니라는 뜻이다. 선생은 그 런 억측으로 일을 진행하는 사람이 아니다.

예상했던 대로 선생은 고개를 가로저으며 대답했다.

"내가 의구심을 품었던 건 누가 혜명 양의 실종신고를 넣었느냐 하 는 부분이었어. 수진 양은 직접 행동해서 변화를 꾀하는 부류의 인물 이 아니야. 혜명 양과 관련된 일련의 사태를 고발하러 교무실로 찾아 갔을 때도, 막상 김 선생님과 독대하게 됐을 때부터는 줄곧 방관적인 입장을 고수하려 했을 정도니까. 수진 양은 혜명 양을 대신해서 필요 한 기관에 도움을 청할 정도의 의리는 있었지만 직접 나서서 사태를 해결해주려 할 정도로 정이 있는 사이는 아니었을지도 몰라. 하지만 당시 혜명 양의 주변에 그녀를 위해서 어떤 반응을 보였던 인물은 수 진 양뿐이었고, 그런 와중에 실종신고가 이뤄졌다면 그런 행동에 나 설 만한 사람도 그녀 밖에 없다고 생각했어. 그래서 선배한테 알아봐 달라고 부탁했고, 예상이 들어맞은 걸 확인했지. 수진 양이 혜명 양의 모친을 미행하기 시작했던 건 아마도 실종 수사가 시작된 직후부터 얼마 동안 학교 근처에 출몰했던 어머님의 차량을 발견했기 때문이었을 거야. 그래서 그녀의 동향을 살피던 중에 범행 현장을 목격했던 거지."

이야기를 마친 선생은 더 궁금한 건 없냐는 듯 나와 형사님을 향해 번갈아 한 번씩 시선을 주고는, 이내 갑갑하다는 듯 정성 들여 묶어둔 머리를 풀어헤쳐 버렸다. 저걸 묶느라 꼭두새벽부터 30분이 넘도록 빗질을 해줬는데, 어째 아까운 기분이 들었다. 모처럼 깔끔하게 정돈했으니 하루 정도는 내버려 뒀으면 했는데. 하루 정도만 더….

만약 서혜명이라는 아이의 목숨이 본래의 운명보다도 훨씬 질겨서, 하루 정도만 더 이 세상에 머물러 있었더라면 결말이 바뀌었을지도 모른다. 누군가는 볕이 들지 않은 그 외진 골목에 쓰러져있는 그 애를 발견했을 테고 실종사건은 그대로 해결됐을지도 모른다. 다정이는 1년이란 시간을 망자의 환영에 사로잡혀서 헛되이 보내지 않았을 테고, 재서는 그토록 오랫동안 그 애를 그리워하면서 거짓된 기억에 매달려있지 않았을지도 모른다.

그 애의 모친은 이미 체포되어 여태껏 잃어왔던 시간과 앞으로 잃어갈 시간을 지불하며 살아가고 있을지도 모른다.

선생의 이론으로는 혜명이가 식음을 금지당한 채 2주 동안 생존해 있을 수 있었던 이유를 설명할 수 없다. 하지만 혜명이는 피부가 찢기고 살덩이가 부어오르고 뼈가 부러지는 와중에도 살아 있었고, 끝내 살아서 탈출하고야 말았다. 지금이나마 사건이 해결될 수 있었던 건 그녀가 죽음을 목전에 두고서도 탈출하는 그날까지 살아남아 주었기 때문이다. 나는 그걸 단순히 생존본능이나 임종을 앞두고 태워 낸 의지 같은 무게감 없는 말로 설명하고 싶지 않았다.

그것보다는 오히려

아니, 그것이야말로.

그것이야말로 마법사들이 지고의 가치라 말하는 기적이라는 게 아 닐까… 하고.

하지만 그건 조금 불경스러운 발상이라고 생각했다.

"그런데 언제까지 여기 있을 거야? 점심시간에는 맞추려고 한 시쯤 에 모이자고 했던 건데. 조금 늦었지만 이번엔 내가 무상으로 봉사해 줬으니까 점심은 설화나 선배가 사. 기왕이면 비싼 거로."

선생은 테이블에 턱을 올려두고 떼쓰듯 하는 목소리로 말했다. 이 여자한테는 아직 절반도 타지 않은 담배가 내 손에 들려있는 모습이 보이지 않는 모양이다. 그 외중에 형사님은 밥값을 낼 마음이 없는지 내 눈치를 살피다가, 시선이 마주치자 멋쩍게 웃으면서 얼버무렸다. 어차피 저번 주에 선생이 전해 받았던 건은 절반 정도 내 방으로 빼 돌렸으니 어느 정도 명분은 있는 셈이지만, 그렇다고 이런 모양새로 갚을 생각은 없었던 터라 아무래도 꺼림칙한 감이 없지 않다.

한숨을 쉬면서도 결국 이렇게 말하고 마는 나도 참 모질지가 못하 다고 생각했다.

"가끔은 뭐가 드시고 싶으신지 구체적으로 말씀을 해주세요."

이번 일로 내가 잃는 게 있다고 하면…

약간의 점심값과 담배 한 개비.